44

Der Prozeβ

심판

프란츠 카프카 지음 / 추지영 옮김

惠園出版社

"개자식들!"
K가 마지막으로 뱉은 말이었다.
비록 육체는 죽었지만
치욕은 그대로 살아 남는 것 같았다.

차 례

제1장 체포, 그루바하 부인과의 대화, 뷔르스트너

누군가 요제프 K를 중상모략한 것이 틀림없다. 그는 특별한 잘못을 저지른 적도 없는데 어느 날 아침 느닷없이 체포되었다.

하숙집 주인인 그루바하 부인의 가정부는 늘 여덟시쯤이면 아침 식사를 들고 왔지만 그날은 꼼짝도 하지 않았다. 지금까지 단 한 번도 없던 일이었다. 그날 K는 가정부를 기다리며 침대에 누운 채 건너편 노파의 집을 바라보고 있었다. 노파 역시 평소와는 달리 호기심이 가득한 눈으로 K를 건너다보고 있었다. K는 노파의 눈길이 불쾌하기도 하고 시장하기도 해서 가정부를 부르는 벨을 눌렀다. 곧이어 노크 소리와 함께 방문이 열렸다. 가정부 대신 이 집에서 한 번도 얼굴을 마주친 적이 없는 낯선 사나이가 들어섰다. 호리호리한 몸매였지만 건강해 보이는 사나이로 그는 몸에 착 달라붙는 검은 옷을 입고 있었다. 여행복처럼 주름과 주머니와 단추가 어지럽게 달려 있고, 혁대까지 있어서 매우 실용적일 거라는 생각이 들었다.

"누구신가요?"

K는 이렇게 물으면서 침대에서 몸을 비스듬히 일으켰다.

사나이는 자신의 예고없는 방문이 당연하다는 듯이 K의 질문에는 대답도 하지 않은 채 이렇게 말했다.

"방금 벨을 눌렀습니까?"

"네, 안나에게 아침 식사를 재촉하려던 참이었습니다."

K는 천천히 대답한 뒤 도대체 이 정체불명의 사나이가 무엇 때문에 자신의 방으로 들어왔는지 알아 내려고 애썼다. 그는 K의 시선을 피하며 문쪽으로 몸을 돌렸다. 그리고 문을 조금 열더니 문 뒤쪽에 있는 누군가에게 빈정거리며 말했다.

"안나에게 아침 식사를 재촉하려는 모양이야."

그러자 옆방에서 웃음소리가 들려 왔다. 웃음소리는 울려서 몇 사람이 더 있는지 알아 낼 수가 없었다. 낯선 사나이는 K에게 통고하는 듯한 어조로 말했다.

"그건 안 되오."

"알 수 없는 일이군. 옆방에 누가 있는지 보고 와야겠어. 아무나 들여보낸 그루바하 부인에게 따져야겠군."

K는 침대에서 내려와 옷을 입으며 말했다.

K는 큰 소리로 말했지만 이 말을 함으로써 사나이의 방문을 인정하는 꼴이 되어 버렸다는 것을 곧 깨달았다. 그러나 별로 대수롭게 여기지는 않았다. 사나이도 같은 생각을 하고 있었다는 듯이 한마디 했다.

"그대로 있는 게 나을 텐데요?"

"이대로 있을 수는 없소. 더구나 당신이 신분을 밝히지 않는 한 당신의 말을 듣고 싶지도 않소."

"난 그저 호의에서……."

사나이는 이렇게 말하며 문을 열어 주었다. K는 천천히 옆방으로 들어섰다. 그 방은 그루바하 부인의 거실이었는데 언뜻 보기에는 여느 날과 다름없어 보였다. 몇 개의 가구와 꽃병과 사진 등으로 가득 차 있는 방은 조금 여유가 있어 보였다. 한 사나이가 있다는 변화 때문에 그렇게 느껴졌다는 것을 한참 후에야 알게 되었다. 그 사나이는 창가에서 책을 읽고 있다가 얼굴을 들고 말했다.

"당신은 당신 방에서 움직이면 안 돼. 프란츠가 말하지 않던가?"

"도대체 왜들 이러십니까? 나를 어떻게 하겠다는 거요?"

K는 새로운 사나이로부터 얼굴을 돌려 문 옆에 서 있는 프란츠라고 불

리는 사나이를 잠시 바라본 뒤 다시 얼굴을 돌렸다. 열린 창 너머로 노파가 보였다. 그 노파는 아예 창가로 바짝 다가와서 일이 어떻게 전개될지 매우 흥미롭다는 표정을 짓고 있었다.

"그루바하 부인을 잠깐 만나야……"

K는 두 사나이로부터 몸을 빼내는 듯한 동작을 하며 말했다.

"안 된다니까!"

창가의 사나이가 책상 위로 책을 던지며 소리쳤다. 그는 천천히 일어서며 말했다.

"움직이면 안 돼요. 당신은 체포된 거요."

"그런 것 같군요. 하지만 무슨 이유로 체포된 거지요?"

K는 어이가 없어 물었다.

"당신에게 그런 설명까지 하라는 지시는 없었소. 당신 방에서 기다리시오. 소송 절차를 밟고 있으니 곧 모든 것을 알게 될 거요. 사실 당신에게 이렇게 친절하게 대하는 것도 우리의 직분을 벗어난 행위요. 하지만 프란츠 외에는 듣는 사람도 없고, 프란츠 역시 당신에게 친절하게 대했으니 봐주는 거요. 앞으로도 우리 같은 감시자를 만나는 행운을 얻는다면 모든 일이 순조로울 거요."

K는 앉고 싶었지만 방 안에는 창가에 있는 의자 외에는 마땅히 앉을 곳이 없었다.

"당신은 곧 모든 일이 당연하다는 것을 알게 될 겁니다."

프란츠가 덧붙이면서 창가의 사나이와 함께 그에게로 다가왔다. K보다도 훨씬 키가 큰 창가의 사나이는 몇 번 그의 어깨를 두드렸다. 두 사나이는 K의 옷을 이리저리 살펴보며 앞으로 더 나쁜 옷을 입게 되겠지만 이 옷도 다른 내의류와 잘 보관했다가 일이 잘 해결되면 반드시 돌려 주겠다는 말을 했다.

"창고에 보관하느니 차라리 우리에게 맡기는 것이 나을 거요. 창고에서는 잃어버리는 일도 종종 있고, 더욱이 소송 절차가 끝나든 그렇지 않든 간에 일정 기간이 끝나면 모조리 처분해 버리거든요. 또한 요즘에는 이런 소송은 시간이 오래 걸리거든요. 하긴 창고에서 처분한 대금을 주긴 하지만. 그렇지만 그 대금이라는 게 경매 때 부르는 값으로 결정되는 게 아니라 뇌물의 값으로 결정되지요. 원래 처분 대금이라는 것이 얼마 되지 않는데다가 이 사람에게서 저 사람으로 옮겨가는 동안 줄어드는 것이 관례지요. 직업상 경험으로 보아서……"

K에게 지금 이러한 이야기는 중요하지 않았다. 그는 무엇보다도 자신이 현재 어떠한 처지에 놓여 있는가를 확실하게 아는 것이 중요했다. 그러나 이들 앞에서는 내색할 수 없는 일이었다. 창가에 서 있던 감시인—— 그야말로 감시인에 불과하겠지만—— 의 불룩한 배가 그에게 부딪칠 때는 잠시 친절한 사람이라는 느낌이 들기도 했다. 그러나 고개를 들자 뚱뚱한 몸과는 어울리지 않게 날이 서고 비뚤어진 코를 가진 그의 얼굴이 보였다. 두 사람은 계속 얘기를 하고 있었다. 도대체 이 사람들은 무엇을 하는 사람들일까? 무슨 얘기를 저토록 지껄이고 있는 걸까? 어떤 관청에 소속된 자들일까? K는 법치국가에 살고 있으며, 또한 이 나라는 평화와 자유와 법률이 존재하는 나라이건만 누가 그의 집에 들어와 감히 체포한다는 말인가?

그는 모든 일을 마음 편하게 해석했고, 최악의 상태가 닥치기 전에는 절대로 미래의 일을 염려하지 않는 낙천적인 성격이었다. 그런데 지금 문득 자신의 성격에 문제가 있다는 것을 깨달았다. 원래의 그의 성격대로라면 이 일을 쉽게 받아들였을 것이다. 이유를 알 수 없는 누군가의 장난으로 여겼거나 마침 오늘이 그가 서른 살이 되는 생일이었으므로 은행 동료들의 짓궂은 장난으로 보았을 것이다. 그것은 물론 충분히 가능한 일이었다. 그래서 그는 감시인들을 향해서 씩 웃어 주면 일은 막을 내릴 것이고, 그들 역시 웃음을 터뜨릴 것이다. 어쩌면 이 사람들은 거리를 돌아다니며 일거리를 찾는 심부름꾼들일지도 모른다는 생각도 들었다. 그러자 그 사람들과 매우 비슷하다고도 여겨졌다. 하지만 그럼에도 불구하고 이번에는 달랐다. 프란츠라는 사나이를 처음 보았던 그 순간부터 이들에 대한 자신의 최소한의 감정까지도 놓치지 않으리라 결심했다. 나중에 농담을 받아들이지 못하는 옹졸한 사람이라는 말을 듣게 되리라는 점에 대해서는 조금도 염려하지 않았으나 그는—— 경험에서 배움을 얻는 사람은 아니었으나—— 사소한 몇 가지 일을 떠올렸다. 그는 벌어질 결과를 예상하지 못한 채 신중하지 못한 태도를 취했고, 그때마다 낭패를 당했던 것이다. 그런 실수를 또 해서는 안 된다. 이번만은 절대 용납할 수 없다. 만일 이 일이 희극이라면 자신도 기꺼이 배우가 되어 어울려 보리라고 결심했다.

"실례하겠소."

그는 급히 두 감시인을 지나쳐 자신의 방으로 향했다.

'그래도 저자는 분별력이 있군.' 하는 소리가 그의 등 뒤로 들려 왔다. 방으로 돌아온 그는 책상 서랍을 열었다. 모든 것이 잘 정리되어 있었지만 흥분한 탓인지 신분증이 눈에 띄지 않았다. 그는 운전면허증이라도 감시인들에게 보여 주려고 생각했으나 별로 도움이 될 것 같지가 않았다. 그는 서랍을 뒤져 출생증명서를 찾아 냈다.

그가 다시 옆방으로 돌아왔을 때 마침 그루바하 부인이 맞은편의 문을 열고 막 들어서려 하고 있었다. 그와 눈이 마주친 그루바하 부인은 당황하여 어쩔 줄 몰라 하더니 용서하라는 말을 남기고 뒤로 물러나 조심스레 도로 문을 닫았다. '괜찮습니다. 들어오세요.' 하고 K는 말할 수도 있었다. 그러나 그는 서류를 든 채 닫혀진 문만 응시하고 있었다. 하지만 문은 다시 열리지 않았고 감시인들이 말을 걸어와 흠칫 놀랐다. 그가 정신을 차리고 바라보자 감시인들은 책상에 앉아 자신의 아침 식사를 먹고 있었다.

"왜 부인은 들어오지 않는 거죠?"

K가 물었다.

"들어오면 안 되오. 당신은 체포되었으니까."

키가 큰 감시인이 말했다.

"도대체 무슨 이유로 제가 체포된 거죠? 더군다나 이런 식으로?"

"아, 또 그 타령이군. 우린 그 질문에 대답할 수 없소."

감시인은 버터빵을 꿀 종지에 담그며 말했다.

"대답해 주셔야겠습니다. 그리고 이건 내 신분증명서요. 이제 당신들 것도 보여 주셔야겠습니다. 먼저 체포장부터 보여 주시오."

"이런! 자신의 입장도 생각하지 못하고……. 당신에게 가장 호의적인 우리들을 화나게 만들려고 하다니……."

키 큰 감시인이 말했다.

"맞는 말이오. 우리들 말을 믿는 게 좋을 거요."

프란츠도 한마디 거들면서 손에 든 커피 잔은 아랑곳없이 심각한 눈초리로 K를 바라보았다. K는 무의식중에 프란츠의 시선으로 빨려들고 있었으나 곧 서류를 치면서 말했다.

"보시오. 이것이 내 신분증명서요."

"그것이 우리와 무슨 상관이 있단 말이오? 어린아이보다도 예의가 없구먼. 도대체 어떻게 하겠다는 거요? 감시인들과 신분증명서니 체포장이니 하고 다투면 당신의 골치 아픈 소송이 빨리 끝날 거라고 믿는 거요? 우리는 말단직이기 때문에 신분증명서 같은 건 알 바 아니오. 매일 열 시간씩 누군가를 감시하고 그 대가로 보수를 받는 일 이외에는 당신과 아무 관계도 없어요. 비록 이것이 우리 직분이지만, 우리가 소속된 상급 관청에서는 이러한 체포를 하기 전에 체포하는 이유와 그 사람의 신상에 대해서 매우 세밀하게 조사한다는 것은 알고 있소. 착오 같은 건 있을 수 없는 일이죠. 내가 알기로는, 하기야 말단직의 사람들밖에 모르지만, 사람들에게서 어떤 죄를 찾아내는 것이 아니고 법대로, 죄대로 사람들을 처벌하려고 우리를 보내는 거요. 그게 법률이라는 거요. 그런데 뭐가 잘못이라는 말이오?"

"그런 법률은 잘 모릅니다."

K가 잘라 말했다.

"그러니까 곤란하다는 말이야."

"법률이란 단지 당신네들 머릿속에만 존재하는 거지요."

K는 이렇게 말하며 어떻게든 감시인들의 생각을 자신에게 유리한 쪽으로 이끌든가 아니면 거기에 동화(同化)되려고 애썼다. 그러나 감시인은 단호히 거절하는 투로 말했다.

"곧 알게 될 거요."

그러자 프란츠도 한마디 거들었다.

"이봐, 빌렘, 이 친구는 법률을 모른다는 것을 인정하면서도 자신이 무죄라고 주장하는군그래."

"자네 말대로 이 사람에게는 이해시킬 수가 없겠어."

빌렘이라는 감시인이 말했다.

K는 더 이상 아무 말도 하지 않았다. 이런 말단직—— 자신들이 그렇게 말했듯이—— 과의 이야기로 머릿속을 혼란하게 하고 싶지는 않았다. 그들은 어쨌든 자신이 전혀 모르는 분야의 얘기를 하고 있었다. 그들의 확신은 무지 때문에 가능한 것이리라. K는 자신과 비슷한 부류의 사람들과 몇 마디라도 이야기를 나눈다면, 이런 무지한 사람들과 긴 얘기를 나눌 필요도 없이 모든 일이 명백해지리라고 생각했다. K는 방 안을 이리저리 서성이다가 고개를 들었다. 건너편의 노파가 동료와 함께 창가에 붙어 서서 끌어안듯이 하고 있는 모습이 눈에 띄었다. 그는 구경거리가 된 자신이 참을 수가 없었다.

"당신들의 상관을 만나게 해 주시오."

K는 감시인들에게 말했다.

"위에서 지시가 있기 전까지는 안 되오. 다시 한번 일러두지만 당신 방에서 얌전히 기다리는 것이 현명할 거요. 괜히 쓸데없는 상상은 하지 말고 마음을 진정시키고 있으시오. 조만간 어떤 지시가 내릴 거요. 그리고 당신은 우리들의 친절에 대해 합당한 대우를 하지 않았소. 그래요, 우린 비록 말단직이기는 하지만, 적어도 지금의 당신 처지보다는 자유롭다는 것을 당신은 잊고 있군요. 이건 단순한 우월감에서 하는 말이 아니오. 그래서 하는 얘긴데, 당신에게 돈이 있다면 저 찻집에서 간단한 아침 식사 정도는 시켜 줄 수도 있지 않겠소?"

K는 빌렘의 말에는 대꾸도 하지 않고 서 있었다. 옆방의 문이나 대기실의 문을 연다 해도 두 사람은 자신을 막지 못할 것이다. 그러므로 돌발적으로 일을 처리해 보는 것이 사건 해결을 위한 가장 간단한 실마리일 것이다. 그러나 두 사람이 자신에게 달려들거나 자신을 내던져 버릴지도 모

른다. 그렇게 되면 그들에게 아직은 내세울 수 있는 약간의 당당함마저도 잃게 될 것이다. 그는 곰곰히 생각한 끝에 안전한 해결 방법을 선택하고 자신의 방으로 돌아왔다. K나 감시인들 어느 쪽에서도 아무 말도 하지 않았다.

그는 침대에 쓰러지듯 누우며 세면대 위에 있는 사과를 집어 들었다. 오늘 아침 식사 때 먹기 위해 어젯밤에 남겨 둔 것이었다. 현재로서는 유일한 아침 식사였다. 사과를 한 입 베어 물자 감시인들이 선심쓰라던 지저분한 찻집의 식사보다는 훨씬 낫다는 생각이 들었다. 점차 기분이 상쾌해지고 마음이 진정되었다. 오늘 오전은 은행을 쉬어야 할 것이다. 은행에서의 자신의 지위로 보아 변명은 쉬울 것이다. 그러나 그는 사실대로 얘기해야겠다고 생각했다. 그럴 경우 대부분의 사람들이 그렇듯이 그의 말을 쉽게 믿지 않을 것이다. 그렇다면 그루바하 부인이나 건너편 집의 두 노파를 증인으로 내세울 수도 있으니까. 그때 마침 두 노인이 마주 보이는 창가로 다가오고 있었다.

K는 감시인들이 그를 혼자 방으로 보내 자살할 수도 있는 공간에 내버려 둔다는 것이 이상하게 느껴졌다. 적어도 감시인들의 우둔함으로는 자살을 생각할 수도 있을 것이다. K는 자신이 자살할 경우 그 이유를 자문해 보았다. 감시인들이 옆방에 진을 치고 있고, 또 자신의 아침 식사를 허락도 없이 먹어 치웠다고 해서? 그것은 어리석은 짓이다. 설사 자살을 결심했더라도 자신이 너무 어리석게 여겨져 결행하지 못할 것이다. 만약 감시인들이 그처럼 우둔해 보이지 않았더라면 자신과 같은 생각에서 혼자 내버려 둔 것이라고 생각할 수도 있었을 것이다. 그들이 자신들의 직무를 충실히 이행한다면 술잔을 든 그를 보고 있을지도 모른다. 그는 고급 브랜디를 넣어 둔 자그마한 찬장으로 다가가서 첫잔을 아침 식사 대신 비웠다. 그리고 둘째 잔은 용기를 북돋우기 위한 것이라고 정했다. 물론 그럴 필요가 있을 것 같은 경우를 대비해서 마셨다.

그때 옆방에서 그를 부르는 소리가 들렸다. 그는 놀라서 하마터면 술잔을 떨어뜨릴 뻔했다. 그를 놀라게 한 것은 "감독님이 부르신다!"는 느닷없는 외침이었다. 간결하고 단호한 이 군대식 외침은 프란츠의 목소리라고는 생각할 수가 없었다. 그러나 그에게는 매우 반가운 것이었다.

"마침내 올 것이 왔군!"

그는 환성을 지르며 찬장문을 닫고 옆방으로 달려갔다. 옆방의 감시인들은 한심하다는 표정으로 그를 다시 내몰았다.

"정신이 있는 거요, 없는 거요? 셔츠 바람으로 갈 생각이오? 그랬다가는 우리들까지도 얻어맞는단 말이오."

"너무 그러지 마시오. 잠자는 사람을 덮쳤으니 이럴 수밖에 더 있겠소?"

옷장 앞까지 떠밀려 온 K가 소리쳤다.

"어쨌든 빨리 서두르시오."

그들은 약간 기세 눌린 표정으로 대꾸했다. K는 잠시 당황했으나 곧 정신을 가다듬었다.

"예복까지 갖추어야 한다니, 원 참!"

K는 투덜거리며 의자에 걸려 있는 윗옷을 집어 들고 머뭇거렸다. 그것은 감시인들의 지시를 기다리는 듯한 태도였다. 감시인들은 고개를 가로저었다.

"검은색 옷이어야 하오."

감시인들이 소리쳤다. K는 옷을 마룻바닥으로 집어던지며 무슨 생각에서인지 불쑥 이렇게 말했다.

"오늘 재판이 있는 것도 아니잖소?"

감시인들은 빈정거리듯 웃으며 다시 말했다.

"검은색 윗옷을 입으시오."

"그러지요. 검은색 윗옷을 입어서 취조가 빨리 끝난다면야……"

K는 옷장을 열고 뒤적거려 제일 좋은 검정 양복을 골랐다. 허리 부분의 디자인이 특이하여 사람들에게서 부러움을 샀던 옷이었다. 셔츠도 새것으로 꺼내어 천천히 입기 시작했다. 감시인들이 목욕을 하라는 말을 하지 않은 것이 은근히 기뻤으나, 그새라도 그들이 그것을 생각해 내지나 않을까 하고 눈치를 살폈다. 그러나 그것까지는 생각해 내지 못한 모양이었다. 빌

렘은 프란츠에게 지금 K가 옷을 갈아입는 중이라는 보고를 감독에게 하라고 보냈다.

옷을 다 갈아입자 옆방으로 갔다. 옆방을 거쳐서 다음 방으로 가야 했는데 양쪽 방 모두 문이 활짝 열려 있었다. 그 방은 타이피스트인 뷔르스트너가 세들어 있는 방이었다. 그녀는 일찍 출근해서 늦게야 돌아오기 때문에 K와는 가벼운 인사만 하고 지내고 있었다. 그 방에는 침대 옆에 있는 보조 탁자를 방 한가운데로 끌어내 놓고, 그 안쪽에 감독이 다리를 포갠 채 의자에 앉아 있었다. 아마 심문할 때 쓰려고 탁자를 끌어낸 듯싶었다. 방 한구석에서는 세 명의 젊은이들이 벽에 걸린 뷔르스트너의 사진들을 들여다보고 있었다. 열린 창문의 손잡이에는 흰 블라우스가 위태롭게 걸려 있었다. 맞은편 창에는 두 노인이 흥미로운 표정으로 서 있었고, 그 뒤로 키가 큰 사나이가 가슴을 드러낸 채 셔츠 바람으로 붉은 빛이 도는 수염을 만지작거리며 서 있었다. 구경꾼이 한 사람 더 늘어난 셈이었다.

"당신이 요제프 K인가?"

감독은 산만한 K의 시선을 자신에게 집중시키려고 묻는 것 같았다. K는 고개를 끄덕거렸다.

"오늘 아침 일로 매우 놀라셨겠군요?"

감독은 이렇게 물으면서 손으로는 탁자 위에 있는 촛대와 성냥, 책을 마치 심문할 때 필요한 물건이기라도 하다는 듯이 익숙한 동작으로 옆으로 밀고 있었다.

"네, 그렇습니다."

그는 이제 얘기가 통하는 사람을 만났다는 안도감에 사로잡혔다.

"좀 놀라기는 했지만 크게 놀라지는 않았습니다."

"네에, 그렇습니까?"

감독은 다시 탁자 가운데로 촛대와 다른 물건들을 모으면서 반문했다.

"제 말뜻이 제대로 전달되지 않은 것 같습니다. 그러니까……."

K는 당황하여 해명하려고 하다가 주위를 두리번거렸다.

"좀 앉아도 될까요?"

"그건 곤란합니다. 규칙상 허용이 안 됩니다."

감독의 대답이 끝나자마자 K는 재빨리 말하기 시작했다.

"물론 놀라기는 했습니다만, 나이가 서른이 넘고, 또 저같이 고생을 많이 한 사람은 단련이 돼서 웬만한 일에는 그리 놀라지 않고 의연할 수가 있습니다. 특히 오늘 같은 사건에는 말입니다."

"특히 오늘 같은 사건에 대해서는 그렇다는 말입니까?"

"오늘 사건을 장난이라고 생각해서 하는 말이 아닙니다. 장난이라고 하기에는 일의 규모가 너무 엄청나니까요. 이 집의 입주자들이나 당신네들이 모두 가담하여 장난을 칠 리도 없을 테니까요. 그러니 장난이라고 단언하지는 않습니다."

"제대로 알고 계시는군요."

감독은 이렇게 말하면서 성냥갑 속의 성냥개비를 만지작거리고 있었다.

"그렇지만……."

K는 말하면서 사진에 정신이 팔려 있는 세 사람의 관심을 자신에게로 돌리고 싶다는 생각을 했다.

"그렇지만 이 사건은 제게 별로 중요하지 않습니다. 제가 이렇게 단언하는 것은 기소될 만한 죄를 짓지 않았기 때문입니다. 또한 죄의 유무는 젖혀 두고라도 누구에 의해 고발되었는지가 더 의문입니다. 어느 관청에서 소송 절차를 밟고 있는지요? 그리고 당신네들은 어느 관청에서 나왔습니까? 보세요, 아무도 제복을 입지 않으셨지요?"

K는 말을 끊고 프란츠 쪽으로 고개를 잠시 돌렸다가 다시 말을 이었다.

"제복이라기보다는 제 눈에는 여행복으로 보입니다. 제 의문에 대해 명쾌한 대답을 해 주신다면 우린 서로 기분좋게 헤어질 수 있을 것입니다."

감독은 성냥갑을 탁자 위에 내려놓으며 말했다.

"당신은 착각을 하고 있군요. 이번 사건에 대해서는 당신만큼이나 우리들도 사건의 내용에 대해서는 전혀 모르오. 또 규정대로 우리가 제복을 입는다고 당신에게 유리해지는 것은 아무것도 없어요. 사실 나는 당신이 고발된 것조차 확실히 모릅니다. 또 우리가 알아야 할 의무도 없지요. 다만 확실한 것은 당신이 체포되었다는 사실입니다. 감시인들이 뭐라고 지껄였는지는 모르지만 다 쓸데없는 얘기들이지요. 난 당신의 질문에 대해서 아무런 대답도 할 수가 없습니다. 앞으로의 일에 대해 불필요한 상상은 하지 마세요. 그리고 진심으로 충고하지만, 마치 엄청난 누명이라도 덮어쓴 것처럼 날뛰지 않는 게 좋을 거요. 왜냐하면 우리가 느끼는 당신에 대한 호감을 짓밟아 버리는 결과가 될 테니까요. 그리고 무엇보다 불필요한 말은 삼가시오. 장황하게 설명하지 않아도 당신의 입장을 알 수 있으니까요. 더구나 당신의 말은 당신에게 특별히 도움이 되는 말도 아니었소."

K는 감독을 물끄러미 바라보았다. 자기보다도 어려 보이는 이 사나이로부터 이런 훈계를 들어야만 하는 걸까? 진실을 말한 이유로 설교조의 충고를 들어야 한다는 말인가? 더구나 체포를 당한 이유나 명령을 내린 사람에 대해서는 한마디의 대답도 듣지 못한 채. K는 심란한 마음으로 방안을 이리저리 거닐었다. 그들 역시 아무 말 없이 바라보고만 있었다. 그는 셔츠의 커프스를 걷어올리기도 하고 가슴께를 두드리기도 했다. 손으로 머리카락을 쓰다듬어 올리면서 세 사나이 앞을 지나면서 말했다.

"별 황당한 일도 다 있군."

세 사나이는 고개를 돌려 K를 바라보며 서로의 입장을 생각하라는 듯한 엄숙한 표정을 지었다. K는 마침내 감독 앞에서 걸음을 멈추며 말했다.

"내 친구 하스테러 검사에게 전화를 걸어도 되겠지요?"

"그러시오. 무슨 일로 전화를 하는지는 몰라도 개인적인 용무라면야 말릴 수가 없죠."

감독이 대답했다.

"무슨 일로 전화를 하는지 모르겠다고요?"

K는 화가 난다기보다는 어이가 없어서 반문했다.

"당신은 도대체 누구길래 남의 일에는 관여하면서 자신의 정체는 조금도 밝히지 않는 것이오? 더군다나 저 사람들은 무례하게도 허락도 없이 남의 방에 침입하였소. 그래요, 내가 체포된 것은 분명히 알겠습니다만, 내가 검사에게 왜 전화를 하는지 모르겠다고요? 좋아요, 좋아. 전화하는 것을 그만두죠."

K는 흥분해서 외쳤다.

"뭔가 오해를 하신 것 같은데…… 전화를 하시죠."

감독은 전화기가 있는 응접실 쪽을 가리키며 말했다.

"아니, 그만두겠습니다."

K는 단호하게 거절하며 창문 쪽으로 걸어갔다. K가 창가에 나타나자 흥미로운 구경거리를 놓칠 수 없다는 듯 맞은편 창가의 두 노인은 발돋움을 했으나 뒤에 서 있던 사나이가 말리고 있었다.

"보세요, 내가 구경거리가 되고 있단 말입니다."

K는 감독을 향해 버럭 소리를 지르며 창을 가리켰다.

"당장 비키시오!"

K의 소리에 놀란 세 사람은 뒤로 주춤 물러났고, 두 노인은 아예 사나이의 등 뒤로 몸을 숨겼다. 멀리 떨어져 있어서 잘 들리지는 않았지만 사나이가 노인들에게 다른 데로 가라고 이르는 것 같았다. 하지만 노인들은 사나이의 떡 벌어진 몸 뒤에 숨어서 기회만 되면 창가로 다가올 듯했다.

"몰염치한 작자들이군!"

K는 창가에서 돌아서며 말했다. 그러나 감독은 한쪽 손을 탁자 위에 올려놓고 손가락 길이라도 비교하는지 유심히 들여다보고 있을 뿐이었다. 또 두 감시인은 장식용 천이 덮인 트렁크 위에 걸터앉아 무릎을 비비고 있었고, 세 명의 젊은이는 허리에 손을 얹고 초점없는 눈으로 주위를 두리번거리고 있었다. 마치 한가한 사무실처럼 적막했다.

"여러분!"

K의 돌연한 외침은 그 방에 있는 모든 사람들을 어깨에 짊어지고 있는 듯한 느낌이 들었다.

"당신들의 태도로 보아서는 내게 대한 용건은 일단 끝난 것 같군요. 자, 옳고 그름은 따지지 말고 우리 서로 악수나 나누고 헤어집시다. 자, 동의하신다면……"

K는 감독이 앉아 있는 탁자 앞으로 나서며 손을 내밀었다. 감독은 입술

을 깨물면서 K가 내민 손을 물끄러미 보더니 천천히 일어나 뷔르스트너의 침대 위에 놓여 있는 둥근 모자를 집어들어 정성스레 쓰면서 말했다.

"당신은 매우 단순하군. 악수나 나누고 헤어지자고? 말도 안 되는 소리요. 우리는 당신을 절망의 구렁텅이로 떠밀 생각은 절대 없습니다. 다만 당신은 체포되었고, 우리는 그 사실만 알리면 되는 거지요. 이제 우리는 임무를 충실히 이행했으니 돌아가도 되겠군요. 물론 또 만나겠지만. 당신은 은행엘 나갈 생각이겠죠?"

"은행이라고요? 당신 입으로 체포되었다고 하지 않았던가요?"

K는 다소 도전적인 어투로 물었다. 비록 악수는 거절당했지만 모자를 쓰며 떠날 채비를 하는 감독을 보자 자신이 구속당하지 않았다는 생각이 들었다. 그는 갑자기 그들을 놀려 주고 싶었다. 그들이 현관까지 나가면 뒤쫓아가서 체포된 사람이 어떻게 움직이느냐고 비웃을 속셈이었다. 그는 현관 앞에서 몇 번을 되풀이하여 물었다.

"체포된 사람이 어떻게 움직입니까?"

"아참, 그건 오해요. 체포되었기는 하지만 당신의 직무 수행까지는 막지 못하지요. 당신의 개인적인 생활에는 조금도 지장을 받지 않을 겁니다."

현관에 나가 있던 감독이 말했다.

"그래요? 체포당한다고 해서 별로 나쁠 것도 없군요."

K는 빈정거리듯 말하며 감독 옆으로 다가갔다.

"처음부터 그렇게 말하지 않던가요?"

"그렇다면 일부러 체포당했다는 것을 통보하러 오지 않아도 되는 것 아닙니까?"

K는 일부러 감독에게 바짝 다가섰다. 현관에는 구경꾼들이 몰려들어 잠시 혼잡했다.

"내 임무를 다한 것뿐이오."

"이상한 임무도 다 있군요."

K는 물러서지 않고 대꾸했다.

"그럴는지도 모르죠. 하지만 이런 쓸데없는 얘기로 시간을 낭비하고 싶지는 않소. 나는 당신이 은행에 나가고 싶어한다고 생각했지요. 그렇지 않다 하더라도 강요할 생각은 없소. 한 가지 당부하는 것은 마음껏 당신 일을 보더라도 될 수 있는 한 남의 눈에 띄지 않도록 하라는 것이오. 그렇게 할 수 있도록 당신을 도울 동료 세 분을 모시고 왔습니다."

"동료라고요?"

K는 이렇게 외치며 감독이 가리키는 세 사람을 쳐다보았다. 하나같이 창백하고 별 특징도 없는 세 젊은이는 언젠가 사진을 함께 찍은 적이 있긴 하지만 동료라고 하기에는 가당찮은 말단 행원들이었다. 하지만 어째서 그들을 알아보지 못했을까? 그들을 못 알아볼 만큼 감독과 감시인에게 신경쓰고 있었단 말인가? 언제나 두 손을 축 늘어뜨리고 동작이 굼뜬 라벤슈타인, 갈색 머리칼에 눈이 쑥 들어간 쿨리히, 만성 경련으로 어색한 웃음을 짓고 있어서 보는 이를 불쾌하게 하는 카미너였다.

"안녕하시오."

어안이 벙벙했던 K는 이렇게 말하며 깍듯이 인사하는 세 사람에게 일일이 손을 내밀었다.

"자네들이라고는 상상도 못 했는걸. 자, 그럼 나가 볼까."

세 사람은 마치 그 말을 기다리고 있었다는 듯 밝은 웃음을 지었다. 그러나 K가 모자를 쓰지 않고 나서는 걸 보자 그들은 앞다투어 방으로 달려갔지만 왠지 부자연스러워 보였다. K는 문이 열린 두 방을 뛰어다니는 그들을 바라보고 있었다. 맨 뒤에 있는 라벤슈타인은 모자에는 관심이 없는지 멋있게 걸으려고 애쓰고 있었다. 카미너가 모자를 건네주었다. 카미너는 얼굴에 엷은 미소를 띠고 있었지만 일부러 그러는 것은 아니었다. K는 카미너가 그러한 웃음을 웃을 수 있는 위치에 있지 않다고 생각했다. 응접실에서는 그루바하 부인이 현관문을 열어 주었다. 부인의 행동으로 보아서는 이 일에 전혀 책임을 느끼고 있는 것 같지 않았다. K는 여느 때처럼 큰 몸을 가리려는 듯 동여맨 그녀의 앞치마를 무심히 바라보았다.

밖으로 나서자 K는 시계를 보았다. 다른 때보다 30분이나 늦은 시간이었다. 택시를 타야겠다고 말하자 카미너가 길모퉁이로 달려갔다. 남은 두 사람은 K의 기분을 맞추려는 듯 쓸데없는 말을 지껄이다가 느닷없이 쿨리히가 맞은편 건물의 입구를 가리켰다. 그곳에는 붉은빛 수염의 덩치 큰 사나이가 서 있었는데, 들킨 것에 당황하였는지 주춤거리며 뒤로 물러나 벽에 몸을 기대고 있었다. 눈치 못 챈 두 노인은 아직 계단을 내려오고 있었다. K 자신도 나타나리라고 기대했던 사나이를 쿨리히가 먼저 발견한 것이 공연히 짜증났다.

"그런 곳까지 살피지 않아도 돼!"

그는 버럭 소리를 질렀다. 자신의 직장 부하라고 해서 필요 이상으로 난폭한 말을 했다는 생각이 들 여유조차 없었다. 때마침 택시가 와서 서둘러 그들은 차를 탔다. 달리는 차 안에서 K는 문득 감독과 감시인이 언제 돌아갔는지 깨닫지 못한 것이 떠올랐다. 처음에는 감독에게 신경쓰느라 직장 부하들을 알아보지 못했고, 이번에는 부하들에게 신경쓰느라 그들이 돌아가는 것을 생각하지 못했다. 그것은 자신의 마음이 아직 안정되지 않았기 때문이라고 단정지으며 좀더 침착하게 주의를 살펴야겠다고 생각했다. 그는 자신도 모르게 차의 뒤쪽 쿠션으로 몸을 굽히며 감독과 감시인들이 지켜보고 있지나 않을까 해서 뒤를 돌아보았다. 그러나 곧 자신의 행동이 우습게 생각되어 편안하게 차 앞쪽으로 돌아앉았다. 모두들 역시 피로하다는 듯 아무 말도 하지 않았다. 라벤슈타인은 오른쪽, 쿨리히는 왼쪽 차창 밖을 내다보고 있었다. 카미너는 일그러진 얼굴로 특유의 웃음을 짓고 있었지만 K는 그러한 그를 놀리는 것은 좀 심한 일이라고 여겨져 그만두었다.

최근에 K는 퇴근 후 ——그는 보통 9시까지는 책상을 지키고 있었지만—— 혼자이거나 아니면 동료들과 어울려 잠시 산책을 하고는 술집에 들러 중년 신사들인 술 친구들과 보통 11시까지 시간을 보냈다. 그러나 가끔 K의 능력을 인정해 주는 지점장으로부터 드라이브를 하자는 권유를 받거나 만찬에 초대받았을 때는 예외였다. 그 외에 일 주일에 한 번 정도는 엘자라는 아가씨를 만났다. 그 아가씨는 밤부터 아침 늦게까지 어느 술집에서 일하고 있었는데 낮에 그가 찾아가면 침대에 누워서 맞아 주었다.

그러나 이 날은 일에 쫓기고 동료들로부터 생일 축하를 받느라고 정신 없이 보냈다. 그러면서도 틈이 나면 그 일을 생각하고 있었다. 오늘 아침 사건으로 그루바하 부인의 집 전체에 혼란이 생겼으며 그 혼란을 바로 잡기 위해서는 본인이 직접 나서야 한다는 생각이었다. 질서가 바로 잡히면 그 사건은 흔적도 없이 사라질 것이고 모든 것은 예전처럼 평화로울 것이다. 또한 세 은행원은 신경쓸 필요도 없을 것이다. 그들은 은행에서 일하는 많은 사람들 속으로 휩쓸렸고 눈에 띄는 행동을 하지도 않았다. K는 가끔 그들을 한 사람씩 부르거나 한꺼번에 자신의 사무실로 불러서 상태를 살펴보았지만 특별히 신경쓸 필요가 없을 것 같았다.

퇴근 후 9시 반쯤에 집 앞에 도착한 그는 한 사나이와 마주쳤다. 사나이는 입구에 버티고 서서 파이프 담배를 피우고 있었다.

"누구시오?"

K는 이렇게 물으며 사나이에게 바짝 얼굴을 들이댔으나 현관의 불빛이 어두워서 자세히 보이지가 않았다.

"관리인 아들입니다."

사나이는 짧게 대답한 뒤 파이프를 입에서 떼면서 옆으로 비켜섰다.

"관리인 아들이라고?"

K는 되물으며 초조하다는 듯 지팡이로 바닥을 두드렸다.

"못 믿으시겠다면 아버지를 모셔 오겠습니다."

"아니, 그럴 필요없네."

그 말 속에는 사나이의 실례를 그가 그냥 넘어가 준다는 오만함이 섞여 있었다.

"나는 괜찮아."

그는 다시 한번 말하고 계단을 올라가다가 사나이를 뒤돌아보았다.

그는 곧바로 자신의 방으로 가려다가 그루바하 부인의 방으로 갔다. 부인은 탁자 앞에 앉아서 양말을 꿰매고 있었다.

"밤늦게 실례합니다."

K는 잠시 망설이다가 말했다.

그루바하 부인은 당치도 않은 말이라는 듯이 겸손하게 말했다.

"시간이 좀 늦었으면 어때요? 세든 사람들 중에서 내가 제일 존경하는 분인걸요."

K는 방 안을 둘러보았다. 여느 날과 다름없이 깨끗이 정돈되어 있었고, 아침에 창가의 책상 위에 있던 식기도 눈에 띄지 않았다. '여자들은 참 대단해. 나 같으면 그릇들을 그 자리에서 던져 버렸을 텐데 말이야.' 그는 그루바하 부인을 감탄하는 마음으로 바라보았다.

"언제나 이렇게 늦게까지 일을 하세요?"

K가 물었다.

두 사람은 탁자를 사이에 두고 마주앉아 있었다. K는 가끔씩 양말 속에다 손을 집어넣곤 했다.

"일이 너무 밀렸어요. 낮 시간엔 세든 분들의 뒤치다꺼리가 산더미고, 내 일을 하려면 겨우 밤이 되어야 가능하거든요."

"더군다나 오늘 저 때문에 더 성가셨지요?"

"무슨 말씀이신지……."

그루바하 부인은 의아하다는 듯 물었다.

"오늘 아침부터 이 방에 진을 치고 있던 녀석들 말입니다."

"아, 그 일을 말씀하시는 거군요. 그 일이라면 너무 신경쓰지 마세요. 뭐, 대단한 일도 아닌걸요."

K는 부인이 아침의 일을 쉽게 기억하는 것을 보자 마음이 섬뜩했다. 어쩌면 부인이 이 일을 오해하고 있는지도 모른다는 생각이 들었다. 그렇다면 오해를 풀어야 할 것이다. 나이가 지긋한 부인에게는 쉽게 이야기가 통할 것이다.

"정말 죄송합니다. 다시는 그런 일이 없도록 주의하겠습니다."

"그럼요. 다시 있어서는 안 되는 일이죠."

그루바하 부인은 이해한다는 듯 애처로운 미소를 띠며 그를 바라보았다.

"정말 그렇게 여기십니까?"

"그럼요, 너무 신경쓰지 마세요. 살다 보면 별일을 다 당하니까요. 선생님이 먼저 얘기를 꺼냈으니까 저도 말씀드리겠어요. 사실 저도 문 뒤에 숨어서 조금 엿듣기도 했고, 감시인들이 대충 얘기도 해 주더군요. 주제넘게 하숙집 주인이 별걸 다 참견한다고 하시겠지만 선생님 일은 제 일처럼 걱정이 된답니다. 감시인에게 얼핏 들은 말로는 크게 걱정하지 않아도 될 것 같더군요. 도둑질로 잡힌 것과는 많이 다르니까요. 선생님의 경우는 뭐랄까, 학문과 관련된 일이라고 할까요? 제가 표현은 잘 못하겠지만 아무튼 그렇다는 느낌을 받았어요. 하지만 저는 자세히는 모르겠어요. 누구도 알 수 없는 일이지만 말이에요."

"맞는 말씀입니다, 부인. 저도 그렇게 생각하고 있습니다. 다만 저는 당사자이기 때문에 부인보다는 이 일을 심각하게 받아들이고 있습니다. 간단하게 말씀드리면 이 일은 학문과 관련된 것도 아닐뿐더러 매우 무의미한 것이지요. 내가 불시에 체포되었다는 것이 문제입니다. 안나가 식사를 가져오지 않은 일에 신경쓰지 않고 일어나서, 내 방에 진을 치고 있던 사람들은 거들떠보지도 않은 채 부인에게로 가서 오늘만은 예외로 부엌에서 식사를 하고 옷은 부인에게 부탁하여 가져오시게 했더라면 불시에 습격을 받은 것으로 이 사건은 끝났을 테고 더 이상 확대되지 않았을 겁니다. 제가 너무 경솔했어요. 만약 이 일이 은행에서 일어났더라면 이런 결과를 초래하진 않았을 겁니다. 내 비서가 눈앞에 있고, 외부 전화와 사내 전화가 나란히 책상 위에 놓여 있으며, 고객과 직원들이 끊임없이 드나듭니다. 또한 무엇보다 중요한 것은 은행에서의 내 직책으로는 일이 손에서 떠나지 않으므로 머리가 기민하게 움직입니다. 그러므로 오늘과 같은 사건이 일어난다는 것은 어쩌면 흥미로운 일이 될 수도 있지요. 하지만 이미 벌어진 일을 더 이상 얘기하고 싶지는 않습니다. 저는 부인이 이 일을 어떻게 생각하실지 염려했습니다. 그런데 저와 생각이 같으시니 마음이 놓입니다. 저와 악수하시지 않겠습니까? 생각이 같다는 것을 다시 확인하는 뜻에서 말입니다."

'부인이 손을 내밀까? 아침에 감독은 나를 무시했는데.' 그는 이렇게 생각하며 부인의 기색을 살폈다. 그가 자리에서 일어서는 바람에 부인도 일어섰지만 K의 말을 제대로 이해하지 못했기 때문에 당황한 듯했다.

"너무 어렵게 생각하지 마세요, 선생님."

부인은 이 상황과는 전혀 어울리지도 않는 이야기를 했다. 눈물까지 글썽거리며 말했지만 이미 악수 따위는 까맣게 잊고 있었다.

"부인이 생각하시는 것만큼 어렵게 여기지는 않습니다."

K는 갑자기 피로를 느꼈다. 그리고 이런 부인에게 동의를 구하는 자신이 한심하게 느껴졌다.

"뷔르스트너 양은 방에 있습니까?"

그는 문을 나서면서 물었다.

"아직 돌아오지 않았어요."

그루바하 부인은 무뚝뚝하게 대답했다. 그리고 곧 자신이 지나쳤다는 것을 깨닫고 미소를 지으며 말했다.

"연극을 보러 간다고 했어요. 무슨 일이신지 제가 전해 드릴까요?"

"아닙니다. 특별한 일이 있는 것은 아니니까요."

"연극을 보러 갔으니 아마 늦을 거예요. 몇 시쯤에나 돌아올는지……."

"아니, 됐습니다. 저는 단지 오늘 아침에 허락도 없이 그 방에 들어가게 된 것을 사과 드리려고……."

"그 일이라면 염려마세요. 선생님은 사소한 일에도 너무 신경쓰시는 것 같아요. 그 아가씨는 일찍 나가서 아직 돌아오지도 않았고, 방은 낮에 감쪽같이 정돈해 놓았으니까요. 못 믿으시겠다면 자, 보세요."

그루바하 부인은 뷔르스트너의 방문을 열어 보였다.

"안 봐도 알겠습니다."

그는 이렇게 말하면서도 열려진 문 앞까지 걸어갔다. 방 안으로 달빛이 스며들어 가구의 윤곽이 희미하게 드러났다. 얼핏 보기에는 제대로 정리가 된 듯이 보였지만 창문 고리에 걸려 있던 블라우스가 보이지 않았다. 침대 위의 베개로 달빛이 쏟아지고 있었다.

"이 아가씨는 늘 이렇게 늦나 보지요?"

K는 빈정거리는 투로 말하며 그루바하 부인을 쳐다보았다.

"젊은 사람들은 다 그렇지요."

"하긴 그래요. 하지만 지나치면 곤란하지요."

"맞는 말씀이에요. 뷔르스트너 양의 험담을 할 생각은 없어요. 싹싹하고 착하고 부지런한 아가씨니까요. 하지만 자존심을 좀더 지키고 조신하게 행동했으면 좋겠어요. 이번 달만 해도 벌써 두 번이나 어두운 골목을 낯선 남자와 걷는 것을 보았답니다. 선생님, 우리끼리 얘기니까 말이지요. 전 정말 불결하더라고요. 앞으로 기회가 오면 분명히 말하겠어요. 그리고 다른 일로도 마음이 개운치 못한 일이 있기도 하니까요."

"그러시면 안 됩니다."

K는 흥분된 감정을 억제하지 못하고 말했다.

"제가 한 말을 부인께선 오해하신 것 같군요. 전 그런 뜻으로 말한 게 아닙니다. 부인께서 그 아가씨에게 직접 충고한다는 것은 옳지 않아요. 부인의 선입견일 수도 있으니까요. 저도 그 아가씨를 잘 알아요. 부인의 말씀은 사실과 다릅니다. 하지만 지나친 저의 간섭일 수도 있으니 충고하고 싶으시다면 하십시오. 그럼, 전 이만……"

"선생님!"

그루바하 부인은 애원하듯이 외치며 문 앞까지 그를 따라왔다.

"제 말씀을 더 들어 보세요. 사실 충고를 당장 하려는 것은 아니에요. 좀더 지켜본 다음 말할 참이었는데 선생님을 너무 믿은 나머지 제 생각을 얘기한 거랍니다. 하숙집 주인이라면야 누구든 자기 집을 깨끗이 유지하고 싶어하는 게 당연하지 않겠어요? 전 그런 뜻에서 말씀드린 거랍니다."

"하숙집을 깨끗하게 유지하고 싶으시다고요? 부인의 생각이 그러시다면 저부터 쫓아내는 게 순서겠군요."

K는 열린 문 밖에 서 있는 부인을 향해 소리를 지른 뒤 문을 쾅 닫아 버렸다. 그리고 힘없이 두드리는 노크 소리는 못 들은 체했다.

K는 잠이 올 것 같지가 않았다. 그는 뷔르스트너가 몇 시에 들어오는지

살펴야겠다고 생각했다. 바람직한 일은 아니겠지만 몇 마디 이야기를 나눌 수도 있을 것이다. 그리고 그루바하 부인의 생각을 얘기하고 그녀를 부추겨 이 집을 나가 버려야겠다는 생각도 잠시 했지만 유치한 행동이라는 생각이 들었다. 그리고 오늘 아침 사건으로 잠깐이나마 하숙집을 옮겨야겠다는 생각을 한 자신이 한심스러웠다.

아무도 다니지 않는 거리를 바라보는 일은 곧 싫증이 났다. 그는 드나드는 사람이 잘 보이도록 응접실로 통하는 문을 조금 열어 놓은 뒤 소파에 드러누웠다. 11시가 될 때까지는 담배를 입에 문 채 조용히 기다리고 있었으나 더는 견디기 힘들었다. 그는 일어나 응접실로 나갔다. 그곳에서 기다리면 뷔르스트너가 빨리 돌아올 것 같았다. 어떻게 생긴 아가씨인지 잘 기억도 나지 않고 꼭 만나야 할 이유도 없었지만 지금의 심정으로는 만나서 몇 마디 이야기라도 나누고 싶었다. 그녀가 밤늦도록 돌아오지 않자 그의 마음은 더욱 초조하고 심란해졌다. 저녁 식사도 하지 않고, 엘자에게 가기로 했던 것까지 포기한 지금으로는 뷔르스트너가 원망스럽기까지 했다. 당장이라도 엘자가 일하고 있는 술집으로 달려가면 이 두 가지 일은 해결될 것이다. 하지만 뷔르스트너를 만난 다음으로 미뤘다.

11시 반이 넘자 계단을 올라오는 발소리가 들렸다. K는 무슨 생각에 잠겨 응접실을 자신의 방인 것처럼 이리저리 거닐다가 갑자기 문 뒤로 숨었다. 그가 기다리고 있던 뷔르스트너가 나타났다. 추위 때문인지 어깨에 숄을 두르고 있었다. 그는 잠시 망설이다가 문을 살며시 열며 나지막하게 그녀를 불렀다.

"뷔르스트너 양!"

그의 목소리는 누구를 부른다기보다는 애원하는 듯했다.

"누, 누구세요?"

그녀는 눈을 휘둥그레 뜨며 주위를 둘러보았다.

"접니다. 놀라지 마세요."

"어머, 선생님이셨군요. 안녕하세요?"

그녀는 미소를 지으며 K에게 손을 내밀었다.

"괜찮으시다면 시간 좀 내주시겠습니까? 드릴 말씀이 있는데……."

"지금 말인가요? 다음으로 미루면 안 될까요? 너무 늦어서 말이에요."

"9시부터 쭉 기다렸습니다."

"그러셨어요? 전 연극을 보러 갔었거든요. 선생님이 기다리실 줄은 상상도 못 했어요."

"오늘 일어난 사건에 대해 좀 말씀드리고 싶어서요."

"좀 피곤하긴 하지만 달리 거절할 이유가 없네요. 괜찮으시다면 제 방으로 오시겠어요? 여기서 얘기하면 다른 사람들의 잠을 방해하게 될 테니까요. 제 방의 불을 켤 테니까 여기 불은 끄고 오세요."

K가 응접실의 불을 끄고 기다리고 있자 잠시 후 그녀가 부르는 소리가 들려 왔다.

"앉으세요."

그녀는 K에게 의자를 권했다. 방금 피곤하다고 말한 그녀는 정작 꽃으로 장식된 모자를 쓴 채 침대에 기대고 서 있었다.

"무슨 일이세요? 퍽 궁금하군요."

"이 늦은 시각에 얘기를 해야 할 정도로 절박한 문제가 아니지 않느냐고 핀잔을 하실지도 모르겠지만 저로서는……."

"서론은 빼고 말씀하세요."

"저도 그러는 것이 좋겠습니다. 사실 저 때문에 오늘 아침 이 방이 좀 어지럽혀졌었습니다. 제가 아는 사람들은 아니지만 엄밀히 말하면 그 원인이 저 때문이었으니까요. 사과를 드리고 싶습니다."

"제 방에서요?"

뷔르스트너는 그렇게 말하면서도 자신의 방을 둘러보려고는 하지 않았다. 대신 그의 얼굴을 뚫어져라 쳐다보고 있었다.

"네, 그렇습니다."

K는 목소리를 조금 낮추며 말했다. 두 사람의 시선이 마주쳤다.

"어떤 일이 일어났는지는 말씀드릴 필요가 없는 일입니다."

"어떤 일인지 몹시 궁금하지만 선생님이 말씀하시기 싫으시다면 억지로 강요하고 싶지는 않아요. 그리고 방도 특별히 어지럽혀진 흔적이 없으니 괜찮아요."

그녀는 허리에 손을 대고 방 안을 둘러보다가 사진이 붙어 있는 매트 앞에서 걸음을 멈추었다.

"어머, 사진이 거꾸로 걸려 있군요. 누군가 무례하게 내 방에 들어온 건 틀림없군요."

K는 고개를 끄덕였다. 남의 물건에 손 댄 카미너가 떠오르자 그는 다시금 화가 치밀었다.

"주인이 없는 방에는 허락없이 들어와서는 안 된다는 것쯤은 선생님도 아실 텐데요."

"아닙니다, 뷔르스트너 양."

K는 다급하게 말하며 그녀가 있는 쪽으로 걸어갔다.

"사진을 만진 사람은 제가 아닙니다. 제 말을 믿지 않으신다면 어쩔 수 없는 일입니다만, 사실 심리 위원회에서 제가 근무하는 은행의 행원 세 사람을 데리고 왔었습니다. 그 중 한 사람이 사진을 만졌습니다. 그 사람에게서 곧 사표를 받아낼 예정이지요."

뷔르스트너가 의아스런 표정으로 그를 바라보자 K는 덧붙였다.

"사실입니다. 이 방에서 심리 위원회가 열렸습니다."

"선생님에 대한 심문이 있었다는 말인가요?"

"그렇습니다."

"말도 안 돼요."

이렇게 외치며 그녀는 소리내어 웃었다.

"그렇다면 제가 무죄라고 생각하신다는 뜻입니까?"

"글쎄요, 저는 선생님을 잘 모르니 쉽게 말씀드릴 수가 없군요. 하지만 중죄가 아니라면 그렇게 빨리 심리 위원회가 열리지는 않는 걸로 알고 있어요. 선생님의 침착한 얼굴 표정으로 보아서는 감옥에서 도망쳐 나온 것 같지는 않고, 아무튼 중죄는 짓지 않으신 것 같네요."

"심리 위원회에서도 내가 무죄이거나 아니면 생각만큼 무거운 죄는 짓지 않았다고 여기는지도 모르지요."

"아마 그럴 거예요."

뷔르스트너는 신중하게 말했다.

"뷔르스트너 양은 재판에 대해서 잘 모르는 것 같군요."

"맞아요. 하지만 유감스럽게도 저는 호기심이 많아요. 특히 재판 같은 것은 너무 흥미있어요. 독특한 매력을 느낄 수 있다고나 할까요? 그래서 다음 달부터는 어떤 변호사 사무실에서 근무하려고 해요."

"그것 참 잘된 일이군요. 제가 도움을 받을 수도 있겠군요."

"제가 도울 수만 있다면 얼마든지요."

"아니, 이건 진심입니다. 변호사를 살 필요까지는 없는 일이고, 주위에 성실한 충고자가 있다면 많은 도움이 될 겁니다."

"제가 성실한 충고자가 되려면 사건을 자세히 알아야겠군요."

"그건 곤란합니다. 사건의 내용을 저도 전혀 모르거든요."

"그럼, 지금까지 저를 놀리고 계셨군요."

뷔르스트너는 몹시 실망한 표정으로 말했다.

"그런 말도 안 되는 얘기 때문에 늦은 밤까지 저를 기다리셨다는 말인가요? 정말 황당하군요."

사진 앞에 나란히 서 있던 그녀는 옆으로 비켜섰다.

"그건 오해입니다. 놀리다뇨? 저를 못 믿겠다는 말씀입니까? 사실을 그대로 말씀드린 겁니다. 아니, 제가 알고 있는 것 이상을 말씀드렸습니다. 이를테면 심리 위원회라는 것도 제가 갖다붙인 이름이니까요. 심문 같은 것은 전혀 없었지요. 다만 내가 체포되었다는 것을 그들은 통보해 주었고, 그것은 어떤 위원회에서 결정한 것이랍니다."

뷔르스트너는 의자에 앉아 있다가 다시 웃음을 터뜨렸다.

"그래요? 어떻게 체포되셨는데요?"

"끔찍했습니다."

K는 무심히 대답했으나 사실 아침의 사건 따위는 안중에도 없었다. 긴 의자에 앉아서 한 손으로는 턱을 괴고 다른 손으로는 허리를 어루만지고

있는 그녀의 모습에 마음을 빼앗기고 있었다.

"끔찍하다는 말만으로는 잘 모르겠는데요."

"잘 모르시겠다고요?"

K는 반문하다가 얼른 정신을 가다듬었다.

"그때의 상황을 알고 싶다는 말씀인가요?"

"전 몹시 피곤하군요."

뷔르스트너가 말했다.

"귀가가 너무 늦어서 그런 겁니다."

"저를 질책하시는군요. 제 방으로 들어오시게 한 건 저니까 원망할 수도 없군요. 일부러 여기까지 오셔서 할 얘기도 아니었는데 말이에요."

"그렇지 않습니다. 곧 아시게 될 겁니다."

K는 황급히 말했다.

"침대 옆의 보조 탁자를 이쪽으로 옮겨도 되겠습니까?"

"네에? 그건 곤란해요."

"그렇다면 할 수 없군요. 더 이상 설명을 드릴 수가 없습니다."

K는 엄청난 손해라도 입은 사람처럼 흥분하여 말했다.

"할 수 없군요. 설명하시는데 탁자가 필요하다면 조용히 옮기세요."

그녀는 잠시 사이를 두었다가 기운없는 목소리로 덧붙였다.

"제가 너무 피곤해서 엉뚱한 일을 허락하고 말았군요."

K는 방 한가운데로 탁자를 옮겨 놓은 뒤 맞은편에 앉았다.

"우선 인물들의 위치를 잘 파악해 두세요. 재미있으실 겁니다. 자, 그럼 제가 감독이라는 작자라면, 저쪽 트렁크 위에는 감시인 두 사람이 앉아 있었고 사진 앞에는 세 사람의 젊은이들이 서 있었습니다. 그다지 중요한 것은 아니지만 창문 고리에는 흰 블라우스가 걸려 있었지요. 저는 탁자 앞에 서 있었습니다. 감독은 다리를 꼬고 한쪽 팔은 의자 뒤로 늘어뜨린 뒤 거만하게 앉아 있더군요. 정말로 무례한 작자였죠. 자, 이제부터 심문이 시작됩니다. 감독이 저를 불렀습니다. 잠자리에서 벌떡 일어나게 할 요량이었는지 고함을 치더군요. 그때의 상황을 사실적으로 하기 위해서 죄송합니다만 소리를 지르겠습니다. 하지만 그의 고함은 내 이름을 부를 때뿐이었습니다."

호기심이 가득한 눈으로 미소를 짓고 있던 뷔르스트너는 소리지르는 것을 막기 위해 얼른 손가락을 입에 대 보였으나 소용없는 일이었다. K는 자신의 역할에 충실한 배우처럼 천천히 소리쳤다.

"요제프 K!"

감독이 소리친 정도까지는 아니었지만 밤의 적막 속으로 퍼지는 소리는 방 안 구석구석을 울리는 것처럼 느껴졌다.

그러자 이어서 옆방으로 통하는 문을 두드리는 소리가 들렸다. 두세 번의 힘차고 규칙적인 노크 소리였다. 뷔르스트너는 얼굴빛이 창백해졌다. K는 오늘 아침의 사건을 재연해 보이고 있는 자신을 바라보는 이 아가씨에게 정신이 팔려 있었기 때문에 더욱 놀랐다. 잠시 후 정신을 차린 K는 뷔르스트너에게로 뛰어가 그녀의 손을 맞잡았다.

"놀라지 마세요. 모두 제게 맡기세요. 그리고 옆방은 비어 있어요."

그가 속삭였다.

"그렇지 않아요. 제가 깜빡 잊고 있었어요. 어제부터 옆방은 그루바하 부인의 조카뻘 되는 대위가 쓰고 있어요. 이 집에 빈 방은 하나도 없어요. 그런데 느닷없이 소리를 질렀으니 모두 이상하다고 여길 거예요."

"너무 염려하지 마세요."

그는 뷔르스트너가 쿠션 위로 몸을 누이자 이마에 입맞춤을 했다.

"무슨 짓이에요?"

그녀는 벌떡 몸을 일으키며 화가 나서 소리쳤다.

"제발 돌아가 주세요. 옆방에서 다 듣고 있을 거예요. 무엇 때문에 저를 난처하게 하시는 거죠?"

"당신이 안정될 때까지 돌아가지 않겠어요. 절대로 말입니다. 방 저쪽으로 갑시다. 그곳이라면 들리지 않을 겁니다."

그녀는 그쪽으로 끌려갔다.

"좀더 이성적으로 생각해 봅시다. 소리를 지른 것은 별로 잘한 일은 아니지만 그렇다고 당신이 난처해할 일도 아닙니다. 대위가 그루바하 부인의 조카가 틀림없다면 이 일의 해결사는 부인일 겁니다. 하지만 부인은 저를 매우 존경하고 있고, 또 제 말이라면 무엇이든 믿습니다. 더구나 내게서 많은 돈을 빌려간 처지이므로 내게 함부로 하지는 못할 겁니다. 우리가 한방에 있었다는 사실을 당신이 누군가에게 해명해야 할 일이 있다면 제가 도와드리겠습니다. 또 그루바하 부인을 부추겨서 여러 사람들 앞에서 우리의 결백을 증명해 보이고, 사람들이 아무런 의심 없이 받아들이게 할 수도 있습니다. 그러니 아가씨는 나를 감쌀 필요가 없어요. 설사 제가 당신 방으로 쳐들어왔다는 소문을 퍼뜨리고 싶다면 그렇게 하셔도 됩니다. 그루바하 부인이 그 소문을 믿는다 해도 나에 대한 믿음에는 여전히 변함이 없을 테니까요. 그만큼 부인은 나를 신뢰하고 있지요."

뷔르스트너는 말없이 눈을 내리깐 채 바닥만 바라보고 있었다.

"제가 그루바하 부인에게 느닷없이 쳐들어왔다고 말할까요?"

K가 덧붙였다. 그의 눈앞에는 양쪽으로 묶은 그녀의 붉은빛 머리카락만 보였다. 금방이라도 자신을 향해 고개를 돌릴 것이라고 생각했으나 그녀는 움직이지 않고 말했다.

"죄송해요. 갑자기 노크 소리가 들려서 놀랐을 뿐이에요. 대위가 들으면 곤란하다고 해서 그런 건 절대 아니에요. 더군다나 전 문 옆에 있었잖아요. 그러니 노크 소리가 더욱 크게 들린 거지요. 선생님의 제의는 고맙지만 받아들일 수가 없어요. 제 방에서 일어난 일은 제가 책임을 지겠어요. 선생님의 호의는 매우 고맙지만, 그 호의 속에는 저의 자존심을 다치게 하는 것도 있다는 걸 선생님은 모르시는군요. 이제 그만 돌아가 주세요. 쉬고 싶어요. 잠깐이라고 말씀하셨지만 벌써 30분이 넘었어요."

K는 그녀의 손목을 잡았다.

"괜히 나 때문에 기분이 상하신 것 같군요."

"아니에요. 저는 상대가 누구든 그 정도의 일로 기분이 상하진 않아요."

K는 다시 그녀의 손목을 잡았다. 뷔르스트너는 손목을 빼려고 하지도 않으면서 그를 문 앞까지 이끌고 갔다. 그는 자신의 방으로 돌아가려고 마

음먹었지만 문 앞에서 잠시 머뭇거렸다. 뷔르스트너는 기회를 놓칠세라 재빨리 손을 빼고 응접실로 나와 낮은 목소리로 그를 불렀다.

"이리 오셔서 여기 좀 보세요."

그녀는 대위의 방문을 가리키고 있었는데 문 틈으로 불빛이 새어 나오고 있었다.

"불이 켜져 있잖아요. 분명 우리 얘기를 엿듣고 있었을 거예요."

"어디 좀 봅시다."

K는 이렇게 말하며 응접실로 나갔다. 그리고는 그녀를 붙들고 느닷없이 키스를 퍼부었다. 목마른 짐승이 어렵게 찾아낸 개울물을 정신없이 핥아대는 것처럼. 그는 그녀의 목덜미까지 정신없이 키스를 한 뒤 입술에 대고 한참 동안 가만히 있었다. 대위의 방에서 무슨 소리가 들렸기 때문에 비로소 얼굴을 들었다.

"이제 정말 돌아가겠소."

그는 이렇게 말한 뒤 뷔르스트너의 세례명을 부르려고 했으나 알 수가 없었다. 그녀는 기운없이 간신히 고개만 끄덕이고 힘없이 손을 내밀어 키스를 받아들였다.

K는 기분이 좋아져서 자신의 방으로 돌아왔다. 조금 전의 자신의 행동이 만족스러웠으나 좀더 과감하게 행동하지 못한 점이 아쉬웠다. 대위가 있기 때문이기도 했거니와 대위로부터 뷔르스트너를 지켜야 한다는 생각도 들었기 때문이었다. 그리고 곧 K는 깊은 잠으로 빠져들었다.

제2장 첫 번째 심리(審理)

K는 전화로 다음 일요일에 그의 사건에 대한 첫 번째 심리가 열린다는 통보를 받았다. 이 심리는 매주 열리는 것은 아니지만 여러 번 계속될 것이라고 했다.

심리가 빨리 끝나는 것은 이 일에 관련된 모든 사람이 바라는 일이기는 하지만, 사소한 것까지 철저히 심문을 해야 하고, 그러기 위해서는 많은 노력을 해야 하므로 또한 길게 끌 수도 없는 일이다. 그렇기 때문에 간단한 심문을 여러 날 되풀이하는 것이다.

심리일을 일요일로 정한 것은 K의 직업을 고려한 것이었다. 그가 다른 날을 원한다면 변경할 수도 있지만 별 무리가 없는 한 일요일에 출두하기를 바란다는 것이었다. 물론 꼭 출두할 것을 주지시켰다. 그리고 출두할 장소를 알려 주었으나 그곳은 K가 한 번도 가 본 적이 없는 교외에 있는 어떤 건물이었다.

K는 대답도 하지 않고 수화기를 내려놓았다. 그리고 일요일에 꼭 가겠다고 마음먹었다. 어쨌든 피할 수 없는 일이었다. 심리가 시작될 것이니 자신도 마음을 단단히 먹어야 할 것이고, 이 첫 번째 심리를 또한 마지막 심리로 이끌어야 할 것이다. K는 생각에 잠긴 채 전화기 앞에 서 있었다. 그때 등 뒤로 지점 차장의 목소리가 들려 왔다.

"좋지 않은 소식입니까?"

차장은 굳이 대답을 듣기 위해서라기보다는 K를 전화기 앞에서 비켜나게 하기 위해 지나가는 말로 묻고 있었다.

"아, 아닙니다."

K는 대답하며 옆으로 비켜섰다. 하지만 전화기에서 그리 멀지 않은 곳에 서 있었다. 차장은 수화기를 들고 상대편이 나오기를 기다리면서 말했다.

"아, 참! K씨, 일요일 아침에 내 배를 타고 파티를 하려고 하는데 오지 않겠소? 많은 사람들이 올 텐데 그 중에 K씨가 아는 사람도 올 거요. 하스테러 검사 말이오. 특별한 일이 없다면 꼭 와 주시면 좋겠소."

K는 차장의 말에 긴장하고 있었다. 차장의 초대는 단순한 것이 아니었다. 왜냐하면 K와 차장은 원만한 사이가 아니었기 때문이다. 차장의 초대는 화해를 의미하는 것이며, 또한 그가 은행에서 신망을 받고 있다는 표시이기도 했다. 그의 인품이나 능력을 은행에서 두 번째의 지위에 있는 사람이 인정해 준다는 것을 의미하기도 했다. 비록 이 초대는 통화자를 기다리면서 수화기 너머로 한 말이기는 했지만 화해를 뜻하는 것임엔 틀림없었다. 그러니 K는 이 초대를 딱 잘라 거절하지 않으면 안 될 처지였다.

"말씀은 감사합니다만 일요일엔 선약이 있습니다. 죄송합니다."

"선약이 있다면 할 수 없지요."

차장은 곧바로 상대방과 통화를 시작했다. 꽤나 긴 얘기가 계속되었지만 K는 그곳을 떠날 수가 없어 통화가 끝날 때까지 잠자코 서 있었다. 수화기를 내려놓는 소리에 정신을 차린 K는 자신이 그곳에 남아 있는 것을 변명이라도 하려는 듯이 말했다.

"방금 걸려온 전화는 저를 어디로 오라는 전화였습니다. 그런데 상대방이 장소만 말하고 시간을 얘기하지 않아서요."

"그렇다면 이쪽에서 전화를 걸어 물어 보면 되잖아요?"

"그럴 필요까지는 없는 일입니다."

K의 대답은 어색하기 짝이 없었다.

차장은 걸으면서 이런저런 얘기를 했다. K는 관심있게 듣는 척했으나 머릿속으로는 재판은 보통 오전 9시부터 시작하니까 그 시간에 맞추면 될 것이라는 생각을 하고 있었다.

일요일의 날씨는 음울했다. K는 전날 밤 술집에서 친구들과 어울려 거나하게 마신 뒤였으므로 하마터면 늦잠을 잘 뻔했다. 일 주일 동안 궁리한 계획을 정리할 시간도 없이 서둘러 옷을 입고, 아침 식사도 하지 않은 채 약속된 장소로 향했다. 주위를 살펴볼 여유도 거의 없었지만 뜻하지 않는 곳에서 체포되던 날 만났던 은행원 세 사람을 보게 되었다. 라빈슈타인과 쿨리히는 K가 가는 길을 전차를 타고 앞을 가로질러 갔고, 카미너는 어느 카페의 테라스에 앉아 있다가 그를 보자 난간 너머로 몸을 내밀고 바라보았다. 세 사람 모두 아침부터 급히 어디론가 가는 그를 보고 놀라워하는 것 같았다. 시간에 쫓기면서도 그가 차를 이용하지 않는 것은 일종의 아집이었다. 그는 이번 사건으로 그 누구의 작은 도움이라도 받는 것을 원치 않았다. 사소한 부탁도 하기 싫었으며, 사건이 해결될 때까지 남들의 입에 오르내리기도 싫었다. 하지만 일부러 시간을 정확히 지킨다거나 해서 심리 위원들에게 잘보이고 싶지는 않았다. 몇 시까지 오라는 지시는 없었지만 가능한 한 9시에 맞추려고 서둘렀던 것이다.

율리우스 거리 입구에 다다르자 양쪽으로 같은 모양의 낡은 회색 아파트가 늘어서 있었다. 일요일 아침이었으므로 대부분 창가에는 사람들의 모습이 보였다. 속옷 차림의 남자들이 창에 기대 담배를 피우거나 어린아이를 창가에 조심스레 올려놓고 붙잡고 있었다. 어떤 창으로는 침구가 쌓여 있는 것이 보였고, 이따금 그 위로 부스스한 여자들의 모습이 나타나곤 했다. 사람들이 골목길을 사이에 두고 서로를 부르는 소리와 커다란 웃음소리가 그의 머리 위로 들렸다. 길다란 골목길은 도로보다 서너 계단 낮았는데 일정한 간격을 두고 일용품을 파는 구멍가게가 늘어서 있었다. 몇몇 여자들이 그러한 가게를 드나들거나 계단 위에 서서 애기를 나누고 있기도 했다. 과일 장수 한 사람이 창문 안에 있는 사람과 흥정을 하고 있었는데 K와 과일 장수는 서로의 일에 정신을 빼앗겨 하마터면 부딪칠 뻔했다. 그때 마침 부유한 사람들이 사는 듯한 주택가에서 낡은 축음기가 큰 소리를 내기 시작했다.

K는 시간을 제대로 맞추었다는 듯이 천천히 거리를 걸어갔다. 어디선가 예심 판사가 창문을 통해 자신의 모습을 보고 있을지도 모른다는 생각이 들었다. 9시가 조금 지나 있었다. 약속 장소인 건물은 골목의 안쪽에 있었다. 보통 집과는 달리 건물의 출입구가 높고 폭도 넓었다. 상품을 실은 트럭이 자유로이 드나들 수 있도록 해 놓은 것 같았다. 제각기 자사의 마크를 단 화물 트럭들이 건물의 안뜰을 차지하고 있었는데 창고에는 자물쇠가 채워져 있었다. 그 중 몇몇 회사는 은행 거래 관계상 K도 잘 아는 회사였다. 그는 평소와는 달리 주변의 광경을 세밀히 관찰해 두고 싶어서 잠시 안뜰의 입구에 서 있었다. 그의 바로 앞 상자 위에서는 한 사나이가 맨발로 걸터앉아서 신문을 읽고 있었다. 어린아이 둘은 손수레 위에서 놀고 있었고, 펌프 앞에서는 속옷 차림의 소녀가 양동이에 물을 받으며 K를 쳐다보고 있었다. 안뜰 한쪽 구석의 창문과 창문 사이에 매어 놓은 빨랫줄에는 빨래가 가득 널려 있었다. 한 사나이가 그 밑에 서서 소리를 지르면서 일을 지시하고 있었다.

K는 심리실로 가기 위해 계단을 오르다가 그 자리에 멈춰 섰다. 이 계단 외에도 안뜰에는 세 개의 계단으로 된 또다른 입구가 있었고, 안뜰의 끝에 있는 좁은 통로는 다른 안뜰로 통하는 것 같았다. 그는 위치를 자세하게 알려 주지 않은 것에 은근히 화가 났으며, 자신을 무시하고 업무를 태만히 하는 것에 항의해야겠다고 마음을 다잡았다. 그러면서 그는 그 계단을 올라갔다. 죄대로 사람을 처벌한다는 감시인 빌렘의 말이 떠올라 자신이 선택한 이 계단이 반드시 심리실로 가는 계단일 것이라고 추측했다.

K는 계단을 올라가느라 그곳에서 놀고 있던 아이들을 방해한 셈이 되고 말았다. 아이들은 자신들을 방해한 그를 악의에 찬 눈으로 노려보고 있었다. '다음에 올 일이 또 생기면 과자를 사 오든지 이 녀석들을 혼내 줄 지팡이를 가져오든지 해야겠군.' 하고 그는 생각했다. 한 발짝만 움직이면 2층이었지만 아이들이 공을 던질 때까지 기다려야만 했다. 그 순간 지저분한 몰골을 한 아이들 둘이 공을 잡기 위해 그의 바짓가랑이를 붙잡고 넘

어졌다. 그는 얼른 뿌리치고 싶었으나 아이들이 다칠 수도 있었고, 또 울음이라도 터진다면 자신의 입장이 난처해질 것 같아 참고 있었다.

2층에 이르자 그는 마음이 조급해졌다. 하지만 심리 위원회가 어디냐고 물을 수도 없는 일이었다. 마침 란츠라는 이름을—— 이 이름은 그루바하 부인의 조카인 대위의 이름이었지만—— 이용하자는 생각이 들었다. 방마다 란츠라는 사람이 살고 있느냐고 물으면서 방 안을 살펴볼 요량이었다. 그러나 대개의 방문은 열려져 있었기 때문에 이 방법까지 이용할 필요가 없었다. 어느 방이나 작은 창이 하나밖에 안 달린 답답한 방으로 부엌까지 딸려 있었다. 몇몇 여인들은 젖먹이를 한 팔에 안고 한 팔로 부엌일을 하고 있었고, 앞치마 같은 옷차림만 한 계집애들이 바쁘게 방 안을 돌고 있는 모습도 보였다. 어느 방이나 아직 침대도 제대로 정리하지 않고 있었는데 대부분 환자가 누워 있거나 아직 잠에서 깨지 않은 사람이 누워 있었다. 그렇지 않으면 옷을 입은 채 비스듬히 누워 있는 사람도 있었다. 문이 닫혀 있는 방 앞에서는 노크를 했다. 그리고 K는 ‘란츠라는 목수가 사느냐’고 물었다. 그러면 대부분 여자들이 문을 연 뒤 방 안을 향해 되물었다.

“목수인 란츠라는 사람을 찾는대요.”

“목수 란츠라고?”

침대 쪽에서 말소리가 들려 왔다.

“네, 그렇습니다.”

K는 이렇게 대답을 한 뒤 심리 위원회가 아님을 알고는 더 이상 머뭇거릴 필요도 없이 그 방 앞을 지나쳤다. 대부분의 사람들은 그가 란츠라는 목수를 꼭 만나야 할 사람으로 생각하고 고개를 갸웃거리거나 기억을 더듬느라 입 안에서 란츠라는 이름을 되풀이하곤 했다. 목수는 알고 있지만 이름이 란츠가 아니라고도 했고, 이름은 란츠와 비슷하지만 직업이 목수가 아니라고도 했다. 또 옆방에 가서 물어 보는 사람도 있었고, 멀리 떨어져 있는 방 앞까지 안내해 주는 사람도 있었다. 그들은 그런 이름을 가진 사람이 아직도 살고 있는지도 모르며, 또 자기들보다 잘 아는 사람이 있을 것이라고 믿기 때문이었다. K는 더 이상 자기 입으로 묻지 않고도 사람들

에게 이끌려 각 층을 돌아다니게 되었다. 처음에는 잘됐다 싶던 이 방법도 점차 싫증나기 시작했다. 6층으로 올라가기 전에 K는 심리 위원회를 찾는 일을 그만두려고 생각했다. 6층까지 동행하려고 따라 나선 젊고 친절한 남자에게 고맙지만 더 이상 찾지 않겠다고 말하고 헤어졌다. 그러나 곧 지금까지 한 일이 헛수고였다는 생각이 들어 억울했다. 발길을 돌려 6층으로 올라가 첫 방문을 두드렸다. 방문이 열리자 제일 먼저 그의 눈에 띤 것은 10시를 리키고 있는 커다란 벽시계였다.

"목수일을 하시는 란츠라는 사람을 찾습니다."

"네, 들어오세요."

유난히 빛나는 검은 눈의 젊은 여자가 대야에 담긴 아이들의 옷을 빨다가 젖은 손으로 열려 있는 옆방 문을 가리켰다.

K는 어떤 집회 장소에 자기가 들어섰다고 생각했다. 창이 두 개 있는 중간 정도의 방에 많은 사람들이 둘러서 있었는데 아무도 K를 쳐다보지 않았다. 그 방은 벽을 따라 거의 천장까지 회랑으로 이루어져 있었는데 회랑에까지도 사람들이 꽉차 있었다. 몸을 구부린 채 머리와 등을 천장에 대고 겨우 서 있는 상태였다. K는 공기가 너무 탁하다고 느껴져서 얼른 되돌아나왔다. 그리고 자신의 말을 잘못 들었을 거라고 생각하고 다시 젊은 여자에게 물었다.

"저는 목수일을 하시는 란츠라는 분이 여기에 사느냐고 물었습니다."

"네, 맞습니다. 어서 들어가세요."

그녀가 대답했다.

만약 그녀가 그의 옆으로 다가와 방문의 손잡이를 잡으며 '어서 들어가세요. 이제 문을 닫아야 합니다. 더 이상 다른 분은 들어갈 수가 없습니다' 하고 말하지 않았더라면 K는 결코 그 방으로 들어가지 않았을 것이다.

"네, 들어가지요. 하지만 이미 초만원 상태군요."

그는 이렇게 말하면서 안으로 들어섰다.

그가 방 안으로 들어서자 바로 문 옆에 있던 두 남자가 이야기를 하고 있었다. 한 남자는 양손을 내밀고 돈 계산을 하고 있는 듯한 동작을 하고 있었고, 다른 한 남자는 그 남자를 노려보며 뭐라고 말하고 있었는데, K가 그 사이를 비집고 들어가려 하자 어떤 손이 그를 붙잡았다. 붉은 뺨에 몸집이 작은 청년이었다.

"이쪽입니다. 이쪽으로 오세요."

청년이 말했다.

K는 청년이 이끄는 대로 따라갔다. 그 혼잡 속에서도 좁다란 통로가 나 있었다. 그 통로에 의해서 두 파로 갈라져서 모여 있다는 것을 알 수 있었는데 통로의 맨 앞줄에 서 있는 두 파의 사람들은 제각기 자기의 파를 향해 몸을 돌린 채 흥분한 어조로 말하고 있었다. 대부분의 사람들은 검은 예복을 입고 있었고, 이러한 옷차림은 K를 잠시 어리둥절하게 했지만 그 외의 다른 것은 정치적인 집회의 전형과 조금도 다르지 않았다.

K가 이끌려 간 방 안쪽에는 낮은 연단 위에 탁자가 하나 놓여져 있었고, 그 뒤로 뚱뚱한 남자가 버티고 앉아 있었다. 그리고 그 바로 뒤에는 의자 등받이에 팔꿈치를 대고 다리를 꼰 채 한 남자가 서 있었다. 두 사람은 무슨 이야기를 하면서 껄껄거리고 웃고 있었다. K를 데리고 간 청년은 보고를 하느라고 무척 힘들어했다. 발돋움을 해 가면서 두 번 정도 무슨 말을 하려고 했지만 연단에 앉아 있는 남자는 눈치채지 못하고 있었다. 연단 둘레에 서 있던 다른 사람들이 앉아 있는 남자에게 얘기를 해 주어서 겨우 청년으로부터 귓속말로 보고를 받았다. 보고를 받은 뒤 그는 시계를 꺼내서 힐끔 본 뒤 K를 향해 말했다.

"1시간하고도 5분이나 지각했군!"

K는 늦은 이유를 설명하려 했지만 그때 바로 오른쪽에 갈라져 있던 사람들이 일제히 뭐라고 하면서 술렁거렸기 때문에 말을 할 수가 없었다.

"1시간하고도 5분이나 지각이야!"

그 남자는 좀더 소리를 높여 되풀이한 뒤 재빨리 사람들을 둘러보았다. 곧이어 불평하는 소리가 들려 왔으나 그 남자가 더 이상 아무 말도 하지 않자 그 소리도 차츰 잦아들었다. K가 처음 들어섰을 때보다는 훨씬 조용해졌지만 회랑 쪽에서는 여전히 불만의 소리가 들려 왔다. 회랑 쪽은 유난히 뿌연 먼지가 심하게 일고 있었고, 그곳 사람들의 옷차림 또한 아래쪽의 사람들보다는 초라해 보였다. 대부분의 사람들은 머리가 긁히지 않도록 천장과 머리 사이에 방석을 대고 있었다.

K는 일단 주변 상황을 관찰해야겠다고 마음먹었다. 지각한 이유를 설명하려던 것을 그만두고 간단하게 말했다.

"지각은 했습니다만, 지금은 분명히 이 자리에 서 있습니다."

그러자 오른쪽에 있는 무리들이 일제히 박수를 쳤다. 쉽게 내편으로 만들 수 있는 사람들이라는 생각이 들었다. K는 왼편의 사람들을 등지고 서 있었는데 그쪽에서는 박수소리가 한두 번 일었을 뿐이었다. 그는 어떻게 하면 그들도 내편으로 만들 수 있을까 하고 생각했다.

"그렇군. 내가 당신을 심문할 의무가 있는 것도 아니니까……."

또다시 불평의 소리가 들려 왔다. 그러자 그 남자는 손을 들어서 사람들을 제지했다. 술렁임은 금세 줄어들었다.

"하지만 오늘은 예외로 내가 심문하겠소. 앞으로 지각은 절대 용납할 수 없습니다. 그럼 앞으로 나오시오!"

누군가가 연단에서 뛰어내렸고, K는 대신 빈 자리로 올라갔다. 탁자 쪽으로 바짝 붙어 서 있었지만 등 뒤의 사람들이 자꾸 밀어서 안간힘을 쓰며 버텨야 했다. 그렇지 않으면 예심 판사와 탁자까지 밀려서 연단 아래로 굴러 떨어질 형편이었다. 하지만 예심 판사는 그런 것 따위에는 아랑곳하지 않고 팔걸이 의자에 앉아 뒤에 서 있는 남자에게 뭐라고 지시한 뒤 탁자 위의 서류를 끌어당겼다. 그것은 얼마나 많이 들추었는지 낡을대로 낡아 있었다. 예심 판사는 서류를 들추면서 다시 확인한다는 투로 말했다.

"당신은 화가지요?"

"아닙니다. 저는 은행의 간부입니다."

K가 이렇게 대답하자 통로의 오른쪽으로 갈라져 있는 사람들에게서 웃음이 터져 나왔다. K도 덩달아 웃었다. 사람들은 심한 기침을 할 때처럼 참을 수 없다는 듯이 몸을 흔들며 웃어댔다. 회랑 위의 사람들도 여기저기서 웃었다. 예심 판사는 몹시 언짢아진 듯 지금까지는 거의 눈에 띄지도

않던 눈썹이 치켜뜬 눈 위로 곤두서는 것 같았다.

　그러나 통로의 왼쪽 사람들은 잠잠했다. 왼쪽의 사람들은 오른쪽의 사람들보다는 수가 적어 보여서 그다지 권한이 셀 것 같지는 않았지만 침묵을 지키고 있어서 훨씬 진지해 보였다. K는 왼쪽 사람들과 같은 심정이 된 기분으로 말했다.

　"판사님, 제게 화가냐고 물으셨지요? 그 질문만으로도 이 절차의 전모가 다 드러났다고 할 수 있습니다. 절차가 아니라고 말씀하실지도 모르겠습니다만, 그것은 어디까지나 제가 인정하는 경우에 한해 절차로 성립되므로 판사님의 이의 제기는 당연하다고도 할 수 있습니다. 그러므로 잠시 제가 그것을 인정하겠습니다. 솔직히 말씀드리면 동정심에서 인정하는 것입니다. 보편적으로 이러한 절차를 인정하려고 할 때에는 동정심없이는 불가능한 일이니까요. 이러한 절차를 결코 부당하다고 말씀드리는 것은 아닙니다. 다만 판사님께서 제 말뜻을 잘 이해해 주시기 바랍니다."

　K는 잠시 입을 다물고 방 안을 둘러보았다. 자신이 한 말은 핵심을 찌른 듯했다. 이런 날카로운 지적은 정당한 것이며 당연히 박수갈채를 받을 일이다. 그런데 뜻밖에도 찬물을 끼얹은 것처럼 조용했다. 사람들의 얼굴은 다음에 벌어질 사태를 기다리는 긴장한 표정이었으며, 그 긴장 속에 폭발을 담고 있어서 기회가 되면 모든 일을 끝장낼 것처럼 느껴졌다. 그때 마침 출입구의 문이 열리며 빨래를 하고 있던 여자가 들어섰다. 그 여자는 소리를 내지 않으려고 조심했지만 몇몇 사람의 시선이 자기 쪽으로 돌려진 것에 대해 신경쓰이는 듯한 태도였다. K는 자신이 한 말이 예심 판사의 허를 찌른 것 같아 내심으로는 기뻐하고 있었다. 예심 판사는 K가 얘기하는 동안 줄곧 회랑을 향해 서 있었는데 장내가 조용해지자 자리에 무너지듯 주저앉았다. 그리고 평온한 태도를 과장하려고 서류를 뒤적였다.

　"그런 것은 집어치우는 것이 어떻습니까?"

　K는 다시 말하기 시작했다.

　"그런 서류 따위는 아무런 도움도 되지 않을 텐데요. 그 서류도 제가 한 말을 증명하고 있을 테니까요."

K는 자신의 또렷한 목소리만이 낯선 사람들 속으로 울리는 것에 은근히 신이 났다. 그리고 대담하게 예심 판사의 손에서 서류를 낚아챘다. 마치 오물이라도 만진다는 듯이 서류의 중간 부분의 한 장을 손끝으로 집었기 때문에 누렇게 바래고 꾸깃꾸깃한 서류 뭉치는 양쪽으로 축 늘어졌다.

"이것이 예심 판사님의 문서입니까?"

그는 이렇게 말한 뒤 서류를 탁자 위로 떨어뜨렸다.

"판사님, 천천히 읽어 주십시오. 이런 고리대금업자의 장부 같은 것은 조금도 두렵지 않으니까요. 저는 두 손끝으로 만지는 것만으로도 끔찍하니까요. 잘은 모르겠지만 뭐 대단한 것도 아닌 것 같군요."

예심 판사는 탁자 위에 떨어진 서류를 간추린 후 읽기 시작했다. 이 같은 행동은 무조건 굴복한 증거라고밖에는 볼 수 없었다. K는 맨 앞줄의 사람들이 자신을 바라보고 있음을 느끼고 그들을 바라보았다. 거의가 중년의 사람들이었고, 그 중 몇몇은 수염이 희끗희끗했다. 그들은 예심 판사의 이러한 굴복에도 불구하고 침착성을 잃지 않고 지켜보고 있었다. 이들이야말로 이 일에 결정적인 영향을 미칠 사람들임이 틀림없었다.

"제게 일어난 일들은……."

K는 맨 앞줄에 있는 사람들의 표정을 살피면서 조금 낮은 목소리로 말을 이었다.

"제게 일어난 일들은 개인적인 사건에 불과합니다. 저는 그 일을 대단치 않은 시시한 사건으로 받아들였습니다. 하지만 저 외에도 얼마나 많은 사람들이 이러한 사건으로 재판을 받게 되었는지는 충분히 상상할 수 있습니다. 그것 때문에 제가 흥분한 것이지 개인적인 일 때문에 그런 것은 결코 아닙니다."

그는 자신도 모르게 점차 목소리를 높였다.

그때 누군가 두 팔을 들어 박수를 치며 외쳤다.

"옳소, 맞는 말이오. 맞는 말이야!"

맨 앞줄의 나이든 사람들은 수염만 쓸어내릴 뿐 아무도 그 사람을 돌아보지 않았다. K도 그 소리에 주의를 기울이지는 않았지만 내심 용기를 얻었다. 그는 만장일치의 박수 갈채는 바라지 않았다. 많은 사람들이 이 같은 일에 대해 반성하고, 단 한 사람이라도 자신의 진심을 이해해 주고 동의해 주는 것으로 만족하리라. K는 이와 같은 확신을 품고 계속했다.

"저는 웅변을 하려는 것이 아닙니다. 또 그럴 능력도 없습니다. 저는 다만 공공연한 어떤 부정에 대해 말씀드리려고 합니다. 잘 들어 주십시오. 한 열흘 전부터 저는 체포되어 있습니다. 체포라는 사실 그 자체가 매우 우스운 일이지만 아무튼 저는 자다가 습격을 당했습니다. 조금 전 판사님께서 말씀하신 것으로 보아서는 어떤 화가를 체포하라는 명령을 받고선 저를 습격한 것 같습니다. 제 옆방에는 두 명의 무례하기 짝이 없는 감시인이 진을 치고 있었습니다. 설사 제가 중죄를 지은 강도라 해도 저를 그렇게 다루지는 않았을 겁니다. 더군다나 더 기가 막히는 일은 저에게 겁을 준 후 내 양복과 속옷을 갈취하려고 했습니다. 어디 그뿐인 줄 아십니까? 제 아침 식사를 허락도 없이 먹어치우고는 아침 식사를 하게 해줄 수 있다며 돈까지 요구했습니다. 그러고는 다른 방에 있던 감독이라는 자에게 끌고 갔습니다. 그 방은 내가 존경하는 어떤 여인의 방이지만 감독과 감시인들 때문에 어지럽혀졌습니다. 저는 죄가 없으므로 화가 났지만 흥분을 누르고 또 눌러서 감독에게 내가 왜 체포되었느냐고 물었습니다. 그 감독이 여기에 있다면 아마 증명을 해줄 것입니다만. 감독이 뭐라고 대답했는지 짐작이 가십니까? 방금 말씀드린 그 여인의 의자에 오만한 태도로 비스듬히 앉아 있던 감독의 모습이 아직도 눈에 선합니다. 여러분, 놀랍게도 그는 아무런 대답도 하지 않았습니다. 아니, 사실은 아무것도 모르기 때문에 대답을 할 수가 없다고 하더군요. 저를 체포하는 것만이 그의 임무였으니까요. 그리고 또 제가 근무하는 은행의 행원 세 사람을 데리고 왔더군요. 그 사람들이 여인의 사진과 물건들을 제멋대로 만졌습니다. 그 사람들을 데리고 온 것은 다른 목적에서였습니다. 하숙집 주인이나 가정부에게 한 것처럼 체포 소식을 퍼뜨려 내 명예를 훼손시키고, 은행에서의 내 지위를 흔들리게 하려던 것이지요. 그러나 그건 부질없는 짓이었습니다. 하숙집 주인인 프라우 그루바하 부인 역시 저의 체포는 버릇없는 아이들이 길가에서 저지른 장난에 지나지 않는다고 말했습니다. 거듭 말씀드리지만 이 사건 때문에 저는 몹시 불편했고, 화도 치밀었습니다. 이 일로 인해 어떤 더 나쁜 결과가 기다리고 있지 않다고 누가 단언하겠습니까?"

말을 마친 K가 예심 판사를 바라보았을 때 마침 누군가와 눈짓을 주고받는 것으로 느껴졌다. K는 회심의 미소를 지으며 다시 말했다.

"방금 내 옆에서 예심 판사님께서는 여러분 중의 한 사람과 눈짓으로 신호를 하시더군요. 그것으로 보아 여러분 중에서는 이 연단으로부터 지시를 받는 분이 있는 것 같습니다. 지금 보낸 신호가 저를 방해하라는 것인지, 박수를 치며 환호를 하라는 것인지는 모르겠지만 어쨌든 제가 먼저 그 신호를 눈치챈 이상 그 신호의 의미를 알 필요도 없게 되었습니다. 감히 판사님께 말씀드리지만 유치하게 숨어서 신호를 보내지 마시고, 큰 소리로 당당하게 '야유를 하라!' 또는 '박수를 쳐라!' 하고 매수당한 사람들에게 말씀하십시오."

예심 판사는 의자에 앉은 채 이리저리 몸을 움직이고 있었는데 몹시 당황하고 초조한 표정이었다. 예심 판사의 등 뒤에서 얘기를 나누며 웃고 있던 남자는 또다시 그에게로 몸을 굽혀 무어라고 귓속말을 했다. 아래쪽의 사람들은 여기저기서 낮은 소리로 웅성거리고 있어서 지금까지 서로 상반된 의견으로 맞서고 있던 것으로 보이던 두 파의 사람들도 서로의 의견을 교환하며 K를 가리키기도 하고 예심 판사를 쳐다보기도 했다. 먼지는 안개처럼 자욱하게 퍼져 있어서 조금 떨어져 있는 사람들을 분별하기가 힘들 정도였다. 특히 회랑 쪽에 있는 사람들은 매우 고통스러워하며 예심 판사를 바라보았다. 그들은 결과를 좀더 자세히 알고 싶어서 앞쪽의 사람들에게 물어 보곤 했다. 하지만 대답을 하는 쪽도 특별한 것을 알고 있는 것도 아니었다. 다만 입에다 손을 대며 낮은 소리로 중얼거릴 뿐이었다.

"이제 곧 끝날 겁니다."

K는 벨을 찾았지만 눈에 띄지 않았으므로 주먹으로 책상을 내리쳤다. 예심 판사와 귓속말을 하던 남자는 놀라서 서로 떨어졌다.

"이 일은 저와는 직접적인 이해관계가 없으므로 저는 냉철한 판단을 내리겠습니다만, 만일 여러분께서 이 터무니없는 재판에 관심을 가지신다면 저의 얘기를 귀기울여 주시기 바랍니다. 제 말에 대한 여러분의 비판은 다음 기회로 미루어 주십시오. 저는 더 이상 이 일에 시간을 할애하고 싶지 않습니다."

순식간에 장내는 조용해졌다. K는 이처럼 그곳의 분위기를 지배하고 있었다. 더 이상 큰 소리로 떠들거나 소리치는 사람도 없었고, 찬성의 박수를 치는 사람도 없었다. 그들은 거의가 K에게 압도당한 듯이 보였다.

K는 모든 사람들이 긴장해서 자신의 이야기를 경청하는 것이 기뻤다. 또 고요함 속에서 울리는 자신의 목소리가 열광적인 박수보다도 더 우쭐하게 했다.

"더 이상 강조할 필요도 없이 저의 경우를 예로 들어 말씀드린다면 거대한 어떤 조직이 움직이고 있습니다. 이 조직은 매수하기 쉬운 감시인이나 우둔한 감독, 또 다행히도 겸손한 예심 판사를 고용하고 있습니다만, 더 나아가서는 각급 지위를 가진 재판관과 급사, 서기, 경찰, 심지어는 사형 집행인까지 거느리고 있습니다. 그렇다면 이 거대한 조직의 정체는 무엇일까요? 그것은 바로 무고한 사람들을 체포하고, 터무니없는 재판을 행한다는 것입니다. 이처럼 모든 일이 엉터리인데 관리들의 부정부패를 어떻게 막을 수 있겠습니까? 감시인은 체포된 사람들의 옷이나 빼앗으려 하고, 감독은 남의 집을 침입합니다. 무고하게 체포된 사람은 심문을 당한다기보다는 차라리 많은 사람들 앞에서 모욕을 받는 꼴입니다. 감시인들은 체포된 사람들의 소지품이 보관될 창고에 대해서 설명을 늘어놓았는데, 저는 솔직히 그 창고를 한번 보고 싶습니다. 체포된 사람들의 개인 재산이 도둑놈 같은 창고지기에 의해 없어지거나 썩어가고 있는 걸 말입니다."

그때 한쪽 구석에서 들려온 날카로운 비명 소리에 K는 이야기를 중단했다. 그는 햇빛에 반사된 뿌연 먼지 속에서 소리나는 곳을 살폈다. 아까 빨래하던 여자가 들어왔을 때 한 남자가 그 여자를 문 쪽으로 끌고 가서 껴안는 것을 K는 보았었다. 하지만 비명을 지른 것은 여자가 아니라 바로 그 남자였다. 그는 입을 헤 벌리고 천장을 바라보고 있었다. 그 두 사람을 에워싸고 사람들이 모여들었다. 회랑 쪽의 사람들은 K에게 압도된 이 재판의 분위기가 두 사람 때문에 무너진 것을 기뻐하는 듯이 보였다. K는 곧 이 재판의 분위기를 바로잡고 소란을 일으킨 두 사람을 내쫓는 것이 현명하다고 느꼈다. 하지만 K앞에 있는 맨 앞 줄의 중년 신사들은 미동도 하지 않고 버티고 있어서 K는 움직일 수가 없었다. 오히려 움직이려 하는 K의 목덜미를 누군가가 잡아당기며 그를 방해했다. 그 순간 K는 이미 두 사람을 잊게 되었고, 정말로 자신의 자유는 속박되고 체포당했다는 기분이 들어 다짜고짜 연단에서 뛰어내렸다.

K는 사람들과 정면으로 마주섰다. 자신은 사람들을 제대로 판단한 것일까? 자신의 연설에 지나친 자신감을 가졌던 게 아닐까? 자기가 연설하는 동안 진지하게 듣고 있던 사람들이 결론을 내릴 때가 되자 싫증을 느낀 것일까? 과연 이 사람들의 정체는 무엇일까? 작고 검게 빛나는 눈들이 그를 노려보고 있었다. 술주정뱅이처럼 축 처진 볼을 가진 사람들은 수염마저도 뻣뻣해 마치 손으로 만지면 손톱으로 긁힌 것 같은 느낌이 들 것 같았다. 그 순간 수염에 가려진 윗옷의 깃에 각양각색의 휘장이 달려 있는 것을 발견했다. 눈에 띄는 사람들마다 저마다 번쩍이는 휘장을 달고 있었다. 이 안의 모든 사람들은 결국 한패거리였다. 뒤를 돌아보자 예심 판사의 옷깃에도 같은 휘장이 달려 있었다.

"이제 모든 것이 확실해졌다!"

K는 뒤늦은 깨달음에 두 손을 높이 치켜들며 외쳤다.

"당신들은 내가 말한 바로 그 부패한 관리들이군요. 방청객과 탐정으로 위장해서 감쪽같이 나를 속였군요. 두 파로 갈려져 있는 것처럼 꾸며서는 한쪽에서 나를 부추긴 거군요. 죄없는 사람에게 어떻게 죄를 뒤집어씌울 것인가를 실험했던 거로군! 그렇다면 좋소. 당신들이 이곳에 온 목적을 이루었으니까. 무고한 한 시민이 당신들에게 변호를 기대했다는 것을 얼마나 재미있어하면서 받아들였겠느냔 말이오. 어서 비키시오. 다가오면 누구든 갈길 테니까!"

K는 가장 가까운 쪽에서 덜덜 떨고 있는 노인을 향해 소리쳤다.

"그리고 당신네들의 실험은 성공한 셈이니 축하를 드리겠소."

K는 사람들 사이를 비집고 출입구 쪽으로 내달렸다. 하지만 놀랍게도 문 앞에는 예심 판사가 기다리고 있었다.

"잠깐 기다리시오."

예심 판사가 말했다.

K는 멈춰 서서 자신이 잡고 있는 문 손잡이만 쳐다보았다.

"미처 깨닫지 못한 것 같아서 일러두겠소. 당신은 오늘 체포된 자가 심문을 받을 때 받을 수 있는 특전을 스스로 포기한 셈이 되고 말았소."

그러자 K는 문을 향해서 웃으며 소리쳤다.

"웃기지 마시오. 심문 따위는 나와는 상관없는 일이니까!"

K는 문을 열고 계단을 뛰어내려갔다. 등 뒤로는 또다시 소란스런 술렁임이 일었다. 분명 그들은 연구자의 태도로 되돌아가서 이 사건을 진지하게 토론할 것이다.

제3장 텅 빈 법정, 대학생, 재판소 사무국

K는 그 후 일 주일 내내 새로운 통보가 오기를 기다렸다. 심문 따위는 자신과 상관없다고 했던 말이 그들에게 받아들여졌을 리는 만무했다. 그러나 통보는 토요일까지 없었으므로 일요일 같은 시각에 그 집으로 오라는 것으로 받아들였다. 그래서 일요일이 되자 그는 곧바로 그 집으로 가서 그 방 앞에 이르렀다. 노크를 하자 곧 문이 열렸다. K는 지난 번에 만났던 그 여자에게는 눈길도 주지 않고 안으로 들어서려고 했다.

"오늘은 쉬는 날입니다."

그녀는 간략하게 말했다.

"왜 쉬는 겁니까?"

그녀는 옆방 문을 열어 보였다. 방은 텅 비어 있었고, 연단 위에는 여전히 탁자가 놓여 있었으며, 두세 권의 책이 쌓여 있었다. 그는 맥이 풀렸다.

"저 책을 좀 봐도 되겠습니까?"

그는 좀더 머물러 있기 위한 구실로 그렇게 말했다.

"안 됩니다. 저건 판사님의 책입니다."

그녀는 문을 닫으며 말했다.

"그래요? 아마 법률책이겠군요. 죄없는 사람에게 누명을 덮어씌우고는 유죄 판결을 내리는 것이 이 재판소의 일이니까요."

"글쎄요, 그럴는지도 모르죠."

그녀는 그의 말에 긍정인지 부정인지 알 수 없는 말을 했다.

"그럼, 이만 가 보겠습니다."

"판사님께 무슨 전하실 말씀이라도 있으신가요?"

"판사님과는 잘 아는 사이입니까?"

그가 되물었다.

"네, 남편이 정리(廷吏) 일을 하거든요."

그때서야 K는 지난 번과는 달리 세탁통만 덩그러니 있던 방이 말끔하게 정리된 거실로 변해 있는 것을 깨달았다. 그녀는 계속해서 말했다.

"개정일에는 방을 비우지요. 무료로 빌려 주거든요. 남편의 직업상 어쩔 수 없는 일이지만 불편한 점이 많아요."

"방은 그렇다 하지만…… 남편이 있는 분이……."

K는 조금 언짢은 표정을 지었다.

"지난 번 선생님의 연설을 엉망으로 만든 사건 때문에 그러시죠?"

"그렇습니다. 이미 지나간 일이기는 하지만, 그때는 매우 화가 났습니다."

"하지만 그 일 때문에 연설을 중단하신 것은 오히려 선생님께 잘된 일이에요. 모두들 선생님의 연설에 대해 화를 내며 나쁘게 말했으니까요."

"그랬겠죠. 하지만 그 말만으로는 충분한 변명이 되지 않습니다."

"하지만 저의 속사정을 알게 되면 그만한 일은 용서하시게 될 거예요. 그날 저를 껴안은 사람은 오래 전부터 저를 쫓아다니는 사람이에요. 전 별로 남자들의 관심을 끌만한 인물이 못 되는데도 말이에요. 남편도 알고 있어요. 그 사람은 대학생인데 앞으로 매우 높은 관직에 오를 거래요. 그래서 제 남편은 그때를 위해 알고도 모르는 척하는 거랍니다. 조금 전에도 다녀갔어요."

"이곳은 무슨 일이든 뒤죽박죽이로군. 뭐 별로 놀랄 일도 아니군요."

"선생님은 이곳에서 무슨 개혁이라도 일기를 바라시는 거죠?"

그녀는 K의 낯빛을 살피면서, 자신이나 그에게 어쩌면 위험이 닥칠지도 모르는 말이라는 듯이 조심스레 말했다.

"선생님의 연설을 들으면서 솔직히 저 개인적으로는 공감할 수 있는 말씀이었어요. 물론 일부분밖에는 못 들었지만. 처음엔 밖에서 빨래를 하고 있었고, 나중엔 그 대학생과 마룻바닥을 뒹굴고 있었거든요. 이곳은 정말 지겨운 곳이에요."

그녀는 잠시 사이를 두었다가 그의 손을 덥석 잡으며 말했다.

"선생님, 개혁에 자신이 있으세요?"

K는 미소를 지었다. 그리고 그녀의 부드러운 두 손에 잡힌 자신의 손을 조금 움직이면서 말했다.

"전 당신이 바라는 그런 개혁을 해낼 인물이 못 되고 이런 일에 발벗고 나설 이유도 없지요. 또 이런 재판을 개혁해야 할 필요가 있다고 해도 솔직히 말씀드리면, 그 일로 인해 저의 개인 생활을 방해받고 싶지는 않습니다. 그러나 저는 체포당했기 때문에 이곳에 고개를 내밀지 않으면 안 되는 거죠. 순전히 나 자신을 위한 일이기는 합니다만, 이 일이 당신에게 도움이 된다면 용기를 내 보겠습니다. 당신이 기꺼이 도와 주신다면 말입니다."

"제가요? 어떻게 하면 제가 선생님을 도울 수 있는 거죠?"

"이를테면 저 책상 위의 책을 보여 주면 됩니다."

"그거야 얼마든지 가능한 일이에요."

그녀는 K를 급히 옆방으로 끌고 갔다.

책은 모두 낡을대로 낡아서 표지마저 실로 꿰매져 있었다.

"이곳에 있는 것은 모두 이렇게 엉망이란 말이야."

K가 고개를 절레절레 흔들며 말했다.

그녀는 앞치마로 표지의 먼지를 대강 닦아낸 후 그에게 책을 건넸다.

K는 먼저 맨 위의 책을 펼쳤다. 그러자 한 쌍의 남녀가 나체로 소파에 앉아 있는 그림이 나타났다. 화가의 저속한 의도가 노골적으로 표현되어 있어서 주변 풍경은 거의 눈에 드러나지 않고 벌거벗은 사람만 눈에 띄었다. 두 사람은 매우 입체적으로 그려져 있었지만 서툰 원근법 때문에 억지로 마주 대하고 있는 것으로 보였다.

K는 다른 책을 펼쳤다. 《남편 한스에게 학대당한 그레테의 이야기》라는 제목의 소설이었다.

"이곳에서 연구한다는 법률책이 겨우 이건가? 이런 인간들에게 내가 심문을 당해야 한다니……."

K는 한심하다는 듯이 말했다.

"제가 당신을 도와 드리겠어요."

여자가 말했다.

"정말로 할 수 있겠어요? 그러다 발각되면 당신 남편은 끝장이오."

"그래도 저는 당신을 돕겠어요. 이쪽으로 오세요. 우리 함께 의논을 해 봐요. 내게 닥칠 위험 같은 건 두렵지 않아요. 원래 위험이란 자기가 두려워할 때에만 무서운 거니까요. 자, 어서 이쪽으로 오세요."

그녀는 연단으로 가서 앉으면서 그에게도 앉기를 권했다.

"눈이 참 아름답군요!"

그녀는 옆에 앉은 K의 눈을 들여다보며 말했다.

"사람들은 제 눈이 예쁘다고 얘기하지만 선생님 눈은 훨씬 더 아름답네요. 처음 오셨을 때부터 그렇게 생각했어요. 그래서 그때 제가 이 방으로 들어온 거예요. 원래는 금지된 일이에요. 우리 같은 사람은 도저히 들어올 수가 없는 곳이죠."

K는 생각에 잠겼다. 이 여자는 자신의 몸을 함부로 하고 있다. 이곳에 모였던 사람들과 마찬가지로 이 여자 역시 부패해 있다. 재판소 관리들이야 이미 싫증이 날대로 났을 테고, 낯선 남자를 보기만 하면 눈이 아름답다느니 어쩌니 하면서 유혹하려는 것이다. K는 아무 말도 하지 않고 자리에서 일어섰다. 지금이라도 자신의 태도를 분명히 해야 할 것 같았다.

"당신은 내 일에 그리 큰 도움이 못 될 것 같군요. 나를 돕기 위해서는 높은 관직의 관리들과의 친분이 필요해요. 하지만 당신은 기껏해야 이 근처에 널려 있는 말단직들만 상대하고 있으니 말입니다. 당신도 잘 알다시피 그런 사람들에게 부탁할 일도 따로 있긴 하지요. 그러나 그런 사람들에게 부탁해서 할 수 있는 일이란 형 집행에는 아무런 도움이 안 되는 일이지요. 또한 그 때문에 당신은 몇 명의 친구를 잃게 될지도 몰라요. 나는 당신이 그들과 지금까지 맺어온 관계를 무너뜨리고 싶지는 않아요. 특별한 사이도 아닌데 그렇듯 애처로운 눈길로 저를 쳐다보는 것을 보니 그 사람들과의 관계가 당신에게는 매우 중요한 일이라고 생각되는군요. 당신도 내가 싸우고 있는 사람들과 같은 부류입니다. 더군다나 당신은 그런 데서 나 만족을 느끼고 대학생을 사랑하고 있습니다. 사랑이라는 말이 적합할지 몰라도 당신 남편보다는 그 학생을 더 좋아하고 있는 것 같군요. 당신 말투로 곧 알 수 있었어요."

"말도 안 돼요!"

그녀는 외치면서 그의 손을 잡으려 했다. 그는 놀라서 얼른 손을 뺐다.

"가지 마세요. 오해를 품고 가신다면 전 싫어요. 조금만 더 계세요. 그 정도의 친절도 베풀어 주시지 못하나요? 제가 그렇게 몹쓸 여자인가요?"

"오해하지 마십시오."

K는 도로 주저앉으며 말했다.

"당신 소원이라면 얼마든지 있을 수 있습니다. 시간이야 넉넉하니까요. 지금까지 내가 한 말은 내 재판에 관해 당신이 별로 도움이 되지 못할 거라는 얘기였습니다. 하지만 소송 결과야 어떻게 나든 상관없습니다. 만약 유죄 판결이 난다 할지라도 나는 그저 웃어 버릴 테니까요. 당신의 호의를 내가 거절했다고 불쾌하게 여기지는 마십시오. 이 말은 재판이 끝났다고 가정하고 드린 말씀이지만, 사실 저도 어떻게 결론이 날지 매우 초조합니다. 하지만 이런 생각도 듭니다. 관리들이 게으르거나 건망증이 심해서, 또는 두려움을 느끼거나 해서 이 소송 절차는 이미 중지되었거나 아니면 곧 중지될 거라고 말입니다. 아니면 상당한 뇌물을 기대하고 형식적이나마 소송 절차를 계속 진행할지도 모르죠. 그렇다면 그건 헛수고일 겁니다. 나는 절대로 누구에게든 뇌물 따위는 주지 않으니까요. 당신이 나를 조금이라도 돕고 싶다면 예심 판사나 그 외에 소식통이 될 만한 사람에게 제 얘기를 전해 주십시오. 이 K라는 사람에게서 뇌물을 바라는 것은 헛수고라고 말입니다. 어쩌면 이미 그들은 이 사실을 깨달았는지도 모르죠. 그런데 당신은 정말로 예심 판사와 잘 아는 사이입니까?"

　"네, 그렇다니까요. 제가 선생님을 도와 드리겠다고 했을 때 제일 먼저 그분을 염두에 두고 드린 말씀이에요. 선생님 말씀대로라면 그분의 지위가 그리 높지는 않다 하더라도 그분이 위에다 제출할 보고서는 더 높은 분의 마음을 움직일 수 있을 것으로 믿어요. 그분은 많은 보고서를 쓰시니까요. 한번은 그분 혼자 늦게까지 남아 보고서를 쓰고 계셨어요. 그래서 제가 램프를 가져다 드렸어요. 우리 집에는 부엌에 켜 두는 램프밖에 없는데 그걸 가져다 드렸더니 무척 고마워하셨어요. 그러는 동안 외출했던 제 남편이 돌아왔지요. 우리 두 사람은 방 안의 가구를 정리했어요. 그 다음엔 옆방 사람들이 놀러 와서 우리는 촛불을 켜고 얘기를 나누었지요. 그러다가는 예심 판사님을 까맣게 잊고 우리는 잠자리에 들었답니다. 한밤중이었을 거예요. 내가 눈을 떠 보니 그분이 침대 곁에 서 계시더군요. 램프 불빛이 남편에게 비치지 않도록 손으로 램프를 가린 채 말이에요. 나는 너무 놀라서 하마터면 소리를 지를 뻔했답니다. 하지만 그분은 매우 침착하게 놀라지 말라고 손짓을 하시더군요. 보고서 작성을 끝내고 램프를 돌려주러 왔다고 하시더군요. 그리고 제가 잠자는 모습이 너무 사랑스럽다고 속삭이셨어요. 제가 이런 것까지 말씀드린 것은 그분은 매우 성실하게 많은 보고서를 쓰신다는 걸 알려 드리기 위해서예요. 왜냐하면 그날은 바로 당신의 심리가 있었던 날이거든요. 그런데 그분의 보고서가 아무런 영향력이 없겠어요? 그리고 방금 말했듯이 그분이 저에게 관심을 두고 있는 이때야말로 그분을 이용할 수 있는 기회예요. 그분이 저에게 관심을 두고 있다는 증거는 또 있어요. 바로 어제 그분이 매우 아끼는 그 대학생을 통해 실크 양말을 선물로 보내 왔지요. 법정을 깨끗하게 청소해 준 보답이라고 했지만 그건 변명이에요. 왜냐하면 그 명목으로 제 남편이 보수를 받고 있으므로 당연히 제가 할 일이거든요. 자, 보세요. 참 예쁜 양말이죠?"

　그녀는 갑자기 다리를 뻗으며 치마를 무릎 위까지 걷어올렸다. 그리고 양말을 내려다보면서 덧붙였다.

　"하지만 이런 고급스러운 것은 우리 같은 사람에게는 어울리지가 않아요."

그녀는 갑자기 입을 다물고 K의 손 위에 자기 손을 얹으면서 속삭였다.

"쉬, 조용히 하세요. 베르톨트가 우리를 보고 있어요."

K는 서서히 머리를 들었다. 출입구 옆에 젊은 남자가 서 있었다. 몸집이 작고 다리가 조금 휘어진 듯이 보였는데, 붉은기가 도는 수염을 매만지면서 위엄을 부리듯 서 있었다. K는 젊은이를 뚫어지게 바라보았다. 법률학을 공부하는 학생을 직접 만나기는 처음이었다. 더군다나 머지않아 매우 높은 관직에 나아갈 사람이라는 바로 그 학생이었다. 그는 K 따위는 안중에도 없다는 듯이 수염을 만지던 손을 빼내 그녀에게로 슬쩍 신호를 보낸 뒤 창가로 걸어갔다. 그녀는 K에게로 얼굴을 바싹 들이대며 속삭였다.

"기분 나쁘게 생각하지 마세요. 그리고 저를 나쁜 여자라고 욕하지 마세요. 부탁이에요, 어쩔 수 없는 일이에요. 저 휘어진 다리만 봐도 소름이 끼쳐요. 하지만 금방 돌아올게요. 만약 괜찮으시다면 전 선생님을 따라가겠어요. 무슨 짓을 하셔도 상관없어요. 전 이곳을 영원히 떠나고 싶어요. 다시는 발을 들여놓고 싶지 않은 곳이에요."

그녀는 K의 손을 어루만지다가 창가로 뛰어갔다. K는 무의식중에 그녀의 손을 붙잡으려다가 허공을 휘저었다. K도 그녀에게 마음이 끌리고 있었다. 그런데 자신은 왜 이런 유혹에 빠지지 않으려고 안간힘을 쓰는지 스스로 그 해답을 생각해 보았지만 뚜렷한 이유는 찾을 수 없었다. 재판을 빌미로 자신을 붙들고 있다고 생각해 보았지만 그녀에게는 별로 도움이 안 되는 일이었다. 그렇다면 그녀는 왜 자신을 붙잡아 두려 하는 걸까? 그녀가 자기를 도와 주겠다고 한 것은 진심에서 한 말인 듯했다. 그러니 함부로 거절해서는 안 되는 일이다. 또 그녀를 차지함으로써 예심 판사나 그 무리들에게 멋진 복수를 하게 되는 것이다. 그에 관한 허위 보고서를 머리를 짜내어 작성한 예심 판사가 어느 날 밤 그녀의 침대가 텅 빈 것을 보고 놀랄 것이다. 물론 그녀의 침대가 빈 것은 자신과 함께 있기 때문이다. 검은색 천으로 탄력 있는 몸을 감싼 저 창가의 여자, 그녀의 부드럽고 풍만한 육체가 자신과 함께 있을 것이다.

이런 생각을 하자 어느덧 그녀의 제의를 거절하려 했던 생각을 떨쳐 버리게 되었다. K는 창가의 낮은 속삭임이 지루하게 느껴져 손가락 마디로 연단을 두드리다가 급기야는 주먹으로 내리치기도 했다. 그 대학생은 잠깐 그녀의 어깨 너머로 K를 바라보기도 했으나 이내 K를 의식하지 않고 그녀를 껴안았다. 그녀는 그의 말을 열심히 듣는 것처럼 고개를 숙이고 있었다. 그는 이야기를 하면서도 틈틈이 그녀의 목덜미에 입을 맞추었다. K는 이런 광경으로 보아 그녀가 호소하던 대학생의 횡포를 충분히 짐작할 수 있었다. K는 방 안을 이리저리 거닐면서 고심했다. '어떻게 하면 저 녀석을 내쫓을 수 있을까?' 그러다가 느닷없이 발소리를 쿵쿵 울리며 거닐었다. 그때 방해를 받아 불쾌해진 그가 소리쳤다.

"참기 어려우면 돌아가면 될거 아냐? 당신은 있으나마나한 존재니까. 진작에 돌아갔더라면 현명했을 텐데. 내가 들어섰을 때 말이오."

K는 그의 말을 듣고 있노라니 화가 머리 끝까지 치밀었다. 마치 피고를 향해 말하는 듯한 미래의 법관의 말투는 참을 수가 없었다. K는 천천히 그에게로 다가가서 경멸하는 듯한 웃음을 지으며 말했다.

"참기 어려운 건 사실이야. 하지만 그것은 학생이 돌아가기만 하면 간단히 해결될 일이지. 그러나 학생이 법률 공부를 위해서 이곳에 왔다면 나는 두말 않고 나가 주겠어. 물론 이 여자도 자리를 비켜 주어야만 하겠지. 훌륭한 재판관이 되려면 많은 공부를 해야 할 테니까. 학생이 연구하고 있을 재판에 관한 제도가 어떤 것인지는 전혀 짐작이 안 되지만, 지금 학생이 지껄인 말과는 거리가 먼 것이라고 생각되네. 그렇지?"

"이런 자를 법정에 들어오게 하다니!"

K에게서 모욕적인 말을 들은 그는 화가 난듯 소리쳤다.

"이건 명백한 실수야. 판사님께 말씀드렸듯이 이런 자는 재판이 끝날 때까지 방 안에 가두어 두었어야 하는 건데. 판사님은 내 얘기를 안 들으시더니……"

"쓸데없는 소리는 집어치우는 것이 좋을걸."

하며 K는 그녀에게로 손을 내밀었다.

"어서 이리로 오시오."

"천만에, 그럴 수는 없지."

학생은 의외로 한쪽 팔로 그녀를 감아안았다. 그러고는 등을 약간 구부린 채 그녀를 다정한 눈길로 바라보면서 문 쪽으로 달려갔다. K를 조금은 두려워하면서도 K의 화를 돋우기 위해 연신 한쪽 팔로 그녀를 쓰다듬거나 더듬었다. K는 달려들어 목이라도 비틀 기세로 서너 발짝 달려갔을 때 그녀가 말했다.

"그만 참으세요. 판사님의 호출이에요. 선생님을 따라갈 수가 없어요. 이 학생이 저를 놓아 주지 않는군요."

그런 뒤 그녀는 학생의 얼굴을 만지고 있었다.

"당신이 떨어지고 싶지 않은 거겠지!"

K는 이렇게 소리치면서 한 손으로 학생의 어깨를 붙잡았다. 그러자 학생은 얼굴을 돌려 물어뜯으려 했다.

"안 돼요!"

그녀는 두 손으로 K를 밀쳐 냈다.

"무슨 짓이에요? 그러시면 안 돼요. 저를 곤란하게 하지 마세요. 이 학생은 판사님의 명령으로 나를 데리러 온 것뿐이에요. 저를 생각해 주신다면 제발 그냥 보내 주세요."

"그렇다면 가시오. 하지만 두번 다시 나를 만날 수는 없을 거요."

K는 환멸을 느꼈다. 그래서 학생의 어깨를 한 대 후려갈겼다. 상대편은 잠시 휘청거리기는 했지만 넘어지지는 않았다. 그런 후 그는 놀랍게도 그녀를 안은 채 쏜살같이 달아났다. K는 묵묵히 그들의 뒤를 따라 걸었다. 이들로부터 일격에 패배를 당했다고 생각했으나 두렵지는 않았다. 도전했으므로 패배를 당한 것이다. 전처럼 집에서 일어난 일이라면, 그리고 체포된 몸이 아니라면 이런 무리들은 한 발로 걷어차 내쫓아 버렸을 것이다.

K는 슬그머니 호기심이 발동했다. 그녀가 어디로 끌려갔는지, 설마 안긴 채 밖으로 나간 것은 아닌지 궁금하여 급히 달려갔다. 길은 생각했던 것보다 훨씬 가까웠다. 거실의 건너편으로 좁은 나무 계단이 이어져 있었는데 다락방으로 통하는 모양이었다. 계단 끝은 휘어져 있어서 보이지 않

았다. 그녀를 안고 급히 올라간 학생은 계단 중간쯤에서 숨을 헐떡이며 힘들어하고 있었다. 그녀는 아래에 있는 K에게 손을 내저어 신호를 보내면서 이 유혹은 자신의 의지와는 상관없다는 것을 나타내려고 하는 것 같았다. 그러나 그다지 놀라워하거나 끝까지 지켜 주지 않은 K를 원망하는 표정은 아니었다. K는 낯선 사람을 쳐다보는 것처럼 무표정하게 그녀를 쳐다보았다. 자신이 환멸을 느끼고 있다는 것과, 그러한 감정은 쉽게 극복할 수 있다는 것을 들키고 싶지 않았다.

두 사람은 계단 끝으로 사라졌다. K는 여전히 문 앞에 서 있었다. 예심 판사에게 불려간다고 한 것은 거짓말이라는 생각이 들었다. 판사라는 사람이 다락방에 혼자 앉아서 여자를 부를 리도 없다고 생각했다. 그때 계단 입구에 서툰 글씨로 '재판소 사무국 입구'라고 씌어 있는 푯말이 눈에 들어왔다. 그렇다면 이 허름한 건물 안에 재판소 사무국이 있었단 말인가? 빈민들만 모여 사는 이 낡은 아파트에, 더구나 그들의 창고 대용으로나 쓰일 법한 다락방에 재판소 사무국이 있는 것을 보니 자금 사정이 어렵기는 어려운 모양이었다. 하긴 충분한 돈이 있어도 재판소와 관계된 일로 쓰기도 전에 관리들이 착복해 버렸을 것이다. K는 체포할 때 이 다락방으로 소환하여 통보하는 것을 택하지 않고 집을 습격한 이유를 알 것 같았다. 그렇다면 자신과 재판관의 위치는 어떻게 다른 걸까? 재판관은 다락방에 앉아 있고, 자신은 고객 대기실이 딸린 넓은 사무실에서 커다란 유리창을 통해 거리나 광장을 내려다볼 수 있으니…… 물론 자신은 뇌물이나 착복에 의한 부수입을 올리거나, 급사를 시켜 여자를 사무실까지 안고 오게 할 수는 없다. 그러나 K의 현재의 심정으로는 그런 짓들은 안 하는 게 낫다고 여겨졌다.

K가 푯말 앞에 멍하니 서 있을 때 한 남자가 계단을 올라왔다. 그는 열려 있는 문 틈으로 거실을 들여다보았다. 그곳에서는 법정도 보였다.

"혹시 조금 전에 어떤 여자를 보지 못했습니까?"

그 남자가 K에게 물었다.

"아, 정리시군요?"

"네, 그렇습니다. 그렇다면 당신은 피고인 K씨군요. 반갑습니다. 잘 오셨습니다."

그 남자는 K를 향해 손을 내밀었다. K는 당황하여 잠시 머뭇거렸다.

"하지만 오늘은 법정이 쉬는 날인데 어떻게 하죠?"

잠자코 있는 K를 향해 정리가 덧붙였다.

"알고 있습니다."

K는 이렇게 말한 뒤 정리의 옷을 바라보았다. 평범한 단추 두세 개와 장교의 헌 외투에서 떼낸 듯한 금색 단추가 섞여서 달려 있었다.

"조금 전까지만 해도 당신 부인과 얘기를 나누고 있었지요. 그런데 대학생이 예심 판사에게로 데리고 갔습니다."

"보셨겠지만 그들은 시도 때도 없이 아내를 데려간답니다. 오늘은 일요일이어서 일을 하지 않아도 되는데 그들은 심부름을 시키더군요. 나를 이곳에서 내쫓기 위해서지요. 다행히 먼 곳이 아니라서 부리나케 갔다 온 거랍니다. 심부름 갔던 관청에 가서 열린 문 틈으로 전할 말을 거의 숨도 쉬지 않고 소리친 후 달려왔습니다. 하긴, 아무리 그래도 그 친구가 더 빠를 수밖에 없죠. 다락방의 계단을 내려오기만 하면 되니까요. 내가 조금만 더 능력이 있다면 그 학생놈은 벌써 이 벽에다 짓이겨 버렸을 겁니다. 그때가 오기를 고대하고 있습니다. 바로 이곳에, 마룻바닥에 눕힌 뒤 약간 들어올려서는 꽉 눌러 버려 팔을 뻗게 한 다음에 휘어진 다리를 비틀어 피바다를 만들어 버릴 겁니다. 그러나 언제나 상상만으로 끝나지요."

"다른 방법은 생각해 보지 않으셨습니까?"

K는 미소를 띠며 물었다.

"뾰족한 수가 없더군요. 지금은 일이 더욱 꼬여 버렸지요. 얼마 전까지만 해도 학생놈 혼자서 추근거리더니 이젠 아예 판사에게까지 끌고 간답니다. 하긴 예상한 일이기는 하지만요."

"그렇다면 당신 부인에게는 문제가 없는 거군요?"

K는 이렇게 물으면서도 질투심을 억제할 수가 없었다.

"웬걸요. 집사람이 제일 문제지요. 제 집사람은 그놈에게 빠져 있습니다.

그놈은 여자만 보면 추근거리는 지저분한 놈이죠. 이 건물에서만도 다섯 집에나 들어갔다가 곤욕을 치렀지요. 그런 놈이 이 건물에서 제일 미인이라는 소리를 듣는 집사람을 그냥 두겠습니까? 정말이지 어떻게 해야할지 모르겠습니다."

"참 딱하십니다."

"무슨 뜻입니까?"

정리는 반문하며 다시 말을 이었다.

"이번에야말로 집사람에게 손을 대면 그냥 두지 않을 겁니다. 그 학생 놈은 겁쟁이라서 한 번 겁을 주면 다시는 얼씬거리지 못할 테니까요. 하지만 저의 신분으로는 도저히 그럴 수가 없습니다. 다른 사람들도 그놈의 권세가 두려워 아무도 도와 주지 않습니다. 그러나 선생님이라면 저에게 도움을 주실 수 있습니다."

"제가요? 어떻게 말입니까?"

K는 놀라서 소리쳤다.

"아참, 선생님은 피고인이라 안 되겠군요."

정리는 실망한 듯한 목소리로 말했다.

"그놈은 아직 학생이라 소송의 결말까지 영향력을 미치지는 못하겠지만 예심 판사를 부추길 수는 있을 테니까요."

"그렇겠군요."

자신의 생각도 K와 같다는 듯이 정리가 말했다.

"그렇지만 여기서는 가망이 없는 소송은 하지 않는 것이 관례랍니다."

"제 생각은 이렇습니다. 소송과는 상관없이 그 학생놈에게 본때를 보여 주어야 한다고 말입니다."

K가 말했다.

"말씀만이라도 감사합니다."

정리는 형식적으로 예의를 갖추려고 했으나 그 표정으로 보아서는 더 이상 아무것도 기대하지 않는 것 같았다.

"그 학생놈뿐만 아닙니다. 당신의 상관이라는 놈들도 모조리 혼쭐을 내야 합니다."

"당연합니다. 그놈들은 늘 음모만 꾸미고 있으니까요."

정리는 K를 믿는다는 듯이 친밀하게 바라보며 맞장구를 치다가 이런 이야기는 불편한 것처럼 곧 말머리를 돌렸다.

"아참, 사무국에 보고하는 것을 잊었습니다. 함께 가시겠습니까?"

"저는 사무국에 볼일이 없습니다."

K는 이렇게 대답하면서도 한편으로는 가고 싶었다.

"그럼, 사무실 구경이라도 하시면 되잖습니까?"

"좋아요. 그렇게 하지요."

K는 마지못해 승낙하는 척했다. 그는 정리보다도 앞서서 계단에 발을 올려 놓았다. 방 안으로 들어서자 문 뒤에 다시 또 다른 계단이 있었기 때문에 하마터면 걸려 넘어질 뻔했다.

"시민들을 위한 배려는 전혀 하지 않는 곳이군요."

K가 투덜거렸다.

"그런 것은 아예 기대하지 마십시오. 원래가 그런 곳이니까요. 여기가 대기실입니다."

그곳은 길다란 복도로 이루어져 있었다. 그리고 양쪽으로 나무로 된 조잡한 문들이 늘어서서 여러 개의 작은 다락방을 이루고 있었다. 다행히도 복도로 면한 벽들이 천장까지 닿아 있지는 않았고, 천장과 벽 사이의 공간으로 햇빛이 비쳐들고 있어서 그다지 어둡지는 않았다. 책상에 앉아 서류를 정리하는 관리도 보였고, 문 틈으로 복도에 있는 사람들을 바라보는 관리도 있었다. 일요일이라서 그런지 복도에는 그다지 많은 사람들은 없었다. 몇몇 사람들이 모두 심각한 얼굴을 한 채 규칙적인 거리를 두고 복도의 양쪽에 있는 나무 의자에 앉아 있었다. 그들의 깔끔한 옷차림이나 표정, 태도, 수염의 모양, 또한 그들이 풍기는 분위기로 보아서는 상류층의 사람들인 것 같았다. 옷걸이가 없기 때문인지는 몰라도 그들은 하나같이 모자를 의자 밑에 넣어 두고 있었다.

K와 정리가 들어서는 것을 보고 문 가까이에 있던 사람들이 일어나 인

사를 했다. 그러자 다른 사람들도 인사를 해야겠다고 생각했는지 두 사람이 지나가면 엉거주춤 일어섰다. 그들의 모습은 흡사 등과 무릎을 구부린 채 구걸을 하는 거지들을 떠올리게 했다. K는 자기보다 몇 걸음 뒤처져서 걷는 정리를 기다렸다가 말했다.

"저 사람들은 매우 겸손하군요."

"그럴 수밖에 없죠. 저 사람들은 모두 피고인들이니까요."

정리는 당연하다는 듯이 말했다.

"그렇군요. 나랑 같은 처지의 사람들이군!"

K는 가까이에 있는 키가 크고 여윈 백발의 노신사를 향해 물었다.

"선생님은 무슨 일로 이곳에 오셨습니까?"

느닷없는 질문을 받은 노신사는 당황하여 아무 말도 하지 않았다. K는 괜한 질문을 했다는 생각이 들었다. 다른 곳에서라면 누구보다도 당당하고 자신있게 행동할 사람들이, 장소가 장소니만큼 누구든 주눅들기 쉬운 곳이어서, 이런 간단한 질문에도 어떻게 대답해야 할지 몰라 주저하게 되는 것이다. 노신사는 다른 사람들을 쳐다보며 자기를 도와 주기를 간절히 바라는 눈치였다. 이때 정리가 다가가서 노신사를 안심시키며 말했다.

"이분은 무슨 일로 기다리고 계시냐고 물은 것뿐입니다. 대답하셔도 됩니다."

노신사는 정리의 목소리에 다소 안심한 듯 천천히 말하기 시작했다.

"내가 기다리는 것은……."

이렇게 말을 꺼내다가 노신사는 곧 입을 다물었다. 될 수 있는 한 질문에 자세하게 대답하려고 했으나 설명하기가 곤란한 듯했다. 그때 의자에 앉아 기다리고 있던 사람들 중에서 몇 명이 다가와 정리를 에워쌌다.

"비켜요, 비켜. 길을 막으면 어떡해요."

정리가 소리치자 사람들은 주춤거리며 물러나긴 했지만 원래의 자리로 돌아가지는 않았다. 그 사이에 마음이 안정된 노신사가 미소를 지으면서 말했다.

"한 달 전에 내 사건에 대한 증거 신청을 했습니다. 그 처리를 기다리는 중입니다."

"마음 고생이 크시겠습니다."

K가 노신사를 위로했다.

"네, 하지만 어쨌든 제 일이니까 어쩔 수가 없는 거죠."

"저도 피고인이지만 사건이 잘 해결되기를 마음 속으로만 빌 뿐 증거 신청이라든가 그 밖의 다른 일은 전혀 하지 않았습니다. 선생님은 어째서 그런 일들이 필요하다고 생각하십니까?"

"나야 뭐 자세한 것은 모르지만……."

노신사는 불안해하고 있었다. K가 자신을 놀리고 있다고 생각하며, 그 때문에 무슨 실수를 하게 될까봐 노심초사해서 얼버무리려 했다.

"하여튼 나는 증거 신청을 했답니다."

"제가 피고인이라는 걸 믿지 않으시는군요?"

"아닙니다. 믿어요, 믿고말고요."

노신사는 이렇게 말하며 옆으로 약간 물러났는데 믿기는커녕 잔뜩 긴장하여 불안해하고 있었다.

"선생님은 제 말을 믿지 못하고 계십니다."

K는 이렇게 다시 말한 뒤 노신사의 굴종적인 태도가 가슴아파 어떻게든지 자신의 말을 믿게 해 주고 싶었다. 하지만 저 노신사는 자기를 재판관쯤으로 믿고 있는 것 같았다. K는 노신사의 손을 꼭 쥐고 의자 쪽으로 밀어붙인 다음 앞으로 걸어나갔다.

"피고인들은 모두 저렇게 신경이 날카롭지요."

하고 정리가 말했다.

그들의 등 뒤에는 사람들이 비명을 지른 노신사를 에워싸며 모여들었다. 이 의외의 사건에 대해 자세히 알고 싶은 것 같았다. 그때 K에게로 감시인 한 사람이 다가왔다. 허리에 찬 긴 칼로 보아서 감시인이라는 것을 알 수 있었다. 그러나 그 빛깔만으로는 칼집이 알루미늄으로 만들어진 것처럼 보였다. K는 그것이 신기해서 손을 내밀어 만져보았다. 비명소리를 듣고 달려온 감시인이 무슨 일이냐고 물었다. 정리가 간단하게 설명했으나 감시인은 자기가 직접 조사를 해야겠다고 말하며 인사를 하고 달려갔다. 뛰어가는 감시인이 뒤뚱거리는 것으로 보아 관절염이라도 앓고 있는 모양이었다.

복도 중간쯤에 이르렀을 때 통로가 오른쪽으로 굽어 있었다. '이쪽으로 가도 되느냐'고 K가 묻자 정리가 고개를 끄덕거렸다. K는 오른쪽으로 돌아 걸어갔다. 줄곧 정리를 앞서서 걷는 자신이 마치 체포당해 수갑을 차고 끌려가는 것 같은 기분이 들어 언짢았고, 이따금 멈춰 서서 정리를 기다려야 하는 것이 짜증스러웠다. 그리고 기다렸다가 나란히 걷게 되면 정리는 어김없이 뒤처지곤 했다. K는 더 이상 참을 수가 없어서 말했다.

"이곳 구경은 충분히 했으니 전 이만 돌아가겠습니다."

"아닙니다. 더 둘러보실 곳이 있습니다."

정리는 K의 기분 따위는 아랑곳하지 않고 말했다.

"그렇다고 전부 둘러볼 필요까지야 없잖습니까?"

K는 사실 몹시 피곤했다.

"이제 그만 돌아가겠습니다. 출구는 어느 쪽입니까?"

"아니, 선생님은 벌써 출구도 잊으셨어요?"

정리는 매우 놀라운 표정이었다.

"이 복도를 따라가서 오른쪽으로 돌면 되잖습니까."

"같이 가 주시겠소? 통로가 복잡하여 어디가 어딘지를 모르겠소."

"통로는 하나뿐입니다 전 선생님을 안내해 드릴 수 없습니다. 빨리 보고를 해야 하거든요."

"같이 갑시다!"

K는 버럭 소리를 질렀다.

"그렇게 소리를 지르시면 안 됩니다."

놀란 정리가 다가와 낮게 말했다.

"여긴 전부 사무실입니다. 혼자 못 찾으시겠으면 보고하러 가는 데까지 함께 가시든지, 제가 보고하고 올 때까지 기다려 주십시오."

"그럴 수 없소. 난 더 이상 기다릴 수는 없소. 지금 당장 같이 갑시다."

　화가 난 K는 주변을 둘러볼 여유가 없었다. 그때 수많은 나무문 중 하나가 열렸다. K가 그쪽으로 시선을 돌리자 한 아가씨가 나타났다.

　"무슨 일이세요?"

하고 묻는 그녀의 등 뒤로 이번에는 한 남자가 다가오고 있었다.

　K는 정리를 쳐다보았다. 정리는 아무도 K에게 신경을 쓰지 않을 거라고 말했는데 벌써 두 사람이 나타난 것이다. 아마 관리들이 자신을 지켜보고 있는 것 같았다. 그래서 저 사람들을 시켜서 왜 여기에 왔느냐고 물을 것이다. 이 위기를 모면할 수 있는 유일한 대답은 자신은 피고이므로 다음 심리일을 알려고 왔다고 하는 것이다. 그렇지만 그런 대답은 하고 싶지 않았다. 사실 자신은 그것 때문에 온 것이 아니었기 때문이다. 그는 다만 단순한 호기심에서, 역시 위기를 벗어날 대답으로는 터무니없는 것이지만 이 재판소의 내부도 부패해 있는지를 확인하기 위해서 온 것이다. 그리고 자신의 이 같은 가정은 맞는 것이기 때문에 더 이상 확인할 필요도 없는 일이다. 지금까지 본 것만으로도 충분히 증명된 일이니까. 당장이라도 어느 문에선가 불쑥 나타날 관리와 맞설 준비가 되어 있지 않은 그로서는 바로 돌아가고 싶었다. 정리가 같이 가 주지 않는다면 혼자서라도 돌아가고 싶은 마음이 간절했다.

　정리와 그 아가씨는 아무 말도 하지 않고 서 있는 K를 빤히 바라보고 있었다. 그들은 다음에 일어날 K의 변화가 궁금한 모양이었다. 또한 아가씨의 등 뒤에 있던 남자는 문 옆으로 다가와 K의 행동을 재촉하는 표정으로 낮은 문에 몸을 기대고 있었다. 아가씨는 K가 어디가 불편해서 그런 거라고 생각했는지 어느 틈엔가 의자를 들고 와서 말했다.

　"여기에 좀 앉으세요."

　K는 의자에 앉아서 팔꿈치를 의자 등받이 쪽으로 올리며 편한 자세를 했다.

　"좀 어지러우시죠?"

　그녀는 옆으로 바싹 다가와서 상냥하게 물었다. 성숙한 여인의 강한 인상을 지니고 있었다.

"걱정하지 마세요. 이곳에선 종종 일어나는 일이니까요. 처음 오시는 분들은 긴장해서 그럴 수가 있어요. 천장으로 뜨거운 햇볕이 내리쬐니 나무들이 열을 받아서 후덥지근한 공기를 만들지요. 사무실로 쓰기에는 적당하지 않는 건물이에요. 소송 관계자들이 많이 몰리는 날이면 제대로 숨도 쉴 수 없을 정도로 공기가 탁해요. 게다가 세든 사람들이 빨래를 널려고 오기 때문에 더 혼잡해요. 그러니 기분이 나빠지는 건 당연한 거예요. 그렇지만 두세 번 더 오시게 되면 이곳 분위기에도 익숙해지실 거예요. 어떠세요? 이제 좀 나아지셨죠?"

그러나 K는 대답하지 않았다. 이렇게 갑자기 무력해져서 이곳 사람들의 도움을 받는다는 것이 불쾌했으며, 더군다나 자신의 기분이 나빠진 원인을 듣게 되자 기분이 나아지기는커녕 오히려 더 악화되는 듯했다. K의 그러한 기분을 눈치챈 그녀는 벽에 세워 놓았던 갈고리가 달린 막대기를 들어 천장의 환기창을 밀어 올렸다. 하지만 먼지가 쏟아져 내렸으므로 곧 창을 닫았다. 그리고 K의 몸으로 떨어진 먼지를 수건으로 털어냈다. K는 너무 지쳐 있었으므로 스스로 먼지를 털 힘도 없었다. K는 기운이 날 때까지 앉아 있고 싶었다. 그때 그녀가 이렇게 말했다.

"여기에 계시면 안 돼요. 지나가는 사람들에게 방해가 되니까요."

K는 무슨 방해가 되느냐는 얼굴로 그녀를 쳐다보았다.

"견디기 힘드시면 양호실로 안내해 드릴게요. 당신이 좀 도와 주세요."

그녀는 문 옆에 서 있던 남자에게 말했다. 그 남자가 다가왔다. 그러나 K는 양호실로 가고 싶지는 않았다. 더 이상 끌려다닌다는 것이 싫었다.

"이젠 걸을 수 있습니다."

K는 의자에서 일어섰다. 그러나 온몸에 힘이 빠져 비틀거렸다.

"아무래도 안 되겠군요."

그는 머리를 저으며 도로 의자에 앉았다. 정리라면 자신을 무사히 데려다 줄 수 있을 것 같았으나 그는 어느 새 달아나 버리고 없었다.

"이분이 기운이 없으신 것은 이곳의 공기 탓이야. 그러니까 양호실로 가는 것보다는 빨리 이곳에서 나가시도록 도와 드리는 것이 좋을 것 같은

데. 어떠세요? 그게 서로에게 좋지 않을까요?"

하고 서 있던 남자가 말했다.

"네, 좋습니다."

K는 기뻐서 맞장구를 쳤다.

"밖으로 나가기만 하면 곧 좋아질 겁니다. 길이 그다지 멀지 않으니까 출구까지만 부축해 주시면 계단에서 좀 쉬었다 가겠습니다. 이런 일은 저도 처음입니다. 저도 직장을 다니는 사람이라 사무실의 탁한 공기에는 익숙해져 있는데, 이곳은 공기가 너무 나쁜 것 같군요. 부탁 드립니다. 좀 부축해 주십시오. 어지러워서 혼자서는 일어설 수가 없습니다."

그리고 그는 두 사람이 쉽게 부축할 수 있도록 양팔을 약간 벌렸다.

그러나 그 남자는 두 손을 바지 주머니에 깊숙이 찔러 넣은 뒤 미동도 하지 않고 웃으며 그녀를 향해 말했다.

"그것 봐, 내가 말한 대로지? 이분은 이곳에서만 기운이 없고 다른 데로 가면 말끔히 나아 버리는 사람들과 같다니까."

그녀도 그를 향해 웃어 보였으나 장난이 심하다는 듯이 남자의 팔을 가볍게 내리치는 시늉을 했다.

"사실이잖아? 하지만 밖으로 나가고 싶으시다니 부축해 드려야지."

남자는 계속 웃으면서 말했다.

"그러면 됐어요."

그녀는 애교있게 고개를 갸웃거리면서 K를 향해 말했다.

"이분이 웃으시는 게 기분 나쁘지는 않으시죠?"

K는 침통한 표정으로 멀거니 앞만 바라보고 있었다. 그들의 이런 말에는 신경쓰지 않는다는 듯한 태도였다.

"이분을 소개할게요."

그녀의 말에 그 남자는 손을 저었으나 그녀는 계속했다.

"이분은 안내인이에요. 소송 절차를 잘 모르는 소송 관계자들이 이분의 도움을 받게 되지요. 이분은 재판에 관한 일은 박사니까 궁금한 것이 있으면 뭐든지 물어 보세요. 이분의 특징이라면 옷을 잘 입는다는 점입니다.

유감스럽게도 우리 상사들은 소송 관계자들이 맨 처음 만나는 안내인이 좋은 인상을 주어야 한다고 생각하고 있거든요. 보시다시피 저는 유행이 지난 옷차림이지만요. 저는 옷에 돈을 들이는 것은 무의미하다고 생각하는 사람이거든요. 그래도 안내인만큼은 깔끔한 옷차림을 해야 한다는 점에는 저도 동감해요. 그런데 관청에서는 그 돈이 지급되지 않아요. 그래서 우리들이 얼마씩 돈을 모으거나 소송 관계자들의 기부금으로 충당해요. 그런데 이분은 훌륭한 옷차림으로 방문객들에게 좋은 인상을 주지만 그만 저 웃음 때문에 엉망으로 만들어 우리를 당혹스럽게 한답니다."

"그건 그렇다치고,"

남자는 비웃듯이 그녀에게 말했다.

"왜 이분에게 쓸데없는 이야기를 하는 거지? 이해가 안 되는군. 이분은 자신의 사건을 위해서 오신 분이야!"

K는 끼여들 기분이 나지 않았다. 그의 기분을 전환시키고 기운을 차릴 수 있도록 하려는 호의에서였지만 방법이 잘못되었던 것이다.

"난 다만 당신의 웃음 때문에 이분이 모욕적이게 느낄까봐 설명한 것뿐이에요."

"밖으로 부축해 드리면, 이분은 더 심한 모욕도 참으실 거야."

남자의 말을 들으며 K는 한 마디도 하지 않았다. 고개도 들지 않고 두 사람이 어떤 사건을 처리하는 듯한 투로 말하는 것을 참고 있었다. 차라리 그렇게 하는 것이 마음 편했다. 그때 갑자기 두 사람이 자신의 양팔을 붙잡는 것이 느껴졌다.

"자, 일어나세요."

안내인이 말했다.

"두 분, 정말 감사합니다."

K는 기뻐서 소리쳤다. 세 사람은 천천히 걸음을 옮겼다.

복도에 이르렀을 때였다. 갑자기 그녀가 K에게 귓속말을 했다.

"제 말을 믿지 않으셔도 할 수 없지만요, 저 사람은 그렇게 냉정한 사람은 아니에요. 아픈 사람을 밖으로 부축하는 것이 우리 임무가 아닌데도 이렇게 하고 있잖아요? 우리는 소송 관계자들을 기꺼이 도우려고 해요. 그런데도 재판소 직원들은 냉정하고 쌀쌀맞다는 인상을 주기 쉽거든요. 그건 정말 괴로워요."

"자, 여기서 조금 쉬는 게 어떨까요?"

안내인이 그녀의 말을 잘랐다. 세 사람은 이미 복도로 나와 있었고, K가 처음에 말을 걸었던 노신사도 보였다. K는 너무나 창피했다. 조금 전까지만 해도 그의 앞에 당당하게 서 있었는데 지금은 두 사람의 부축을 받고 있으며, 게다가 모자는 안내인의 손에 들려 있고, 땀에 젖은 머리카락은 헝클어져 있었다. 그러나 노신사는 그런 것에는 관심이 없는 듯 자신이 찾아온 용건을 말했다.

"제가 처리한 신청이 아직 해결되지 않았다는 것을 잘 알고 있습니다. 하지만 오늘은 일요일이라서 특별히 할 일도 없어서 찾아왔습니다. 여기서 기다려도 괜찮겠지요?"

"그런 변명은 안 하셔도 됩니다. 다른 사람들에게 방해가 되지 않는다면 기다리시면서 자신의 사건이 어떻게 진행되는지 지켜보는 것은 상관이 없습니다. 자신의 일에 지나치게 소홀한 사람들만 보다가 선생님 같은 분을 보니 무엇이든 관대하게 도와 드리고 싶군요. 자, 앉으세요."

"피고를 다루는 솜씨가 보통이 아니지요?"

그녀가 K에게 속삭였다. K도 그녀의 말에 공감이 가서 고개를 끄덕거렸다. 그때 다시 안내인이 물었다.

"여기에서 쉴까요?"

"아니, 괜찮습니다."

K는 딱 잘라서 거절했으나 사실은 쉬고 싶은 마음이 간절했다. 마치 배멀미를 하는 것처럼 어지럽고 속이 거북했다. 그것도 풍랑을 만나 심하게 흔들리는 배를 타고 있는 것 같았다. 거센 파도가 판자벽을 덮치고, 복도 안쪽에서는 아우성치는 소리 같은 것이 들려 오고, 복도 양쪽에 앉아 있는 피고인들이 이리저리 쏠리는 것처럼 보였다. 자기를 부축하고 있는 두 사람조차 분간할 수 없을 정도였다. 그는 두 사람에게 간신히 의지해 있었

다. 두 사람의 날카로운 시선과 발걸음이 느껴졌다. 그러나 K는 함께 움직이다기보다는 거의 짐짝처럼 그들에 의해 운반되고 있었다. 자기에게 무슨 말인가를 하는 것은 알겠지만 그 소리는 소음처럼 귀만 울릴 뿐이었다. 소음은 그의 주위에 가득 퍼져 있었고 그들의 말소리는 찢어지는 듯한 고음으로만 들려 왔다.

"좀더 큰 소리로……."

그는 고개를 숙인 채 중얼거렸다. 그러나 곧 수치심에 몸을 떨었다. 그들은 분명 그가 알아들을 수 있는 큰 소리로 말했을 것이다. 바로 그때 마치 눈앞을 가로막고 있던 거대한 벽에 구멍이 뚫린 것처럼 상쾌한 바람이 느껴졌다. 그리고 그들의 말소리가 들려 왔다.

"처음에는 돌아가고 싶어서 안달을 하지. 하지만 여기가 출구라고 일러 주면 모두 꼼짝도 하지 않는다구."

K는 그녀가 열어 놓은 출구의 문 앞에 서 있는 자신을 발견했다. 갑자기 기운이 솟아났고, 어서 자유를 맛보고 싶은 조급함이 생겨 계단을 내려서면서 두 사람에게 작별을 고했다.

"여러 가지로 고맙습니다."

K는 거듭 외치면서 두 사람의 손을 쥐었다. 그러나 탁한 공기에 익숙해진 두 사람은 계단 쪽에서 불어 오는 상쾌한 공기가 오히려 거북하다는 듯이 서 있었다. 만일 K가 재빨리 문을 닫지 않았더라면 어쩌면 그녀는 쓰러졌을지도 모른다. K는 잠시 그대로 서 있다가 주머니에서 손거울과 빗을 꺼내서 머리를 빗었다. 그리고 계단에 굴러 떨어져 있는 모자를 집었다.── 분명히 안내인이 모자를 던졌을 것이다── 계단을 뛰어내려가는 발걸음이 너무 가벼워서 K 자신도 갑작스런 변화에 불안했을 정도였다. 이러한 변화는 한 번도 느껴보지 못한 일이었다. 여태까지 고통없이 지내온 자신의 몸에 새로운 변화가 생기려는 건 아닐까? K는 조만간 의사를 찾아가 보아야겠다고 생각했다. 그리고 무엇보다도 앞으로는 일요일 오전을 오늘보다는 유익하게 보내야겠다는 생각을 했다.

제4장 뷔르스트너의 친구

　그 일이 있은 후로 K는 뷔르스트너와 얘기를 해 본 적이 없었다. 갖가지 방법으로 그녀에게 접근을 시도했지만 그녀는 언제나 교묘하게 그의 그물에서 벗어났다.

　K는 사무실에서 돌아오면 불도 켜지 않고 방에 틀어박혀 응접실을 바라보고 있었다. 아침에는 평소보다 한 시간쯤 빨리 일어났다. 그것은 뷔르스트너가 출근할 때 마주칠 수 있을까 해서였다. 하지만 이러한 그의 노력은 항상 수포로 돌아갔다. 그래서 그는 그녀의 직장과 방으로 편지를 써서 보내기로 마음먹었다. 새삼 자신의 태도를 변명하고 어떠한 보상에도 응하겠다는 말과 그녀가 정하는 한계는 절대 넘지 않겠다는 약속을 적어 보냈다. 아울러 그녀와 얘기하기 전에는 그루바하 부인에게 어떤 변명도 할 수 없으니 꼭 한 번만 만나 달라고 간청했다. 그녀의 뜻에 전적으로 따르겠다고 약속하는데도 왜 자기를 만나 주지 않는지, 다음 일요일에는 하루 종일 방 안에 있을 계획이니 자신의 간청을 들어준다는 표시를 해 달라고 했다. 아니면 왜 자신의 간청을 들어줄 수 없는지 그 이유만이라도 설명해 달라는 내용이었다.

　편지는 되돌아오지 않았고 회답도 없었다. 그러나 일요일 아침 한 가지 뚜렷한 표시가 있었다. 아침 일찍부터 응접실에서 바삐 움직이는 소리가 들렸다. K는 열쇠 구멍을 통하여 그 움직임의 정체를 알아냈다. 그것은 프랑스 어 여교사가 뷔르스트너의 방으로 이사를 온 것이다. 그녀는 독일인으로 몬타크라고 불리었는데 창백하고 야위었으며 다리를 약간 절고 있었다. 그녀는 저는 다리를 끌며 오랜 시간 동안 응접실을 바쁘게 돌아다니고 있었다.

그루바하 부인이 아침 식사를 가져왔을 때——K가 화를 낸 이후로 부인은 절대 가정부에게 K의 일을 맡기지 않았다—— 그 동안의 침묵을 깨고 그가 먼저 말을 걸었다.

"도대체 왜 이렇게 수선스러운 겁니까? 그만두게 하실 수는 없습니까? 하필이면 일요일에 대청소를 할 게 뭡니까?"

K는 부인의 얼굴은 쳐다보지도 않고 말했다. 그루바하 부인은 안도의 한숨을 쉬는 듯했다. K가 이렇게 먼저 말을 거는 것을 지난 일을 용서한다는 뜻이거나 아니면 적어도 용서하려고 마음먹었다는 것으로 깨달았기 때문이었다.

"대청소를 하는 게 아니랍니다. 몬타크 양이 자기가 쓰던 방을 비우고 뷔르스트너 양의 방으로 짐을 옮기고 있답니다."

부인은 더 이상의 말은 하지 않았다. K가 이 일을 어떻게 받아들일지, 얘기를 계속해도 괜찮을지 눈치를 살피고 있었다. 그러나 K는 부인을 시험해 본 것이므로 잠자코 숟가락으로 커피를 저었다. 그러다가 얼굴을 들고 부인을 바라보며 말했다.

"뷔르스트너 양에 대해 의심을 품었던 마음은 이제 버리셨겠지요?"

"네, 선생님! 제가 아무 생각 없이 한 말을 선생님은 아직도 마음에 두고 계셨군요. 저는 조금도 선생님이나 다른 사람을 불편하게 할 생각은 아니었어요. 선생님은 저와 오랫동안 함께 지내왔으니까 저를 믿어 주시리라 생각해요. 제가 그 동안 얼마나 괴로워했는지 선생님은 모르실 거예요. 내가 하숙든 분을 욕하다니……. 그래서 선생님은 그렇게 말씀하신 거죠? 선생님부터 내쫓으라고요. 어떻게 선생님을 내쫓을 수 있겠어요!"

울음으로 말문이 막힌 그루바하 부인은 앞치마로 얼굴을 가리고 울기 시작했다.

"진정하시오, 부인!"

K는 부인을 달래며 창가로 다가갔다. 그는 뷔르스트너에 대해서, 또 그녀가 다른 여인을 자기의 방으로 끌어들인 일만 생각하고 있었다.

"울지 마세요."

그는 건성으로 말하고 방쪽을 뒤돌아보았다.

그루바하 부인은 아직도 울고 있었다.

"그때는 제가 지나쳤습니다. 부인의 말을 제가 오해해서 들은 겁니다. 그런 일은 오래된 친구 사이에서도 일어날 수 있는 일이지요."

그루바하 부인은 K가 진심에서 하는 말인지를 확인하기 위해 앞치마를 아래로 내렸다.

"이제 됐지요?"

K는 부인의 행동으로 보아 대위가 아무 말도 하지 않았다는 것을 확인하자 마음이 놓였다.

"아무 상관도 없는 아가씨 일로 부인과 제가 어색한 사이가 되다니, 정말 어처구니없는 일이군요."

"정말 그래요."

그루바하 부인도 이제는 안심이 되었는지 다시 실언을 하고 말았다.

"저도 처음에는 무척 이상하게 여겼어요. 왜 선생님은 뷔르스트너 양의 일에 그토록 신경을 쓰실까, 선생님에게서 싫은 소리를 들으면 제대로 잠도 못 자는 저의 성격을 뻔히 아시면서 그녀의 일로 화를 내신 걸까 하고요. 하지만 그 아가씨의 일은 제 눈으로 직접 확인한 일만 말씀드린 거랍니다."

K는 아무 말도 하지 않았다. 당장 부인을 내쫓고 싶었으나 꾹 눌러 참았다. 그리고 커피를 마시며 그루바하 부인의 수다가 못마땅하다는 표정을 지었다. 응접실에서는 다시 몬타크의 끄는 발소리가 들려 왔다.

"저 소리, 들리시죠?"

K가 문 쪽을 가리키며 물었다.

"네. 안나와 제가 도와 주려고 했지만 거절하더군요. 고집이 황소 고집이에요. 자기 일은 무엇이든 자기가 해야만 직성이 풀리는 여자예요. 뷔르스트너 양도 참 이상하지요? 어떤 때는 몬타크 양에게 세를 준 것만으로도 싫을 때가 있는데, 자청해서 함께 지내겠다고 하니 말이에요."

"그런 일은 부인과 상관없는 일 아닙니까?"

K는 퉁명스럽게 말하며 찻잔 속에 남아 있던 설탕을 숟가락으로 으깼다.

"더군다나 부인에게 손해될 일도 아니잖습니까?"

"손해라뇨? 오히려 고마운 일인걸요. 방이 하나 비게 되니 조카가 거기서 있을 수 있게 되어 다행이지요. 선생님 방 옆의 거실에서 지내는 동안 많이 걱정했답니다. 워낙 조심성이 없는 아이라서 선생님께 방해가 되지는 않을까 해서요."

"천만에요."

K는 일어서면서 말했다.

"하지만 저는 그런 뜻으로 말씀드린 게 아닙니다. 제가 참을 수 없는 것은, 아, 또 지나가는군요. 저 몬타크라는 아가씨의 발소리입니다. 그렇다고 저를 신경과민이라고 여기지는 마세요."

그루바하 부인은 더 이상 어쩔 도리가 없다고 생각되었다.

"그러면 이삿짐 옮기는 것을 나중에 하라고 그럴까요? 원하신다면 당장 얘기를 할게요."

"아닙니다. 그대신 뷔르스트너 양이 옮기라고 해 주세요."

"네, 그렇게 하지요."

그루바하 부인은 얼떨결에 대답은 했으나 K의 의도를 전혀 짐작도 못하겠다는 표정이었다.

"어쨌든 짐은 옮겨야 하니까요."

K가 덧붙였다.

그루바하 부인은 그저 고개만 끄덕거릴 뿐이었다. 아무 말도 하지 않고 서 있는 부인의 태도는 오만스럽게 보였다. K는 초조해졌다. 불쾌한 표정으로 방 안을 이리저리 걷기 시작했다. 그루바하 부인은 방에서 나가려고 생각했으나 K의 그러한 행동이 부인을 꼼짝 못하게 했다.

K가 마침 문 쪽으로 걸어갔을 때 노크 소리가 났다. 가정부 안나였다. 몬타크 양이 할 얘기가 있어 식당에서 K를 기다리고 있다고 말했다. K는 안나의 얘기를 듣고 나서 놀라서 서 있는 그루바하 부인을 경멸하는 눈빛으로 돌아보았다. 몬타크가 부를 것을 예상하고 있었다, 일요일 오전을 망쳐 버린 사람을 이번에는 오라 가라 하는구나, 이것은 모두 부인의 책임이 아니냐는 뜻이 담긴 눈길이었다.

K는 곧 가겠다는 대답을 하여 안나를 돌려보냈다. 그리고 옷을 갈아입으려고 옷장 쪽으로 다가갔다.

"부인, 저 그릇들을 좀 치워 주시오."

"한 술도 뜨지 않으셨잖아요!"

"괜찮습니다. 어서 치워 주십시오."

K는 모든 것에 몬타크가 스며들어 있는 것 같아 역겨웠다. 그는 노크도 하지 않고 식당문을 열었다. 식당은 폭은 좁았지만 길쭉하게 뻗어 있는 방이었다. 그 긴 방에 창은 하나밖에 없었다. 문 옆에는 찬장이 두 개 비스듬히 놓여 있었고, 가운데는 긴 식탁이 차지하고 있었다.

K가 식당으로 들어서자 창문 쪽에 있던 몬타크는 식탁을 따라 K에게로 다가왔다. 두 사람은 아무 말 없이 인사를 나누었다. 몬타크는 평소처럼 거만하게 보일 정도로 고개를 뒤로 젖히며 말했다.

"저를 기억하시는지 모르겠군요."

"네, 알고 있습니다."

K는 눈을 가늘게 뜨며 그녀를 바라보았다.

"이 하숙집에 오래 계셨지요?"

"그렇습니다만, 제가 보기에는 하숙집 사람들에겐 관심이 없어 보이던데요?"

"그럴 리가 있습니까?"

"좀 앉으시겠어요?"

"그럽시다."

두 사람은 제각기 식탁 맨 가에 있는 의자를 끌고 와서 마주보고 앉았다. 그러나 곧 몬타크는 창가에 둔 핸드백을 가지러 가기 위해 일어섰다. 그녀는 식탁을 따라 다리를 끌며 걸어갔다. 핸드백을 가볍게 흔들면서 돌아온 그녀가 말했다.

"선생님을 뵙자고 한 것은 친구의 부탁 때문이에요."

"하실 말씀이 뭡니까?"

K가 반문했다. 그는 몬타크의 시선에 짜증이 났다.

"뷔르스트너 양이 부탁했습니까?"

"그렇습니다. 선생님은 그애한테 편지로 만나자고 했습니다만, 그애는 왜 만나자고 하는지 그 이유를 충분히 알고 있으며 만나 보았자 별 소득이 없다고 확신하고 있어요. 어제 처음으로 이 일을 제게 얘기하더군요. 만나서 얘기한다고 해도 별것도 아닐 테고, 또 선생님이 사소한 것에 신경을 쓴 것을 머지않아 후회하게 될 것이므로 곧 만나자고 하시던 것을 잊게 될 거라고 말입니다. 설사 그렇다 하더라도 오늘은 분명하게 대답을 해 두는 것이 좋겠다고 제가 설득했습니다. 그리고 어려우면 내가 대신 그 대답을 해 주겠다고 했더니 그애는 잠시 머뭇거리다가 승낙을 하더군요. 제 행동이 옳은 것이라고 선생님이 생각하실 걸로 믿어요. 왜냐하면 아무리 사소한 일이라도 분명하지 않으면 신경쓰이게 되고, 지금처럼 쉽게 해결될 수 있는 방법이 있다면 망설일 필요가 없잖아요?"

"신경 써 주셔서 감사합니다."

K는 담담하게 말하며 일어섰다. 그리고 잠시 몬타크의 얼굴을 바라본 뒤 식탁 위로 시선을 옮겼다. 다시 창 쪽으로 시선을 돌렸다가 문 쪽으로 걸어갔다. 몬타크는 K의 심중을 전혀 알 수 없다는 표정으로 서너 걸음 처져서 걷고 있었다. 바로 그때 출입문이 확 열리는 바람에 두 사람은 뒤로 주춤 물러났다.

식당 안으로 들어온 사람은 란츠 대위였다. K는 처음으로 그와 대면한 셈이었다. 마흔쯤 되어 보이는 그는 몸집이 크고 뚱뚱했다. 그는 두 사람을 향해 잠깐 머리를 숙인 뒤 몬타크에게로 걸어가서 그녀의 손에다 입을 맞추었다. 그의 행동은 매우 자연스러웠다. 그의 예의바른 태도와 K의 뻣뻣한 태도는 매우 상반된 것이었다. 하지만 그녀는 K의 행동에 대해 그다지 불쾌해하는 것 같지는 않았다. 왜냐하면 그녀의 눈치도 그러했거니와 K를 대위에게 소개하려 했기 때문이다.

그러나 K는 내키지가 않았다. 두 사람은 뷔르스트너와 자신을 떼어 놓으려고 결탁한 사람들처럼 보였다. 또한 몬타크의 교묘한 흉계를 간파하고 있는 자신으로서는 어림도 없는 일이라고 믿었다. 그녀는 뷔르스트너와 자신의 관계를 과장해서 말함으로써 동시에 극단적으로 생각하는 것은 K라는 식으로 몰고 있었다. 하지만 K는 뷔르스트너에게 무슨 책임을 느끼고 있는 것도 아니므로 아무리 교묘한 흉계를 꾸미고 있다고 해도 소용없는 일이다. 또한 뷔르스트너는 하잘것없는 타이피스트이므로 그리 오래 자신에게 대항하지 못할 것이다. 그러므로 그루바하 부인에게서 들은 그녀의 정숙하지 못한 행동까지는 일부러 염두에 두지 않았다.

이 같은 생각에 잠겨 있던 K는 인사도 없이 식당을 나와 버렸다. 곧바로 자신의 방으로 가려 했으나 식당에서 몬타크의 웃음소리가 들려 왔다.

지금이야말로 절호의 기회라고 생각한 K는 뷔르스트너의 방문을 두드렸다. 아무런 반응이 없었다. 다시 한번 문을 두드렸으나 마찬가지였다. 혹시 낮잠을 자고 있는 것이 아닐까? 아니면 몬타크의 말대로 어디가 불편한 것은 아닐까? 그렇지 않으면 자신이 문을 두드린다는 것을 눈치채고 가만히 있는 것은 아닐까? K는 그렇다고 생각했다. 그래서 한층 세게 문을 두드린 다음 아무 반응이 없자 대담한 결심을 했다.

물론 무의미하고 자신의 행동이 옳지 못한 것이라는 죄책감이 들기는 했지만 방문을 열어 보았다. 그러나 방 안에는 아무도 없었다. 그리고 K가 알고 있던 방의 모습은 많이 변해 있었다. 벽 쪽으로 두 개의 침대가 나란히 놓여 있고, 문 앞에 있는 세 개의 의자에는 옷이 수북하게 쌓여 있었으며, 옷장 문은 활짝 열려진 채였다. 몬타크가 식당에서 K와 얘기를 하는 동안 뷔르스트너는 외출을 한 모양이었다. K는 그다지 놀라지 않았다. 뷔르스트너를 그렇게 쉽게 만날 수 있을 것이라고는 기대하지 않고 있었다.

이런 돌발적인 행동은 오직 몬타크와 란츠에 대한 저항감에서였다.

  그러나 방문을 닫았을 때, 그리고 열린 식당문으로 몬타크와 란츠가 다정하게 이야기하는 것이 보였을 때 K는 심한 굴욕감을 느꼈다. 두 사람은 K가 문을 열었을 때부터 아마 그곳에 있었을 것이다. 그리고 K를 바라보지 않는 척하면서 얘기를 하는 동안에 슬쩍슬쩍 K에게로 눈길을 보냈을 것이다. K는 그들의 시선을 느끼자 마음이 무거웠다. 그는 서둘러서 자신의 방으로 돌아왔다.

제5장 태형리(笞刑吏)

　어느 날 저녁, K가 은행의 중앙 계단으로 통하는 복도를 걷고 있을 때였다. 은행의 직원들은 거의 다 퇴근한 후였고, 다만 방송실의 희미한 불빛 아래 사환 두 사람이 청소하고 있는 것이 보였다. 한 번도 확인해 보지는 않았지만 창고로 생각되는 문 뒤에서 신음 소리가 들려 왔다. 그는 깜짝 놀랐다. 혹시나 잘못 들은 것이 아닐까 하여 멈춰 서서 귀를 귀울였다. 틀림없는 신음 소리였다. 그는 나중에 귀찮게 될 일을 생각해서 사환이라도 부를까 하는 생각이 잠시 들었지만 호기심을 이기지 못하고 문을 벌컥 열고 말았다. 예상했던 대로 그곳은 창고였다. 오래된 인쇄물과 사기로 된 잉크 병들이 뒹굴고 있었다. 그리고 창고 안에는 선반 위에 촛불을 켜 놓은 채 세 명의 남자들이 낮은 천장 아래로 몸을 구부리고 앉아 있었다.

　"여기서 뭘 하는 거요?"

　K는 흥분하여 물었다.

　옷차림으로 보아 그 중의 한 사람이 우두머리 같았다. 그는 짙은 색의 가죽옷을 입고 있었는데 앞가슴을 풀어 헤치고 두 팔을 걷어붙이고 있었다. 그는 아무 대답도 하지 않았으나 다른 두 사람이 외쳤다.

　"당신이 예심 판사에게 쓸데없는 소릴해서 보시다시피 매를 맞고 있는 거요!"

　그 말을 듣고 K는 그들을 살펴보았다. 매를 맞고 있는 두 사람은 감시인 빌렘과 프란츠였고, 나머지 한 사람의 손에는 채찍이 쥐어져 있었다.

"그래요? 하지만 난 예심 판사에게 쓸데없는 말을 하지는 않았소. 내 방에서 있었던 일을 사실대로 말했을 뿐이오. 그리고 당신들도 전혀 잘못이 없다고는 말하지 못할 거요."

"하지만 우리가 박봉에 시달리는 것을 알았다면 당신은 그렇게 하지 못했을 겁니다. 내게는 부양 가족이 있고, 프란츠도 곧 결혼을 할 겁니다. 모두들 열심히 일해서 잘 살아 보려고 하지만, 열심히 일한다고 해서 해결되는 일이 아니지요. 그래서 우리는 당신의 비싼 옷을 보자 유혹에 넘어가고 말았던 겁니다. 물론 감시인들에게는 금지된 일이고 명백한 부정입니다만, 피고인의 옷은 감시인의 몫이라는 것은 이미 관례가 되어 버렸어요. 또 체포당할 정도로 운이 나쁜 사람에게 그 따위 물건이 무슨 소용이 있겠습니까? 하지만 체포당한 사람이 그 일을 발설했으니 벌을 받는 것은 당연하지 않겠어요?"

"당신들이 처벌당할 줄은 미처 몰랐소. 그리고 나는 당신들을 처벌하라는 요구도 하지 않았소. 다만 나는 근본적인 문제제기를 한 것 뿐이오."

"이봐, 프란츠! 내가 뭐랬어? 이 사람은 우리를 처벌하라고 말하지는 않았을 거라고 했지? 우리가 처벌당하는 것을 몰랐다고 하잖아."

빌렘이 다시 말했다.

"이 사람들 얘기에 넘어가지 마시오."

채찍을 든 남자가 K에게 말했다.

"처벌은 정당한 것이고, 또 피할 수도 없는 거요."

"아닙니다, 그렇지 않아요."

빌렘은 이렇게 말한 뒤 매맞은 손을 입으로 가져가 불면서 잠시 말을 중단했다가 다시 말을 이었다.

"우리가 처벌받는 것은 당신이 우리를 고발했기 때문이오. 그렇지 않았다면 우리의 부정이 알려졌다 해도 별일이 없었을 겁니다. 당신도 우리가 얼마나 감시인 일을 충실하게 했는지 잘 알 겁니다. 당신이 우리를 고발만 하지 않았더라면 우리는 틀림없이 곧 이 사람처럼 태형리가 되었을 거예

요. 하지만 이젠 모든 게 끝장났지요. 출세는 생각도 못할 일이고, 감시인
보다 훨씬 못한 일을 해야 할 테니까요. 게다가 지금은 매를 맞아야 하는
처지가 되고 말았으니……."
"이게 그렇게 아픕니까?"
K는 이렇게 물으며 채찍을 만져 보았다.
"옷을 벗기고 때리니까요."
빌렘이 말했다.
"그렇겠군요."
K는 이렇게 말한 뒤 태형리를 살펴보았다. 뱃사람처럼 구릿빛 몸을 한
그는 야성적이고 힘이 넘쳐 보였다.
"두 사람의 처벌을 감해 줄 방법은 없습니까?"
K는 태형리에게 물었다.
"없소!"
태형리는 웃으면서 머리를 흔들었다.
"어서 옷 벗어!"
태형리는 두 사람을 향해 소리쳤다. 그러고 나서 K에게 말했다.
"저놈들의 말을 전부 믿지는 마십시오. 채찍이 무서워서 머리가 살짝
돌았으니까요. 이를테면 이놈이 곧 태형리가 되느니 어쩌니 했는데 그건
말도 안 되는 소리지요. 보세요, 이 비계 덩어리를요. 왜 이렇게 살이 쪘는
지 아십니까? 체포된 사람들의 밥을 먹어치우는 못된 버릇 때문입니다. 당
신의 아침 식사도 먹어 치웠겠지요? 뻔합니다. 이런 비계 덩어리는 절대로
태형리가 될 수 없지요."
"배가 나온 태형리를 본 적이 있어요."
허리띠를 풀고 있던 빌렘이 말했다.
"시끄러!"
태형리가 그의 목에 채찍을 휘둘렀기 때문에 빌렘은 온몸에 경련을 일
으켰다.
"남의 말을 엿듣지 말고 어서 옷이나 벗으라니까!"

“이 사람들을 눈감아 주면 충분한 사례를 하겠습니다.”

K는 태형리를 쳐다보지도 않고——이런 거래는 서로 눈을 마주치지 않고 빨리 끝내는 게 상책이다——주머니에서 지갑을 꺼냈다.

“다음엔 나를 밀고해서 처벌을 받게 할 작정이시군요. 어림도 없소.”

태형리가 소리쳤다.

“잘 생각해 보시오. 내가 이 두 사람이 처벌당하는 것을 원했다면 미쳤다고 내 돈을 써 가면서 이 사람들을 구하려고 하겠소? 안 그래요? 이 문을 닫으면서 나하고는 무관한 일이라고 말한 뒤 돌아가면 그걸로 끝이오. 하지만 그럴 수는 없소. 나는 두 사람을 구해 주고 싶어요. 두 사람이 처벌당할 것을 알았다면 나는 절대 두 사람의 이름을 말하지 않았을 겁니다. 이 두 사람의 잘못만은 아니에요. 정작 큰죄를 짓고 있는 사람들은 소속 관청들이고 위에 있는 높은 관리들이지요.”

“네, 맞습니다!”

두 감시인이 동시에 소리쳤다. 그러나 곧 벗은 몸 위로 채찍이 날아갔다.

“만일 이 채찍을 높은 관리가 맞게 된다면,”

하고 K는 말하면서 그가 또 채찍을 휘두르려고 번쩍 쳐든 팔을 재빨리 잡았다.

“나는 절대 말리지 않겠소. 오히려 그런 일을 하는 당신이 더 힘을 낼 수 있도록 돈을 주었을 거요.”

“당신이 하는 말은 그럴 듯하지만 난 절대로 뇌물에 매수당하지 않아요. 때리는 것이 내 임무요. 그러니 나는 때리기만 하면 되는 거요. 이제 더는 상관하지 마시오.”

K가 끼여들어 자신들이 유리하게 되기를 기대하고 가만히 있던 프란츠가 바지만 입은 채로 K에게로 다가왔다. 그리고 무릎을 꿇고 엎드려 K의 바지에 매달리며 애원했다.

“우리 두 사람을 모두 구해 주실 수 없다면 저만이라도 살려 주십시오. 빌렘은 나보다 나이도 두 살이나 더 많고 신경이 둔해서 웬만한 일에는 견딜 수 있을 겁니다. 그는 2년 전에도 태형을 당한 일이 있습니다만, 저는 이런 처벌이 처음입니다. 더군다나 빌렘이 가르쳐 준 대로 했을 뿐입니다. 지금 밖에서는 제 약혼녀가 울면서 기다리고 있습니다. 창피해서 죽고 싶습니다."

그는 눈물에 젖은 얼굴을 K의 바지에 비벼댔다.

"그만큼 지껄였으면 충분하겠지? 더 이상 기다릴 수는 없다!"

태형리는 소리치면서 채찍으로 프란츠를 후려쳤다.

빌렘은 구석에 쪼그리고 앉아 고개도 움직이지 않고 형세를 살피고 있었다. 채찍을 맞은 프란츠는 비통한 신음 소리를 내질렀다. 그것은 인간의 소리라기보다 고문받는 기계에서 나오는 금속음 같았다. 복도 안으로 그 소리가 울렸고, 틀림없이 건물 구석구석으로 퍼졌을 것이다.

"소리치지 마!"

K도 황급히 소리를 질렀다. 사환이 달려올까 걱정이 되어 복도 쪽을 살피면서 프란츠의 어깨를 쳤다. 별로 세게 치지도 않았는데 프란츠는 바닥으로 쓰러지며 경련을 일으켰다. 그리고 이내 마룻바닥을 쥐어뜯으며 짐승처럼 신음을 토했다. 그래도 채찍은 멈추지 않았다. 그러는 사이에 멀리서 사환과 어떤 사람이 뛰어오고 있었다. K는 재빨리 창고 문을 닫고 마당 쪽의 창문을 열었다. 신음 소리는 차츰 잦아들었다. 사환들이 가까이 오지 못하게 하기 위해 그는 소리쳤다.

"나야!"

"아직 안 돌아가셨군요. 무슨 일이 있으세요?"

사환이 물었다.

"아니, 아무것도 아니야. 안마당에서 요란하게 개가 짖고 있어."

그래도 그들은 머뭇거리며 돌아가지 않았다. K가 계속해서 말했다.

"너무 늦었어. 자네들도 얼른 하던 일을 마치게나."

K는 또 그들이 말을 걸어올까봐 몸을 창 밖으로 반쯤 내밀었다. 잠시 후 복도 쪽을 돌아보자 그들은 보이지 않았다. K는 다시 창고로 들어가지도 못하고 창가에서 서성거렸다. 그렇다고 집으로도 갈 수 없었다. 그는

조그마한 네모진 안뜰을 내려다보았다. 그는 태형을 저지하지 못한 것이 괴로웠다. 하지만 그것은 그의 책임이 아니다. 만일 프란츠가 그토록 비명을 지르지만 않았더라도 태형리를 구워 삼을 다른 방법을 찾아냈을 것이다. K의 지갑을 보자 눈빛이 빛나던 태형리가 떠올랐다. 채찍을 휘두른 것은 뇌물의 액수를 좀더 올려 보려고 한 속셈일 것이다. 설령 그렇다 하더라도 K는 돈을 아끼지 않았을 것이다. 진정으로 감시인들을 그 고통에서 구해 주고 싶었다. 그런데 프란츠가 비명을 지르는 바람에 모든 게 허사로 끝나 버렸다. 사환이나 아직 이 건물에 남아 있던 사람들이 몰려나와 돈을 들고 흥정하는 자기를 지켜보게 될까봐 두려웠다. 그 누구도 K에게 이 같은 희생을 요구할 권리는 없는 것이다.

만약 K가 그렇게 할 마음이 있었다면 차라리 자기가 옷을 벗고 태형리에게 대신 몸을 내미는 방법이 더 나았을 것이다. 대역을 내리치는 것은 태형리에게는 무의미한 일이며, 또 기소중인 K에게 손을 댄다는 것은 재판소의 어떤 관리에게도 엄금되어 있기 때문이다. 어쨌든 K는 급히 창고 문을 닫아 외부 사람들에게 이 일을 숨겼고, 그것만으로는 위기를 모면했다는 생각이 들지는 않았다. 프란츠의 어깨를 친 것은 매우 유감스러운 일이지만, 그가 너무 크게 소리를 질렀으므로 어쩔 수 없는 일이었다.

멀리서 사환들의 발소리가 들려 왔다. K는 그들이 눈치채지 못하도록 창문을 닫고 중앙 계단으로 걸어나왔다. 창고 앞을 지날 때는 잠시 멈춰서서 귀를 귀울였다. 쥐죽은 듯이 고요했다. 어쩌면 태형리가 감시인들을 때려 죽였는지도 모른다. K는 문으로 손을 뻗었다가 그냥 되돌아섰다. 이젠 더 이상 구제할 방법이 없었고, 또 곧 사환들이 다가올 것이기 때문이었다. 그러나 이 문제를 그대로 둘 수는 없다고 생각했다. 이 사건의 배후에는 고위 관리들이 있을 것이다. 자신의 힘이 닿는 한 그들을 처벌하는데 앞장서리라고 결심했다. 은행의 앞 계단을 내려가면서 그는 주위를 살펴보았으나 누군가를 초조하게 기다리는 듯한 처녀의 모습은 볼 수 없었다. 프란츠의 말은 거짓말이었다.

다음 날이 되어도 여전히 그 감시인들의 모습이 지워지지 않았다. 일이 손에 잡히지 않아 결국 늦게까지 사무실에 남아서 일을 해야만 했다. 퇴근하는 길에 창고 앞을 지나게 되자 무의식적으로 문을 열어 보았다. 눈앞에 펼쳐진 광경은 모든 것이 어제와 똑같은 모습이었다. 문턱까지 쌓여 있는 인쇄물과 잉크 병, 채찍을 든 태형리, 선반 위의 촛불, 발가벗다시피한 감시인들. 감시인들은 K를 보자마자 필사적으로 애원했다.

"선생님, 제발 살려 주세요!"

K는 문을 힘주어 꽉 닫아 버렸다. 다시는 그 문이 열리지 않도록 하려는 것처럼. 그는 울고 싶은 심정으로 사환들이 있는 곳으로 달려갔다. 등사(騰寫)를 하고 있던 사환들이 놀라서 하던 일을 멈췄다.

"지금 당장 창고 정리를 좀 해 주게나. 먼지 속에 파묻혀 버리겠어!"

사환들은 그렇지 않아도 내일 청소할 계획이라고 말했다. K는 고개를 끄덕였다. 이렇게 늦은 시간에 청소하라고 고집할 수도 없는 노릇이었다. 잠시 사환들 옆에 앉아 등사한 종이를 몇 장 뒤적거렸다. 그러다가 문득 이것이 어쩌면 서류를 조사하고 있는 것으로 오해받을 수도 있다는 생각이 들어, 그는 피곤한 몸을 이끌고 집으로 돌아왔다.

제6장 숙부(叔父)와 레니

어느 날 오후, 우편물 마감 시간이 가까웠기 때문에 정신없이 일하고 있을 때였다. 결재 서류를 들고 들어오는 사환 두 사람을 밀치고 숙부 칼이 나타났다. 숙부는 시골의 소지주(小地主)였다. 그러나 K는 별로 놀라지 않았다. 조금 전에 숙부가 왔다는 전갈을 받았던 터였다. 그리고 한 달 전부터 숙부가 오리라는 것을 알고 있었다. 숙부는 언제나 하루 이상은 머무르지 않았는데, 볼일은 하루 동안에 일사천리로 해치웠을 뿐 아니라 그 외에도 누구를 만나거나 상담, 오락까지도 놓치지 않으려고 애썼다. 그러니 늘 허둥거릴 수밖에 없었다. 그럴 때마다 K는 자신의 후견인으로서 많은 은혜를 입고 있는 터라 숙부의 편의를 봐 주었다. K는 늘 숙부를 '시골에서 온 도깨비'라고 불렀다.

인사를 나눈 뒤—— K는 안락의자에 앉으시라고 권했지만 숙부에겐 그럴 여유가 없어 보였다—— 숙부는 단둘이 할 얘기가 있다고 했다.

"사람들이 있으면…… 아무래도 내 마음이……."

숙부는 괴로운 듯이 침을 삼켰다.

K는 즉시 사환들을 내보내고 아무도 방으로 들여보내지 말라고 지시했다.

"요제프, 도대체 무슨 짓을 저지른 거냐?"

사람들이 나가자마자 숙부는 대뜸 고함을 치며 책상 위에 걸터앉았다.

그리고 자리가 불편한지 책상 위의 서류를 아무렇지도 않게 엉덩이 밑으로 밀어넣었다. K는 아무 말도 하지 않았다. 숙부가 무슨 이야기를 하는지는 충분히 알고 있었다. 하지만 우선 정신없이 일하던 업무에서 잠시 벗어날 수 있었으므로 기분 좋게 창을 건너다보고 있었다. 그의 의자에서는 두 개의 진열장 사이의 벽밖에 보이지 않았다.

"요제프, 답답하구나. 어서 대답을 해 봐! 도대체 무슨 짓을 한 거냐?"

"숙부님!"

K는 입을 열면서 잠시나마 여유를 가졌던 마음을 다잡았다.

"무슨 말씀이신지 저는 잘 모르겠습니다."

"요제프!"

숙부는 꾸짖듯이 엄숙하게 그를 불렀다.

"나는 지금까지 네가 나에게 숨기는 일이라고는 없었다고 믿었는데 내가 잘못 생각했구나."

"아, 이제 알겠습니다. 제 소송 사건을 들으신 모양이군요?"

"그렇다."

"도대체 누구한테 들으셨어요?"

"에르나가 편지를 했더구나. 너는 그애와 왕래도 없고, 그 불쌍한 아이에게 신경도 안 쓰지만, 그애는 너의 일을 잘 알고 있더구나. 오늘 그애의 편지를 받고 바로 올라왔다. 너에 관한 대목만 읽어 주마."

숙부는 이렇게 말하면서 지갑에서 편지를 꺼냈다.

"그래, 여기구나. '요제프는 오랫동안 만나지 못했습니다. 지난 주에 은행에 들렀지만 바빠서 면회가 안 됐습니다. 거의 한 시간이나 기다렸지만 피아노 레슨 때문에 더 기다릴 수가 없었습니다. 오빠와 얘기를 하고 싶은데, 곧 그럴 기회가 오겠지요. 제 생일에는 상자에 든 초콜릿을 보내 주셨어요. 아주 깜찍하고 예쁘게 만들어진 초콜릿이었어요. 초콜릿은 기숙사에서 제일 인기 있는 과자여서 받자마자 어디론가 사라져 버렸답니다. 그런데 요제프에 관해 알려 드릴 일이 있답니다. 앞에서 썼듯이 은행에서 어느 분과 말씀 중이라고 해서 기다리고 있었지요. 그러다가 사환에게 오래 걸릴 것 같냐고 물었더니 사환이 그러더군요. 소송이 생긴 것 같다고요. 그래서 제가 다시 물어 보았답니다. 무슨 소송이냐구요. 그러자 사환은 매우 중요한 소송임에는 분명하지만 그 이상은 잘 모른다고 말하더군요. 그리고 덧붙여서 정직하고 성실한 분이라 자기도 돕고 싶지만 어떻게 해야 할지를 모르겠고, 자기보다 힘있는 분들이 나서서 도와 주시기를 빌고 있다고 말했어요. 또 틀림없이 그렇게 될 거라고 믿지만 당사자의 눈치를 보아서는 잘 해결되지 않는 것 같아서 안타깝다고 하더군요. 별로 중요한 일이 아니니까 다른 사람들에게 얘기하지 말라고 사환에게 주의를 주긴 했습니다만, 아무래도 마음이 꺼림칙하니 아버지께서 한번 올라오시는 것이 좋을 듯합니다. 자세한 얘기를 들어 보아서 만약 필요하다면 아버지의 친구 분들에게 이 일을 의논해서 빨리 수습하시는 게 좋지 않을까요? 십중팔구 그렇게까지 할 일이 아니라고 믿지만, 아무튼 올라오시면 이 딸이 아버지를 만날 수 있으니까 어쨌든 좋은 일이 아니겠어요?……' 아주 귀여운 녀석이지!"

편지를 다 읽은 숙부는 손수건으로 눈가를 닦았다. K는 에르나에게 미안한 마음이 들었다. 요즈음 복잡한 사건이 연달아 일어났기 때문에 그녀를 거의 잊고 있었고, 생일도 기억하지 못했다. 물론 초콜릿 이야기는 숙부와 숙모에게 K가 나쁘게 보이지 않도록 그녀가 꾸며낸 말이었다. 그토록 깜찍한 거짓말을 다 하다니! 앞으로 꼬박꼬박 보내 주려고 생각했던 극장표만으로는 충분한 보답이 안 되겠지만, 그렇다고 기숙사로 찾아가서 열여덟 살짜리와 수다를 떨 수도 없는 노릇이었다.

"이것이 사실이냐?"

숙부는 이렇게 물었지만 조금 전의 흥분은 조금 가라앉은 기세였다.

"네, 숙부님. 사실입니다."

"사실이라고? 설마 형사 사건은 아니겠지?"

"형사 사건입니다."

"침착하게 앉아서 거리낌없이 대답을 잘도 하는구나."

숙부의 목소리는 다시 커지고 있었다.

“침착해야 합니다. 너무 염려하지 마세요.”

“그런 말로 내가 안심할 것 같으냐?”

숙부는 또다시 고함을 쳤다.

“요제프, 너 자신에 대해서는 물론이고 친척들과 우리 가문도 생각해야지. 우리 가문의 자랑거리였던 네가 가문의 수치로 전락해서야 되겠니? 우선 네 태도부터 틀렸어. 결백하다면 당당하게 맞서야지, 그게 뭐냐? 네가 무슨 일을 저지르긴 저지른 모양이구나. 그래, 도대체 무슨 일이냐? 내가 도울 수도 있지 않겠니? 어서 말해 봐. 물론 은행과 관련된 일이겠지?”

“은행과는 상관없는 일입니다.”

K는 자리에서 일어섰다.

“그리고 숙부님의 목소리는 너무 큽니다. 사환이라도 듣게 되면 곤란하니 밖으로 나가시지요. 밖에서라면 숙부님이 물으시는 것에 대해 전부 대답해 드리겠습니다. 저도 집안 사람들에게는 알려야 한다고 생각하고 있으니까요.”

“그래, 좋다. 네 말대로 하자. 자, 서둘러라. 어서!”

“숙부님, 잠깐만요. 지시할 일이 있어요.”

K는 전화로 대리를 불렀다.

K는 오늘 중으로 처리해야 할 서류들을 들고 직원에게 지시했고, 그 또한 신중하게 듣고 있었다. 숙부는 두 사람의 얘기가 귀에 들어오지는 않았으나 눈을 부릅뜬 채 입술을 달싹거리면서 옆에 버티고 서 있다가 방 안을 서성거렸다. 창가로 다가가 ‘도대체 알 수 없는 일이야’ 하고 중얼거리기도 했다. 직원이 K의 지시를 메모한 뒤 두 사람에게 머리를 숙여 보이고 방을 나갔을 때 숙부는 창밖을 보며 신경질적으로 커튼을 만지작거리고 서 있었다. 문이 닫히자마자 숙부가 외쳤다.

“젊은이가 나갔으니 이젠 우리가 나갈 차례다, 어서!”

홀에는 서너 명의 직원들이 있었고, 마침 차장이 홀을 가로질러 가고 있었으므로 K는 난처했다. 그러나 숙부가 K의 마음을 알 리가 없었다.

“자, 요제프!”

인사를 하는 사람들에게 답례를 하면서 숙부는 거침없이 말했다.

"어떤 소송인지 분명하게 말해 봐라."

K는 무슨 말인가를 우물거리면서 어색한 웃음을 짓기도 했다. 그러다가 계단을 내려선 다음에야 입을 열었다.

"숙부님, 사람들 앞에서는 그런 얘기를 할 수가 없었습니다."

"그렇기도 하겠지. 자, 이젠 얘기할 수 있겠지?"

숙부는 고개를 뒤로 젖히고 담배를 연거푸 빨면서 그의 대답을 기다리고 있었다.

"미리 말씀드리지만, 이것은 보통 재판소의 소송과는 다릅니다."

두 사람은 거리로 통하는 바깥 계단 위에 서 있었다. 수위가 두 사람을 살피며 얘기를 엿듣는 것 같아 K는 숙부를 계단 아래로 끌어내렸다. 복잡한 거리 속으로 두 사람은 섞여들었다. 숙부는 한쪽 팔로 K를 붙잡고 걸었다. 사람들 틈으로 섞이자 숙부는 정신이 없는지 한동안 아무 말도 하지 않았다. 그러다가 느닷없이 다시 물었다.

"그래, 도대체 무슨 짓을 한 거냐?"

숙부가 갑자기 멈춰 서는 바람에 뒤따라 걷던 사람들이 주춤거리는 듯했다.

"그리고 왜 편지를 하지 않았니? 나는 너를 위해서라면 무슨 일이든 했다. 그리고 아직도 네 후견인이라고 자처하며 또한 그것을 자랑으로 여기고 있다. 이번에도 너를 도울 생각으로 올라왔다만, 이미 재판이 진행되었다면 일은 어려울 게다. 얼굴이 못쓰게 됐구나. 지금의 내 생각으로는 며칠 휴가를 얻어 시골이라도 다녀오는 게 좋을 듯하다만. 시골에 있으면 금방 회복될 거다. 앞으로 겪을 일들을 생각하면 무엇보다도 건강해야 한다. 또 시골에 있으면 재판소로부터 떨어져 있으니 너에게 유리할 거다. 가령 기관원들을 파견하거나 우편이나 전화를 이용하겠지. 여기 있는 것보다는 마음이 좀 편해질 거다."

"하지만 제가 이곳을 떠나도록 가만히 내버려 두지는 않을걸요."

숙부의 이야기에 솔깃했던 K가 말했다.

"네가 여행을 한다는데 그들에게 손해될 일이 뭐 있겠니?"

숙부는 신중하게 생각한 듯 말했다.

"저보다도 오히려 숙부님께서 이 일을 대수롭지 않게 여기실 줄 알았는데, 지금 보니 숙부님께선 심각하게 생각하고 계시군요."

거리에 그대로 서 있는 숙부의 팔을 잡아끌며 K가 말했다.

"요제프!"

숙부는 다시 그 자리에 멈춰 설 기세로 K에게서 팔을 빼내며 외쳤다.

"넌 너무 많이 변했어. 그전에는 사리분별이 분명하더니 지금은 정신이 딴 데 가 있구나. 소송에 져도 괜찮단 말이냐? 그럼 넌 그 길로 끝이야. 친척들이 모두 말려들거나 아니면 얼굴도 제대로 못 들고 다니게 돼. 요제프, 정신 차려라. 너의 그 덤덤한 태도를 보니 미칠 것 같다. 너의 얼굴에는 '이러한 소송은 이미 진 거나 다름없다' 라고 씌어 있는 것 같구나."

"숙부님! 흥분하지 마세요. 우리가 흥분하면 소송에서 이길 수가 없습니다. 숙부님의 말씀은 잘 알겠습니다. 그 동안 저를 믿어 주신 것처럼 제 얘기도 좀 들어 주세요. 숙부님의 말씀 중에서 소송 때문에 가족들이 피해를 당하게 될 거라는 말씀은 저로서는 이해가 안 됩니다. 그리고 숙부님의 말씀은 모두 따르겠지만 시골로 내려가라는 말씀은 유리하다고 생각되지 않습니다. 왜냐하면 제가 시골로 내려간다는 것은 저의 죄를 인정하고 도망치는 꼴밖에 더 되겠습니까? 여기 있으면 좀 귀찮기는 하겠지만 자유스럽게 일을 처리할 수도 있으니까요."

"그건 그렇지."

숙부는 이제야 말귀를 알아듣는다는 듯이 기쁜 표정이었다.

"내가 그런 말을 한 것은 네가 너무 무관심하게 일을 처리해서 위태롭게 될까봐 노파심에서 한 말이다. 그래서 내가 네 대신 일을 처리하는 편이 나을 것 같아 한 말이지. 만일 네가 발벗고 나서서 일을 처리하겠다면 그보다 더 좋은 일이 어디 있겠니?"

"좋습니다. 그럼 숙부님과 저의 의견이 일치한 겁니다. 그렇다면 숙부님, 우선 무슨 일부터 해야 할까요?"

"그건 사건을 자세히 알고 난 다음에 할 일이야. 난 20년 이상을 시골에 처박혀 살았으니 이런 일에는 판단이 잘 안 선다. 그쪽에 줄을 대고 있는 사람들과도 연락이 끊긴 지 오래고, 시골에 있으니 자연히 멀어질 수밖에. 이런 일을 당하고 보니 그것이 절실하게 느껴지는구나. 에르나의 편지를 읽을 때부터 사건을 대강 짐작은 했지. 그리고 네 얼굴을 보자 사건이 어느 정도인지 깨달을 수 있었다. 정말 믿기지가 않는 일이야. 아참, 우리가 이런 얘기를 할 때가 아니지. 어서 서두르자. 이런 일은 때를 놓치면 안 되니까."

숙부는 이미 목을 길게 빼고 지나가는 자동차를 불러 세웠다. 그리고 운전사에게 갈 곳을 말한 뒤 K를 차 안으로 밀어넣었다.

"우선 홀트 변호사에게로 가자. 그 사람은 내 동창인데 너도 이름을 들은 적이 있을 거다. 뭐? 처음 듣는다고? 이상한 일이구나. 빈민들의 변호사로 명성이 자자한데. 인품도 훌륭하고 내가 특히 믿는 친구지."

"숙부님께서 하시는 일은 무조건 찬성입니다."

K는 이렇게 대답했으나, 사실은 독단적인 숙부의 행동이 조금 불만스러웠다. 그리고 빈민을 상대로 변호하는 변호사에게로 간다는 것이 마음에 걸렸다.

"이런 일까지 변호사가 필요하다는 것은 생각지도 못했습니다."

K가 말했다.

"필요하고말고. 당연한 일인데 왜 생각을 못한 거니? 사건을 자세하게 알아 두어야 하니 어서 말해 봐라."

K는 사건에 대한 자초지종을 말했다. 그러나 소송을 큰 수치로 여기고 있는 숙부에게는 하나도 빠뜨리지 않고 상세하게 이야기하는 것이 숙부의 그런 생각에 항의하는 길이기도 했다. 이야기를 하면서 K는 줄곧 창밖을 바라보고 있었다. 마침 그들이 탄 자동차는 문제의 그 재판소가 있는 교외로 들어서고 있었다. 그러나 숙부는 그러한 우연에 대해 별로 놀라는 기색이 없었다.

차는 어두컴컴한 골목에 있는 건물 앞에서 멈추었다. 숙부는 차에서 내리기가 무섭게 1층의 초인종을 눌렀다. 얼마 지나지 않아 출입문 옆으로 나 있는 조그마한 구멍으로 새까만 두 눈이 보였다. 그 눈은 두 사람을 살펴보다가 곧 사라졌다. 그러나 출입문은 바로 열리지 않았다. 그러나 누군가가 두 사람을 살펴보고 갔다는 것은 확실했다.

"아마 새로온 가정부라 낯선 손님을 무서워하는 거겠지."

숙부는 이렇게 말하며 출입문을 두드렸다. 처음처럼 두 눈이 또 나타났는데 이번에는 좀 음울해 보이는 눈동자였다. 두 사람의 머리 위에서 내리비치는 희미한 가스등의 불빛 때문에 그렇게 보였는지도 모른다.

"문을 열어! 변호사님의 친구다."

숙부는 이렇게 소리치면서 문을 쾅쾅 두드렸다.

"변호사님은 편찮으세요."

복도의 제일 안쪽에 있는 방 앞에 잠옷 차림을 한 남자가 나와서 낮은 소리로 말했다.

한참을 기다리는 동안 화가 치민 숙부는 K를 향해 돌아서며 말했다.

"뭐라고? 아프다고? 훌트가 아프다고?"

숙부는 말하는 사람을 위협하려는 듯이 문 쪽으로 다가갔다.

"문은 열려 있어요."

그 남자는 변호사의 방문을 가리킨 후 잠옷을 여미면서 사라졌다. 그의 말대로 방문은 열려 있었다. 그때 흰 앞치마를 두른 한 여자가―― 음울해 보이던 바로 그 눈동자의 주인공이었다 ―― 촛불을 들고 현관 쪽에 서 있었다.

"다음에는 좀더 빨리 문을 열어 주시오."

숙부가 이렇게 말하자 그녀는 무릎을 살짝 구부리면서 인사했다.

"어서 들어가자, 요제프!"

그녀 옆에 서 있던 K를 향해 숙부가 재촉했다.

"변호사님께선 편찮으십니다."

그녀는 이렇게 말하며 출입문을 닫으러 가고 있었다. K는 넋을 놓고 그녀를 바라보았다. 인형처럼 둥근 얼굴에 창백한 뺨이었지만 자세히 보니 턱과 이마, 관자놀이까지도 동그스름했다.

"그래, 심장병인가?"

"네, 그런 것 같습니다."

그녀는 촛불을 든 채 앞장 서서 방문을 열었다. 불빛이 비치지 않는 어두운 구석의 침대에서 수염이 텁수룩한 사람이 몸을 일으켰다.

"레니, 누가 오셨지?"

침대에서 몸을 일으킨 변호사가 물었다.

"자네 친구 알버트네."

숙부가 말했다.

"아, 알버트!"

변호사는 손님이 친구라는 것을 확인하자 다시 침대로 몸을 눕혔다.

"많이 아픈가?"

숙부는 침대 끝에 걸터앉으며 물었다.

"전부터 앓던 심장이 또 말썽을 일으킨 모양이군. 푹 쉬면 곧 나을걸세."

"그랬으면 좋겠네만, 이번엔 여느 때보다 더 나쁜 것 같네. 숨이 차서 잠도 제대로 잘 수가 없거든. 날로 쇠약해지는 것 같아."

"그런가? 그건 안 좋은 일인데. 몸조리를 잘 해야겠는걸. 그런데 이 방은 왜 이렇게 어둡지? 꽤 오래 되긴 했지만 지난 번에 왔을 땐 분위기가 괜찮다고 생각했었는데. 그리고 저 여자 말이야, 얼굴이 밝지가 않아."

그녀는 촛불을 든 채 그대로 문 옆에 서 있었다. 숙부가 자기 얘기를 하고 있으니 그쪽을 바라보아야 할 텐데도 오히려 K를 유심히 살피고 있었다. K는 그녀 옆으로 의자를 끌고 가서 기대고 있었다.

"이런 병에는 마음의 안정이 제일이지. 마음까지 어두운 아가씨는 아니야. 좋은 간호사라네."

그러나 변호사의 말을 숙부는 믿지 못하는 것 같았다. 변호사에게는 아무 말도 하지 않았지만 숙부는 그 간호사에게 적개심을 품고 있음이 분명했다.

　K는 그러한 숙부가 이상하게 느껴졌다. 그리고 한편으로는 변호사가 앓고 있다는 사실이 반갑기도 했다. 자신의 일로 독단적인 행동을 하는 숙부가 못마땅했는데 숙부의 기세도 좀 꺾일 것이다. 그때 불쑥 숙부가 말을 꺼냈다. 아마도 간호사의 존재를 전적으로 무시하려는 뜻에서 하는 말인 것 같았다.

　"이봐요, 아가씨! 변호사와 개인적으로 할 얘기가 좀 있으니 자리를 좀 비켜 주시오."

　그녀는 환자에게로 몸을 구부린 채 시트를 만지고 있었는데 고개를 돌리며 매우 침착한 어조로 말했다.

　"보시다시피 병환중이니까 개인적인 일로 피곤하게 해 드리면 안 됩니다."

　사실 그녀는 숙부의 말을 반복한 것에 지나지 않았지만, 그녀의 말투는 숙부를 비웃고 있는 것처럼 느껴졌다.

　"빌어먹을!"

　화가 치민 숙부는 자리에서 벌떡 일어서며 외쳤다.

　K는 당황하여 숙부의 입을 두 손으로 막으려고 뛰어갔다. 그때 그녀의 뒤로 환자가 몸을 일으켰다. 숙부는 얼굴을 찡그리며 조금 수그러진 태도로 다시 말했다.

　"다시 부탁하지만, 매우 중요한 이야기이니 자리를 좀 피해줄 수 없을까?"

　그러나 그녀는 환자 쪽으로 몸을 돌리더니 한 손으로 변호사의 손을 주무르기 시작했다.

　"레니 앞에서는 무슨 말을 해도 괜찮네."

　보다못한 환자가 두 사람 사이에 끼여들며 말했다.

　"내 일이 아니야. 내 얘기가 아니란 말이네."

　숙부는 그렇게 말하며 돌아섰다. 숙부의 태도는 더 이상 말씨름을 하기 싫으니 잠시 생각할 여유를 주겠다는 뜻으로 보였다.

　"그럼, 도대체 누구 얘기를 하려는 건가?"

변호사는 힘들어하는 목소리로 그렇게 말한 뒤 침대에 다시 누웠다.

"내 조카 얘기네. 같이 왔지. 은행에 근무하는 요제프 K라네."

"아, 그런가?"

변호사는 K에게로 손을 내밀며 말했다.

"용서하게. 자네를 알아보지 못했네. 레니, 저쪽으로 좀 비켜 줘요."

아무 말도 하지 않고 순순히 나가려는 그녀에게 변호사는 손을 내밀었는데 마치 긴 이별이라도 하는 사람들처럼 보였다.

"그럼 자네는 문병을 온 것이 아니라 일 때문에 온 거로군."

변호사가 말했다.

변호사는 문병에 진저리가 난 사람처럼 표정이 밝게 바뀌어 있었고, 새삼 기운이 난다는 듯이 한쪽 팔꿈치로 상체를 기대면서 수염을 쓰다듬었다.

"그것 보게. 저 귀찮은 아가씨가 나가니까 자네가 금방 기운이 생기는군그래."

숙부는 이렇게 말하다가 갑자기 표정이 굳어지면서 속삭였다.

"잠깐, 엿듣고 있는지도 모르지."

그리고 숙부는 문 쪽으로 뛰어가 문을 벌컥 열어 젖혔다. 문 뒤에는 아무도 없었다. 숙부는 그녀가 엿듣지 않는 것은 다른 음모를 꾸미기 위해서일 것이라고 생각하며 언짢은 기분으로 돌아왔다.

"자네는 그 아가씨를 오해하고 있네."

변호사는 이렇게 한마디 하고서는 한참 후에 좀더 진지한 어조로 말을 꺼냈다.

"자네 조카의 일이라면 내가 도울 수 있는 데까지 돕겠네. 만일 내 힘이 자라지 않는다면 다른 친구에게라도 부탁하겠네. 솔직히 말해서 이 사건은 구미가 당기는 일이라네. 그러니 이 일을 단념할 생각은 전혀 없네. 만일 심장병 때문에 그 일을 해낼 수 없다면 나름대로 나에게는 좋은 계기를 마련해 주는 셈이지. 이를테면 변호사 노릇을 그만둘 수 있는 좋은 기회가 된다는 뜻일세."

K는 변호사의 말을 이해할 수가 없어서 숙부를 쳐다보며 눈짓으로 설명을 요구했다. 숙부는 K의 시선 따위에는 아랑곳하지 않고 변호사의 말에 일일이 고개를 끄덕이며 이따금 K도 그렇게 동의하라는 뜻으로 그의 얼굴을 들여다보곤 했다. 어쩌면 숙부는 이미 변호사에게 자신의 소송 문제를 얘기했던 것이 아닐까? 그러나 그것은 시간상 도저히 불가능한 얘기이다. K는 궁금하여 견딜 수가 없었다.

"저로서는 선생님의 말씀이 이해가 안 됩니다."

K가 이렇게 말하자 변호사 역시 매우 놀라는 표정으로 되물었다.

"내가 자네 일을 잘못 알고 있단 말인가? 내 짐작으로는 자네의 소송 문제를 얘기하려는 것으로 알고 있는데 그럼 아니란 말인가?"

"물론 그렇지."

숙부는 K를 바라보며 다시 말했다.

"도대체 넌 무슨 말을 하려는 거냐?"

"제 말씀은 선생님께서 제 소송에 대해서 어떻게 미리 아셨는지 그게 궁금해서 드린 말씀입니다."

"아, 그거 말인가? 내 직업이 변호사네. 여러 가지 소송이나 특히 흥미 있는 소송은 다 귀에 들어오게 되어 있다네. 또 친구 조카가 관련된 소송인데 어떻게 관심이 없겠나, 안 그런가? 조금도 이상할 것 없네."

변호사가 미소를 지으면서 말했다.

"그래서 넌 어떻다는 거냐?"

숙부는 다시 K를 나무랐다.

"넌 좀 침착하게 행동해야 한다."

"그렇다면 선생님은 재판소 사람들과 잘 알고 지내시는군요?"

K가 변호사에게 물었다.

"그렇다고 할 수 있지."

"넌 정말 엉뚱한 질문을 하려고 작정한 것 같구나."

숙부가 K를 향해 말했다.

"서로 관련된 분야이니 만나서 얘기하는 거야 당연한 것 아닌가?"

변호사가 덧붙였다. 이상하게도 변호사의 말에는 대항할 수 없는 힘이 느껴졌다. K는 잠자코 있었다. 그러나 금방이라도 '하지만 선생님은 궁전 같은 대법원이나 드나들지, 다락방 같은 재판소에서는 일하지 않으시잖아요?'라는 말이 튀어나올 것 같았지만 실제로 그 말을 할 수는 없었다.

"이건 자네도 잘 알아 두어야 할 일이네."

변호사는 너무나 당연한 얘기를 또 하게 되어 귀찮다는 투로 말했다.

"그런 사람들과의 교제가 있으니까 변호를 의뢰하는 사람들에게 유리한 결과를 가져다 주는 거라네. 물론 이 얘기는 우리끼리 있으니까 하는 얘기지만, 다른 사람들에게는 말하면 안 되네. 지금 이렇게 누워 있으니 자세한 건 모르지만 그래도 재판소에 있는 사람들이 가끔 문병을 오니까 대충은 들어서 알고 있지. 그래도 하루 종일 재판소에서 지내는 사람들보다는 더 많이 알고 있을걸? 지금도 반가운 친구가 와 있으니 말이네."

변호사는 어두운 방 한구석을 가리켰다.

"어디에요?"

놀란 K는 다급하게 물으며 방 안을 둘러보았다. 촛불은 맞은편의 방 구석까지는 비추지 않았지만 어둠 속에 무엇인가가 움직이고 있었다. 그때 숙부가 촛불을 높이 치켜들었다. 그러자 작은 탁자 옆에 한 노신사가 숨을 죽이고 앉아 있는 것이 보였다. 그 노신사는 자기의 정체가 드러난 것이 불쾌하다는 듯이 자리에서 일어났다.

"당신 때문에 이 사람들이 얼이 빠진 것 같습니다. 사양하지 마시고 이쪽으로 오십시오."

변호사가 정중하게 권했다. 노신사는 점잖게 불빛 쪽으로 다가왔다.

"사무국장님, 용서하세요. 제가 소개하는 것을 깜빡했습니다. 이쪽은 내 친구인 알버트 K, 그리고 이 친구의 조카인 요제프 K입니다. 그리고 이분은 사무국장님이시네. 바쁘실 텐데도 이렇게 문병을 오셨다네. 참 영광스러운 일이지. 난 이분과 즐겁게 얘기를 하고 있었다네. 손님이 오더라도 돌려 보내라고 레니에게 말하지는 않았지만, 난 더 이상 특별한 사람이 오지 않을 거라고 생각했고, 또 이분과 조용히 얘기를 하고 싶었다네. 그런데 느닷없이 누군가가 문을 쾅쾅 두드렸단 말이야. 알고 보니 알버트 자네 였지. 난 너무 반가웠네. 그래서 사무국장님께서 한쪽 구석으로 자리를 피해 주신 거라네. 그러나 일이 이렇게 되었으니 서로 상의하면 좋을 거고, 또 좋은 친구가 될 수도 있을 것 같아 이렇게 소개하는 거야."

변호사는 비굴한 웃음을 지으며 사무국장에게 말했다.

"자, 여기에 앉으십시오."

"유감스럽습니다만 오래 있지는 못할 것 같군요."

그는 안락의자에 앉으며 시계를 들여다보았다.

"워낙 바빠서 말입니다. 하지만 친구의 부탁이니 거절할 수가 없군요."

그는 숙부를 향해 가볍게 머리를 숙였다. 숙부는 이 새로운 만남에 대해 즐거워하는 것 같았고, 호탕한 웃음으로 인사를 대신했지만 어색한 분위기였다. K는 그들을 자세히 관찰하기 시작했다.

사무국장은 대화에 끼여든 이상 자신이 대화를 주도하지 않으면 못 견디는 성격인 것 같았다. 변호사는 아프다는 말을 방문객을 사절한다는 구실로 이용했다는 듯이 귀에다 손을 대고 열심히 듣고 있었다. 그리고 숙부는 촛불을 들고 어색한 분위기는 잊어버린 듯 사무국장의 능변에 맞장구를 치기도 하면서 끌려들어가고 있었다.

침대 기둥에 서 있던 K는 사무국장이 나타남과 동시에 완전히 무시되어 버렸다. 그는 그저 이 노신사들의 이야기를 들어주는 청중 역할 외에는 달리 할 일이 없었다. 물론 K는 그들의 얘기에는 흥미도 없었다. K는 이 사무국장이라는 사람을 어디서 본 것은 아닐까, 어쩌면 첫 번째 심리를 받던 날 현장에 있었던 사람은 아닐까 하는 생각을 했다. 그러자 그때 맨 앞 줄에 있던 사람들, 듬성듬성 수염을 기른 노인들 틈에서 그를 본 것도 같았다.

그때 옆방에서 그릇 깨지는 소리가 들려 왔다. 세 사람의 얘기도 일시에 멈췄다.

"제가 가 보겠습니다."

K는 이렇게 말하고 천천히 그 방에서 나왔다. 옆방으로 들어가 어둠 속

을 두리번거리던 그는 문 손잡이를 잡은 자기 손 위에 자그마한 손이 포개지는 것을 느꼈다. 포개진 손이 문을 밀어 닫았다. 조금 전의 바로 그 간호사, 레니였다.

"선생님을 이쪽으로 오시게 하려고 일부러 벽에다 접시를 던졌어요."

K는 조금 당황했지만 일부러 태연한 척하며 말했다.

"나도 당신인 줄 알았어요."

"어머, 그래요? 그렇다면 이쪽으로 오세요. 어서요."

그녀는 몹시 기뻐하며 서너 발짝 앞으로 걸어가서 유리문을 열었다.

그곳은 변호사의 사무실 같았다. 달빛을 받은 고가구들이 어슴푸레하게 보였다.

"이쪽으로 오세요."

그녀는 나무 등받이가 달린 궤짝을 가리켰다.

K는 그곳에 앉으면서 방 안을 둘러보았다. 천장이 유난히 높아서 빈민들이 변호를 의뢰하러 왔다가는 당황할 것으로 느껴졌다. 그리고 커다란 책상 앞으로 머뭇거리며 걸어나오는 발소리도 들리는 것 같았다. 하지만 K에게 몸을 대고 있던 그녀가 의자를 슬며시 끌어당기는 것이 느껴져 그런 생각도 이내 사라졌다.

"굳이 부르지 않아도 나오실 줄 알았어요. 처음부터 이상했거든요. 방에 들어오시자마자 제 얼굴만 쳐다보셔서……. 저를 레니라고 불러 주세요."

"그렇게 하죠. 하지만 뜻밖이군요. 어른들의 얘기 도중에 빠져 나올 수도 없는 일이었고, 당신이 나에게 호의를 가지고 있는지 알 수도 없었지요."

"변명은 하지 마세요. 틀림없이 저 같은 여자는 선생님의 마음에 안 들었을 거예요. 지금도 그럴 거예요."

"하지만 마음에 들고 안 들고 하는 것은 문제가 아니지요."

K는 슬쩍 말꼬리를 돌렸다.

"어머, 어쩜!"

레니는 기뻐서 탄성을 질렀다. K의 말과 자신의 짤막한 외침에서 그녀는 어떤 우월감을 느낀 모양이었다. K는 잠자코 있었다. 차차 방 안의 어둠에도 익숙해졌으므로 찬찬히 가구를 둘러보고 있었다. 특히 그의 눈을 끈 것은 문 오른쪽에 걸려 있는 커다란 액자였다. 법의를 입은 남자가 높은 의자에 앉아 있는 초상화였는데 그 의자가 금빛으로 칠해져 있어서 두드러져 보였다. 재판관의 초상화란 으레 냉철함과 위엄을 갖춘 표정으로 그려지기 마련인데, 왼팔을 의자 팔걸이에 올려 놓고 오른손은 자연스럽게 팔걸이를 쥐고 있어서 금방이라도 격분하여 의자에서 일어나 결정적인 판결을 내리려고 하는 것처럼 보였다. 피고는 틀림없이 계단 밑에서 떨고 있을 것으로 예상되었지만, 그림에는 황색 융단이 깔린 계단밖에 그려져 있지 않았다.

"내 사건을 담당한 예심 판사 같군."

K가 중얼거렸다.

"저분은 이곳에 자주 오시는 분이에요. 이 그림은 그분이 젊었을 때라고 하지만 전혀 그분을 닮지 않은걸요. 그분은 체격이 왜소하지만 허영심이 강해서 아마 자신을 이상형의 사람 몸집으로 그리게 했을 거예요. 이곳 사람들은 누구나 허영심이 많아요. 물론 저도 그렇지만요. 그래서 당신의 마음에 들지 않을 것 같아서 자존심이 상해 있었어요."

그녀의 말을 듣고 K는 팔을 둘러 레니를 힘껏 끌어안았다. 그녀는 아무런 저항없이 K의 어깨에 머리를 기대고 있었다.

"저 사람의 직위는 도대체 뭐지?"

"예심 판사예요."

그녀는 자기를 감싸고 있는 K의 손을 어루만지며 대답했다.

"겨우 예심 판사였군. 높은 직위의 관리들은 모두 숨어 있고, 겨우 예심 판사가 저렇게 멋진 의자에 앉아 있군그래."

K는 조금 실망한 듯 말했다.

"다 꾸며서 엉터리로 그린 거예요. 사실은 부엌에 있던 의자에 말 안장을 얹어 놓고 그 위에 앉아 있었던 거예요."

그녀는 K의 손 위로 자신의 얼굴을 비비면서 말했다.

"그런데 선생님의 머릿속에는 소송에 관한 생각뿐인가 봐요."

"아니, 그렇지도 않아. 오히려 너무 무관심해서 걱정이 될 정도지."

"그건 당신 생각일 뿐이에요. 선생님의 고집은 대단하다고 하던데요?"

"누가 그런 소릴 했지?"

K는 그녀의 몸이 자신의 가슴에 닿아 있다는 것을 느꼈다. 그는 눈을 내리깔고 그녀의 탐스러운 머리카락을 내려다보았다.

"누구인지는 밝힐 수가 없어요. 어쨌든 선생님은 잘못된 생각을 버리고 고집을 꺾는 것이 좋을 거예요. 어떤 사람도 이 재판소의 힘을 당해 내지 못해요. 그러니 다음 번에는 선생님도 꼭 자백을 하세요. 그런 후에라야 판결도 나거든요. 혼자 힘으로는 어려운 일일 테니 제가 힘 닿는 데까지 돕겠어요."

"당신은 재판소의 일과 거짓말 하는 법을 잘도 알고 있군."

K는 가슴을 파고드는 그녀를 무릎 위로 안아올렸다.

"당신이 좋아요."

그녀는 이렇게 속삭이면서 무릎 위에서 옷매무새를 고치고 두 손으로 K의 목을 감싸면서 고개를 뒤로 젖혀 그를 바라보았다.

"만약 내가 실토하지 않는다면, 나를 돕지 않겠다는 말인 것 같군."

K는 그녀의 심중을 떠 보려고 물었다.

'나를 돕겠다는 여자들이 점점 많아지는군. 뷔르스트너와 정리 마누라, 이번엔 귀여운 간호사라? 그런데 이 여자는 나에게 이상한 욕망을 품고 있는 것 같군. 내 무릎 위에 앉아서 이렇게 좋아하는 걸 보니……'

그는 이런 생각에 잠겨 있었다.

"그래요. 그러면 난 당신을 도울 수 없어요. 하지만 당신은 내가 돕든지 말든지 상관 없으시겠죠? 원래 자기 멋대로 행동하고, 남의 말은 듣지 않는다고 소문이 났으니까요."

그런 후 잠시 가만히 있다가 느닷없이 또 물었다.

"좋아하는 사람이 있죠? 그렇죠?"

"글쎄, 아직은."

"솔직히 말씀하세요."

"점점 엉뚱한 질문만 하는군. 다 지나간 옛날 이야기야. 안 만난 지 오래 되었으니까. 지금은 기껏해야 사진이나 들여다보는 정도지."

그녀는 사진을 보여 달라고 완강히 졸라 댔다. 할 수 없이 K는 사진을 꺼내 주었다. 그녀는 무릎 위에서 몸을 숙이고 사진을 뚫어져라 들여다보았다. 그것은 엘자가 술집에서 원무(圓舞)를 춘 뒤에 찍은 스냅 사진이었다. 스커트의 주름이 엘자의 온몸을 휘감고, 졸라 맨 허리에 두 손을 댄 채 고개를 쳐들고 웃으면서 옆을 보고 있는 사진이었다.

"코르셋을 너무 졸라맨 것 같네요. 이 여자는 인상이 별로예요. 성격이 거칠어 보여요. 하지만 선생님에게는 친절하고 다정하게 굴었을 거예요. 이렇게 덩치가 큰 여자들은 친절하고 다정하게 굴지 않으면 아무런 매력이 없거든요. 하지만 선생님에게 헌신적이었나요?"

"아니, 엘자는 친절하지도 다정스럽지도 않아. 내게 헌신적이지도 않고. 나도 그런 것을 요구해 본 적이 없지. 당신의 뛰어난 관찰력은 수준급이군."

"그렇다면 당신에게 소중한 사람도 아니고, 애인도 아니군요."

"그러나 내가 한 말을 취소할 마음은 없어."

"그렇다면 당신 애인이라고 해 두죠. 하지만 이 여자와 헤어지거나, 아니면 다른 여자를 상대한다고 해도 이 여자에게 미안할 건 없겠군요."

"그렇다고도 할 수 있지. 그러나 엘자에게는 장점이 있지. 내 소송에 대해 전혀 눈치를 못 채고 있다는 점이야. 설사 알게 되었다 해도 나에게 자백을 하라거나 재판소에 항복하라는 말 따위는 절대로 안 할 여자야."

"그건 장점이 아니에요. 그게 장점이라면 저도 용기를 잃지 않겠어요. 혹시 이 여자에게 신체적인 결함이 있는 건 아닌가요?"

"신체적인 결함이라고?"

K는 어이가 없어 반문했다.

"네, 그래요. 저는 약간 불구인 데가 있거든요."

그녀는 이렇게 말하면서 오른손 가운뎃손가락과 집게손가락 사이를 펴 보였다. 집게손가락의 맨 위까지 물갈퀴 같은 엷은 막이 붙어 있었다. 그녀는 K의 손을 끌어다가 만져 보게 했다.

"이 무슨 자연의 조화지? 너무 귀여운 갈퀴로군!"

K는 손을 살펴보며 신기해했다.

그 순간 레니의 얼굴에는 자랑스러움이 넘쳐 흘렀다. K는 그녀의 두 손가락을 펼쳤다 오므렸다 하다가 나중에는 그 손에 입을 맞추었다.

"어머, 제게 입을 맞추셨어요!"

그녀는 기쁨에 들떠서 외치며 무릎걸음으로 그에게로 기어올랐다. K는 멍하니 그녀의 얼굴을 올려다보고 있었다. 그녀가 가까이 오자 격한 냄새가 코를 찔렀다. 그녀는 그의 머리를 끌어안고 몸을 구부려 그의 목덜미를 지그시 깨물며 키스를 퍼 부었다. 그리고 얼굴을 파묻은 채 머릿속까지 깨물었다.

"당신은 이제 애인을 바꿔치기한 거예요. 보세요, 이젠 애인이 바뀌었죠?"

그녀의 무릎이 미끄러져 내렸다. K는 그녀의 몸을 떠받치려고 안았으나 그녀에게 이끌려 바닥으로 함께 미끄러졌다.

"당신은 이제 제것이에요."

그녀가 다시 속삭였다.

"집 열쇠예요. 언제든지 오세요."

헤어질 때 그녀가 한 말이었다. 그러고는 집을 나서는 그의 뒤에다 대고 키스를 보내는 동작을 했다.

밖에는 가랑비가 내리고 있었다. 창가에 레니가 서 있는 모습이 보일까 해서 길거리로 발을 옮겨 놓았을 때였다. 자동차 안에서 숙부가 뛰어나와 다짜고짜 그의 팔을 붙잡고 저항이라도 하면 때릴 기세로 그를 다시 현관으로 밀어붙였다. 숙부는 매우 화가 나 있었다.

"이, 고얀놈! 모처럼 일이 잘 풀리려는 판에 도대체 그게 무슨 짓이냐? 초를 쳐도 유분수지. 변호사의 정부라는 것을 충분히 눈치챘을 텐데, 그런 하찮은 년하고 자취를 감춰? 여자가 부른다고 쪼르르 달려가서는 한 시간 동안이나 둘이 붙어 있다니……. 네가 그러는 동안에도 우리들은 어떻게 하면 너를 구할 수 있을까를 의논하려고 했다. 나는 나대로 변호사를 신중하게 구워 삶아야 하고, 변호사는 변호사대로 사무국장에게 신경써야 되는 판국에 옆에서 네가 나를 좀 도와야 했던 거 아니냐? 그런데 그러기는 커녕 줄행랑을 쳐? 그 사람들도 처음에는 나를 다독거리더니 나중에는 참을 수가 없었던지 입을 다물어 버리더구나. 우리는 아무 말도 하지 않고 네가 돌아오기만을 기다렸다. 그러다가 모든 게 끝장나 버렸다. 사무국장이 예정보다 일찍 일어서며 도울 수가 없어 유감스럽다고 말하더라. 그러고도 좀더 친절을 베풀어 문 옆에서 얼마간 기다리다가 돌아가셨다. 그분이 돌아갔기 때문에 나는 조금 마음이 놓였다. 숨도 제대로 못 쉴 지경이었으니까. 변호사는 병이 더 악화되었어. 물론 너 때문이지. 너는 믿고 의지해야 할 사람의 병만 부추긴 셈이야! 게다가 나를 이 빗속에 한 시간이나 기다리게 하다니! 어쩌면 이렇게 속을 썩이는 게냐!"

제7장 변호사, 사장, 화가

눈이 휘날리는 암울한 어느 겨울날이었다. 아직 오전인데도 벌써 지쳐 버린 K는 사무실에 앉아 있었다. 중요한 일을 하고 있으니 아무도 들여보내지 말라고 일러 놓았다. 사람을 만나기도, 부하 직원들의 얼굴을 마주치기도 싫었다. 그는 일은커녕 의자에 앉은 채 책상 위의 물건들을 치워 버리고 그 자리에 두 손을 뻗고 머리를 수그린 채 가만히 있었다.

소송 문제로 머리가 복잡했다. 변론 문서를 작성해서 재판소에 제출하는 것이 어떨까 하고 곰곰이 생각하던 중이었다. 우선 그 서류에다 자신의 경력을 간단히 쓴 뒤 관련된 사건마다 동기를 적고, 그 행동에 대해 설명해 보는 것이 어떨까를 고민하고 있었던 것이다. 아무리 생각해도 병석에 있는 그 변호사에게 부탁하는 것보다는 훨씬 나을 것 같았다.

K는 그 변호사의 생각을 가늠할 수는 없지만, 그렇다고 뾰족한 묘안을 가지고 있을 것 같지도 않았다. 벌써 한 달이 지났건만 또다시 출두하라는 통보도 받지 못했다. 그리고 두세 번 만났을 때도 그에게서 유능하다는 인상을 받지도 못했다. 무엇보다도 그 변호사는 K에게 사건에 대해 한 마디도 질문을 한 적이 없었다. 오히려 K가 필요한 질문을 자신이 유도하기도 했다. 그러나 변호사는 질문 대신 엉뚱한 말만 늘어놓거나, 아무 말 없이 책상 앞으로 몸을 구부린 채 수염을 만지면서 바닥의 양탄자만 바라보았다. 그 양탄자는 K와 레니가 나란히 누워 있었던 곳이었다. K의 생각으로

는 아무래도 변호사의 이 같은 행동은 레니와 함께 있었던 일에 대한 보복 같았다. 그러면서 그는 어린아이들에게 하는 훈계처럼 이따금 K에게 무의미한 훈계를 했다. 지루한 그의 훈계에 K가 기진맥진했다고 생각되면 변호사는 약간 용기를 북돋울 요량으로 격려의 말을 건네기도 했다.

　"이번 사건은 꽤 어렵지만 이와 비슷한 소송에서 나는 여러 번 승소한 경험이 있지. 나의 풍부한 경험이 자네 사건을 변호하는데 큰 도움이 될 걸세. 자네 숙부로부터 변호를 의뢰받자마자 곧 일을 시작했다네. 진정서의 초안은 거의 다 만들어졌네. 변호사측의 주장이 종종 소송 방향을 결정짓기도 하므로 매우 중요한 거라고 할 수 있네만 이 진정서를 재판소에서는 전혀 읽지 않는 경우도 종종 있다는 것을 명심해 두게나. 진정서란 서류로 첨부되기만 하고 재판소에서는 피고에 대한 심문과 관찰을 우선으로 한다네. 그리고 신청인이 간곡히 부탁하면 재판에 앞서서 이 서류들을 세밀하게 검토하겠노라고 말하지. 하지만 그전에 이미 어디다 두었는지 잊어버리거나 분실되고 마는 경우도 허다하네. 설사 잘 간직되었다고 하더라도, 물론 소문으로 들은 이야기지만, 끝내 읽지 않는다고 하더군. 한심한 현실이긴 하지만 위법이라고 치부할 수도 없는 거라네. 왜냐하면 법적 절차는 반드시 공개되어야 하는 강제성을 띠고 있지 않거든. 그러므로 재판소의 서류, 특히 기소장은 피고나 그 변호인이 볼 수 없는 거라네. 사건의 핵심을 겨냥해서 진정서를 쓴다는 것은 우연을 기대하는 것과 같다고 할 수 있지. 그야말로 핵심을 찌르는 진정서란 피고에 대한 심문이 진행되어 갖가지 공소 사실이나 이유가 명확해지거나 추측할 수 있게 된 다음에야 작성할 수 있다네. 이런 현실로 말미암아 변호인들은 매우 불리하고 난처한 입장에 있지. 그러나 어제 오늘 시작된 일도 아니라네. 원래 변호란 법률로 인정된 것이 아니라 단지 묵인되고 있을 뿐이지. 그러니까 엄밀히 말하면 재판소가 인정한 변호사는 없고, 법정에 변호사라고 자처하고 나타나는 사람들은 모두 삼류 변호사라고 할 수밖에 없다네. 이런 사람들 때문에 모든 변호사들이 불명예스러운 일을 당한다네. 다음에 재판소에 가게되면 변호사 사무실을 한번 들여다보게나. 그들에게 배당된 좁고 천장이 낮은 방이야말로 재판소가 그들을 얼마나 경멸하고 있는지를 대변해 줄 테니까. 빛은 천장의 환기창을 통해서만 들어오고, 창 밖이라도 내다보려면 다른 사람의 어깨에 올라타고 환기창 밖을 내다보아야 하다니, 원. 어디 그뿐인가, 창에 얼굴이라도 갖다대는 날에는 영락없는 굴뚝 청소부가 되어 버린다네. 이런 경멸의 실례를 하나만 더 들어 볼까? 그 방바닥에는 일 년 전부터 커다란 구멍이 하나 뚫려 있는데, 한쪽 발이 빠지기에는 충분하지. 마침 변호사 사무실은 이층이라 그 구멍에 발을 밀어넣으면 소송당사자가 대기하고 있는 복도로 축 늘어진다네. 그러니 변호사들의 명예는 땅에 떨어지고 아무리 불평을 호소해도 개선은커녕 방 안의 집기 하나라도 변호사들의 자비로도 바꿀 수 없다네. 변호사들이 왜 이런 대우를 받는지 알겠나? 다 이유가 있다네. 재판소는 될 수 있으면 변호를 배제하려고 한다네. 피고 자신이 모든 절차를 밟게 하려는 거지. 그렇게 함으로써 변호사가 필요없다는 것을 주장하려고 하는데, 얼마나 한심한 발상인가? 재판에서 변호사의 역할이란 얼마나 중대한 건가? 법적 절차가 일반인들은 물론 피고에게조차도 거의 공개되지 않고 있네. 그러니 피고는 재판소의 사건 기록을 볼 수가 없고, 심문의 근거가 되는 내용을 추측한다는 것은 매우 어려운 일이지.

이런 때야말로 변호사가 필요한 존재라고 할 수 있지. 일반적으로 심문이 진행될 때에는 변호사의 입회가 허락되지 않지만, 심문이 끝나면 예심실 문 앞에 대기하고 있다가 피고로부터 심문의 내용을 듣고, 대개 오리무중인 진술에서도 변호에 도움이 될 자료를 알아 내기도 한다네. 그러나 유능한 변호사에게 가장 중요한 일은 변호사의 개인적인 연고라 할 수 있지. 여기에 변호사의 중요한 가치가 있는 거야. 자네도 경험해서 잘 알겠지만, 재판소의 최하부 조직은 허술하기 짝이 없네. 그래서 대다수의 변호사들은 이 허점을 이용해서 정보를 캐내기도 하고, 관리를 매수해 서류를 훔쳐오도록 시키기도 한다네. 이렇게 해서 놀랄만큼 유리한 성과를 올린 경우도 있네. 그런 경우 생각이 짧은 변호사들은 그것을 자랑삼아 떠벌이면서 새 고객을 유치하려고 한다네. 하지만 진짜 가치가 있는 것은 정당한 개인

적 연고, 말하자면 고관들과의 친분이라고 할 수 있지. 물론 고관이라고
해도 비교적 낮은 지위를 말하는 걸세. 이 사람들과 친분을 맺음으로써 소
송이 진행되는 동안 서서히, 또 확실하게 변호를 반영할 수 있는 거야. 고
관들과 이런 친분을 맺고 있는 변호사는 극히 드물지. 이런 점으로 본다면
자네는 탁월한 변호사를 선임한 걸세. 자네도 직접 보았듯이 내게는 고관
들이 제 발로 찾아와 정보를 흘리거나, 그렇지 않으면 쉽게 풀 수 있는 수
수께끼 형태로 얘기를 해 주고 있다네. 게다가 진행 상황이나 앞으로의 전
망도 얘기하고 또 이쪽의 의견을 흔쾌하게 받아들이는 경우도 종종 있지.
그렇다고 후자에 대해서 기대를 걸 것은 못 된다네. 왜냐하면 두 사람이
주고받은 말은 공식석상이 아니라 사석에서 주고받은 말에 불과하니까.
    관리들에게는 민중들과의 유대 관계가 전혀 없다고 볼 수 있네. 그러니
일반적인 사건에는 충분한 준비가 되어 있어서 이러한 소송은 제 궤도를
지키면서 이따금 충격을 주는 정도로 처리하면 되지만, 아주 단순한 사건
에는 갈피를 못 잡는다네. 낮이나 밤이나 법률에 매여 있으니까 언제 민중
들과 인간적인 유대를 가질 수 있었겠나? 그러니 인간에 대한 올바른 감
각을 잊어 버리고는 허둥대서 곤욕을 치르는 거지. 그럴 때마다 그들은 조
언을 들으려고 변호사를 찾게 되고, 그 뒤에는 사환이 비밀 서류를 들고
따라온다네. 그러면 변호사는 적절한 조언을 해 주기 위해 책상에 앉아 그
서류를 검토한다네. 이런 일이 있을 때마다 재판소 사람들이 자신들의 직
무를 얼마나 진지하게 생각하는지, 자신들이 무지한 분야에 대해 얼마나
절망에 빠져 있는지를 알 수 있다네. 그들의 입장도 생각해 보면 안됐지.
겉으로만 보아서 편한 직업이라고 평가할 것도 못 되더군. 또 서열이나 승
진은 끝이 많아서 그곳에 관계된 사람도 제대로 파악할 수 없을 정도지.
그런데 법적 수속은 일반적으로 하급 관리들에게는 비밀로 되어 있어. 그
러니 자기들이 관계하는 사건의 진척에 대해 정확하게 파악을 한다는 것
은 거의 불가능한 일이지. 따라서 개개의 소송에 대한 진행 절차나 최후의
결정, 그 이유에 관한 정보 같은 것은 전혀 가지고 있지 않아. 그들은 법률
에 의해서 규정된 소송 사건의 제한된 일에만 관계할 뿐이야.

이러한 현실을 알고 보면 소송 당사자들을 무시하는 듯한 태도로 대하는 관리들이 이상하게 여겨질 테지? 관리들은 매우 근엄하고 침착해 보이지만 사실은 피고만큼이나 당황하고 초조해한다네. 그러니 애송이 변호사들은 그들의 이런 성격 때문에 괴로움을 많이 겪지. 예를 들어 볼까? 어떤 선량하고 침착한 늙은 관리가 변호사의 진정서로 복잡해진 사건을 밤낮을 쉬지 않고 검토했다네. 이런 관리는 드물지. 그런데 별로 대단한 결과도 얻지 못하고 아침이 되었지. 변호사들은 뭔가 정보를 캐내려고 몰려들었다네. 그런데 이 관리가 변호사들을 계단 아래로 떠밀어 버렸어. 변호사들에게는 들어갈 수 있는 권리가 없고, 관리를 적으로 만들어서는 안 되기 때문에 항의를 할 수도 없고 말이야. 이미 말한 것처럼 재판소로 들어가지 못하면 하루라는 시간을 버리게 되므로 일단 어떻게 해서든 출입문을 밀고 들어가기로 했지. 변호사들이 번갈아가면서 계단을 올라가서 끈질기게 들여보내 달라고 거의 한 시간 동안이나 떼를 썼지. 철야 작업으로 지칠대로 지쳐 있던 그 노인은 그만 두 손을 들고 항복하고야 말았지. 그리고 변호사들은 모두 함께 들어갔지만 누구 한 사람 불평을 말하지는 않았지. 왜냐하면 그들은 모두 재판소의 모순을 느끼고는 있었지만, 변혁을 유도해 보려고 하는 용기 있는 사람은 아무도 없었기 때문이야.

그런데 말이야. 참 흥미있는 현상이 있어. 변호사들과는 반대로, 아무리 단순하고 비열하다 할지라도 피고의 입장이 되면 누구든 소송 시작부터 이런 모순에 대한 개혁의 열망을 품게 된다네. 그래서 시간과 노력을 엉뚱한 일로 낭비해 버리지. 아주 어리석은 짓이지. 물론 사소한 것들은 개혁이 가능할 수도 있어. 그러나 어쨌든 개혁이라는 것 자체가 우매한 망상에 불과한 것이지만, 설령 그것이 이루어져서 미래에 얼마간의 이익을 가져왔다 하더라도 복수심에 불타고 있는 관리들의 눈밖에 나게 되면 돌이킬 수 없는 불이익을 당하게 된다네. 그러니 부당하고 한심한 일이라 해도 그저 참는 도리밖에 없는 거야. 사법 기관이라는 자체가 상상도 할 수 없을 정도로 거대한 조직체이고, 그 힘 또한 어마어마하니 맨 주먹으로 달려들어 봤자 도리어 자기는 설 자리가 없어지고 추락할 수밖에. 어디 그뿐인

가. 이 조직체는 사회의 각 기관과 연결되어 있어서 사소한 손해를 입는다 하더라도 다른 데에서 얼마든지 보충을 할 수 있기 때문에 끄떡도 하지 않는다네. 아니, 그럴수록 더욱 밀접하게 결합하고, 더욱 견고해져서 또다른 악의를 키우게 되지. 그러니 이러한 실정을 잘 간파하고 있어야 하네. 그러니 소송은 무조건 변호사에게 맡기는 것이 현명하다고 할 수 있지. 자네가 사무국장에게 실수를 한 탓으로 적잖은 손해를 보고 있다네. 그는 이 소송에 관해서는 분명 사소한 얘기도 들으려 하지 않을 걸세. 관리들이란 어린아이 같은 데가 있어서 쉽게 기분이 상하거나 좋아지기도 한다네. 그러니 그들과의 교제란 어렵기도 하며 또 한편으로는 매우 쉽기도 해서 갈피를 잡기가 힘들지. 한마디로 일정한 공식이 없다는 얘기야.

이러한 세계에서 다소 성공을 거두는데 평범한 생활 자체만으로 가능하다는 것은 놀랄 만도 하지. 물론 누구나 그렇듯이 인간이라면 가끔 우울해질 때가 있지. 그럴 때면 모든 것이 실패라고 여겨지거나 처음부터 좋은 결과를 예상하고 있던 소송이 순리대로 잘 된 것뿐이라고 생각하게 된다네. 이렇게 되면 모든 것이 흔들려 확신을 가질 수가 없게 된다네. 그러니 충분히 승소할 수 있는 소송이 변호사의 쓸데없는 참견으로 패소했다고 하는 얘기를 해도 할 말이 없다네. 이 얘기 역시 소신 있는 얘기지만 결국 한심한 자기 변호에 불과한 얘기네. 변호사에게 일어나는 이 같은 감정은 순간적이긴 하지만, 이러한 발작이 변호사에게 덮치는 경우는 승소할 수 있도록 이끌어 온 소송을 제삼자에게 빼앗길 때 제일 많이 나타난다네. 변호사들에게야 이런 일이 가장 불쾌한 일이지. 하지만 피고는 한번 변호사를 선임한 이상 절대로 취소할 수는 없지만 가끔 변호사가 소송의 방향을 잘못 잡아서 도저히 따라갈 수 없는 상황이 될 때가 있네. 그럴 때는 소송이나 피고는 변호사를 떠나게 되지. 관리들과 긴밀한 접촉을 하고 있는 변호사라 할지라도 일이 이 지경에 이르면 아무런 도움이 안 된다네. 이렇게 되면 소송은 변호할 수 없는 단계에 들어가게 되어 변호사의 참여를 거절한 채 법정 심리가 진행되고, 피고에게조차 변호사의 힘이 닿을 수 없게 되지. 책상 위에 쌓여 있는, 온갖 노력을 기울여 작성한 청원서는 휴지 뭉치가 되어 버리지. 그렇다고 소송을 포기하지는 않는다네. 적어도 그 단계에서는 패소했다는 결정적인 이유가 없으니까. 그저 형세가 불투명하고 전망을 알 수 없다는 정도일 뿐이지.

다행히 이것은 예외적인 경우고, 설사 자네의 소송이 이러한 경우라 하더라도 아직은 희망이 있네. 변호의 기회는 얼마든지 있고, 유효적절하게 그 기회를 포착할 생각이니까. 앞에서 얘기했듯이 청원서는 아직 제출하지 않았네. 우선 관리들과의 절충이 중요하므로 그 일을 이미 끝냈지. 확신하지만 좋은 성과를 얻어 냈다네. 하지만 미리 그것을 자네에게 말할 수는 없어. 왜냐하면 미리 얘기해서 소송에 좋은 결과를 미친 예가 없거든. 어쨌든 현재로서는 결과가 좋은 편이지만 처음부터 경솔하게 단정해서는 안 되네. 그 사무국장만 잘 포섭해서 우리 편으로 만들면 승소를 기대해도 될 거야."

변호사는 이러한 얘기를 꺼내면 끝이 없었다. 방문할 때마다 같은 얘기를 지칠 줄 모르고 했다. 언제나 사건이 좋은 방향으로 진척되고 있다고 말하지만 어떻게 진척되고 있는지를 말한 적은 없었다. 그리고 만날 때마다 청원서를 작성하고 있다고 말했지만 완성되었다고 말한 적은 없었다. 이러한 얘기에 지쳐 버린 K는 여러 가지 악조건이 있겠지만 그래도 일의 진척이 너무 느린 것 같다고 얘기하면 변호사는 오히려 K를 나무랐다. 좀 더 빨리 변호사를 선임했더라면 일이 훨씬 쉬웠을 텐데 K가 소송을 소홀히 생각했기 때문에 일이 이렇게 되었으며, K의 이러한 태만 때문에 앞으로 불리한 결과를 초래할 것이라고 주장했다.

이런 지루한 얘기의 위기에서 그를 구해 주는 사람은 언제나 레니였다. 눈치 빠른 그녀는 변호사가 열을 올려 얘기할 때면 차를 가져왔다. 그리고 K의 등 뒤에 서서 변호사가 고개를 숙이고 차를 마시는 동안 K의 손을 살짝 잡았다. 변호사는 차를 마시고, K는 레니의 손을 만지작거리고, 레니는 재빨리 K의 머리를 어루만졌다. 변호사는 차를 다 마시면 고개를 들고 말했다.

"아직도 거기에 있었나?"

"찻잔을 가지고 나가려고요."

레니는 이렇게 대답하면서 나갈 때 다시 한번 K의 손을 살며시 잡았다.

변호사는 손수건으로 입가를 닦으면서 다시 설교를 시작했다. 변호사는 위로를 하려는 건지 아니면 절망을 안겨 주려는 것인지 K는 감이 잡히지 않았다. 어쨌든 유능한 변호사를 선임한 것이 아니라는 생각은 확실했다. 변호사는 기회만 있으면 자신의 능력을 떠벌이려고 한다는 것, 그리고 K의 소송 같은 큰 사건은 한 번도 맡아본 적이 없다는 것, K의 사건을 매우 과장해서 말하는 것으로 보아 그만한 사건을 처리할 능력이 없다는 것만은 분명했다. 그리고 계속 공공연하게 떠벌이고 있는 관리들과의 친분 관계는 신빙성도 없을 뿐더러 비위에 거슬렸다. 소송이 시작되고 나서 벌써 몇 개월이 지났건만 아직 청원서도 수리되지 않았다. 이것은 피고를 지치게 한 다음 어느 날 불쑥 결과를 통보한다든가, 아니면 이미 피고에게 불리하게 끝난 예심을 상급 관청으로 상고한다는 통보를 내밀려고 하는 수작이 틀림없다.

K는 자신이 발벗고 나서야 한다고 생각했다. 지금까지 소송에 대해 품고 있던 경멸 따위는 던져 버리기로 했다. 하지만 숙부는 이미 K를 변호사에게 인사시키고 사건을 의뢰했다. 그리고 숙부의 말대로 친척들의 위신도 무시할 수 없었다. 그리고 무엇보다 그 자신이 소송의 결과에 초연할 수 없는 입장이 되어 있었다. K는 경솔하게도 무어라 설명할 수 없는 감정에 사로잡혀서 아는 몇 사람에게 소송에 대해 떠벌이긴 했지만 어떻게 된 영문인지 아무런 관계도 없는 사람들도 다 알고 있는 상태였다. 뷔르스트너와의 관계도 소송과 마찬가지로 불투명했다. 그러니 K는 이제 소송을 받아들이느니 거부하느니 하는 선택의 여지가 없었다. 이제는 소송의 한복판에서 저항하지 않으면 안 되었다. 여기서 지친다면 치명적일 것이다.

그렇다고 너무 걱정할 필요는 없다. 은행에서는 짧은 기간 내에 현재의 지위에 올랐고, 자신의 능력을 인정받고 있으므로 그것을 소송에 이용하면 승소할 것이 분명하다. 그러기 위해서는 먼저 자신에게 죄가 있을지도 모른다는 생각부터 버려야 한다. 소송도 은행에서 자신이 큰 성과를 올렸던 사업과 같은 것이다. 거기에는 온갖 위험과 어려움이 뒤따르기 마련이다. 그러니 죄책감 따위는 느낄 필요도 없고, 자신의 이익에 관련된 것들은 확고하게 해 두어야 한다. 그러면 우선 변호사와의 관계를 정리해야 한다. 될 수 있는 한 빨리, 오늘 밤에라도 변호사를 해임하는 것이 최선이다. 변호사의 말대로라면 이런 행동은 몰상식하고 변호사를 모욕하는 것이겠지만, 변호사의 방해를 받아 고초를 겪게 된다면 할 수 없는 일이다. 변호사와의 관계가 정리되는 대로 청원서를 제출하여 그것이 수리되도록 매일 재촉해야 되겠다고 생각했다. 물론 다른 피고들처럼 마냥 기다리고 있지만은 않을 것이다. 가능하면 자신이 직접 하거나 그렇지 않으면 자기를 도와 주겠다고 한 여자들이나 사환을 시켜 매일 관리들을 귀찮게 쫓아다니게 할 것이다. 이렇게 모든 일을 체계적으로 밀고 나가며 끊임없이 감시를 하면 재판소도 이처럼 자신의 권리를 지키려고 노력하는 피고의 일을 먼저 처리할 것이다.

K에게는 이러한 일을 해낼 용기는 충분했지만 변론 문서를 꾸미는 일은 어려웠다. 일 주일 전만 해도 청원서를 자신이 직접 작성한다는 것이 수치스럽게 느껴지기는 했지만 미처 어려운 일이라고는 생각하지 못했다.

얼마 전 K는 일에 쫓기다가 갑자기 서류들을 옆으로 밀쳐 버리고 청원서 초안을 작성했다. 그리고 그것을 미련한 변호사에게 보여 주어야겠다고 생각하고 있었다. 그때 마침 차장이 웃으며 그의 방으로 들어왔다. 차장은 물론 청원서 따위는 생각도 하지 못하고 방금 들은 재미있는 일 때문에 웃은 것이지만 그래도 K는 몹시 불쾌했다. 그 이야기를 다시 K에게 쉽게 설명해 주기 위해서 차장은 K의 손에서 연필을 빼앗아 청원서를 정서하려고 했던 종이에다 그림을 그리며 설명했다.

지금 K의 심정으로는 수치스러운 기분은 잊고 어떻게든지 빨리 청원서를 만들어야겠다는 생각이 간절했다. 직장에서는 도저히 그럴 시간이 나지 않으니, 집에 가서라도 매일 조금씩 해야 된다. 밤 시간만으로 불가능하다면 휴가를 내야 한다. 절대로 일을 도중에서 그만두어서는 안 된다. 그러나 청원서를 쓰는 것은 무척 막막하여, 아무리 대범한 사람이라도 한

번 만에 완성할 수는 없을 것이다. 그것은 변호사가 능장을 부리는 태만이나 술책 때문이 아니라 앞으로 일이 어떤 방향으로 나아갈 것인지를 가늠할 수 없고, 사건에 관련된 자신의 행동이나 생활을 일일이 기억하여 분석하고 검토해야 하기 때문이다. 이런 일은 아마 연금(年金)을 받고 퇴직한 사람이 하루하루를 지루하게 보내지 않기 위해서 하면 딱 알맞을 일이다. 그런데 업무에만 모든 정신을 집중하고 뛰어난 성과를 올림으로써 차장에게는 위협적인 존재가 되어 있는 K에게는 어울리지 않는 일이다. 더군다나 그는 젊은 사람들이 누릴 온갖 향락의 유혹을 견디면서 이 같은 청원서를 써야 하는 것이다.

이러한 생각을 하면서 그는 거의 무의식중에 대기실로 울리는 벨을 눌렀다. 그러면서 동시에 시계를 들여다보았다. 11시였다. 거의 두 시간 동안 그는 이런 생각으로 시간을 흘려 보냈고, 이미 지쳐 있었다. 하지만 가치 있는 결심을 한 것이므로 시간을 잃었다는 생각은 들지 않았다. 사환이 여러 가지 우편물과 명함 두 장을 들고 와서 그들이 오래 전부터 기다리고 있다고 말했다. 그들은 은행의 매우 중요한 고객들이었다. 아무리 급한 일이 있더라도 기다리게 해서는 안 될 사람들이었다. 그들은 하필 이럴 때 찾아와서 곤란하게 하는 것일까? 그리고 또 왜—— 닫힌 문 뒤편에서 두 사람이 무엇을 묻는 소리가 들리는 것만 같았——가장 능률적으로 일할 수 있는 시간을 개인적인 일로 소일했을까? 이런 생각에 지친 K는 앞으로의 일을 기대하면서 손님을 맞이하려고 나른한 몸을 일으켰다.

그 사람은 키는 작지만 원기 왕성한 신사로 K와도 친분이 있는 어느 공장의 사장이었다. K는 오래 기다리게 해서 미안하다고 사과했는데 그 말투는 정중하지 못했고 기계적인 느낌이 들었다. 만약 그 사장이 바로 애기에 열중하지 않았더라면 그것을 눈치챘을 것이다. 그러나 그는 바로 주머니에서 계산서와 표를 여러 장 꺼내서 책상 위에 펼쳐 놓으며 1년 전에 체결한 계약 애기를 조잡하게 설명했다. 그의 설명대로라면 다른 은행에서는 파격적인 조건을 제시하고 있다는 거였다.

그는 입을 다물고 K의 말을 기다리고 있었다. 처음엔 K도 매우 중요한 일이라는 말에 진지하게 귀를 기울였지만 곧 짜증이 났다. 서류 위로 머리를 숙이고 있는 그 사장의 대머리를 바라보며 아무리 떠들어 봤자 소용없는 짓이라는 걸 이 사람이 언제 깨달을까 하는 생각만 하고 있었다. 그러다가 입을 다물고 결연한 눈빛으로 자신을 보는 사장을 보자 K는 상담을 계속해야 한다는 것을 깨달았다. 그래서 관심을 가진 체하며 서류 위로 머리를 숙이고 연필을 천천히 움직이며 숫자를 뚫어지게 바라보기도 했다. 사장은 K의 그런 태도를 반박으로 생각하고는 K에게로 바싹 다가앉으며 다시 설명을 시작했다.

"어렵군요."

K는 입술을 일그러뜨리며 힘없이 의자로 깊숙이 앉아 버렸다. 그리고 고개를 쳐들었을 때 마침 차장실 문이 열리며 안개 속처럼 몽롱하게 차장이 들어오는 것이 보였다. 그러자 사장이 의자에서 벌떡 일어나더니 차장에게로 달려갔다.

두 사람은 악수를 나누며 함께 K의 책상 쪽으로 걸어왔다. 사장은 K가 일에 성의가 없다고 불평을 늘어놓았고, K는 차장의 시선을 받으며 새삼 서류를 들여다보았다. 두 사람은 책상에 기대선 채로 대화를 계속하고 있었다. K는 무시무시하게 크게 느껴지는 두 사람이 자신의 머리 위에서 자기를 비난하는 것같이 느껴졌다. K는 두 사람을 한동안 관찰하다가 서류 한 장을 내용도 보지 않고 집어들고는 차장에게 보일 요량으로 그들에게로 다가갔다. 특별히 어떻게 할 생각은 없었으나 자신을 완전하게 귀찮은 일로부터 해방시켜 줄 청원서를 내미는 심정에서 그렇게 했다. 열을 올려 얘기에 열중하고 있던 차장은 건성으로 서류를 훑어보고는 아무 말도 하지 않았다. 그런 일은 K에게나 중요한 일이지 차장에게는 하찮은 일이었다. 차장은 K에게서 서류를 받아들며 말했다.

"고맙소, 하지만 이 일은 이미 알고 있는 거요."

그러면서 다시 서류를 책상 위로 내려놓았다. K는 울화가 치밀어 차장의 옆얼굴을 노려보았다. 차장은 K의 그러한 감정을 눈치채지 못했는지, 아니면 알면서도 일부러 그러는 것인지 큰 소리로 웃기까지 했다. 그러면서 교묘하게 상대방의 허를 찌르는 말을 하여 그 사장을 당혹스럽게 하기도 하고, 또 곧바로 자신이 한 말을 돌려서 상대방을 안심시키기도 했다.

"자, 이러지 말고 내 방으로 갑시다. 매우 중요한 일이니 거기서 결정을 합시다. 이분은 오늘 매우 바쁘시니까요."

차장은 이렇게 말하면서도 K를 바라보지는 않았다.

"이분은 오늘 조용히 생각할 게 많으신가 봅니다. 대기실에 몇 사람이 한 시간 이상을 기다리고 있으니 말입니다."

K는 돌아서서 굳어진 얼굴로 사장에게 억지로 어색한 미소를 지었다. 그러나 더 이상은 어떻게도 할 수가 없었다. 허리를 조금 앞으로 구부리고 두 손을 책상 위에 올려 놓고 카운터에 서 있는 점원과 같은 태도로 두 사람이 서류를 간추려서 나가는 것을 바라보았다. 문 앞까지 나간 사장이 뒤를 돌아다보며 말했다.

"아직 돌아가는 것이 아닙니다. 이 계약의 결과를 말씀드려야 하고, 또 달리 할 얘기도 있으니까 다시 오겠습니다."

마침내 K는 혼자가 되었다. 상대가 누구든 다른 고객을 만나고 싶지가 않았다. 밖에서는 K가 아직도 그 사장과 상담 중이라고 생각하는지 심지어 사환까지도 들어오지 않았다. K는 은근히 기분이 좋아졌다. 그래서 창가로 다가가 한쪽 손으로 창문 손잡이를 잡으며 간신히 난간에 걸터앉아 밖을 내다보았다. 여전히 눈이 내리고 있었다. 흐린 하늘을 보니 눈이 쉽게 그칠 것 같지가 않았다.

K는 오랫동안 미동도 하지 않고 그대로 앉아 있었다. 그러다가 무슨 소리가 들리는 것 같아 소스라치게 놀라며 대기실 쪽을 돌아보았다. 그러나 아무도 없는 것을 확인하고 세면대로 가서 찬물로 세수를 하고는 다시 창가로 갔다. 변호는 혼자 힘으로 하는 것이 현명하다는 생각이 점점 확고해졌다. 변호사에게 소송을 맡겨 두면 자신의 생각과는 전혀 다른 곳으로 빠지게 될 것이 틀림없었다. 변호사를 의지하는 동안에는 자신은 멀리서 지켜보는 방관자에 불과했다. 조금만 관심을 가지고 머리를 돌렸어도 사건이 어떻게 진행되고 있는지 직접 알 수 있는 일을 너무 무관심하게 버려

두고 있었다.

　하지만 이제 직접 나서게 되면 적어도 당분간은 재판소에서 살다시피해야 할 것이다. 그 결과로 완전히 자신을 자유롭게 하기 위해서는 당분간은 예전과는 비교도 할 수 없을 정도로 많은 어려움과 부딪히게 될 것이다. 조금 전까지만 해도 이러한 점을 피부로 느낄 수는 없었으나 차장과 서류를 들고 온 사장과 합석한 후로 모든 것이 확실해졌다. 앞으로 자신은 어떻게 되는 것일까? 어떤 운명이 자기를 기다리고 있는 걸까? 승소할 수 있는 묘안은 무엇일까? 신중한 변호를 하기 위해 다른 일은 모두 접어 두어야 할까? 끝까지 잘 해낼 수 있을까? 은행에 몸을 담고 있으면서 그런 일을 할 수 있을까? 청원서를 작성하기 위해서는 휴가를 얻으면 되겠지만, 현재로서는 휴가를 얻는 것도 그리 쉬운 일이 아니지 않는가! 청원서뿐이라면 애기는 간단하지만 소송은 언제 끝날지 예측할 수 없는 것이다.

　새삼스레 자기 책상을 물끄러미 바라보았다. 지금이라도 기다리고 있는 고객을 불러 상담을 하는 것이 옳은 일인가? 소송이 진행되던 지붕 밑 그 다락방에서는 재판소 관리들이 머리를 맞대고 앉아서 소송 기록을 들추며 묘안을 짜고 있는데 자신은 한가하게 은행 일에만 매달려서 되겠는가? 은행 업무는 소송과 결탁해서 따라다니는 고문(拷問)은 아닐까? 그것도 재판소의 승인을 얻은 고문. 그리고 은행 안에서 자신의 이러한 고충을 이해해 줄 사람이 있을까? 그런 사람은 아무도 없을 것이다. 어느 정도까지 알고 있는지는 모르겠지만 소송에 대해서 모르는 사람은 없는 것 같다. 단 한 사람, 차장만은 모르고 있는 눈치다. 차장의 성격으로 보아서는 동료간의 의리 따위는 아랑곳하지 않고 자신을 교묘하게 이용할 게 뻔했다. 지점장은 어떨까? 지점장은 K의 능력을 인정하고 호의를 가지고 있으므로 소송에 관한 소문을 들으면 가능한 한 도우려고 할 것이다. 하지만 그러한 마음을 끝끝내 고수하지는 못할 것이다. 왜냐하면 지금까지 지점장을 뒷받침해 주던 K가 균형을 잃게 되면 지점장도 차장의 영향에 흔들리게 될 것이다. 더군다나 차장은 지점장의 괴로운 입장을 이용해서 자신의 출세를 도모할 테니까. 그렇다면 도대체 무엇을 기대할 수 있을까? 이렇게 여러 가지로 생각해보는 것은 도리어 반발이나 공격력을 소멸시키는 결과가 될 수도 있겠지만, 자기 기만에 빠지지 않고 사태를 냉정하게 관찰하는 것도 필요한 일일 것이다.

K는 당장 자리로 돌아갈 필요가 없었으므로 무심코 창문을 열려고 했다. 그러나 녹이 슨 창문은 쉽게 열리지가 않았다. 두 손으로 안간힘을 써서 손잡이를 돌리자 창문이 열리면서 연기가 섞인 매캐한 안개가 방 안으로 몰려들어왔다. 눈송이도 방 안으로 들이쳤다.

"날씨가 엉망이죠?"

사장의 말이 K의 등 뒤로 들려 왔다. K는 고개를 끄덕이며 사장의 손에 들려져 있는 서류 봉투를 바라보았다. 당장이라도 서류를 꺼내 들고 결과를 얘기할 기세를 보이더니 서류 봉투를 툭툭 두드리면서 뜸을 들였다.

"결과가 궁금하실 겁니다. 계약은 이미 끝난 거나 다름없습니다. 차장님은 멋진 분이시더군요. 하지만 방심해서는 안 될 분이기도 하지만요."

그는 K의 손을 잡아 흔들면서 K를 억지로 웃기려고 했다. 그러나 K는 서류를 보여 주지 않는 것이 이상했으므로 그의 농담에 웃지 않았다.

"날씨 탓입니까? 오늘은 좀 우울해 보이시는군요."

"네, 두통이 있어요. 집안일로 걱정거리가 좀 있어서……."

K는 관자놀이에 손가락을 대며 말했다.

"그렇죠. 누구나 자신의 십자가를 짊어지고 있으니까요."

K는 일부러 그를 배웅하려는 듯이 문 쪽으로 발걸음을 옮겼다. 사장은 K의 행동과는 상관없이 이렇게 말했다.

"잠깐 드릴 말씀이 있어요. 그 동안 두 번이나 찾아와도 안 계셨고, 하필 이럴 때 말씀을 드리게 되어 유감이지만, 더 이상 시간을 늦추면 도움이 안될 것 같아서요. 전혀 무의미한 얘기는 아니니까 드리는 말씀인데……."

사장은 K의 대답도 기다리지 않고 K에게로 다가왔다. 그리고 손 끝으로 K의 가슴을 가볍게 두드리면서 목소리를 낮추어 말했다.

"소송 중이라면서요?"

K는 뒤로 주춤 물러나며 소리쳤다.

"차장이 그러던가요?"

"천만에요. 그분이 알 리가 있겠습니까?"

"그렇다면 어떻게 당신이?"

K는 곧 침착해졌다.

"재판소 일은 누구나 관심을 가지고 있으니까요. 제가 말씀드리려고 하는 것도 바로 그 일이랍니다."

"별사람들이 다 재판소 일에 관심이 있군요."

K는 고개를 떨어뜨리고 그를 책상 쪽으로 데리고 갔다. 조금 전과 같은 자세로 두 사람이 앉게 되자 사장이 먼저 말을 꺼냈다.

"자세한 것을 알려 드리지 못해서 유감입니다만, 이런 일은 사소한 것 하나라도 소홀히 해서는 안 됩니다. 큰 도움은 안 되겠지만 진심으로 돕고 싶습니다. 사업에 도움이 되는 친구를 잃고 싶지는 않으니까요."

K는 조금 전 상담 때의 자신의 무성의한 행동을 사과하려고 했지만 사장은 그런 여유를 주지 않았다. 자기가 매우 다급하게 말하고 있다는 것을 보여 주기 위해 서류 봉투를 겨드랑이에 낀 채 말했다.

"소송 얘기는 티토렐리라는 화가에게 들었습니다. 티토렐리는 그의 아호(雅號)이고 진짜 이름은 저도 모릅니다. 이 사나이는 몇 년 전부터 이따금씩 그림을 들고 나타나는데 마치 구걸을 하는 것 같답니다. 나는 늘 일종의 동정을 베풀고 있는 셈이지요. 그림은 대체로 황야를 그린 것이 대부분인데 그런 대로 볼 만한 그림들입니다. 그런데 언제부터인가 너무 자주 찾아오길래 듣기 싫은 소리를 한 것이 계기가 되어 여러 가지 얘기를 나누게 되었답니다. 그때 제가 그림값만으로는 생활이 어렵지 않느냐고 물었지요. 하지만 그의 대답은 놀라운 것이었습니다. 그는 초상화를 그려서 수입이 괜찮다고 했습니다. 또 재판소에 근무하고 있다고 하길래 어떤 재판소냐고 물었습니다. 그래서 재판소 얘기가 나오게 된 겁니다.

전 적잖이 놀랐습니다. 그 뒤로 찾아올 때마다 재판소의 새로운 소식을 알려 주더군요. 그래서 그 방면에도 조금씩 관심을 갖게 되었고, 제법 안

목을 넓히게 되었지요. 원래 티토렐리는 말이 많은 사람이라 뻔한 거짓말을 늘어놓을 때도 있지만 당신에게는 도움이 될 만한 인물이라고 생각되어서 드리는 말씀입니다. 재판관 중에서도 친한 사람이 꽤 있는 것 같고, 본인이야 도움이 안 되더라도 유력한 관계자에게 언질을 비출 수는 있을 겁니다. 그는 그런 일에 제격이라고 할 수 있지요. 당신이 그의 힘을 이용하면 큰 이득을 볼 수 있을 겁니다. 아무튼 당신은 변호사 이상으로 머리가 좋고 치밀하니까요. 제가 평소에도 당신은 바로 변호사나 다름없다고 말하지 않던가요? 어떠십니까? 티토렐리를 한번 찾아가시겠습니까? 제 소개라면 그는 어떤 일도 마다 않고 할 것입니다. 물론 제가 권하는 것이라고 해서 억지로 찾아갈 필요는 없습니다. 티토렐리에게 부탁하지 않더라도 자신이 있다면 제 얘기 따위는 전적으로 무시해도 좋습니다. 그런 사람에게 무엇을 부탁하려면 몇 가지 언짢은 일이 일어날 수도 있고 오히려 그런 사람이 방해가 될 수도 있으니까요. 어쨌든 여기에 소개장과 주소 적은 것을 두고 가겠습니다. 알아서 하세요."

K는 언짢은 기분으로 그 종이를 집어 주머니에 넣었다. 사장이 K의 소송 사건을 알고 있다는 사실과 화가가 소문을 퍼뜨리고 다니는 것이 기분 나빴다. 그리고 그들로 인하여 입게 될지도 모르는 피해에 비교하면 소개장으로 얻을 수 있는 이득 정도는 조금도 반갑지가 않았다. K는 문 쪽으로 돌아서는 사장에게 간단한 인사조차도 하고 싶지가 않았다.

"한번 가 보도록 하지요."

K는 문 앞에서 마지못해 덧붙였다.

"또는 지금은 몹시 바쁘니 언제 이리로 오십사 하는 편지를 보내겠습니다."

사장은 문을 나서다 말고 걸음을 멈추며 말했다.

"최선의 방법을 선택하리라고 믿고 있습니다. 하지만 소송 사건에 대한 상의를 하기 위해서 티토렐리 같은 사람을 은행으로 부르는 것은 당신이 피할 줄 알았습니다. 그리고 그에게 편지라도 보내게 되면 그것이 증거로 남을 수도 있지 않을까요? 그러면 불의의 사태가 생길지도 모릅니다. 이건

제 생각으로 드리는 말씀이니까 아무튼 잘 판단해서 결정하셨으면 좋겠군
요.”

　K는 사장의 말이 맞다고 생각했다. 겉으로는 태연한 척했지만 속으로는
자신이 아무 생각 없이 내뱉은 말에 놀라고 있었다. 티토렐리에게 편지를
보내겠다고 말한 것은 사장의 소개에 대해서 감사하고 있고, 사장의 뜻대
로 티토렐리를 만나는 것을 고려해 보겠다는 말에 불과한 것이었다. 그러
나 티토렐리라는 사람이 정말로 유력한 조언자가 될 수 있다고 생각했다
면 그는 기꺼이 편지를 보냈을 것이다. 그러나 그 편지가 잘못하면 문제가
될 수도 있다는 사장의 얘기를 듣고서야 비로소 깨달았다. 자신의 이성(理
性)이 이처럼 신뢰할 수 없을 정도로 우둔해졌다는 말인가? 편지로 정체
도 모르는 사람을 은행으로 불러들여 차장과 벽 하나를 사이에 두고 자기
방에서 소송 사건에 대한 조언을 구한다는 것은 얼마나 터무니없는 짓인
가. 이런 위험한 짓을 아무 거리낌 없이 할 수 있는 정도라면, 다른 위기가
닥쳐온다 하더라도 깨닫지 못할 뿐더러 더 나아가서는 스스로 위험 속으
로 뛰어들 수도 있다는 말이 아닌가! 자신에게 언제나 충고나 경고를 해
줄 사람이 가까이에 있는 것이 아니다. 더군다나 정신을 집중하여 나아가
야 할 시기에 하필 자신의 이런 경거망동이 불쑥 나타나다니! 업무를 수
행할 적에 느꼈던 이러한 장애가 소송에 있어서도 시작된 것일까? 아무리
생각해도 티토렐리에게 편지를 보내서 그를 은행으로 불러들이려 했던 생
각을 어떻게 할 수 있었는지 도무지 납득이 가지 않았다.

　K가 이런 생각에 잠겨 고개를 젓고 있을 때 사환이 다가왔다.

　“대기실에서 손님 세 분이 기다리고 있습니다.”

　오랫동안 기다리고 있던 손님들은 사환의 얘기가 끝나자마자 서로 먼저
들어오려고 다투기 시작했다. 은행측의 불친절로 대기실에서 귀중한 시간
을 낭비하게 된 손님들은 더는 참을 수 없다는 듯이 소란을 피웠다.

　그러나 K는 외투를 입으면서 손님들을 향해 말했다.

　“여러분, 대단히 죄송합니다. 급한 용무가 있어서 나가야 할 일이 생겨
서 지금은 여러분을 만날 시간이 없습니다. 용서해 주십시오. 내일이나 아

니면 시간이 날 때 다시 한 번 와 주시면 안 되겠습니까? 전화로 용건을 말씀해 주셔도 좋겠습니다. 급한 일이시라면 지금 간단히 말씀해 주시면 제가 나중에 편지로 회답을 보내 드리겠습니다."

이러한 K의 제안은 그 동안 기다린 손님들을 몹시 당황하게 했다. 손님들은 아무 말도 못하고 서로 얼굴만 멀뚱히 바라보고 있었다.

"그럼 그렇게 양해해 주신 것으로 알고 저는 이만 가 보겠습니다."

K는 사환이 가지고 온 모자를 받아 들었다. K의 열린 방문으로 눈발이 쏟아지는 것이 보였다. K는 외투깃을 세우고 턱 바로 아래까지 단추를 채웠다. 바로 그때 옆방에서 차장이 나왔다. 외투를 입은 채 K가 손님들에게 애기를 하고 있는 것을 물끄러미 바라보며 물었다.

"벌써 퇴근하는 겁니까?"

"네. 급히 외출할 일이 생겨서요……."

그러자 차장은 손님들을 돌아보며 말했다.

"그럼 이분들은? ……많이 기다리신 모양인데."

"이분들께는 이미 양해를 구했습니다."

그러나 손님들은 더 참을 수가 없다는 듯 K를 둘러쌌다. '중요한 용건이 아니었으면 이렇게 몇 시간이고 기다리지 않았을 테니 지금 당장 상담할 수 있도록 해 달라.'고 웅성거렸다. 차장은 잠시 그들의 말에 귀를 기울이는 듯하다가 모자의 먼지를 털고 있는 K를 바라보며 말했다.

"여러분, 진정하십시오. 제게 좋은 방법이 있습니다. 저를 믿어 주신다면 제가 대신 상담하겠습니다. 여러분들께서 용무를 빨리 해결하고 싶어하는 심정은 충분히 이해할 수 있습니다. 여러분은 사업을 하시니까 매우 바쁘시리라는 것을 우리도 잘 알고 있습니다. 자, 이쪽으로 들어오십시오."

차장은 손님들을 이끌고 자기 방의 대기실로 들어가 버렸다. 차장은 K가 방금 부득이한 사정으로 포기한 일을 자기 것으로 가로채는 방법을 터득하고 있었다. 그런데 K는 필요 이상의 것을 포기한 것은 아닐까? 신빙성도 없고, 더구나 부질없는 희망을 품고 얼굴도 모르는 화가를 찾아가는 동안, 직장에서는 그 동안 쌓아온 신용과 신임을 잃어버리는 것은 아닐까?

그래서 되돌릴 수 없는 처지에 빠지는 것은 아닐까? 그렇다면 지금이라도 외투를 벗고 아직 차장의 대기실에서 순서를 기다리고 있는 두 손님의 기분이라도 맞춰 주는 것이 현명한 방법이 아닐까? 허락도 없이 자신의 방에 들어가 서류철을 함부로 뒤적이고 있는 차장의 모습을 보지 않았더라면 K는 그렇게 했을지도 모른다. 긴장된 표정으로 K가 문 쪽으로 다가갔을 때 차장이 외치는 소리가 들려 왔다.

"아, 아직 나가지 않았군요."

차장은 잠시 K를 바라보다가 이내 무엇인가를 찾기 시작했다. 그 순간 차장의 얼굴에 패인 많은 주름살은 나이를 입증하는 주름살로 보이지 않고 도리어 지나칠 정도로 넘쳐 흐르는 일에 대한 열정으로 느껴졌다.

차장은 서류를 잔뜩 찾아 안고는 자기 방으로 돌아갔다.

'지금은 참지만 이 일만 해결되면 그땐 절대로 그냥 두지 않겠어. 멋지게 한 방 먹여 복수하고야 말겠어!'

이렇게 생각하자 K의 마음은 조금 가라앉는 것 같았다.

K는 은행을 나와 곧바로 화가를 찾아갔다. 그는 교외에 살고 있었지만 다행히 재판소가 있는 곳과는 정반대 방향이었다. 그곳은 재판소 쪽보다는 훨씬 가난해 보였으며 건물들도 모두 허술했다. 배수가 제대로 안 되는 거리는 눈 녹은 물과 오물로 질퍽거렸다.

화가가 살고 있는 집 입구의 커다란 대문은 한쪽만 열려 있었고, 닫힌 한쪽 문 밑의 벽에는 구멍이 뚫려 있었다. 마침 K가 다가갔을 때 그 벌어진 구멍으로 김이 무럭무럭 나는 누런 액체가 악취를 풍기면서 쏟아져 나왔다. 그러자 근처에 있던 쥐 한 마리가 그것을 피하여 하수구 속으로 달아났다.

계단 아래에는 어린아이가 땅바닥에 엎드려서 울고 있었는데, 그 입구 건너편에 있는 공장에서 울려 퍼지는 굉음에 묻혀 울음소리는 거의 들리지 않았다. 공장문은 활짝 열려져 있었고 공원 세 사람이 빙 둘러서서 뭔가를 두들기고 있었다. 아마도 불에 단 쇠붙이를 망치로 내리치는 모양이었다. 벽에 매달려 있는 커다란 함석판이 빛을 내고 있었는데 그 빛이 두 사내의 얼굴과 작업용 앞치마를 환하게 비추고 있었다. K는 그러한 광경을 가볍게 흘끗 한번 바라보았다. 될 수 있는 한 빨리 용무를 마치기 위해 화가에게 몇 마디 물어 보고 나서 곧 돌아갈 생각이었다. 여기서 순조로운 대답을 듣게 되면 은행에서 오늘 해야 할 일도 쉽게 마무리지을 수 있을 것 같았다. 화가는 건물 꼭대기의 지붕 밑 다락방에 살고 있다고 했다. 공기도 탁하고 층계참도 없는 데다 좁은 계단은 양쪽 벽 사이에 끼여 있고, 벽 위쪽에 드문드문 작은 환기창이 뚫려 있을 뿐이었다.

몹시 숨이 차서 4층에서 K가 걸음을 멈추고 섰을 때 마침 어떤 방에서 여자아이 세 명이 깔깔거리면서 뛰어나와 계단을 올라갔다. K는 천천히 그 뒤를 따라가다가 다른 아이들보다 뒤처진 한 아이와 함께 걷게 되었다. 그가 먼저 말을 걸었다.

"티토렐리 씨라는 화가가 몇 층에 사는지 아니?"

그 아이는 열서너 살쯤 되어 보였는데 등이 약간 굽은 꼽추였다. 질문을 받은 아이는 한쪽 팔꿈치로 K를 툭 치면서 얼굴을 쳐다보았다. 그 아이는 굳은 표정이었지만 매혹적인 눈초리로 K를 똑바로 노려보고 있었다. 비록 어리고 불구자지만 몹시 타락한 소녀라는 느낌이 들었다. K는 실망스럽고 불쾌했으나 내색하지 않고 다시 한 번 묻자 소녀는 고개를 끄덕거리더니 도리어 반문했다.

"화가한테 무슨 볼일이 있으시죠?"

K는 티토렐리에 대해서 조금이라도 미리 알아 두는 게 좋을 것같이 생각되어 말머리를 돌렸다.

"응, 내 초상화를 그려 달라고 부탁하려고 온 거야."

"초상화를 부탁한다고요?"

소녀는 헛걸음을 했다는 듯이 안타까운 표정으로 K를 바라보았다. 그리고 느닷없이 치맛자락을 치켜올리더니 재빨리 아이들이 떠드는 소리가 어렴풋이 들려오는 계단 위쪽으로 올라가 버렸다.

그러나 곧 계단이 구부러지는 곳에서 K는 한떼의 계집아이들과 마주쳤다. 꼽추 소녀로부터 K의 얘기를 듣고 모두 기다리고 있는 것 같았다. K

를 지나가게 하려고 계단 양쪽으로 늘어서서 몸을 벽에 바짝 붙이고 두 손으로 앞치마의 주름을 펴고 있었다. 줄지어 서 있는 소녀들의 얼굴과 이러한 행동은 어린아이다운 순진함과 타락이 뒤섞인 모습이었다. 아이들은 재잘거리면서 K의 뒤를 따라오고 있었는데 K가 주저하지 않고 걸을 수 있게 된 것도 그 소녀 덕분이었다. 그 소녀는 곧장 올라가려는 K를 향해서 '티토렐리한테 가려면 그 옆에 있는 계단으로 가야 한다'고 일러 주었다. 계단은 매우 좁았지만 길다랗게 쭉 뻗어 있어서 위까지 올려다보였다. 티토렐리의 방은 그 계단이 끝나는 곳에 있었다. 그나마 계단 위에는 채광창이 드리워져 있어서 다른 계단 쪽보다는 훨씬 밝았다. 창은 칠을 하지 않은 나무로 되어 있었는데 위쪽에 티토렐리라는 이름이 붉은색으로 크게 씌어 있었다. K를 뒤따르는 아이들의 발소리 때문인지 계단 가운데쯤 왔을 때 문이 빠끔히 열리더니 잠옷 차림의 한 남자가 문틈으로 얼굴을 내밀었다. 그 남자는 일행을 보더니 '세상에!' 하고 외치며 안으로 사라졌다. 꼽추 소녀는 무엇이 그리 좋은지 손뼉을 치며 즐거워했고, 다른 아이들도 뒤에서 K의 등을 떠밀며 재촉했다.

K가 미처 다 올라가기도 전에 문이 활짝 열리면서 그 남자가 K를 바라보고 공손히 고개를 숙이며 들어오라고 했다. 그는 소녀들을 들어오지 못하게 가로막았으나 아이들은 한사코 들어오려고 했다. 꼽추 소녀는 용케도 그 남자의 뻗친 팔 밑으로 빠져 방 안으로 들어왔다. 하지만 그 남자는 곧 그 소녀의 치맛자락을 움켜쥐고 한 바퀴 빙 돌리더니 입구에 몰려 있는 소녀들 쪽으로 밀어 냈다. 그 남자가 꼽추 소녀와 실랑이를 벌이는 동안 아이들은 아무도 방 안으로 들어오지 않았다. 소녀들과 그 남자는 친숙한 사이로 보였다. 소녀들은 문 앞에 늘어서서 이해할 수 없는 말로 그 남자를 놀리기도 했고, 그 남자 역시 손에 잡혔던 꼽추 소녀가 도망가는 것을 보고 호탕하게 웃기도 했다. K는 이러한 광경을 어떻게 생각해야 좋을지 알 수 없었다. 그런 다음 그 남자는 문을 닫고 다시 한번 인사를 하고 손을 내밀었다.

"저는 화가 티토렐리입니다."

K는 인사 대신 소녀들의 소곤거리는 소리가 들리는 문을 가리키면서 말했다.

"이 집에서는 대단히 인기가 좋으신 것 같습니다."

"장난꾸러기들이지요."

화가는 이렇게 말하며 윗옷의 잠옷 단추를 채우려고 허둥댔지만 쉽게 채워지지가 않았다. 그는 맨발에 헐렁한 노란 잠옷 바지를 입고 있었는데, 허리끈이 너무 길어서 그 끝이 이리저리 흔들거렸다.

"정말 짓궂은 장난꾸러기들입니다."

화가는 말을 계속하면서 제일 위쪽의 단추가 끝내 채워지지 않고 떨어지자 단추 채우는 것을 포기하고 의자를 끌고와서 앉으며 K에게도 앉으라고 권했다.

"오늘은 보이지 않습니다만, 그 아이들 중 한 녀석을 그려준 적이 있었지요. 그 후로 저 녀석들이 저를 쫓아다니며 귀찮게 한답니다. 내가 방 안에 있을 때는 허락없이는 들어오지 않지요. 하지만 만약 외출이라도 해서 방을 비워 놓으면 언제나 적어도 한 놈은 이 방에 숨어 들어 있습니다. 초상화를 그리기 위해서 한 여자를 데리고 와서 열쇠로 문을 열면, 붓으로 입술을 빨갛게 칠한 꼽추 계집애가 저 탁자 옆에 서 있고, 그 꼽추를 따라온 아이들은 온 방 안을 뛰어다니면서 난장판을 벌여 놓곤 하지요. 정말 상상도 못할 정도지요. 어제는 제가 밤늦게 귀가했습니다. 곧바로 잠자리에 들었더니 누군가 발을 꼬집는 것이었어요. 그래서 침대 밑을 들여다보았더니 애들이 숨어 있지 않습니까? 왜 이렇게 귀찮게 구는지 도대체 알 수가 없어요. 제가 유인해서 끌어들인 것도 아니고, 당신도 지금 보셨지만 이만저만한 훼방꾼들이 아닙니다. 도무지 일을 할 수가 없어요. 진작 이사를 했어야 하지만 이 화실을 무료로 쓸 수 있으니 그냥 그대로 지내는 겁니다."

바로 그때 문 밖에서 주저하는 듯한 조용한 목소리가 들려 왔다.

"티토렐리 아저씨, 이제 들어가도 되나요?"

"안 돼."

"나 혼자는 괜찮겠지요?"

"안 된다니까."

화가는 아예 방문을 잠가 버렸다. 그 사이 K는 방 안을 둘러보았다. 미리 얘기를 듣지 않았더라면 비좁고 초라한 이 방이 화실이라고는 도저히 믿을 수가 없을 정도였다. 바닥, 벽, 천장이 모두 판자로 되어 있을 뿐 아니라 판자 사이는 모두 틈이 벌어져 있었다. K의 맞은편 벽에는 침대가 놓여 있었는데, 그 위에 구질구질하고 현란한 색의 침구가 쌓여 있었다. 방 한가운데에 있는 이젤에는 그림이 한 장 놓여 있었고, 그 그림을 덮어 놓은 셔츠의 소매가 방바닥까지 드리워져 바람에 나풀거리고 있었다. K의 등 뒤에는 창문이 하나 있었다. 그 문을 통해서 짙은 안개 속으로 눈 덮인 이웃집 지붕이 어렴풋하게 보였다.

문을 잠그는 소리를 듣고서야 K는 정신이 들었다. 용건만 말하고 바로 돌아가려고 했던 것이 떠올랐던 것이다. K는 사장의 소개장을 주머니에서 꺼내어 화가에게 건넸다.

"친구되시는 분한테서 당신 얘기를 듣고 방문했습니다."

화가는 편지를 대충 훑어보더니 불쾌한 표정이 되어 그것을 침대 위로 내던졌다. 그리고 화가는 이렇게 물었다.

"그림을 사려고 오셨나요? 아니면 초상화를 부탁하시려고?"

K는 어이가 없어서 화가를 바라보았다. 도대체 편지에는 뭐라고 씌어 있길래 화가는 엉뚱한 말을 하는 것일까? 소송 사건에 관해 씌어 있는 줄로만 알았는데, 그것은 자신의 속단이란 말인가? 자신이 또다시 경솔한 행동을 한 것은 아닐까? 어쨌든 화가의 질문에는 뭐라고 대답해야만 한다. K는 이젤을 흘끗 바라보면서 말했다.

"그림을 그리고 계셨군요?"

"네."

화가는 이젤에 덮인 셔츠를 벗겨 침대 위에 있는 편지 위로 던졌다.

"초상화입니다. 보람 있는 일입니다만, 아직 완성되려면 멀었습니다."

우연치고는 묘한 우연이었다. 그 그림은 바로 재판관의 초상화였다. 따라서 재판소 얘기를 자연스럽게 이끌어 낼 수 있게 된 것이다. 그림은 텁수룩한 구레나룻을 귀밑까지 기른 뚱뚱한 남자로 변호사 사무실에 있던 것은 유화였고, 이것은 파스텔로 가볍게 그린 것이지만 의자의 팔걸이를 꽉 쥐고 위협적인 태도로 당장이라도 일어서려는 분위기는 두 그림이 똑같았다.

‘재판관이군요.’ K는 이 말이 목구멍까지 나오는 것을 애써 참으며 그림 옆으로 다가갔다. 그림 한가운데의 의자 등받이 위쪽에 있는 커다란 상(象)이 무엇인지 알 수가 없었기 때문에 화가에게 물었다. 그는 그것을 좀 더 손질해야 한다고 대답한 뒤 탁자에서 파스텔을 하나 집어 들었다. 그리고 그것의 윤곽을 덧칠했다. 그래도 K는 짐작조차 할 수가 없었다.

“이것은 정의의 여신입니다.”

화가는 자신있게 대답했다.

“그렇군요. 붕대로 눈을 가렸고, 여기에 저울도 있군요. 그리고 발꿈치에 날개가 돋아 있어서 마치 날고 있는 것 같군요.”

K가 동조했다.

“네, 주문 대로 그린 것이지요. 정의의 여신과 승리의 여신이 하나로 합쳐진 셈입니다.”

“엉뚱한 결합이군요. 정의의 여신은 가만히 있어야 하는 것 아닙니까? 움직이면 저울이 흔들려서 올바른 판결을 할 수가 없을 텐데요.”

K는 얼굴에 미소를 지으며 말했다.

“의뢰인이 주문한 대로 그렸으니까요.”

“네, 그렇군요.”

K는 화가의 마음을 상하게 할 말은 하고 싶지 않았다.

“의자에 그대로 앉아 있는 것을 보고 그리셨군요?”

“그렇지 않습니다. 앉아 있는 모습이나 의자를 본 적은 없습니다. 모두 제가 상상해 낸 것이지요. 하지만 무엇을 어떻게 그려야 한다는 주문은 받았습니다.”

“정말입니까?”

K는 도저히 믿을 수 없다는 표정을 지어 보이면서 물었다.

"그럼 판사석 의자에 앉아 있는 재판관임엔 틀림없겠지요?"

"그건 그렇습니다만, 사실은 지위가 그리 높은 사람은 아니고, 이런 훌륭한 의자에 앉을 수도 없는 인물입니다."

"그런 사람이 이렇게 뻔뻔스럽게 초상화를 그리게 한단 말입니까? 마치 재판장이나 되는 것처럼 버티고 앉아 있다니!"

"허영심이 많은 인간들이니까요. 상부의 허락을 받아서 괜찮다고 하더군요. 지위에 따라 어떻게 초상화를 그릴 수 있는지 엄중한 규정과 차이가 있다는군요. 그러나 이 그림은 파스텔을 사용했기 때문에 유감스럽게도 의상이나 의자의 자세한 부분은 표현할 수 없답니다."

"그럼 왜 하필 파스텔화를 그리는 겁니까?"

"본인이 그렇게 원했습니다. 어떤 부인에게 증정할 모양입니다."

화가는 그림을 보고 있는 동안에 그리고 싶은 의욕이 솟아난 모양인지 아예 소매를 걷어붙이고 파스텔을 두세 개 집어 들었다. 그리고 흔들리는 파스텔 끝으로 재판관의 머리 주위에 붉은빛이 도는 음영을 표현하기 시작했다. 그 음영은 머리를 중심으로 하여 밖으로 방사선형처럼 희미하게 내뻗치도록 하고 있었다. K는 묵묵히 바라보고만 있었다. 음영이 차차 머리를 에워싸게 되자 명예의 표식처럼 두드러져 보였다. 그러나 정의의 여신 주위의 음영에는 약간 밝은 빛으로 표현했는데 그 윤곽이 한결 뚜렷하게 나타났기 때문에 정의의 여신이나 승리의 여신이라고는 믿을 수 없게 되어 버렸다. 그것은 차라리 수렵의 여신같이 보였다. K는 화가의 솜씨가 뜻밖에도 마음에 들었다. 그러나 정작 이곳을 방문한 용무는 입도 열지 못했다는 것이 떠올라 마음이 조급했다. K는 느닷없이 이렇게 물었다.

"이 재판관은 누굽니까?"

"그것은 비밀입니다."

화가는 잘라 대답한 뒤 다시 그림 위로 몸을 구부렸다. 처음에는 손님을 환대했지만 이젠 말대꾸조차 하기 싫다는 투였다. K는 그가 변덕이 심한 사람이라는 생각이 들자 그런 사람과 시간을 허비한 것이 불쾌했다.

"당신은 재판소의 중개인이죠?"

K가 물었다.

화가는 급히 파스텔을 내려놓고 두 손을 비비면서 웃는 얼굴로 K를 쳐다보았다.

"매사에 그렇게 성급하신가요?"

화가가 말했다.

"소개장에도 씌어 있듯이 당신은 분명히 재판소의 일에 관해 알고 싶어 방문했습니다. 그런데도 먼저 그림 얘기를 꺼내 저의 환심을 사려고 했습니다. 저는 그것을 나쁘게 생각하지는 않습니다. 다만 분명히 말씀드리고 싶은 것은 저는 그런 꾀에 쉽게 넘어가는 사람이 아니라는 것입니다."

K는 무슨 변명이라도 하려고 자리에서 일어섰지만 화가가 손짓으로 만류했다.

"그러나 당신의 말씀처럼 내가 재판소의 중개인인 것은 틀림없는 사실입니다."

화가는 이렇게 말하고 잠시 사이를 두었다. 그것은 K에게 이 사실을 확인할 여유를 주려고 그러는 것 같았다. 밖에서 다시 아이들이 재잘거리는 소리가 들려 왔다. 둘러서서 열쇠 구멍으로 방 안의 동정을 살피는 모양이었다. K는 변명하려고 마음먹었던 것을 그만두었다. 화가의 기분을 상하게 하고 싶지는 않았으나 괜히 변명이라도 해서 화가가 더욱 우쭐해지면 걷잡을 수 없는 사태가 될 것 같았다.

"중개인이라는 것은 공식 직책입니까?"

"공식적은 것은 아닙니다."

그는 무뚝뚝하게 대답한 뒤 더 이상 아무 말도 하지 않았다. 그러나 K는 어떻게든 그에게서 재판소 얘기를 들어야 했으므로 다시 물었다.

"공식 직책이 아니라면 자유스럽게 활동할 수 있어서 좋겠군요?"

화가는 얼굴을 찡그려 이마에 주름을 지으며 고개를 끄덕였다.

"그렇습니다. 어제 사장이 당신 얘기를 하더군요. 그러면서 당신을 좀 도울 수 있겠느냐고 묻기에 아무튼 한번 만나보겠다고 했었습니다. 그런데 이렇게 빨리 오실 줄은 몰랐습니다. 어쨌든 반갑습니다. 저도 당신의 심중은 충분히 이해할 수 있습니다. 그건 그렇고, 우선 그 외투라도 벗으시죠?"

K는 곧 돌아갈 생각이었으나 이러한 권유를 받게 되자 은근히 기뻤다. 방 안의 공기는 점점 탁해졌다. 난로에는 불도 피우지 않았는데 방 안 공기가 어째서 점점 더워지는지 알 수가 없었다. K가 외투를 벗고 윗옷 단추를 푸는 것을 보고 화가는 변명이라도 하듯 말했다.

"나는 따뜻한 것을 좋아한답니다. 이 방은 나에게 안성맞춤인 셈이지요."

K는 화가의 말에 아무런 대꾸도 하지 않았다. 사실 불쾌감은 환기가 안 된 방 안의 탁한 공기와 하나밖에 없는 의자에는 화가가 앉아 있고, 그에게는 침대에 앉으라고 권한 것이 더욱 못마땅했기 때문이었다. 더군다나 편히 앉으라고 말했는데도 침대 끝에 살짝 엉덩이를 대고 있는 K의 심정을 이해할 수 없다는 듯이 그는 가까이 다가와서 K를 침대 안쪽에 놓여 있는 이불 쪽으로 억지로 앉게 했다. 그는 다시 의자로 돌아가 처음으로 구체적인 질문을 던졌다. 그래서 K는 어느덧 불쾌감을 잊게 되었다.

"당신은 결백합니까?"

화가의 첫질문이었다.

"물론입니다. 나는 무고합니다"

K는 마음 속으로 기뻐하며 말했다. 그것은 재판소의 관리가 아닌 평범한 사람에게 어떠한 구속이나 책임도 느끼지 않고 자유롭게 대답할 수 있었기 때문이다. 지금까지 누구도 K에게 그렇게 직접적으로 물어 본 사람은 없었다. 그는 그 기쁨을 좀더 오래 지속하고 싶었다.

"결백하다면 일은 의외로 간단합니다."

K의 눈동자에 어둠이 스쳐갔다. 재판소의 중개인을 자칭하는 사람이라면 누구나 할 수 있는 어린아이 같은 단순한 얘기를 하기 때문이었다.

"결백하다고 해서 문제가 간단하다고는 말할 수 없겠지요?"

K가 말했다.

"재판소가 몰두하고 있는 자질구레한 일들과 관계가 있다는 말입니다.

밀고 당기고 하는 사이에 어디선가 난데없는 죄가 튀어나오니까요.

"그건 확실합니다."

화가는 이렇게 말하며 마치 K가 자신의 생각에 동의하지 않는다는 듯이 다시 물었다.

"당신은 정말 결백합니까?"

"몇 번 말해야 믿겠소?"

"그것이 제일 중요하니까 강조하는 겁니다."

화가는 마치 반박 같은 것은 절대로 허용하지 않겠다는 듯이 단호하게 말했다. 그것이 어떤 확신이 있어서인지, 아니면 냉담한 감정에서 그렇게 말하는 것인지 알아야겠다고 생각했다.

"물론 당신은 재판소 사정을 나보다 훨씬 더 잘 알고 있을 겁니다. 나는 거의 모른다고 해도 과언이 아니지요. 하지만 고소는 장난처럼 이루어지는 것은 아닙니다. 재판소는 한번 고소된 일에 대해서는 매우 신중하게 절대적인 확신을 가지고 피고의 죄를 파고든다고 알고 있습니다. 또 고소를 번복하는 것은 그리 쉬운 일이 아니라고들 얘기하던데요?"

"쉬운 일이 아니라고요?"

화가는 K의 말을 그대로 따라 하며 한 손을 높이 쳐들었다.

"절대로 번복하지는 않습니다. 차라리 이 캔버스에다 재판관들을 전부 모아 그려 놓고 당신이 그 앞에 서서 변호를 하는 것이 실제로 재판을 받는 것보다 훨씬 나을 것입니다."

"그럴 겁니다!"

K는 중얼거리며 자신이 그저 화가의 심중을 떠 보려 했다는 사실을 까맣게 잊고 있었다.

방 밖에서 또 한 소녀의 목소리가 들려 왔다.

"티토렐리 아저씨, 손님은 곧 돌아가시나요?"

"조용히 해!"

화가는 문 쪽을 향해 소리를 질렀다.

"손님과 말씀 중인 걸 모르겠니?"

그러나 소녀는 화가의 대답을 무시하고 다시 물었다.

"그 손님을 그리시는 거예요?"

화가가 아무 대답도 하지 않자 다시 그 소녀의 목소리가 들려 왔다.

"아저씨, 그런 이상한 사람은 그리지 마세요."

확실하지는 않았지만 그 말에 동조하는 듯한 소리가 왁자지껄하게 들려 왔다. 화가는 더는 참을 수 없었는지 뛰어가서 문을 빠끔히 열고는 조용히 하라고 타일렀다. 그래도 아이들은 아랑곳하지 않고 계속 떠들고 있었다. 화가는 마침내 버럭 소리를 질렀다.

"입 다물고 계단에 앉으라니까!"

그제서야 밖이 잠잠해졌다.

"실례했습니다."

의자로 돌아온 화가가 말했다.

K는 아무 내색도 하지 않고 문 쪽은 거의 돌아보지도 않았다. 화가는 K 옆으로 다가와서 밖으로 새어 나가면 안 된다는 듯이 귀에 입을 갖다 대고 속삭였다.

"저 아이들도 재판소에 속해 있답니다."

"네에? 뭐라고요?"

K는 놀라서 옆으로 머리를 돌리고 화가를 바라보았다. 화가는 다시 진 담인지 농담인지 알 수 없는 투로 말했다.

"모든 것이 다 재판소에 속해 있다는 말입니다."

"미처 몰랐던 사실이군요."

K는 간단히 대답했다. 화가가 매우 태연하게 말했으므로 전혀 불안한 느낌은 들지 않았다. 아이들은 화가의 명령대로 계단에 얌전히 앉아 있는 지 더 이상 떠드는 소리는 들리지 않았다. 한 아이만이 문짝의 벌어진 틈 으로 지푸라기를 하나 밀어넣고 천천히 위아래로 흔들어 대고 있었다.

"재판소가 어떤 곳인지 전혀 모르시는 모양이군요. 그러나 당신은 결백 하니까 모른다 해도 문제는 없을 것입니다. 저 혼자서라도 당신을 구해 보 도록 하지요."

"그런 일을 정말 당신이 할 수 있단 말입니까? 당신은 방금 재판소가 절대로 고소를 번복하는 일은 없다고 하지 않았던가요?"

"재판소에 제출할 변론 문서 따위로는 안 된다는 말이었습니다."

화가는 집게손가락을 세우며 K가 마치 가장 중요한 것은 깨닫지 못하고 있다는 듯이 말했다.

"당신은 이 미묘한 차이를 모르고 있군요. 공개적인 재판소의 배후, 이를테면 회의실이나 복도, 혹은 이런 화실 같은 데서 흥정한다면 사정은 아주 달라지게 되어 있습니다."

화가가 방금 한 말은 전혀 근거가 없는 것 같지도 않았고, 다른 사람들한테서 들은 얘기하고도 일치되는 점이 많았다. 또한 커다란 희망을 안겨주는 말이기도 했다. 변호사의 말처럼 관리들과의 개인적인 친분으로 해결될 수 있는 일이라면, 화가가 허영심이 강한 재판관과 교섭해 볼 수도 있으므로 결코 화가를 무시할 수 없었다. 그리고 K의 주변에 모이기 시작한 조언자들 중에서 화가는 누구보다도 명분이 서는 사람처럼 느껴졌다. K는 은행에서 조직력에 대해 칭찬을 받은 일이 있었는데, 지금 자기 혼자 힘으로 밀고 가야만 할 이 일에 그 재능을 마음껏 발휘해 볼 수 있는 절호의 기회를 얻은 셈이었다. 자기의 설명이 K에게 미친 효과를 살피고 있던 화가는 약간 불안한 듯한 말투로 말했다.

"제가 법률가처럼 말하는 것이 언짢게 느껴지지는 않습니까? 제 말투가 그런 것은 재판소 사람들과 평소 자주 접촉하다 보니까 자신도 모르는 사이에 그렇게 된 것이니 용서하십시오. 물론 그러다보니 얻은 것도 많습니다만, 그 대신 그림 그리는 의욕을 많이 빼앗긴 셈이지요."

"도대체 어떻게 해서 재판소와 관계를 맺게 되었습니까?"

K가 물었다. 그는 화가가 자기를 돕기 전에 먼저 신임을 얻어 두려는 생각에서 한 말이었다.

"관계라고 말할 것까지도 못 됩니다. 저는 그저 제 부친의 일을 물려받은 것이니까요. 부친도 재판소 지정 화가였습니다. 원래 이 직업은 대를 잇게 되어 있지요. 그러니 새로운 사람을 채용하는 일은 거의 없습니다.

각계 각층의 관리들의 초상화를 그리는 일은 상상보다 훨씬 다양하답니다. 그러니 자연히 비밀을 지켜야 된다는 규칙도 생겼는데, 이 규칙은 특정한 사람, 즉 화가의 가문 이외에는 아무도 모릅니다. 이를테면 저 서랍 속에는 부친께서 기록한 서류가 들어 있습니다만 함부로 보여 줄 수는 없습니다. 그것을 완전히 이해하지 않으면 누구든 재판관의 초상화를 그릴 자격이 없는 것입니다. 그러나 만일 제가 그 서류를 잃어버리게 되더라도 제 머릿속에 고스란히 남겨져 있으므로 결코 제 지위 때문에 싸움이 일어날 염려는 없습니다. 재판관은 누구든 예외없이 옛날의 위대한 재판관의 초상화 같은 것을 원하고 있으니까요. 그리고 그들의 그런 허영심을 만족시킬 수 있는 사람은 저밖에 없다고 자부할 수 있습니다."

"대단하시군요. 그렇다면 절대로 안전하다는 말씀인가요?"

K는 은행에서의 자기 지위가 생각나서 이렇게 물었다.

"그렇습니다. 절대 안전한 지위입니다."

화가는 자랑스러운지 어깨까지 으쓱해 보였다.

"그래서 소송을 당해 어쩔줄 몰라 하는 불쌍한 사람을 도와 보자는 생각을 가진 겁니다."

"어떤 방법으로 도울 수 있다는 말입니까?"

불쌍한 사람이라는 화가의 말에는 자신이 포함되지 않는다는 듯이 K는 물었다. 그러나 화가는 상대편의 허를 찌르는 말을 했다.

"예를 들어 당신의 경우에는 말입니다. 결백하다고 주장하니까 이런 방법을 한번 시도해 보고 싶습니다."

K는 결백하다는 말을 수없이 되풀이하는 화가의 말이 지겹게 느껴졌다. 화가는 자기가 나서기만 하면 소송은 잘 해결할 수 있다고 했지만, K는 도리어 실패할 위험성도 있다고 생각했다. K는 이러한 의혹에 휩싸였지만 아무 말도 하지 않고 화가가 떠벌이는 것을 가만히 듣고만 있었다. 현재의 심정으로는 변호사보다는 이 화가가 훨씬 낫다는 생각이 들었다. 화가는 악의가 없고 솔직해 보였으므로 호감이 갔다.

화가는 아예 의자를 침대 가까이로 끌어다 놓고 목소리를 낮추어 계속 말했다.

"어떤 종류의 해결을 원하시는지 미처 물어 보지 못했군요. 가능한 방법으로는 세 가지가 있습니다. 실질적 무죄와 형식적 무죄, 그리고 소송의 진행 방해라 할 수 있지요. 무죄가 가장 좋은 것임은 어린아이도 아는 일이겠지만, 사실 이것은 제 힘으로는 불가능합니다. 아마 무죄로 만들어 줄 수 있는 사람은 아무도 없을 것입니다. 이 경우에는 피고의 결백만이 유일한 결정적 조건이 될 수 있을 겁니다. 그러니 당신은 결백하므로 자기 자신이 나서서 무죄를 주장하고 밀고 나갈 수도 있을 것입니다. 그러나 그렇게 하실 생각이라면 저는 물론 그 누구의 도움도 필요없을 겁니다."

이처럼 정연한 논리에 K는 매우 놀라고 있었다. 그러나 곧 화가처럼 목소리를 낮추고 침착하게 말했다.

"당신의 말에는 모순이 있군요."

"어째서 그런 말씀을 하십니까?"

화가는 별로 화난 기색도 없이 의자를 돌리며 빙긋이 웃고 있었다. 이 웃음 속에서 모순은 화가 자신에게 있는 것이 아니라 재판소의 절차 그 자체에 있다는 것을 K가 느끼기 시작했다는 것을 말하고 있었지만 그래도 물러서지 않고 K는 말했다.

"당신은 처음에 재판소는 어떤 반박도 받아들이지 않는 곳이라고 말했지요? 그리고 그것은 공개 재판에 한해서 그렇다고 했습니다. 그런데 이번에는 결백하다면 어떤 도움도 필요치 않다고 말하고 있지 않습니까? 이것이 우선 첫 번째 모순입니다. 그리고 재판관은 개인적인 친분으로 교섭할 수 있다고 말했습니다. 그런데 당신은 또 결백한 사람은 그런 개인적인 교섭으로서는 도저히 가망이 없다고 의견을 번복한 것이 두 번째 모순입니다."

"그것은 이렇게 설명드릴 수 있습니다. 그런 모순은 두 가지가 서로 섞여서 생긴 것입니다. 즉, 저는 법률로 정해져 있는 것과 제가 개인적으로 경험한 것, 이를테면 전혀 성질이 틀리는 이 두 가지 사실에 대해서 얘기해서 그런 것이지요. 그것을 혼동하시면 안 됩니다. 법률에는 죄가 없는

자는 무죄의 판결을 받는다고만 씌어 있지 재판관을 매수할 수 있다고는
씌어 있지 않거든요. 법률을 들추지 않아도 이것은 누구나 알 수 있는 일
입니다. 더구나 저는 그것과는 정반대의 일을 경험했으니까요. 실질적으로
무죄 판결을 받는 것은 본 적이 없지만, 재판관을 매수하는 것은 흔히 볼
수 있었습니다. 물론 제가 본 사건에는 무죄인 경우가 없었으니까 그럴 수
도 있겠지요. 하지만 그 많은 사건 중에서 무죄가 한 사람도 없었다는 것
을 믿을 수 있겠습니까? 저는 어릴 적부터 여러 가지 소송 얘기를 부친에
게서 들었고, 부친의 화실로 찾아오는 재판관들도 언제나 재판소 얘기뿐
이었지요. 그 사람들은 다른 화제는 아예 입에도 올리지 않으니까요. 제가
자유롭게 재판소에 출입할 수 있게 되었을 때부터 저는 가능한 한 그런
기회는 놓치지 않으려고 했습니다. 중요한 소송 문제가 있을 때마다 방청
도 하고 볼 수 있는 데까지 따라다니다시피 했습니다. 하지만 실질적으로
무죄를 선고 받는 것은 단 한 번도 구경하지 못했습니다."

"단 한 번도 본 적이 없다는 말씀입니까?"

K는 희망에 부풀어 있는 자신한테라도 들려 주는 듯이 차분한 목소리
로 계속했다.

"그 말씀을 들으니 내가 재판소에 대해 품고 있던 확신을 새삼 확인하
는 셈이 되는군요. 뚜렷한 방침이 없는 재판소라면 사형 집행인 한 사람만
있으면 그것으로 충분하겠군요."

"그렇게 비약해서 말씀하시면 안 됩니다."

화가는 불만스러운 듯이 말했다.

"저는 다만 제가 겪은 경험을 얘기했을 뿐이니까요."

"그것으로 얘기는 다 끝난 셈이 아닙니까? 아니면 옛날에는 정말 무죄
선고를 받은 일이 있다는 것을 들으신 적이라도 있습니까?"

"아마 있었을 겁니다. 재판소의 최종적인 결정은 공개되지도 않기 때문
에 전설처럼 전해지고 있을 뿐입니다. 이러한 전설에는 많은 실질적 무죄
선고가 포함되어 있지만, 믿을 수는 있어도 확인할 도리가 없어 안타까울
따름입니다. 그럼에도 불구하고 그것은 진리를 가지고 있고, 또한 매우 아

름다운 이야기이므로 무조건 부정하는 것은 옳지 않다고 생각합니다. 저도 그런 전설에서 착상을 얻어 그림을 몇 장 그려 본 적도 있답니다."

"단순한 전설로는 내 의견에 대한 반박이 되지 않습니다. 또 재판소에서 이런 전설이 증거가 될 수는 없는 일 아닙니까?"

K의 말을 들은 화가는 웃으며 말했다.

"그렇지요. 그건 불가능하지요."

"그렇다면 그런 얘기를 하는 것은 무익한 일이 아닐까요?"

K는 이렇게 결론을 지으며, 화가의 얘기가 전혀 있을 법하지 않고 모순 투성이라 하더라도 그 진위를 일일이 반박하지 않고 일단은 들어야겠다고 생각했다. 어떻든 간에 자기를 도와 주겠다고 했으니까 그것만으로도 보람이라고 여겼다. K는 다음 화제로 옮겨 갔다.

"실질적 무죄 선고에 대한 얘기는 이 정도에서 그만둡시다. 그리고 또 다른 두 가지 가능성의 경우에 대해서 듣기로 합시다."

"형식적 무죄와 진행 방해에 대한 얘기 말입니까? 그게 사실 중요한 거랍니다. 그 얘기로 들어가기 전에 그 겉옷도 벗지 않으시렵니까? 몹시 더워하시는 것처럼 보이는군요."

K는 지금까지 화가의 설명에만 정신을 쏟고 있었지만, 덥다는 얘기가 나오자 이마에 땀방울이 솟아났다.

"그렇군요. 정말 견디기 힘들 정도로 덥군요."

화가가 동감한다는 듯이 고개를 끄덕였으므로 K는 용기를 내어 물었다.

"창문을 열면 안 될까요?"

"안 됩니다. 유리만 한 장 끼워 놓아서 열리지 않습니다."

이 방 안은 외부의 공기와 완전히 격리되어 있다는 것을 생각하자 현기증이 일었다. K는 옆에 쌓여 있는 이불을 툭툭 치면서 견딜 수 없다는 듯이 말했다.

"환기가 안 되니 기분도 나쁘고 건강에도 좋지 않을 텐데요?"

"그렇지 않습니다. 창이 열리지 않기 때문에 이중창 이상으로 보온이 잘 됩니다. 그리고 언제든지 바람은 판자 틈으로 들어오니까요. 너무 더울 때는 한쪽 방문을 열면 되고, 또 다른 문을 열 수도 있으니까요."

K는 화가의 설명을 듣자 조금 안심이 되었다. 그리고 화가가 말한 다른 문을 찾기 위해 방 안을 두리번거렸다. K의 행동을 눈치챈 화가가 말했다.

"문은 당신 뒤에 있습니다. 하지만 침대로 가릴 수밖에 없었답니다."

K는 그제서야 겨우 침대 뒤편의 작은 문을 발견했다.

"이 방은 너무 좁아서 화실로 쓰기에는 불편한 점이 많지요. 이 방을 사용하려면 물건의 배치를 아주 잘해야 하지요. 문 앞에 침대가 놓인 것도 어쩐지 어색하게 느껴지시죠? 그런데 제가 지금 초상화를 그리고 있는 이 재판관도 언제나 저 문으로 출입하고 있답니다. 그분에게 열쇠를 하나 맡겨 놓았기 때문에 제가 집을 비울 때도 방에 들어와서 기다리곤 한답니다. 그런데 그분은 언제나 제가 잠에 곯아떨어져 있는 새벽에 찾아오거든요. 아무리 깊은 잠에 빠져 있어도 침대 옆에서 문이 열리면 곧 잠이 깨죠. 새벽부터 침대를 밟고 넘어오는 재판관에게 제가 퍼붓는 욕지거리를 듣는다면 당신은 아마 재판관에 대한 존경심 따위는 모조리 잃어버리게 될 것입니다. 열쇠를 도로 돌려받을까 하고 생각도 해 보았지만 제겐 오히려 손해라는 생각이 들더군요. 왜냐하면 이 방의 문들은 허술하기 짝이 없어서 손만 대면 경첩을 모조리 뺄 수 있게 되어 있으니까요."

K는 화가의 얘기를 들으면서 내내 외투를 벗을까 말까 망설였다. 하지만 만약 외투를 벗지 않는다면 이 방에서는 조금도 더 머무를 수 없을 것 같아 외투를 벗어 무릎 위에다 얹었다. 외투를 벗자마자 문 밖에서 한 소녀의 목소리가 들려 왔다.

"외투를 벗었다!"

그 광경을 보려고 소녀들은 틈새 앞에서 서로 밀고 당기는 것 같았다.

"아이들은 당신이 초상화의 모델이 되기 위해서 옷을 벗은 줄 아는 모양입니다."

K는 외투를 벗었는데도 그다지 기분이 좋아지지 않았으므로 화가의 얘기가 별로 재미있게 들리지 않았다. K는 여전히 찡그린 얼굴로 물었다.

"두 가지 가능성이라는 것은 무엇이었죠?"

K는 벌써 그것을 잊고 있었다.

"형식적 무죄와 진행 방해이지요. 어느 쪽을 택하는지는 당신이 결정할 일입니다. 그 어느 쪽이든 제가 뛰어들면 성공할 수 있습니다. 형식적 무죄는 일시적으로 힘을 모아 일격을 가해야 하는 반면에 진행 방해는 지속적인 노력을 해야 하지요. 그리고 먼저 형식적인 무죄를 원하신다면, 당신이 무죄라는 증명서를 만들어서 제가 잘 아는 재판관들을 만나는 겁니다. 예를 들면 먼저 제가 지금 그리고 있는 재판관이 오늘 밤 여기 오면 증명서를 보이면서 당신이 결백하다는 것을 보증한다고 주장하겠습니다. 이것은 결코 단순한 형식적인 보증이 아닙니다. 강력하고 실질적인 보증인 셈이지요."

화가의 눈빛에는 K가 자기에게 귀찮고 힘든 일을 억지로 맡겼다는 것을 비난하는 기색이 드러나 있었다.

"여러 가지로 고맙군요. 하지만 재판관이 당신의 말을 믿는다 하더라도 무죄 선고를 하지는 않겠지요?"

K는 말했다.

"거듭 말씀드렸듯이 재판관이 누구나 다 예외없이 저를 믿을지는 알 수 없군요. 그리고 대부분의 재판관은 당신의 동행을 요구할 것이라고 생각됩니다. 물론 그렇게만 되면 일은 반은 성공했다고 할 수 있지요. 그런데 문제는 제 말을 믿지 않는 재판관들의 경우입니다. 그럴 때는 설득도 해 보고 여러 가지 방법으로 구슬려도 보겠지만, 그래도 되지 않을 때에는 깨끗이 단념할 수밖에 없습니다. 왜냐하면 재판관 한 사람이 결정권을 가지고 있는 것이 아니니까요. 증명서에 필요한 만큼의 재판관의 서명을 얻게 되면 당신의 소송을 담당하고 있는 재판관의 서명도 쉽게 받아낼 수 있을 겁니다. 그렇게 되면 일은 보다 빨리 진행될 것이고, 그다지 방해도 받지 않을 테니 피고로서는 안심할 수 있게 되지요. 이상한 얘깁니다만, 사람들에게는 이 시기가 무죄 선고를 받은 뒤보다는 훨씬 확신이 서는 시기라고 하더군요. 여기까지 진행되면 재판장은 많은 재판관들의 서명을 얻은 사건이니 주저없이 무죄 선고를 내릴 수 있을 겁니다. 그렇게 되면 당신은 무죄 판결을 받고 자유로운 몸이 되는 것입니다."

"그렇게 하여 자유로운 몸이 된다는 말이군요."

K는 의아스러워하며 말했다.

"그렇습니다. 그러나 이것은 형식적인 무죄에 지나지 않는 일시적인 자유라고 할 수 있지요. 제가 알고 있는 재판관들은 모두가 말단직에 있는 지위가 낮은 사람들뿐이므로 최종적인 무죄 선고를 내릴 수 있는 권한이 없답니다. 이 권한은 당신이나 저나 절대 접근할 수 없는 최고의 재판소, 즉 대법원만이 행사할 수 있는 것입니다. 이 재판소가 어떤 곳인지는 우리들로서는 전혀 알 수 없습니다. 이러한 현실 때문에 우리가 관계할 수 있는 재판관은 기소된 사람에게 완전한 자유를 줄 수는 없으나, 일시적인 자유를 줄 수는 있습니다. 즉 이와 같은 선고에 의해서 당신이 일시적으로 고소에서 풀려날 수 있어도 상급 재판소로부터 명령이 내리는 즉시 고소는 다시 효력을 발휘하게 됩니다. 또한 저는 재판소와 밀접한 연락을 하고 있으므로 자신있게 말씀드릴 수 있는데, 재판소 사무국의 규정에는 실질적 무죄와 형식적 무죄의 구별 같은 것은 그야말로 외면적으로 표시되어 있다고 할 수 있습니다. 실질적 무죄의 경우 그 서류는 전적으로 폐기되고, 고소 뿐만 아니라 소송 그 자체가 무죄 선고에 의해서 완전히 사라지는 것이지요. 그런데 형식적 무죄는 실질적 무죄와는 다릅니다. 즉 서류가 폐기 처분되는 일은 없지요. 무죄의 증명, 무죄 선고와 그 이유 등 몇 가지 사항이 추가되어 오히려 서류가 더욱 불어나게 됩니다. 더군다나 서류는 아직 소송 중에 있으므로 재판소 사무국측의 끊임없는 요구에 의해서 상급 재판소로 송부되거나 또 하급 재판소로 환송되기도 해서 그 진로는 아무도 예측할 수 없지요. 외부에서 보면 마치 모든 것이 다 잊혀지고, 서류는 분실되고, 무죄 선고는 실현될 것같이 보입니다만, 서류는 단 한 장도 분실되지 않을 뿐더러 재판소에서도 절대로 찢어 버리는 일은 없습니다. 그리고 어느 날 뜻밖에도 한 재판관이 주의 깊게 서류를 집어 들고 그 공소 시효가 아직 효력 있는 것임을 인정하면 즉시 체포 절차를 취하게 하지요. 이것은 형식적 무죄 선고와 체포까지는 상당한 시간의 경과를 증명하는 경우의 얘기입니다만, 사실 그런 경우는 있을 수 있는 일이지요. 어느 날 집으로 돌아오면 체포 명령을 받은 자가 기다리고 있다가 다시 체포해 버리는 그런 경우도 얼마든지 있습니다.'이렇게 되면 자유로운 생활은 끝장인 셈이지요."

"그럼 다시 기소가 된단 말입니까?"

"물론입니다. 처음부터 다시 되풀이되는 것이지요. 하지만 처음과 마찬가지로 형식적 무죄 선고를 받을 가능성은 있습니다. 또다시 손을 쓰면 되니까요. 어쨌든 용기를 잃지 말고 정신을 차려야만 합니다. 절대 포기해서는 안 됩니다."

화가는 K가 실망하는 듯한 표정을 짓고 있었기 때문에 그렇게 덧붙였다. K는 화가가 또다른 두려운 말을 할까봐 앞질러 말했다.

"그렇다면 두 번째의 무죄 선고는 첫 번째보다 훨씬 힘들지 않을까요?"

"글쎄요. 분명히 말씀드릴 수는 없습니다만, 그렇지는 않다고 저 자신은 생각합니다. 재판관은 무죄 선고를 내릴 때 이미 다음 체포를 염두에 두고 있으니까요. 하지만 그 밖의 여러 가지 이유로 재판관의 기분이나 법률적 판단이 처음과는 다를 수도 있으므로 처음처럼 노력을 아끼지 말아야 하겠지요."

"그러나 이 두 번째의 무죄 선고로 사건이 종결되는 것은 아니겠지요?"

"그렇습니다. 두 번째의 무죄 선고에 이어서 세 번째의 체포, 또다시 무죄 선고, 네 번째의 체포가 꼬리에 꼬리를 물고 계속되지요. 형식적 무죄 선고라는 말 자체가 그런 뜻을 품고 있는 것입니다."

K는 잠자코 듣고만 있었다.

"형식적 무죄 선고는 당신에게 그다지 도움이 안 될 것 같군요. 차라리 진행 방해 쪽이 당신에게는 적당한 방법일 것 같습니다. 말하자면 시간을 끄는 것이지요. 어떻습니까? 자세하게 설명해 드릴까요?"

K는 고개를 끄덕였다. 화가는 의자에 앉아 손을 잠옷 속으로 집어넣어 가슴과 옆구리를 긁고 있었다.

"진행 방해란 것은 이를테면 소송을 처음의 단계에서 진척되지 않게 하는 것입니다. 그러기 위해서는 피고와 그 조력자, 특히 이 조력자가 재판소와 개인적인 교섭을 꾸준히 유지하는 것이 가장 중요하다고 할 수 있습니다. 다시 말씀드립니다만 형식적 무죄 선고에 비해서는 그리 큰 노력이 필요치 않아요. 대신 세심한 주의가 필요하다고 할 수 있지요. 끊임없이 소송의 진행 상황을 살펴야 하고, 담당 재판관을 주기적으로 만나야 하고, 특별한 일이 있을 때마다 찾아가서 호의를 가지게끔 만들어야 합니다. 만일 개인적인 친분이 없는 재판관일 경우에는 친한 재판관을 통해서라도 직접적인 교섭을 해야 합니다. 이러한 것만 제대로 한다면 소송이 처음의 상태에서 결코 더 이상 진척되지는 않습니다. 그렇다고 소송이 종결되었다는 것은 절대 아닙니다. 무죄 선고와 마찬가지로 절대로 유죄 판결을 받을 염려는 없다는 뜻입니다. 그러니 형식적 무죄 선고보다는 피고가 훨씬 덜 불안하다는 뜻입니다. 갑자기 체포되는 그런 불상사는 없을 테니까요. 형세가 극히 불리할 경우에도 형식상 무죄 선고에 따르게 마련인 초조감을 느끼지 않게 된다는 뜻입니다. 그렇지만 나름대로 단점이 다 있으니까요. 왜냐하면 아무리 오랜 세월이 흘렀다 해도 피고에게는 결코 무죄 선고가 내려지지는 않습니다. 하지만 피고가 자유로운 몸이 되지 않는다는 뜻은 아닙니다. 이것은 형식상 무죄 선고와 결국 같은 것이기 때문입니다. 그렇다고 이 점이 단점이라는 뜻은 아닙니다. 소송을 지연시키려면 특별한 이유가 필요합니다. 즉 무언가 표면에 나타나는 일이 있어야 합니다. 그래서 시기를 노려 여러 가지로 지령을 내린다거나 피고를 심문한다거나 심리를 행할 연구가 필요하게 됩니다. 이렇게 하면 소송은 인위적으로 만들어 놓은 좁은 공간에서만 움직이게 되는 겁니다. 이런 일이 피고에게는 약간 피곤하고 불쾌한 심정을 안겨 주기는 할 겁니다. 하지만 모든 것은 형식에 불과하니까 너무 신경을 쓰지 않는 것이 현명합니다. 예를 들면 심문도 매우 단순한 것입니다. 그리고 그 심문에 응하고 싶지 않을 때는 거절해도 됩니다. 출두하지 않더라도 어떤 재판관은 다시 날짜를 지정해 주기도 합니다. 이것은 다만 피고이기 때문에 어쩔 수 없이 이따금 담당 판사 앞에 모습을 보여야만 한다는, 그야말로 형식적인 것이니까요."

화가의 말이 채 끝나기도 전에 K는 외투를 팔에 걸며 자리에서 일어섰다. 그때 문 밖에서 아이들의 외침이 들려 왔다.

"일어섰어!"

"돌아가시겠습니까?"

화가도 엉거주춤 일어서면서 말했다.

"방 안 공기가 나빠서 더 계실 수 없지요? 정말 죄송합니다. 아직 얘기를 다 끝내지도 못했는데 돌아가시게 해서 섭섭합니다. 하지만 제 성의만은 알아 주시리라 믿겠습니다."

"물론입니다."

K는 긴장해서 화가의 얘기를 듣고 있었으므로 머리가 아프기 시작했다. 화가는 더 이상 얘기를 하지 않을 것처럼 보이더니 돌아가는 길에 잘 생각해 보라는 듯이 또다시 의견을 종합해서 강조했다.

"이 두 방법의 공통된 점은 피고의 유죄 판결을 저지한다는 데에 있습니다."

"그리고 진짜 무죄 선고도 저지한다는 점도 있지요."

K는 자기가 그것을 깨달은 것이 부끄럽다는 듯이 나직하게 말했다.

"정말 옳은 말씀입니다."

화가는 재빨리 대꾸하고는 K의 심중을 알아 내는 것이 급했으므로 이렇게 덧붙였다.

"제 의견에 대해서 아직 결정을 못 하신 것 같군요. 그건 당연한 일입니다. 이러한 방법들의 장점과 단점은 종이 한 장 차이니까요. 충분히 생각하시고 신중하게 결정하십시오. 하지만 시간을 너무 오래 끌어서는 안 되는 일이라는 것을 말씀드리고 싶군요."

"또 뵙겠습니다."

K는 이렇게 대답한 뒤 외투를 입고 문 쪽으로 걸어 나갔다. 문 뒤편에서 아이들이 소란스럽게 떠드는 소리가 들려 왔다. K는 아이들이 부산을 떠는 모습이 눈앞에 보이는 것처럼 느껴졌다.

"그럼, 약속하신 걸로 알겠습니다."

화가가 말했다.

"그렇지 않으면 제가 은행으로 찾아가겠습니다."

"어서 문이나 열어 주시오."

K는 문 손잡이를 잡고 바깥쪽으로 밀었지만 문은 열리지 않았다. 밖에서 아이들이 문을 밀고 있는 것 같았다.

"아이들과 귀찮게 실랑이를 벌일 게 아니라 이쪽으로 나가는 것이 어떻겠습니까?"

화가는 침대에 가려져 있는 작은 문을 가리켰다. K는 화가의 말을 듣고 당장 침대 옆으로 뛰어왔으나 화가는 문을 열지 않고 침대 밑으로 기어들어가면서 물었다.

"잠깐만 기다려 주세요. 그림을 하나 보여 드리겠습니다. 당신이 마음에 들어 하시면 싸게 팔 수도 있습니다."

K는 화가의 호의를 무시해서는 안 된다고 생각했다. 어쨌든 화가는 K의 일에 관심을 보였고, 앞으로 적극 도와 주겠다고 약속까지 했다. 더군다나 K가 평소의 건망증으로 말미암아 원조에 대한 사례 얘기는 꺼내지도 못한 형편이 아닌가. 그는 얘기를 끝내고 한시라도 빨리 화실을 벗어나고 싶은 생각은 간절했지만 그림을 구경할 수밖에 없었다. 화가는 침대 밑에서 액자에 넣지 않고 방치해 둔 그림을 여러 장 꺼내 들고 나왔다. 먼지가 수북이 쌓여 있어서 맨 위의 그림을 털자 한동안 눈앞이 뿌옇게 흐려졌다. 매캐한 먼지 때문에 제대로 숨도 쉴 수 없을 정도였다.

"황야의 풍경을 그린 것입니다."

앙상한 나무 두 그루가 먼 거리를 두고 우거진 초원 한복판에 우뚝 서 있는 그림이었다. 배경색은 다채로운 저녁놀 빛이었다.

"좋군요. 제가 사기로 하겠습니다."

K는 깊이 생각하지도 않고 불쑥 말했지만 화가는 별로 기분 나쁜 내색도 없이 마룻바닥에서 두 번째 그림을 집어 들었다.

"이 그림은 먼저 그림과는 반대되는 경향의 그림입니다."

화가는 이렇게 말했지만 K로서는 처음의 그림과 비교해서 어디가 어떻게 틀리는 것인지 알 수 없었다. 역시 나무와 초원과 저녁놀이 있는 그림이었다. 그러나 그런 것은 아무래도 상관없었다.

"아름답군요. 두 장 모두 사다가 사무실에 걸어 놓아야겠습니다."

"주제가 마음에 드시는 모양이군요."

화가는 이렇게 대답한 뒤 또 한 장을 들어 올렸다.

"이 그림도 같은 계통의 그림입니다."

그러나 같은 계통이라기보다는 거의 똑같은 풍경화였다. 화가는 별볼일 없는 그림을 이 기회에 모조리 팔아 버리려고 작정한 듯한 표정이었다.

"이것도 사겠습니다. 그런데 전부 얼마를 드리면 좋을까요?"

"그 얘기는 다음에 합시다. 지금은 매우 바쁘신 것 같고, 또 우리는 앞으로 자주 만나게 될 테니까요. 아무튼 그림이 마음에 드셨다니 기쁩니다. 나머지 그림도 모두 드리고 싶군요. 전 이 풍경을 좋아하기 때문에 많이 그렸답니다. 대개 어두워서 싫다고들 하더군요. 하지만 간혹 당신처럼 이런 어두운 것을 좋아하시는 분도 계시니 다행이라고 할 수 있지요."

그러나 K는 화가의 구걸하는 듯한 얘기에는 흥미조차 없었다.

"모두 포장해 놓으십시오. 내일 사환을 이곳으로 보내겠습니다."

"아니, 그럴 필요까지도 없습니다. 지금 당장 당신과 함께 갈 짐꾼을 부르면 간단히 해결되는 일이니까요."

화가는 그때서야 팔을 뻗쳐 침대에 가려져 있는 문을 열었다.

"염려 마시고 침대를 밟고 넘어 가십시오. 누구든지 나갈 때는 다 그렇게 하니까요."

그러한 권유를 받지 않았더라도 K는 그렇게 할 생각이었다. 한쪽 발을 이미 이불 한복판에 들여놓고 있었던 K는 열려진 문을 통해 밖을 내다보다가 황급히 발을 뒤로 뺐다.

"저건 도대체 뭡니까?"

"뭐 말입니까?"

K의 당황한 모습에 화가도 따라 놀라면서 말했다.

"아아, 그건 재판소 사무국입니다. 아직 모르셨어요? 이런 지붕 밑 다락방에는 예외없이 재판소 사무국이 들어앉아 있답니다. 이 화실도 사실은 재판소 구내에 속하는 사무실입니다. 그림을 그리기 위해서 제가 빌려 쓰고 있지만요."

이곳에도 재판소 사무국이 있다니! 이런 사실이 K를 놀라게도 했지만 자신의 재판소에 대한 무지에 한층 더 충격을 받았다. K는 피고의 근본 태도는 끊임없이 주의를 기울여 결코 놀라지 말 것이며, 재판관이 자기 왼편에 서 있는데도 멍청하게 오른쪽을 바라보는 따위의 그런 우둔한 짓은 하지 않는 것이라고 생각하고 있었지만, 자신은 이러한 원칙에서 벗어나는 행위를 한 번도 아니고 몇 번이나 되풀이하고 있었다는 생각이 문득 들었다.

K의 눈앞에는 길다란 복도가 펼쳐져 있었다. 그곳으로부터 불어 오는 바람에 비하면 이 화실의 공기는 훨씬 상쾌한 셈이었다. 복도의 양쪽에는 의자가 놓여 있었는데 그것은 K가 간 적이 있는 사무국의 대기실과 조금도 다르지 않았다. 자세히 보니 어떤 남자 한 사람이 의자에서 졸고 있는 것이 보였다. 그리고 복도 저쪽 끝 어둠침침한 곳에 또 한 남자가 서 있었다.

K가 침대를 밟고 넘어가자 화가도 그림을 들고 뒤를 따라왔다. 두 사람은 얼마 안 가서 재판소의 정리(廷吏)와 마주쳤다.—— 정리는 평범한 단추 가운데에 반드시 금단추가 섞여 있으므로 K도 쉽게 분별할 수 있었다 —— 화가는 정리에게 그림을 가지고 K를 따라가라고 명령조로 말했다. K는 복도를 따라 걷는 동안 어지러워서 손수건을 입에 갖다 대고 걸었다. 그들이 출구 가까이로 다가가고 있을 때 아이들이 그들을 발견하고 몰려왔다. 아이들은 아마 침대 쪽의 다른 문이 열린 것을 눈치채고 앞질러 달려온 모양이었다.

"더 이상 함께 못 가겠군요."

아이들을 발견한 화가가 소리쳤다.

"그럼 저는 돌아가겠습니다. 그리고 결정은 너무 늦추지 않는 것이 서로에게 좋을 것입니다."

　K는 화가를 돌아보지도 않았다. 건물 밖으로 나오자마자 지나가는 마차를 불러 세웠다. 그리고 어떻게 해서라도 정리를 쫓아 버려야 되겠다고 생각했다. 정리는 자기 책임을 완수하겠다는 듯이 마부 옆으로 기어오르려고 했다. K는 그를 밀어 버리고 말았다.

　은행에 도착했을 때는 이미 저녁 무렵이었다. 그림은 마차 안에 그냥 내버려 두고 내리고 싶었지만 언젠가 화가에게 그림을 가지고 빨리 가라고 소리지를 때가 있을 것만 같았다. K는 그림을 사무실로 가지고 가 책상 맨 아래 서랍 속에 넣고 서랍을 잠갔다. 이렇게 해 놓으면 당분간은 차장의 눈에 띌 걱정을 안 해도 될 것 같았다.

제8장 상인 블로크와 변호사 해약

마침내 K는 변호사의 대리권을 취소해 버리기로 결심했다. 이러한 행동을 하는 것이 정당한 행위인지 아닌지 갈등을 하긴 했지만, 어쨌든 변호사에게 의뢰한 것을 해약해야 한다는 생각이 압도적이었다. 변호사를 방문하려고 결심한 날은 언제나 일이 제대로 손에 잡히지 않은 탓에 늦게까지 사무실에 남아 일을 처리해야만 했다. 그러니 K가 변호사 사무실에 도착하는 것은 언제나 밤 10시가 넘은 시각이었다. 초인종을 누르기 직전에 언제나 '전화나 편지를 보낼걸.' 하는 후회가 앞섰다. 면담은 보나마나 서로 거북할 것이었다. 그러나 결국 면담 이외의 방법으로 해약을 통보하고 승낙을 얻었다 하더라도 레니의 도움을 받지 않는 한 변호사가 어떤 태도로 해약을 받아들이는지 알 수 없는 것이었다. 또 유능하다고 자처하는 변호사가 해약으로 인해 앙심을 품으면 어떤 결과를 초래할지도 알 수 없는 일이었다. 그리고 직접 보게 되면 그의 마음을 어느 정도는 짐작할 수 있을 것 같았다. 어쩌면 경우에 따라서 이러한 변호는 역시 전문가가 아니고는 안 되겠다고 말하며 자신이 다시 해약을 철회하겠다고 말해야 할 경우도 있을 것이다.

초인종을 눌렀으나 언제나처럼 처음엔 응답이 없었다. '레니는 도대체 무엇을 하느라고 이렇게 꾸물거리는 것일까?' 하고 K는 생각했다. 그래도 잠옷 차림의 남자가 처음 방문 때처럼 안 나타나는 것만도 고마운 일이었다. 그리고 다른 의뢰인과 마주치지 않았으면 좋겠다고 생각했다. 잠시 후 옆 창문으로 두 눈이 보였다. 그러나 레니는 아니었다. 마침내 문이 빠끔히 열렸다. 누군가가 문 손잡이를 붙잡은 채 거실 쪽을 향해서 다급하게 외치는 소리가 들렸다.

"당신이 말하던 그분이에요."

그러고 나서야 문이 활짝 열렸다. 그가 발을 들여놓자마자 다른 방에서 황급히 자물쇠에 열쇠를 꽂는 소리가 들려 왔으므로 K는 마음이 조급해 져 문을 밀었다. K가 현관으로 뛰어들자 속옷 바람의 레니가 복도로 달아 나고 있는 것이 보였다. 문을 열어 준 사람은 턱과 볼에 텁수룩하게 수염 을 기른 몸집이 작고 깡마른 사람으로 손에 촛불을 들고 있었다.

"이 집에서 일하십니까?"

K가 물었다.

"아닙니다. 저는 변호사님께 변호를 부탁하려고 왔지요. 어떤 법률 문제 로 상의하려고 온 것뿐입니다."

당황한 남자가 대답했다.

"속옷 차림으로 말입니까?"

K는 이렇게 말하며 그 남자의 몸을 가리켰다.

"실례했습니다."

그 남자는 자기의 옷차림을 잠시 잊고 있었다는 듯이 그제서야 촛불로 자신의 옷차림을 비춰 보았다.

"레니는 당신의 정부인가요?"

K는 노골적으로 질문을 던졌다. 그리고 다리를 약간 벌리고 뒷짐을 지 고 섰다. 고급 외투를 입고 있다는 사실 하나로 K는 이 남자에 대해 우월 감을 느끼고 있었다.

"당치도 않는 말씀입니다. 어떻게 그런 말씀을 하실 수 있습니까?"

"그래요? 당신을 믿기로 하지요. 자, 들어갑시다."

K는 빙그레 웃으면서 모자를 든 손으로 어서 안내하라는 듯이 손짓을 했다. 그리고 앞장서서 걷고 있는 남자에게 물었다.

"성함은 어떻게 되십니까?"

"블로크라고 합니다. 장사꾼이지요."

"그건 본명입니까?"

"물론 본명이고말고요. 그런데 왜 남의 이름을 의심하시는 겁니까?"

"이름을 숨길 만한 까닭이 있을 것같이 보이기 때문입니다."

K는 기분이 좋았다. K의 이런 위압적인 행동은 낯선 곳의 비천한 사람들 가운데 버티고 서서 자신에 대해서는 전혀 언급하지도 않고, 마음대로 그들을 내려다보면서 추켜세우거나 깎아내릴 수 있는 자의 여유와도 같은 그런 자유였다. K는 변호사의 방문 앞에서 걸음을 멈추었다. 문을 열고, 공손한 태도로 안내하던 상인을 향해서 외쳤다.

"그렇게 허둥대며 걷지만 말고 어서 불이나 비춰 보시오."

K는 레니가 이 방 안에 숨어 있으리라고 생각하고 상인에게 샅샅이 찾아보게 했으나 허사였다. 재판관의 초상 앞에 이르자 K는 상인의 뒤쪽에서 허리끈을 잡고 끌어당겼다.

"저분을 아십니까?"

K는 손가락으로 초상화를 가리키면서 물었다.

"재판관이군요."

"지위가 높은 재판관일까요?"

K는 물으면서 상인의 옆쪽으로 가서 함께 그림을 바라보았다. 상인은 경탄하는 듯한 눈빛으로 대답했다.

"네, 지위가 높은 재판관인 것 같습니다."

"당신의 눈은 예리하지 않군요. 저건 지위가 낮아도 아주 낮은 재판관입니다."

"그렇지, 맞아요, 이제 생각나는군요. 저도 그런 설명을 들은 적이 있습니다."

"물론이오, 당신도 당연히 들은 적이 있을 거요."

"당연하다니, 왜 그렇게 말씀하시는 거죠?"

반문하던 상인은 K가 내젓는 두 손에 쫓겨 문까지 쫓겨가게 되었다. 복도로 나오자 K가 말했다.

"레니가 어디에 숨어 있는지 알고 계시지요?"

"숨어 있다뇨? 전 그런 건 모릅니다. 변호사님에게 드릴 수프를 만들려고 부엌으로 갔는지도 모르지요."

"그걸 왜 이제야 말하는 겁니까?"

"안내하려고 했지만 당신이 저를 불러 세우는 바람에……."

상인은 당혹해하는 표정이 역력했다.

"당신은 요령껏 잘 해냈다고 생각하겠지요? 아무튼 빨리 부엌으로 안내하시오."

K가 부엌에 들어가는 일은 처음이었다. 부엌은 생각보다 넓고 시설도 좋았다. 오븐만 하더라도 보통 것의 세 배는 되어 보였다. 그러나 램프는 입구에 매달린 것 하나밖에 없었으므로 어두워서 다른 것은 자세히 볼 수 없었다. 레니는 흰 앞치마를 두르고 오븐 옆에 서서 냄비 속에 달걀을 깨넣고 있었다. 그녀는 곁눈질로 K를 바라보며 인사를 했다.

"안녕하세요, 요제프."

"안녕, 레니."

K는 상인에게 의자를 가리키면서 앉으라고 신호를 보냈다. 상인은 아무 말 없이 K가 시키는 대로 따랐다. K는 레니의 등 뒤로 다가서서 어깨 위로 머리를 숙이면서 물었다.

"저 사람은 누구지?"

레니는 한 손으로는 수프를 저으면서 다른 한 손으로는 K를 껴안고 그를 바짝 끌어당기며 말했다.

"블로크라는 가난한 상인이에요. 불쌍한 사람이죠."

두 사람이 그에게로 고개를 돌렸다. 상인은 시키는 대로 의자에 앉아서 이제는 필요없게 된 촛불을 끄고 연기가 나는 심지를 손가락으로 누르고 있었다.

"당신은 아까 속옷만 입고 있더군."

K는 그녀의 얼굴을 다시 오븐 쪽으로 돌렸다.

"당신 정부지, 그렇지?"

레니가 아무 말을 하지 않자 K는 수프 냄비를 들려고 하는 그녀의 손을 붙잡고 재촉했다.

"자, 어서 대답해 봐!"

"사무실로 가세요. 다 말씀드릴 테니까."

"안 돼! 왜, 여기서는 얘기할 수 없나?"

키스를 하려고 매달리는 그녀를 밀치면서 K는 다시 말했다.

"키스로 나를 속이려 해도 안 될걸?"

"요제프!"

그녀는 애원하듯이 K를 바라보면서 말했다.

"블로크 씨를 오해하시는 것 같군요. 자, 루디."

그녀는 상인 쪽을 돌아보며 말했다.

"뭐라고 설명 좀 해 주세요. 이분은 저를 의심하고 있어요. 당신은 그 촛대만 만지고 있을 거예요?"

상인은 두 사람에게는 무관심한 것처럼 보였지만 상황을 제대로 파악하고 있었다.

"당신이 왜 오해를 하는지 저는 알 수가 없습니다."

K는 차갑게 미소를 지으며 상인의 얼굴을 바라보며 엉뚱한 말을 했다.

"사실은 나도 알지 못합니다."

레니는 큰 소리로 웃으며 K가 농담하는 틈을 타서 그의 품안으로 뛰어들어 안기면서 소곤거렸다.

"저런 남자에게 신경쓰지 마세요. 하찮은 사람이에요. 변호사님의 중요한 고객이기에 적당히 보살펴 주는 정도예요. 다른 이유는 없어요. 그런데 당신은 변호사님하고 얘기하실려고 오셨어요? 오늘은 용태가 퍽 좋지 않으신데, 그래도 당신이 원하신다면 그 방으로 모시겠어요. 그리고 오늘 밤은 여기서 저하고 같이 지내요. 왜 그렇게도 오랫동안 오시지 않았어요? 변호사님도 궁금해 하셨어요. 재판 일은 소홀히 해서는 안 돼요. 제가 들은 얘기를 몇 가지 알려 드릴게요. 먼저 그 외투부터 벗으세요."

그녀는 K의 외투와 모자를 응접실로 가서 걸어 놓고 돌아왔다. 그녀는 수프의 맛을 보면서 말했다.

"당신이 오셨다고 먼저 말씀드릴까요, 그렇지 않으면 수프를 갖다 드릴까요? 어느 쪽을 먼저 할까요?"

"먼저 내 얘기부터 했으면 좋겠어."

K가 무뚝뚝하게 대답했다. 그는 화가 나 있었다. 아직도 확고하게 판단이 서지 않는 변호사 해약에 관해 그녀와 상의하려고 생각하고 있었는데 블로크라는 상인 때문에 그 기회를 잃어버린 것이다. 그러나 이런 보잘것없는 상인 때문에 중요한 일을 방해받아서는 안 된다는 생각이 들었다. K는 벌써 복도로 걸어가고 있는 레니를 불러서 말했다.

"수프를 먼저 가지고 가는 게 낫겠어. 수프라도 먹고 기운을 내야 나와 얘기가 잘 될 테니 말이야. 그리고 틀림없이 수프를 기다리고 계실 거야."

"당신도 이 댁 변호사님의 의뢰인이시군요."

구석에 앉아 있던 상인이 사실 여부를 확인이라도 하려는 듯이 떠듬떠듬 말했다. 하지만 K로서는 묵묵히 받아들일 수 없는 일이었다.

"그렇소. 하지만 그것이 당신하고 무슨 상관이 있다고 묻는 거요?"

나무라는 듯한 K의 말에 이어 레니도 덩달아 덧붙였다.

"당신은 좀 빠지세요."

그러고 나서 K에게 말했다.

"수프를 먼저 가지고 가겠어요. 그런데 변호사님은 식사가 끝나면 곧 주무실지도 몰라요. 언제나 식사 후엔 바로 주무시거든요."

"내 얘기를 들으면 잠이 번쩍 사라지실걸?"

K는 이렇게 말해서 레니가 중대한 용건으로 변호사를 찾아온 걸 눈치채고 도대체 무슨 일이냐고 물어올 것을 기대했다. 그러면 레니와 상의를 할 작정이었는데 그녀는 아무것도 눈치채지 못한 것처럼 보였다. 오히려 쟁반을 들고 K의 옆을 지나면서 이렇게 말했다.

"식사가 끝나면 바로 말씀드릴게요. 그리고 되도록 빨리 당신을 모시러 이곳으로 달려오겠어요."

“알았어. 어서 갔다 와.”

“좀더 다정하게 말하면 안 되나요?”

레니는 쟁반을 든 채 다시 한번 K를 돌아보았다.

K는 그녀의 뒷모습을 물끄러미 바라보았다. 변호사를 해약하려는 결심이 이제서야 확고해지는 것 같았다. 미리 레니에게 얘기하지 않은 것이 오히려 잘 된 것처럼 느껴지기도 했다. 레니는 사정을 잘 모르니까 분명히 만류할 것이고, 그렇게 되면 그녀의 말에 넘어가게 될 수도 있을 것이다. 그런데 이왕 실행할 결심이라면 하루라도 빨리 하는 것이 나을 것이다. 어쩌면 이 문제에 대해서 상인이 무슨 좋은 의견을 가지고 있을는지도 모른다. K가 돌아보자 상인은 의자에서 일어서려고 했다.

“변호를 의뢰한 지는 얼마나 되었습니까?”

“오래 되었습니다.”

“몇 년이나 되셨는데요?”

“전 곡물을 취급하는 장사꾼이지요. 이 장사를 시작했을 때부터 사업상의 법률 문제를 부탁해 오고 있습니다. 한 20년쯤 된 것 같군요. 현재 걸려 있는 소송이 알고 싶으신 모양인데 벌써 5년이나 끌고 있는 사건입니다. 아니, 5년이 넘은 것 같습니다.”

상인은 하던 말을 멈추고 주머니에서 낡은 수첩을 꺼냈다.

“저는 아주 사소한 것도 다 기록해 놓는답니다. 원하신다면 그 날짜까지도 말씀드릴 수 있습니다. 겪은 일들을 모조리 기억할 수는 없으니까요. 제 소송은 마누라가 죽고 나서 곧 시작되었으니까 분명히 5년이 훨씬 넘었습니다.”

K는 상인 쪽으로 가까이 다가갔다.

“그렇다면 변호사님은 일반적인 법률 문제도 취급합니까?”

“물론입니다.”

그리고 상인은 목소리를 낮추어 말했다.

“이런 사건에 더 유능하다는 소문도 있습니다.”

그리고 나서 그는 무슨 못 할 말이라도 한 것처럼 당황하는 기색이었다. 그는 손을 K의 어깨 위에 얹으며 말했다.

"이건 비밀입니다."

K는 상대편을 안심시키려는 듯이 상인의 무릎을 두드리면서 말했다.

"염려 안 하셔도 됩니다. 나는 그런 배신은 하지 않습니다."

"우리 변호사는 보복심이 무척 강한 사람입니다."

"그렇지만 당신처럼 성실한 의뢰인에게는 그런 행동을 하지 않겠지요?"

"그렇지 않습니다. 흥분하면 앞뒤를 분간할 줄 모르는 분이고, 더구나 저도 그분에게 그다지 성실한 의뢰인은 아니니까요."

"무슨 뜻이지요?"

K는 의아해서 물었다.

"그것이 궁금하십니까?"

"네, 듣고 싶군요."

"그렇다면 일부만 말씀드리지요. 그 대신 당신도 제게 뭔가 한 가지 비밀을 얘기해 주셔야 합니다. 그래야만 변호사에게 아무 말도 하지 않겠다는 약속을 서로 지킬 수 있지 않겠습니까?"

"당신은 매우 용의 주도하군요. 좋아요. 당신이 안심할 수 있도록 비밀을 하나 털어놓도록 하지요. 이제 말씀해 주시겠습니까?"

그러자 상인은 잠시 머뭇거리면서 마치 비밀을 고백하듯이 말했다.

"사실은 다른 변호사에게도 같은 사건을 의뢰하고 있습니다."

"뭐, 별로 대단한 일도 아니군요."

K는 약간 실망한 표정을 지었다. 비밀을 털어놓기 시작한 후부터 괴로운 듯이 한숨을 내쉬고 있던 상인은 K의 말에 마침내 얼굴이 환하게 밝아지면서 다시 입을 열었다.

"원래 허용되지 않는 일이지요. 특히 이른바 정식 변호사 이외에 면허조차 없는 변호사들에게 의뢰하는 것은 엄격하게 규제를 받고 있답니다. 그러니까 저는 이것을 어기고 있는 셈이지요. 이 변호사님말고도 변호사가 다섯이나 더 있으니까요."

"다섯 사람이라고요!"

K는 다섯이라는 숫자에 놀라 반문했다.

"그러니까 이 댁 변호사말고 다섯 사람이 더 있다는 말입니까?"

상인은 그렇다는 듯이 고개를 끄덕였다.

"지금 여섯 사람째의 변호사하고 교섭하고 있는 중입니다."

"그렇게 많은 변호사들이 꼭 필요합니까?"

"네, 그렇습니다."

"그 까닭을 말씀해 주시겠습니까?"

"네, 그러지요. 우선 소송에 지기 싫어서입니다. 그래서 이용할 수 있는 사람은 최대한 끌어 모으려는 것입니다. 소송은 이길 가능성이 없다고 해서 덮어놓고 포기해 버릴 수는 없는 것이니까요. 그래서 저는 이 소송에 재산을 거의 다 투자하고 말았습니다. 예전에는 건물 한 층을 차지하고 있던 점포도 지금은 뒷구석 조그마한 방으로 줄어들었고, 점원 한 사람과 단 둘이 일하고 있을 뿐입니다. 이렇게 전락한 것은 자금 부족탓도 있겠지만, 자유롭게 일하지 못한 것이 더 큰 이유일 것입니다. 소송에 몰두하게 되면 사업은 자연히 소홀하게 되니까요."

"그럼, 요즘도 소송 때문에 재판소 출입을 하고 계신다는 말입니까?"

"처음엔 부지런히 드나들면서 나름대로 노력해 보았습니다만 곧 그만두고 말았지요. 왜냐하면 노력에 비해서 얻는 것이 없었기 때문입니다. 거기서 이 사람 저 사람에게 뛰어다니면서 교섭하는 것도 제 성격과는 맞지 않고 그저 멍청하게 복도에 앉아서 기다리는 것은 여간 힘든 일이 아니더군요. 당신도 그곳의 침울한 분위기는 겪어 보셔서 잘 아시잖습니까?"

"아니, 그걸 어떻게 아십니까?"

"당신이 지나갈 때 복도에 있었거든요."

"당신이 저를 보았다고요? 그래요, 언젠가 그 복도를 한 번 지나간 일이 있습니다. 정말 이건 우연이로군요."

"우연이라고 할 수도 없습니다. 저는 거의 매일 그곳에 가 있었으니까요."

"앞으로 자주 호출을 받겠지만 그때처럼 환대를 받는 일은 이젠 다시 없을 겁니다. 아무튼 복도에 있던 사람들이 모두 의자에서 일어나 인사를 했으니까요. 아마도 저를 재판소 관리로 잘못 생각했던 모양입니다."

"그건 오해입니다. 저희들이 인사를 한 사람은 정리였으니까요. 당신이 피고라는 것은 모두가 알고 있었습니다. 원래 그런 얘기는 순식간에 퍼지게 마련이니까요."

"알고 있었다니까 하는 말씀이지만, 그때의 저의 태도는 몹시 거만했었지요? 모두들 뭐라 하던가요?"

"뭐라고 말하는 사람도 있기는 했습니다만, 신경쓰실 것은 아닙니다."

"신경쓸 것이 아니라뇨? 들으신 대로 얘기해 주십시오."

"왜 그런 것이 궁금합니까?"

상인은 화가 난 듯이 반문하더니 얘기를 계속했다.

"당신은 아직 그곳 사람들에 대해서 잘 모르시는 것 같군요. 아마 착각하고 계신 것 같은데, 사실 그곳에서는 상식으로는 도저히 이해되지 않는 온갖 자질구레한 일들도 화제가 됩니다. 제 주제에 남들의 얘기를 할 자격은 없습니다만, 예를 들면 그들은 피고의 외모, 특히 입술 모양을 보고서 소송의 결과를 점치곤 한답니다. 두말 할 필요도 없이 미신이라고 할 수 있지요. 그런데 그들은 당신의 입술 모양을 보고 틀림없이 유죄 판결을 받을 거라고 말하더군요. 이것은 어디까지나 보잘것 없는 미신에 지나지 않는 얘기입니다. 하지만 그들과 함께 있다 보면 그런 종류의 미신에 빠져들지 않을 수 없답니다. 더구나 그런 미신은 의외로 강한 힘을 발휘하곤 하니까요. 당신은 그날 복도에 있던 누구에겐가 말을 건 적이 있지요? 그러나 그 남자는 거의 한 마디도 제대로 대답하지 않았습니다. 물론 그곳은 그 남자가 정신을 잃을 만한 여러 가지 이유를 가지고 있지요. 하지만 그 남자가 나중에 얘기한 바로는 당신의 입술을 보니 당신 자신이 스스로 유죄 판결을 내리는 것처럼 보이더라고 하더군요."

"내 입술이?"

K는 이렇게 반문하며 주머니에서 손거울을 꺼내 얼굴을 들여다보았다.

"전 별로 이상한 점이 없어 보이는데 당신이 보기에는 어떻습니까?"

K는 이해할 수 없다는 듯이 상인을 향해 물었다.

"저도 그렇게 보입니다."

"그렇다면 무척이나 미신을 좋아하는 친구들이로군요!"

"방금 제가 말씀드렸듯이 어쩔 수 없이 그렇게 되고 만답니다."

"그 사람들은 그런 식으로 서로 의견을 주고받으며 친밀히 지냅니까? 저는 피고들과는 전혀 무관심하게 지내왔습니다만."

"꼭 그렇다고는 할 수 없습니다. 워낙 인원수가 많으니까 어려운 일이지요. 피고들 사이에는 공통의 이해 관계라는 것은 거의 없다고 할 수 있습니다. 간혹 몇몇 사람이 그런 생각을 가지는 수도 있지만 그것은 단순한 망상에 지나지 않는다는 걸 곧 알게 되니까요. 재판소에 대해서 피고들이 공동으로 할 수 있는 일이란 하나도 없습니다. 사건은 하나하나 신중하게 개별적으로 취급되므로 공동으로 무엇을 결의할 수 있는 여유는 조금도 없습니다. 개인적으로 남몰래 손을 써서 얼마간 성공한 예가 없는 것은 아닙니다만, 그것은 확실히 성공한 뒤가 아니면 주위 사람들로서는 알 수가 없는 것이지요. 대기실에서 여기저기 몰려 있는 사람들은 무슨 대책을 세우고 있는 것은 절대 아닙니다. 미신에 빠져드는 경향은 예부터 내려온 것이고, 점점 그것에 동조하는 사람들이 늘고 있는 실정입니다."

"내가 본 바로는 대기실에서 기다리는 사람들은 하나같이 미련스럽게 보였고, 시간만 낭비하고 있는 것처럼 생각되더군요."

"그렇지만도 않습니다. 오히려 자기 혼자 처리하려는 사람이 헛수고를 하고 있다고 할 수 있습니다. 조금 전에도 말씀드렸듯이 저는 이 댁 변호사님말고도 다섯 명의 변호사에게 사건을 의뢰해 놓았습니다. 그러니 그 사람들을 믿고 이제는 장사에만 신경쓰면 될 것이라고 저 자신은 물론 남들까지 그렇게 믿습니다만, 사실은 그렇지 않다고 할 수 있습니다. 오히려 변호사는 한 사람인 경우가 보다 안심이 되는 것입니다. 제 말뜻이 이해가 안 되시지요?"

"그렇습니다."

K는 이렇게 대답한 뒤 상인이 너무 빨리 말하는 것을 저지하려는 듯

자기 손을 상대방 손 위로 포개면서 덧붙였다.

"좀 천천히 말씀해 주십시오. 당신 얘기는 무척 중요하다고 생각되는데 말이 너무 빨라서 도저히 따라갈 수가 없습니다."

"미안합니다. 저도 모르게 말이 빨라졌나 보군요. 그렇게 말씀해 주셔서 다행입니다. 당신은 우리들이 보기에는 정말 초보자라고 할 수 있습니다. 소송도 시작된 지 아직 반 년밖에 안 되었다고 들었습니다. 어쨌든 당신 소송은 특이한 소송이라고 할 수 있습니다. 저는 지금까지 몇 번이나 소송 때문에 고생을 했기 때문에 많은 것을 겪었습니다. 소송이란 이제 불보듯 뻔하다고 생각될 정도니까요."

"그렇다면 당신의 소송은 꽤 진척되었겠군요. 어쨌든 좋으시겠습니다."

K는 상인의 소송이 현재 어떤 상황에 이르렀는지 노골적으로 물을 수가 없어 이렇게 돌려서 말했다.

"네, 한 5년 동안 시달렸으니까요. 하지만 쉬운 일이 아닙니다."

상인은 고개를 숙이고 혼잣말처럼 중얼거리더니 입을 다물어 버렸다.

K는 레니가 돌아올 때가 되었다고 생각하며 귀를 기울였다. 마음 한편에서는 그녀가 빨리 돌아오지 않기를 바랐다. 상인한테 아직 묻고 싶은 것이 많았고, 상인과 자유로운 분위기 속에서 서로 정보를 교환하는 일이 레니로 말미암아 방해받고 싶지 않았기 때문이었다. 그러나 또 한편으로는 자기가 와 있음에도 불구하고 오랫동안 돌아오지 않는 것이 불쾌했다.

"마치 어제 일처럼 생생하게 느껴지는군요. 제 소송이 지금 당신의 소송 정도로 벌어졌을 때가요."

상인이 다시 얘기를 시작했으므로 K는 정신을 집중시켰다.

"그 당시 저는 이 댁 변호사님 한 분한테만 사건을 의뢰했었습니다만 아무래도 안심할 수가 없었습니다."

K는 이제야 원하던 말을 들을 수 있게 되었다고 생각하면서 무슨 얘기든지 잘 들어 두어야 되겠다는 마음에서 고개를 세차게 끄덕였다.

"제 소송은 좀처럼 진척되는 기미가 없었습니다. 물론 심리는 있었지요. 저는 심리 때마다 빠짐없이 출두했고, 자료도 충분히 수집했고, 장부 같은 것도 모두 재판소에 제출했습니다. 그러나 이것은 나중에 알게 된 일입니다만, 모두 헛수고를 한 셈이었지요. 저는 몇 번이나 변호사에게 달려가 상의를 했고, 변호사는 여러 가지 변론 문서를 제출해 주었습니다."

"청원서 같은 것 말입니까?"

K가 반문했다.

"그렇습니다."

"그 말씀은 제게 매우 중요한 얘긴데요. 저의 경우에는 이렇게 시간이 흘렀지만 청원서의 초고조차도 보지 못했습니다. 변호사는 분명 처음부터 제 소송에는 관심을 두지 않았습니다. 정말 파렴치한 소행입니다."

"변론 문서가 아직 완성되지 않았다면 여러 가지 원인이 있을 것입니다. 나중에서야 알게 되었지만, 제 변론 문서는 아무런 가치도 없는 것이었습니다. 나는 재판소의 어떤 관리의 호의로 변론 문서를 읽어 본 일이 있습니다. 보기엔 제법 논리적인 듯했지만, 사실 그 내용은 그야말로 아무것도 아니었습니다. 핵심은 하나도 없었으니까요. 우선 읽을 수도 없는 라틴 어 투성이에다 재판소에 대한 일반적인 의견, 재판관에 대한 아부, 변호사의 자화자찬을 늘어놓았지만 그 어투는 마치 개와도 같은 비굴함이 보이더군요. 마지막에는 저의 사건과 유사한 지난 사건들의 판례의 분석, 이 분석은 제가 본 바로는 매우 신중하고 면밀했습니다. 그러나 그 당시 저의 소송이 조금도 진척되지 않았다는 것은 사실입니다."

"어떤 식으로 진척되기를 기대했습니까?"

"좋은 질문을 하셨습니다. 이런 재판 수속은 진척될 가망이 거의 없는 것입니다만, 당시의 저는 그런 사정을 전혀 몰랐지요. 또 그때는 장사꾼 기질이 넘쳐 흐를 때라 사건이 결말에 가까워지거나, 그렇지 않으면 적어도 규칙적으로 진행되거나, 뭔가 형태가 보이는 발전을 원하고 있었습니다. 그러나 이와는 정반대로 똑같은 취조만 되풀이되었습니다. 일 주일에 몇 번 재판소의 사환이 점포나 집으로 저를 찾아왔습니다. 참으로 짜증나는 일이었지요. 그리고 소송에 대한 소문이 동료들의 입에 오르내렸습니다. 친척간에도 널리 퍼지게 되어 말할 수 없는 불이익을 당한 경우가 한 두 번이 아닙니다. 더군다나 첫변론이 가까운 시일 안에 열릴 기미가 보이지 않아서 저는 변호사를 찾아가서 불만을 말했지요. 변호사는 장황한 설명만 늘어놓더니 저의 청을 끝내 거절하더군요. 변론 문서로 그것을 독촉하라고 말하는 제가 오히려 무모하다면서 그렇게 되면 저는 물론 자기까지 파멸이라고 엄포를 놓더군요. 그래서 저는 이 변호사는 성의도 능력도 없다고 생각하고 변론 기일을 당기려고 은밀히 다른 변호사를 물색했던 것입니다. 하지만 어떤 변호사도 변론 기일의 확정을 요구하거나 결정해주지는 않았습니다. 어떤 조건부가 아니면 그와 같은 조치는 사실상 불가능한 것이라고 하더군요. 전 다른 변호사를 물색한 것을 저는 결코 후회하지 않습니다. 당신도 훌트 박사로부터 삼류 변호사들에 대한 여러 가지 얘기를 들었을 줄로 압니다. 틀림없이 그들을 경멸하는 투로 말씀하셨겠지요? 하지만 터무니없는 평가라고는 할 수 없을 것입니다. 그러나 훌트 박사가 자기를 포함한 주변 동료들과 그들을 비교할 때, 사소한 일입니다만, 어떤 종류의 오류에 빠져 있을 수도 있기 때문에 조금 충고를 드리도록 하겠습니다. 즉 박사님은 자기 동료들을 언제나 ‘위대한 변호사’라고 부르고 다른 변호사와 차이를 두고 있습니다만 이것은 잘못입니다. 물론 ‘위대하다’라고 자칭하는 것은 자유이겠지만, 이러한 결정력을 가지고 있는 것은 오로지 재판소의 관습에 의한 것 뿐입니다. 이에 따르면 삼류 변호사 이외에도 위대한 변호사와 보잘것 없는 변호사들이 있는데, 훌트 박사와 그 주변의 동료들은 보잘것 없는 변호사에 지나지 않는다고 할 수 있습니다. 저는 위대한 변호사라는 것도 소문만 들었을 뿐 실제로 만난 일은 한 번도 없으니까요. 그러나 그들의 지위는 상당하다고 할 수 있겠지요”

“위대한 변호사라뇨? 그들은 도대체 어떤 사람들입니까? 그리고 어떻게 하면 만나볼 수 있을까요?”

K가 다급하게 물었다.

“당신은 아직 그들의 얘기를 모르고 계시는군요. 피고의 위치에 있는 사람치고 한 사람도 예외없이 한동안은 꿈에 부풀어 이 위대한 변호사들에게 희망을 걸게 되지요. 당신은 절대로 이런 유혹에 빠지지 마십시오.

위대한 변호사가 어떤 사람인지 저는 알지 못할 뿐더러 저희들로서는 도저히 가까이 할 수 없는 사람들이니까요. 위대한 변호사들이 개입된 사건이라고 확인된 것은 지금까지 하나도 없답니다. 가끔 변호를 맡기도 한다는 소문은 있습니다만, 피고의 뜻대로 변호를 부탁할 수 있는 것도 아니고 다만 자기들이 관심이 있는 사람에 한해서 변호를 해 준다고 하니까요. 그러나 분명한 것은 이 사람들이 맡는 사건은 하급 재판소에서는 취급되지 않는 사건이라고 합니다. 아무튼 위대한 변호사들의 얘기는 무시해 버리는 것이 현명합니다. 자신의 변호사에게 모든 것을 다 맡기고 집으로 돌아가 침대에 누워 쉬는 것이 제일 현명한 방법이 아닐까 하는 생각이 들 때도 있습니다. 이것도 물론 미련한 생각이겠지요? 편안한 마음으로 그렇게 언제까지고 침대에 누워 뒹굴 수야 없는 일 아니겠습니까?"

"그럼 당신은 그 당시에 어떠했습니까? 위대한 변호사에 대한 생각은 하지 않았습니까?"

"전혀 생각하지 않았다고는 할 수 없지요. 특히 밤에 잠자리에 누워 있으면 별생각이 다 떠올랐으니까요. 그러나 저는 빠른 해결을 원하고 있었으므로 삼류 변호사에게 의뢰하고 말았지요."

상인은 얼굴에 엷은 웃음을 띠면서 말했다.

"어머, 어떻게 된 일이에요? 두 사람이 함께 다정하게 앉아서!"

레니가 접시를 든 채 입구에 서서 소리쳤다. 사실 두 사람은 지나칠 만큼 가까이 다가앉아 있었기 때문에 조금만 움직여도 서로의 얼굴이 맞부딪칠 것처럼 보였다. 상인은 몸집이 작은 데다가 얘기를 하느라고 허리를 구부리고 있었으므로 같이 얘기하던 K도 그의 얼굴을 마주보느라 자연스럽게 몸을 그에게로 굽히고 있었던 것이다.

"조금만 더 기다려!"

K는 레니의 말을 가로막았다. 그리고 초조한 듯 상인의 손 위에 올려놓은 자신의 손을 바르르 떨고 있었다.

상인이 레니에게 말했다.

"이분은 내 소송에 대해서 얘기를 듣고 싶어 하셔."

"누가 뭐래요? 어서 계속하세요."

레니가 상인과 주고받는 말투에 애정이 조금도 없다고는 할 수 없었지만, 어쩐지 상인을 좀 무시하는 듯한 것이 느껴져 K는 약간 못마땅했다. 이 사내는 레니에게 그렇게 무시당할 사람이 아니라고 느꼈다. 적어도 자신의 체험을 조리있게 설명할 수 있는 재능을 가진 사람이라고 믿었다. 레니가 그처럼 상인에게 함부로 하는 것은 옳지 못한 것이었다. 그런데 레니는 상인이 그때까지 쳐들고 있던 촛대를 받아쥔 후에 앞치마로 손을 닦아주고 옆에 꿇어앉더니 바지에 흘러내린 촛농을 비벼서 털어내고 있는 것이 아닌가. 다시금 K는 울화가 치밀어 못마땅한 얼굴로 레니를 바라보고 있었다.

"삼류 변호사에 관한 얘기를 하던 참이었지요?"

K는 이렇게 말하면서 손을 뻗쳐 느닷없이 레니의 손을 밀쳐 냈다.

"왜 이러세요?"

그녀는 K를 가볍게 한번 툭 치더니 다시 상인의 바지에서 촛농 털어내는 일을 계속했다.

"그렇군요. 삼류 변호사 얘기를 하다 말았지요."

상인은 뭔가 생각에 잠기는 듯 이마에 손을 대고 있었다.

K는 얘기를 제 위치로 돌리려고 말했다.

"사건을 빨리 해결하려고 삼류 변호사에게 의뢰를 하셨다고요?"

"네, 그랬지요."

상인은 이렇게 대답만 할 뿐 얘기를 더 이상 계속하지 않았다.

'레니가 있으니 불편해서 마음대로 얘기를 못 하는구나.'

K는 마음 속으로 이렇게 생각하고 더 듣고 싶은 마음을 애써 누르고 재촉하지 않기로 마음먹었다.

"내가 왔다는 것을 말씀드렸겠지?"

K는 레니를 향해 물었다.

"그럼요. 지금 기다리고 계세요. 블로크 씨는 어차피 여기서 주무실 테니까 나중에 얘기해도 되잖아요."

K는 잠시 주저하다가 상인에게 물었다.

"여기서 좀 기다려 주실 수 있습니까?"

K는 상인으로부터 직접 그 대답을 듣고 싶었다. 그리고 상인을 이유없이 무시하고 있는 레니의 태도가 얄밉게 생각되었다. 더구나 오늘 K는 어쩐지 레니의 태도가 몹시 불쾌했던 것이다. 그러나 또 레니가 끼여들었다.

"블로크 씨는 여기서 자주 주무세요."

"뭐라고? 여기서 잔다고?"

K는 변호사와 잠시 얘기하는 동안만 기다리게 했다가 함께 나가서 마음놓고 얘기를 들을 작정이었던 것이다.

"그래요. 당신처럼 예고없이 불쑥 나타나도 금세 면회를 할 수 있는 입장은 아니니까요. 병석에 누워 계시는 선생님이 밤 11시가 넘어서 의뢰인을 만나 주시는 것은 흔하지 않은 일이죠. 그런데도 당신은 그런 호의를 아무렇지도 않게 받아들이고 있지요. 하지만 전 상관없어요. 망설이지 말고 무엇이든 분부만 내리세요. 전 오직 당신이 저를 사랑해 주시기만 하면 만족해요. 달리 고맙다는 인사를 안 하셔도 조금도 서운하지 않아요."

'사랑한다고?' K는 이 말을 입 속에서 되뇌어 보았다. 그러자 곧 머릿속으로 무언가가 번쩍 스쳐 지나갔다. '그래, 사실 나는 이 여자를 사랑하고 있어.' 그러나 생각과는 달리 입 밖으로는 불쑥 이런 말이 나왔다.

"내가 사건 의뢰인이기 때문에 만나 주시는 것은 당연한 일 아니겠어? 변호사를 만나는 것조차 다른 사람의 노력이 필요한 일이라면, 한 걸음 걸을 때마다 거지처럼 구걸을 하거나 고맙다는 인사를 해야겠군!"

"저분은 오늘 왜 그러실까? 트집을 잡으려고 작정하신 분 같으니."

레니가 상인을 향해 말했다.

'아, 이번에는 나를 무시하려 하는구나.' K는 이렇게 생각되었다. 그때 레니의 버릇없는 말을 가로막으며 상인이 얘기하기 시작했다. K는 그런 상인의 태도도 못마땅하게 느껴졌다.

"변호사님이 저분을 만나려 하시는 것은 내 사건보다 흥미가 있기 때문이야. 더구나 저분의 재판은 이제 막 시작된 새로운 사건이고, 심리도 그다지 진행되지 않았으니 변호사님도 몹시 신경이 쓰일걸. 하지만 언제까지나 그러시지는 않을 거야."

"그럼요, 그렇고말고요."

레니는 큰 소리로 웃으며 상인을 바라보았다.

"블로크 씨는 아는 것도 많군요!"

하고 말하더니 이번에는 K를 돌아보며 말했다.

"이 사람 말을 다 믿지는 마세요. 악의는 없는 사람이지만 말이 많은 사람이에요. 변호사님도 그것을 못마땅해하시니까요. 좌우간 기분이 좋지 않으시면 만나려고 하지도 않는다니까요. 어떤 때는 블로크 씨가 오셨다고 몇 번이나 말씀드렸는데도 사흘이 지나서야 비로소 만나 주셨던 적도 있어요. 그런데 선생님께서 블로크 씨를 찾았을 때 집 안에 없으면 그대로 모든 게 수포로 돌아가고 말거든요. 그럼 처음부터 다시 시작해야 하지요. 그래서 전 저분을 여기 주무시도록 편리를 봐 드리는 거예요. 선생님은 밤중에도 부르시는 일이 있거든요. 다만 이분이 집 안에 머무르고 있는 것을 아시면 잘 부르지 않는 경우가 있어서 여간 조심하지 않으면 안 된답니다."

K는 레니의 말을 확인하려는 듯 상인에게 시선을 보냈다. 상인은 머리를 끄덕이며 수긍했다. 그것도 K와 얘기할 때와 다름없는 솔직한 태도였으나 좀 수치스러운 듯 말했다.

"그래요, 누구나 하느님에게 의존하듯이 자기 변호사에게 매달리게 되지요. 당신도 곧 그렇게 될 겁니다."

"이 사람의 불평은 말뿐이에요. 여기서 자는 것이 그렇게 즐거울 수 없다고 침이 마르도록 고백했거든요."

레니는 동시에 자그마한 문으로 걸어가더니 문을 한 손으로 밀었다.

"이 사람의 침실을 보시겠어요?"

K는 다가가서 문지방에 서서 천장이 낮고 창문도 없는 방을 들여다보았다. 거기엔 좁다란 침대 하나가 방 안을 다 차지하고 있었다. 침대에 누우려면 침대의 머리판을 넘어가야만 했다. 침대의 머리맡에는 벽이 움푹 들어가 있었고, 그곳에 초 하나, 잉크병, 스탠드, 펜대, 그리고 소송에 관계

된 서류 같은 것이 한 뭉치 가지런히 정돈되어 있었다.

"하녀 방에서 주무시는군요?"

K는 상인에게 고개를 돌리면서 물었다.

"레니가 비워 주었지요. 아주 편하답니다."

K는 상인의 얼굴을 뚫어지게 바라보았다. 오랜 세월을 두고 계속된 재판으로 확실히 많은 경험을 얻게 되었겠지만 그만큼 비싼 대가를 지불한 것도 사실이었다. 갑자기 상인의 모습이 측은하게 느껴졌다.

"이 사람을 당장 침대로 안내해!"

K는 이렇게 외쳤지만 레니는 알아듣지 못하는 것 같았다. K는 이런 곳에 볼일이 있는 것이 아니었다. 변호사 방으로 가서 해약을 통고하고 변호사 뿐만 아니라 레니와 상인과의 관계도 끊어 버리려고 했다. 그러나 입구까지 가기도 전에 상인의 낮은 목소리가 들려 왔다.

"저, 잠깐만요."

K는 불쾌한 얼굴로 돌아보았다.

"약속을 벌써 잊으셨군요."

상인은 의자에서 일어나 애원이라도 하는 것처럼 K에게로 다가왔다.

"당신도 비밀을 한 가지 털어놓기로 하셨잖아요!"

"물론 그랬지요."

K는 이렇게 말하고 나서 뚫어지게 K를 바라보고 있는 레니를 흘끗 한 번 바라보았다.

"말씀드리지요. 이 마당에 와서 비밀이라고까지 할 것은 못 됩니다만, 지금부터 변호사에게 가서 변호사와의 계약을 해약할 작정입니다."

"해약을 하신다고요?"

상인은 놀란 듯이 소리치며 의자에서 벌떡 일어섰다. 그리고 두 팔을 쳐든 채 부엌 안을 뛰어다니며 "변호사를 해약한다!"를 큰 소리로 되풀이했다.

그 순간 레니는 K에게 달려가려고 했으나 상인이 두 사람 사이를 가로막고 나섰다. 그러자 레니는 주먹으로 상인을 때리기 시작했다. 그 틈에 K

는 재빨리 변호사의 방 쪽으로 달아났다. 그녀는 주먹을 휘두르면서 K를 붙잡으려고 뛰어왔다. K가 변호사의 방 안으로 한 발을 들여놓고 있을 때 레니에게 붙들리고 말았다. K가 문을 닫으려고 하자 그녀는 발로 문을 막으며 K의 팔을 움켜잡고 방 밖으로 끌어 내려고 했다. K는 있는 힘을 다해서 그녀의 손목을 꽉 쥐었다. 그녀는 가냘픈 비명을 지르면서 마침내 손을 놓아 주었다. 그때 K는 방 안에 들어와서 얼른 문을 잠가 버렸다.

"오래 기다렸네."

변호사는 침대맡에 촛불을 켜놓은 채 읽고 있던 서류를 탁자 위에 내려놓더니 곧 안경을 끼고 K를 한번 훑어보았다.

K는 불쑥 말했다.

"곧 돌아가도록 하겠습니다."

변호사는 K의 말이 인사치레로 하는 말로 여기는 듯했다.

"다음부터는 이렇게 늦게 오면 만나지 않겠네."

"그것은 제가 원하는 바입니다."

변호사는 그 말뜻을 깨닫지 못하고 잠시 의아스러운 표정을 지었다. 그러나 곧 의자를 손가락으로 가리키며 말했다.

"자, 좀 앉게나."

"그럼 잠시 실례하겠습니다."

K는 탁자 옆에 있는 의자를 침대 가까이로 끌어당겨 앉았다.

"문을 잠그는 것 같던데……"

"네, 레니가 따라 들어오려고 하기 때문에……"

K는 누구일지라도 일을 방해하는 사람은 용서하지 않겠다는 태도였다.

"그녀가 또 귀찮게 굴던가?"

"귀찮게 구느냐고요?"

"그렇네."

변호사는 이렇게 말하고 웃다가 기침이 나서 발작을 일으켰다. 그러나 곧 발작이 가라앉자 또다시 웃기 시작했다.

"틀림없이 그녀가 또 귀찮게 굴었겠지?"

　변호사는 넋이 빠져 있는 K의 손을 가볍게 때렸다. 놀란 K는 재빨리 탁자를 짚고 있던 손을 뺐다.

　"자네는 별로 문제삼지 않는 모양인데, 그러는 편이 훨씬 편하지. 그렇지 않다면 아마도 내가 변명을 해야 할 테니 말이네. 그녀는 특이한 여자지. 레니의 특이한 성격이라는 것은 피고는 누구를 막론하고 한 사람도 예외없이 모두 미남으로 생각한다는 점이라네. 그리고는 누구든 가리지 않고 달라붙어서 떨어지지 않는다네. 우리 집을 방문하는 사람에겐 무조건 반해 버리지. 그리고 남자들은 모두 그녀를 좋아하는 모양이더군. 내가 애기해도 좋다고 허락만 하면 그녀는 온갖 재미있는 체험담을 들려 주기도 한다네. 그렇게 놀라지는 말게. 올바른 안목을 가진 사람이라면 피고라는 존재가 아름답게 보이는 수도 더러 있으니까. 물론 이것은 기이한 현상이라고 할 수 있지. 기소되었다고 해서 눈에 띌 정도로 용모에 심한 변화가 생기는 것은 아니라네. 왜냐하면 다른 재판 사건과는 달라서 피고들은 대개 종전대로의 생활을 계속할 수가 있고, 만약 좋은 변호사라도 만나게 되면 소송 사건 때문에 심한 고통 같은 것은 받지 않고 생활할 수가 있으니까. 더구나 소송에 경험이라도 있는 사람이라면 수많은 무리 속에서도 피고를 한 사람 한 사람 정확하게 가려낼 수도 있다네. 자네는 도대체 어떤 특징이 있어서 그렇게 할 수 있냐고 묻고 싶을 테지만, 한마디로 말해서 피고라는 존재는 가장 아름답다고 대답할 도리밖에는 없다네. 왜냐하면 모든 피고가 다 유죄라고는 볼 수 없고, 또한 모든 피고가 꼭 처형된다고는 볼 수 없기 때문이야. 그런 관계로 그들의 몸에 배어 있다시피한 절차 그 자체 속에서 아름다움의 근거를 찾을 수 있다네. 아름답다고 해도 거기엔 나름대로 정도가 있고, 때로는 특히 아름다운 피고도 있지. 하지만 한마디로 말해서 모든 피고들이 아름답게 보이는 것은 확실한 것이고, 저 벌레 같은 블로크조차도 아름답게 보이는 거라네."

　K는 변호사가 애기하는 동안 마음을 가라앉히고 변호사의 마지막 말에는 눈에 띌 정도로 크게 고개를 끄덕이기까지 했다. 변호사는 언제나 사건의 본질과는 거리가 먼 애기로 피고를 속인 뒤 자기가 그 동안 얼마나 일

을 추진했느냐는 문제에 대해서는 될 수 있는 한 언급을 회피하려는 여느 때의 수법을 이번에도 그대로 쓰고 있었다.

K의 생각은 확고해졌다. K가 입을 다물고 있었기 때문에 변호사는 지금까지와는 좀 다른 반항적인 태도라는 것을 느끼고 먼저 입을 열었다.

"오늘은 무슨 각별한 얘기라도 하려는 모양이군?"

"그렇습니다."

K는 이렇게 대답한 뒤 변호사의 표정을 잘 살피려고 한쪽 손을 내밀어 촛불의 빛을 가리면서 말했다.

"다름이 아니고 이 시간부터 선생님께서는 제 사건에서 완전히 손을 떼 주시기 바랍니다."

"뭐라구?"

변호사는 상반신을 벌떡 일으키더니 한 손으로 이불을 짚고 믿을 수 없다는 듯 K를 빤히 바라보았다.

"허락하시리라 믿고 있습니다."

K는 변호사의 대답에 대비하려는 듯 온몸을 꼿꼿하게 세우며 말했다.

"그럼 자네의 계획에 대해 말해 줄 수도 있겠군."

잠시 후 변호사가 말했다.

"계획이라뇨? 퍽 태평스런 말씀을 하시는군요."

"그래? 그러나 우리는 그렇게 서두르지 않아도 된다네."

변호사는 '우리'라고 표현했다. K의 사건에서 손을 뗄 의사는 전혀 없어 보였으며, 경우에 따라서는 대리인은 아닐지라도 적어도 충고자로라도 남고 싶다는 의미인 듯했다.

"절대로 서두르고 있는 것은 아닙니다."

K는 침착하게 자리에서 일어나서 자기가 앉았던 의자 뒤로 돌아갔다.

"심사숙고한 결과입니다. 좀 지나치다 싶을 만큼 생각에 생각을 거듭했었지요. 저의 결심은 확고합니다."

"꼭 그렇다면 좋네. 한마디만 하겠어."

변호사는 이불을 뒤로 밀어붙이고 침대가로 걸터앉았는데, 추운지 덜덜 떨고 있었다. 변호사는 K에게 소파에서 담요를 가져다 달라고 부탁했다. K는 그것을 집어다가 그에게 건네 주며 말했다.

"무리하게 침대 밖으로 나와서 이렇게 떨 필요는 없지 않습니까?"

"그게 문제가 아니네. 사태가 참으로 중대한 국면에 접어들었군."

변호사는 이불로 상반신을 두르고 나서 다리를 담요로 감싸며 다시 말을 이었다.

"자네 숙부는 내 친구네. 그 때문인지 요즈음엔 자네에 대해서도 애착을 느끼게 되었지. 이건 솔직한 내 심정이네."

노인의 그러한 감상적인 얘기는 조금도 달갑지가 않았다. 피하기 힘든 장황한 설명이 되기 십상이고, 게다가 K의 결심을 번복시키지도 못하면서 마음의 동요를 일으키게 할 것이 뻔했다. 그래서 K는 여유를 두지 않고 재빨리 말했다.

"그 동안 저를 아껴 주시고 여러 가지로 애써 주신 데 대해서 진심으로 감사를 드립니다. 별로 드릴 말씀도 없는 처지입니다만, 최근 들어서 이대로 있어서는 아무래도 안 되겠다는 느낌이 들기 시작했습니다. 물론 저보다 훨씬 연세도 많으시고 풍부한 경험을 가지신 선생님께 제 생각이 옳다고 우기고 싶지는 않습니다. 여태까지 저도 모르게 그런 적이 있었다면 아무쪼록 너그러이 용서해 주시기 바랍니다. 아무튼 사태는 선생님의 말씀과 같이 참으로 중대한 국면에 접어들었다고 할 수 있습니다. 저의 소신이라면 소송에 대해서 지금까지 했던 것 이상으로 보다 강력한 대책을 마련해야 한다는 것입니다."

"잘 알겠네. 그러나 자넨 좀 성급하군."

"성급하다뇨? 천만의 말씀입니다. 솔직히 말씀드리면 숙부님을 따라와서 처음 선생님을 뵈었을 때는 소송에 대해서 별로 어렵게 생각하지는 않았습니다. 그것은 선생님께서도 충분히 짐작하셨을 것입니다. 말하자면 누군가 억지로 깨우쳐 주는 사람이 없었더라면 재판에 대한 일은 아마 까맣게 잊고 지냈을 것입니다. 그런데 숙부님께서 선생님께 사건을 일임하라고 강경하게 주장하셨기에 저 역시 선생님의 기분을 생각해서 시키는 대로 했습니다. 사건을 변호사에게 맡기는 것은 소송이라는 무거운 짐을 조금이라도 덜기 위한 것이므로 이것으로 얼마간 부담이 가벼워지리라고 은근히 기대했습니다. 그런데 일은 저의 기대를 완전히 벗어나고 말았던 것입니다. 선생님께 사건을 의뢰하고 난 뒤 제가 얼마나 골머리를 앓았는지 선생님은 짐작도 못 하실 겁니다. 차라리 저 혼자 모든 걸 되어 가는 대로 맡겨 두고 있었을 때는 별로 고통스럽지 않았습니다. 적극적인 선생님의 선처를 학수고대하고 있었지만 그것은 저 혼자만의 기대일 뿐이었습니다. 재판소에 대해 다른 사람한테서는 결코 입수할 수 없는 좋은 정보를 선생님한테서 얻었습니다만, 소송이 저도 모르게 코앞으로 닥쳐온 지금, 그런 정보만으로는 어림도 없다는 것을 깨닫게 된 것입니다."

K는 흥분해서 아예 의자를 발로 밀어내 버렸다. 그리고 윗옷 주머니에 두 손을 찌른 채 변호사 앞에 버티고 서 있었다.

"소송 사건을 추진시키다가 어느 시기에 이르면 본질적으로 새로운 사태는 일어나지 않게 된다네. 자네와 비슷한 소송 사건 단계에 있는 많은 의뢰인들이 자네와 똑같은 얘기를 하곤 한다네."

"그렇다면 그 의뢰인들은 저와 똑같은 당연한 이유가 있었던 겁니다. 선생님의 그 말씀은, 저의 말에 대한 반박이 될 수 없습니다."

K가 딱 잘라 말했다.

"난 자네의 말에 대해 뭐라고 반박할 의사는 없네. 하지만 자네에게는 여느 의뢰인들보다 재판 제도와 내가 활동할 수 있는 범위에 대해 자세하게 설명을 했기 때문에 좀더 내 사정을 이해해 줄 것으로 알았네. 하지만 나를 그다지 믿지 않는 것 같아 유감이네. 하지만 나를 하찮게 생각한다면 그건 자네의 오산일세."

변호사는 K에 대해서 말할 수 없는 비굴한 태도를 취하고 있었다. 스스로 체면을 짓밟으며 왜 이런 비굴한 태도를 취하는 것일까? 사건을 의뢰받은 것도 산더미처럼 많고, 돈도 꽤 모은 것 같은데, 의뢰인 하나 잃는다고 해서 그렇게 당혹해할 것까지 없지 않은가? 게다가 병이 나서 누워 있는 처지이니 가능한 한 일을 줄이는 것이 당연할 텐데 K를 놓치지 않으려고 애걸복걸이니 어떻게 된 일인지 알 수 없었다. 그것은 숙부와 친구라는 이유 때문일까, 아니면 K의 사건이 특수한 걸 알고 교묘하게 이것을 다루어 보고 싶은 욕심이 생긴 걸까? 만약 그렇다면 K나 재판소의 동료, 또는 그 누구에게 자신의 능력을 보이겠다는 것일까?

K는 아무 말 없이 변호사의 표정을 살폈다. 그러나 변호사의 표정에는 조금도 별다른 점이 나타나 있지 않았고, 애써 침묵을 지키며 자기가 한 말의 효과를 은근히 살피고 있는 것 같았다. 변호사는 K의 침묵을 지극히 호의적인 것으로 받아들였는지 이렇게 말했다.

"자네도 알다시피 이렇게 큰 사무실에 비서 한 사람 두지 않고 있네. 예전에는 젊은 법률가 몇 명을 데리고 있었네만, 지금은 나 혼자서 모든 걸 처리하고 있지. 왜냐하면 내가 전문으로 하던 일을 그만두고 자네가 의뢰한 사건 같은, 그런 법률 사건만 취급하기로 작정한 때문이지. 이러한 사건에 대해서 내가 차차 인식을 깊게 한 탓이지. 즉 내게 사건을 의뢰한 사람들이나 내가 맡은 일에 오점을 남기지 않기 위해서는 절대로 일을 남에게 맡겨서는 안 되겠다는 생각이 들었고, 그 결과로 많은 사건을 맡을 수는 없었지. 그래서 각별히 친분이 두터운 사람에 한해서 의뢰를 받아들이는 정도가 되고 말았지. 그러다 보니 내가 거절한 사건을 욕심내고 덤벼드는 무리들이 내 주위에 들끓게 되더군. 이런 무리들에게까지 신경을 쓰다보니 과로가 겹쳐 마침내 병까지 나고 말았네. 그러나 내 결심을 절대로 후회하지는 않는다네. 물론 사건의 변호를 조금 축소하여 하면 되지 않겠느냐고 생각할는지 모르겠네만, 내가 좋아서 인수한 사건인만큼 힘이 닿는 데까지 했고, 그래서 좋은 성과를 올리기도 했지. 어느 책에서는 일반적인 법률 문제의 변호와 내가 취급하는 이런 사건의 변호를 비교해서 매우 논리정연하게 써 놓기도 했다네. 즉 전자의 변호사는 가느다란 실을 가지고 의뢰인을 판결로 이끌지만, 후자의 변호사는 의뢰인을 등에 업은 채 도중에서 내려놓는 일없이 판결뿐만 아니라 그 이상까지 단숨에 이끌어 간다고 기술했더군. 나는 그것이 적절한 표현이라고 생각하네. 하지만 이처럼 중대한 일을 맡은 뒤로 후회한 적이 없다면 거짓말이겠지? 가령 자네의 경우처럼 심하게 오해를 하는 사람이 생기면 정말이지 후회를 안 할 수가 없다네."

K는 변호사의 애기를 듣는 동안 이해가 되기는커녕 도리어 마음이 초조해졌다. 만일 K가 지금 해약을 철회하면 위로의 장황한 말을 듣게 될 것이다. 또 답답한 나날이 계속되고 초조한 심정에서 헤어나지 못하게 될 것이며, 언제나 작성 중이라는 청원서, 더구나 더 이상 듣지 않아도 알 수 있는 말들이 지겹도록 되풀이될 것은 불보듯 뻔한 일이다. 또한 막막한 장래에 대해 허황한 희망을 품으며 막연한 두려움에 마음을 졸일 것이다. 그러니 이쯤에서 철저하게, 그리고 결정적으로 못박아 두어야만 한다. 그래서 K는 이렇게 말했다.

"저의 변호를 계속하실 경우, 뾰족한 대안이라도 있습니까?"

변호사는 이 모욕적인 질문조차도 개의치 않고 대답했다.

"내가 자네를 위해서 계획한 일을 계속해 나갈 작정이네."

"그 애기라면 더 이상 말씀하실 필요도 없습니다."

"아니, 한 마디만 더 해야겠네."

변호사는 K가 흥분할 일이 아니라 도리어 자기가 흥분해야 할 일이라는 표정으로 계속했다.

"자네는 나의 변호를 올바르게 평가해 주지도 않을 뿐만 아니라 여러 가지로 못마땅해하는 태도를 보이고 있네. 그것은 정확히 말해서 자네가 피고의 몸임에도 불구하고 자네에 대한 재판소의 대우가 지나치게 관대하기 때문이야. 그러나 관대하다고는 해도 다 나름대로 그 이유가 있는 것이지. 이를테면 속박당해 있는 것보다도 자유로운 처지에 있는 것이 훨씬 고통스러울 경우도 있으니까. 자네 이외의 대부분의 피고들이 어떤 대우를 받고 있는가를 직접 보여 주겠네. 지금 블로크를 부를 테니 문을 열고 이 탁자 옆에 앉아서 지켜 보게나."

K는 변호사의 말대로 했다. K로서는 재판과 관계된 일이라면 무엇이든 알아 두어야 한다는 생각했고, 다만 그 대비책만은 분명하게 선을 그어 놓아야 한다고 다짐했다.

"그럼, 선생님께서 해약은 승낙하신 걸로 알고 있겠습니다."

"알겠네. 하지만 오늘 밤 안으로 자네는 그것을 자진해서 취소하게 될 지도 모르지."

변호사는 다시 침대에 누워 이불을 턱 아래까지 끌어올렸다. 그리고는 벽 쪽을 향해서 돌아눕더니 곧 손을 뻗어 머리맡의 벨을 눌렀다.

벨소리가 채 끝나기도 전에 레니가 나타났다. 그녀는 재빨리 방 안의 분위기부터 살피려는 듯 이리저리 눈을 굴렸다. 별다른 변화가 눈에 띄지 않자 그녀는 안도의 숨을 쉬며 그대로 조용히 침대 옆으로 다가갔다. 그녀 는 K의 옆을 지나갈 때 K에게 살짝 미소를 보냈으나 K는 못 본 체했다.

"블로크를 불러 와."

변호사가 그녀에게 말했다.

그러나 그녀는 직접 가지 않고 그냥 방문 앞에 서서 큰 소리로 외쳤다.

"블로크 씨, 선생님이 부르세요!"

그리고 그녀는 변호사가 벽 쪽으로 돌아누워 있는 것을 보고 살그머니 K가 앉아 있는 의자 뒤로 왔다. 그리고 위에서 덮치듯이 두 손으로 K의 얼굴을 쓰다듬기 시작했다. 볼을 만지작거리기도 하고 머리카락을 입술에 대 보기도 하면서 끊임없이 K를 귀찮게 했다. 얼마 후 K가 그녀의 한 손 을 힘주어 잡고 놓아 주지 않자 그녀는 한참 손을 빼려고 버둥거리다가 결국 체념해 버렸는지 가만히 있었다.

잠시 후 블로크가 달려왔다. 그는 입구에 선 채 주저주저하며 변호사가 들어오라는 명령을 하기만을 기다리고 있는 표정이었다. K는 자신이 나서 서 들어오라고 말하고 싶었지만 꾹 참았다. 레니 역시 아무 말도 하지 않 고 있었다.

잠시 후 블로크는 긴장된 얼굴로 두 손을 가볍게 떨면서 안으로 살그머 니 들어왔다. 그는 K에게는 전혀 관심을 보이지 않고 변호사의 뒷모습만 바라보고 있었다. 그때 변호사가 말했다.

"블로크는 왔나?"

블로크는 놀란 듯 잠시 몸을 비틀거리더니 등을 구부리며 대답했다.

“네, 여기 이렇게 대령했습니다.”

“넌 도대체 어떻게 돼먹은 놈이길래 기분이 좋지 않을 때만 찾아오는 거지?”

변호사는 화가 나서 참을 수 없다는 듯이 외쳤다.

“부르신다기에 달려왔습니다.”

블로크는 담담하게 말했지만, 무슨 공격에 대처하려는 듯이 손을 내밀며 당장이라도 도망칠 기세였다.

“부르기는 했지만 꼭 언짢을 때에 찾아오니까 하는 말이야.”

변호사는 잠시 사이를 두었다가 계속했다.

“내가 언짢을 때 찾아오는 게 한두 번이 아니잖아!”

블로크는 침대 쪽은 바라보지 않고 방 한쪽 구석으로 시선을 보내면서 변호사의 다음 말에 온 신경을 곤두세우고 있는 것처럼 보였다. 변호사가 벽을 향해 누워 있고, 또 목소리도 작았으므로 알아듣기 힘들었다.

“그럼 저는 물러갈까요?”

블로크가 용기를 내어 물었다.

“이왕 왔으니 할 수 없지. 그대로 있어.”

블로크는 온몸을 사시나무 떨듯 떨고 있었다. 그 모습은 기뻐서라기보다는 잘못을 저지른 아이가 회초리 세례를 기다리는 것과도 같았다.

“어제 친분이 있는 재판관을 방문했었네. 자네 얘기를 했는데 그 결과가 알고 싶나?”

“네, 부디 말씀해 주십시오.”

그러나 변호사가 바로 말하지 않고 뜸을 들이자 몸이 단 블로크는 다시 말했다.

“제발 부탁드립니다. 말씀해 주십시오.”

그러면서 그는 아예 방바닥으로 꿇어앉으려 했다.

“도대체 무슨 짓을 하려는 거요?”

K는 더 이상 보고 있을 수만은 없어서 소리쳤다.

그때 레니가 한 손으로 K의 입을 막으려고 했다. K는 레니의 손목을 비틀었다. 그것은 사랑의 힘이 아닌 증오와 분노의 힘이었다. 레니는 비명을 지르며 안간힘을 다해 손을 빼려고 버둥거렸다.

K의 고함을 들은 변호사가 블로크에게 물었다.

"너의 변호사는 누구지?"

"바로 선생님이십니다."

"다른 변호사는 없겠지?"

"물론입니다. 선생님 이외에는 아무도 없습니다."

"그렇다면 다른 사람의 말을 들어서는 안 된다는 것쯤은 알고 있겠지?"

블로크는 변호사가 말하는 의도를 충분히 알아차리고 원망이 깃든 눈길로 K를 바라보며 완강하게 고개를 가로저었다. 만약 그의 이런 행동이 말로 표현할 수 있는 것이라면 K를 향해 입에도 담기 어려운 욕설을 퍼부었을 것이다. K는 이런 남자에게 속마음을 털어놓은 것이 후회되었다.

"더 이상 상관 않을 테니 꿇어앉든지 네 발로 기든지 당신 마음대로 하시오."

K는 화가 나서 외쳤다.

그러나 블로크는 최소한 K에 대해서는 자존심을 잃고 싶지는 않은 모양이었다. 주먹을 휘두르면서 K에게로 다가와 변호사에게는 조심하는 듯한 태도로 소리쳤다.

"당신은 내게 그런 말 할 자격이 없어요. 더군다나 변호사님 앞에서 무슨 이유로 내게 모욕감을 주려는 겁니까? 당신이나 나는 변호사님의 넓은 마음과 자비로움 덕분에 이곳에 이렇게 있을 수 있는 것 아닙니까? 당신이나 나나 기소되어 법정에 서야 할 똑같은 처지인데 누가 누구에게 호통을 치는 겁니까? 당신이 신사라면 나도 신사라고 할 수 있소. 그리고 난 당신에게서 신사 대접을 받고 싶습니다. 당신은 의자에 편하게 앉아서 남의 얘기를 태평스럽게 듣고 있고, 당신 표현대로 나는 네 발로 긴다고 해서 당신이 우월하다고 생각하고 계신다면 엄청난 착각입니다. 옛날의 어떤 판례를 예로 들어 볼까요? '용의자(容疑者)는 가만히 있는 것보다는 움직이는 것이 좋다. 가만히 있으면 자기도 모르는 사이에 저울 위로 올라가

죄를 저울질 당하는 경우가 많다' 라고 하지요."

K는 아무 말도 하지 않고 상인을 노려보았다. 불과 몇 분 동안에 이렇게 돌변할 수 있는 것일까? 아무리 소송이 그를 지치게 했다 하더라도 동료와 적을 구별하는 능력까지 빼앗아갔단 말인가? 그렇다면 왜 변호사를 믿지 못하고 또다른 변호사를 선임하는 교활하고 대담한 짓을 저지르는 것일까? 더군다나 K가 조금만 나쁜 마음을 먹는다면 이 자리에서 그의 비밀을 폭로할 수도 있는데 어떻게 그런 자신에게 이토록 무례하게 할 수 있단 말인가? 그리고 블로크는 한술 더 떠서 아예 침대 곁으로 다가가서 K의 험담을 늘어놓기 시작했다.

"선생님, 저 사람의 얘기를 들으셨습니까? 아직 애송이에 불과한 자가 5년이나 소송을 하고 있는 나에게 감히 좋은 방법이 있다느니 어쩌니 하면서 건방진 소리를 늘어놓고 나를 조롱하려고 했습니다."

"남의 일은 상관하지 말게. 자네가 옳다고 생각하는 대로 밀고 나가면 되는 것 아니겠어?"

변호사가 그의 말을 가로막았다.

"옳으신 말씀입니다."

블로크는 자신의 말에 스스로 용기를 불어넣는 듯이 대답하더니 변호사를 흘끗 곁눈질로 훔쳐보며 바닥에 무릎을 꿇었다.

"선생님, 보시다시피 전 이렇게 무릎을 꿇었습니다."

그러나 변호사는 아무 말도 하지 않았다. 블로크는 두려운 듯이 한 손으로 이불을 만지작거리고 있었다. 방 안에는 침묵이 흘렀다. 바로 그때 레니가 K에게서 손을 빼려고 애쓰며 소리쳤다.

"아파요. 이 손을 놔 주세요. 전 블로크 씨에게 가야 해요!"

K가 손을 놓아 주자 그녀는 침대 쪽으로 달려가 침대가에 걸터앉았다. 블로크는 그녀가 자기에게로 온 것을 기뻐하는 눈치였다. 말은 하지 않았지만 변호사에게 자기를 잘 말해 달라는 뜻의 몸짓을 했다. 그는 변호사의 말을 애타게 기다리고 있었다. 하지만 그것은 어디까지나 정보를 다른 변호사들에게 이용하려는 속셈이 뻔했다.

레니는 변호사의 기분을 맞추는 요령을 잘 알고 있는 듯했다. 그녀는
변호사의 손을 가리키며 블로크를 향해 입맞춤을 할 때처럼 입술을 약간
내밀어 보였다. 블로크는 그녀의 행동을 눈치채고 즉시 변호사의 손에다
두 번이나 입맞춤을 했다. 그래도 변호사에게서 별 반응이 없자 레니는 변
호사에게로 몸을 숙여 백발을 쓰다듬기 시작했다. 침대가에서 몸을 쭉 뻗
고 있는 그녀의 풍만한 몸매가 육감적으로 보였다. 레니의 이러한 노력 때
문인지 변호사는 겨우 한마디했다.

"아무래도 그 얘기를 하기에는 망설여지는군."

변호사는 이렇게 말하며 머리를 약하게 흔들었는데, 그것은 레니의 손
의 감촉을 좀더 느껴 보려는 수작으로 보였다. 블로크는 고개를 숙인 채
마치 무슨 명령이라도 어긴 죄인처럼 조심스럽게 꿇어앉아 있었다. 레니
는 여전히 변호사의 머리를 쓰다듬으며 말했다.

"왜 망설여지신다는 거예요?"

K는 레니의 말을 들으며 아마 수십 번 반복된 얘기일 것이라고 생각을
했다. 그리고 그녀는 앞으로 더욱더 콧소리를 내며 같은 얘기를 되풀이할
것이다. 블로크 외에도 수많은 피고들이 저 소리를 들었을 것이다.

"저 사람은 오늘 무엇을 하고 있었지?"

변호사는 대답 대신 그녀에게 물었다.

레니는 대답을 하기 전에 블로크를 잠시 내려다보았다. 블로크는 잘 말
해 달라는 듯이 그녀를 애원하는 눈길로 쳐다보며 두 손을 비비고 있었다.
그녀는 그 꼴을 잠시 바라보더니 곧 얼굴을 찡그리면서 변호사를 바라보
았다.

"블로크 씨는 오늘 침착하게 일만 하고 있었어요."

수염을 기른 늙은 상인이 젊은 여자에게 선처를 부탁하는 이 모습은,
설령 그것이 상인에게는 절실한 것이라 할지라도 같은 입장에 있는 사람
으로서는 정당하게 보이지 않았다. 그것은 굴욕적인 행동이었다. 변호사는
지금까지 이러한 수법으로 많은 의뢰인들을 조종했을 것이다. K는 이러한
광경을 보여 주며 자기를 붙잡으려 하는 것을 이해할 수 없었다. 이런 광

경을 보면 도망치고 싶은 생각이 더 강해진다고 생각할 수도 있을 텐데 말이다. 그렇다면 변호사는 이 모습을 지켜보는 사람을 모욕하고 있는 것이다. K는 다행히도 변호사의 방식에서 빠져 나오는 방법을 찾아냈지만, 다른 의뢰인들에게는 이러한 방법으로 세상 일을 모두 잊고 오직 소송이 끝날 때까지 변호사의 마음대로 움직이도록 최면을 건 거나 다름없었다. 만일 변호사가 침대를 개집으로 생각하고 침대 밑으로 기어들어가서 짖으라고 명령한다면 아마 이 늙은 상인은 그렇게 할 것이다. 이곳에서 일어나는 모든 일들을 하나도 남김없이 가슴에 간직했다가 상급 부서에서 폭로하려는 듯 K는 비판적인 눈길로 조용히 지켜보고 있었다.

"저 사람이 오늘 무엇을 했는지 얘기해 줘."

변호사가 다시 레니에게 말했다.

"저는 저 사람이 제 일에 방해가 될까봐 보통 때처럼 하녀 방에 가두어 두고 문 틈으로 자주 감시를 했지요. 그때마다 선생님이 빌려 주신 책을 침대에 무릎을 꿇고 앉아 읽고 있더군요. 그 방에는 환기창은 있어도 햇빛이 들어오는 창문이 없어서 무척 어두운데도 꼼짝하지 않고 앉아서 책을 읽는 걸 보면 인내심도 강하고 유순한 사람 같아요. 제 생각엔 무척 착한 사람처럼 느껴져요."

"레니의 얘기를 들으니 기쁘군. 하지만 무슨 뜻인지 알고나 읽는 건가?"

변호사와 레니의 대화를 듣고 있는 블로크는 끊임없이 입술을 달싹거렸다. 분명히 레니가 자기 대신 잘 말해 주기를 바라고 그러는 것 같았다.

"뜻을 이해하고 읽는지 어떤지는 저로서는 잘 알 수 없는 일이지만 아무튼 진지한 표정으로 열심히 읽는 것은 사실이에요. 한 페이지를 한줄 한줄 손가락으로 짚어 가며 정독을 하고 있었으니까요. 내가 들여다볼 때마다 무척 힘이 드는지 한숨을 쉬기도 하더군요. 이 사람으로서는 이해하기 힘든 책인가 봐요. 그렇죠, 선생님?"

"물론이야. 나는 이 자가 그것을 이해하리라고 여기고 준 것은 아니니까. 다만 내가 변호를 위해 얼마나 힘든 일을 하고 있는지 느끼게 해 주려는 거지. 이 힘든 일을 나는 바로 저 블로크를 위해서 하고 있지. 난 그것을 저 자에게 똑똑히 알려 주고 싶어. 그렇다면 쉬지 않고 열심히 읽고 있었단 말이지?”

“그럼요. 딱 한 번 물을 마시고 싶다고 부탁하더군요. 그래서 환기창으로 물을 한 잔 넣어 주었지요. 그리고 8시쯤에 밖으로 나오게 해서 식사를 하게 한 것 뿐이에요.”

그때 블로크는 곁눈질로 K를 바라보며 잘 보라는 듯이 미소를 지었다. 일이 생각대로 잘 풀리고 있다고 생각해서인지 블로크는 긴장을 풀고 무릎을 이리저리 움직이고 있었다. 그러나 변호사는 뜻밖의 말로 다시 그를 긴장시켰다.

“네가 그렇게 저 자를 칭찬하니까 내가 말하기가 망설여지는데, 재판관은 저 자나 소송에 대해 별로 호감을 가지고 있지 않다고 말했거든.”

“호감을 가지고 있지 않다고요? 어떻게 그럴 수가 있는 거죠?”

레니가 놀라서 물었다.

블로크는 재판관이 한 말일지라도 그것을 번복할 힘이 레니에게 있다는 듯 긴장된 표정으로 레니를 바라보고 있었다.

“호감을 갖고 있지 않는 게 분명해. 내가 블로크 얘기를 꺼내자 재판관은 곧 불쾌한 표정을 짓더군. ‘블로크 얘기라면 그만둡시다’라고 하면서 말이야. 그래서 난 내 의뢰인이니 어쩔 수 없다고 했지. 그랬더니 재판관은 도리어 ‘당신은 그에게 이용당하고 있어요’라고 하더군. 그래서 나는 ‘그의 사건은 아직 절망적인 것이 아닙니다’라고 했더니, 역시 ‘당신은 그에게 이용당하고 있다니까요’라고 하지 않겠어? ‘그럴 리가 있습니까? 그는 매우 성실하게 소송의 진행 상황을 지켜 보고 있으며, 새로운 소식이라도 들을까 해서 아예 우리 집에서 기거하고 있습니다. 그런 열성을 지닌 사람은 보기 드물지요. 물론 첫인상은 좋지 않습니다. 옷차림도 형편없고 예의도 잘 모르니까요. 하지만 소송에 관해서는 따라올 사람이 없을 정도로 성실하지요’ 하고 그럴 듯하게 꾸며서 말했지만 재판관은 내 얘기를 들으려 하지 않더군. ‘블로크는 교활한 인간이오. 많은 정보를 수집해서 소송을 지연시키려고 하지만, 무식함이 교활함보다 훨씬 커서 일을 그르

치고 있지요. 만약 소송이 전혀 시작되지 않고 있다는 걸 알려 주거나 소송의 시작을 알리는 종소리조차 울린 적이 없다는 걸 알려 주면 블로크는 어떤 표정을 지을까요?' 하고 말하더군. 아니, 블로크! 좀 얌전히 못 있겠나?"

변호사가 버럭 소리를 질렀다. 블로크가 비틀거리면서 일어나 설명을 요구하려는 기색을 보였기 때문이었다. 변호사가 분명하고 단호한 어조로 직접 블로크에게 말한 것은 이번이 처음이었다. 변호사는 피로한 눈으로 블로크를 바라보고 있었고 이 눈길을 받은 블로크는 그대로 다시 무릎을 꿇고 말았다.

"재판관의 이런 말은 그다지 뜻이 없는 말이야. 그러니 내 얘기에 그렇게 민감한 반응을 보일 것은 없다니까! 무슨 최종적인 결판이라도 난듯 그렇게 자꾸 놀라니까 내가 더 이상 얘기할 수가 없잖아. 이곳엔 다른 의뢰인도 계시니 조금은 부끄러워하는 기색을 보여야지. 자네는 저분이 나를 믿고 계시는 확신을 흔들리게 하고 있어. 자네는 아직 살아서 숨쉬고 있고, 또 나라는 든든한 방패막이가 있는데 뭘 그리 걱정하는 거지? 최종 판결은 뜻밖의 시기에 뜻밖의 사람으로부터 내려진다는 것을 자네도 어느 책에선가 읽은 적이 있겠지? 여러 가지 조건이 있겠지만 그것은 사실이야. 그리고 자네가 그토록 걱정하는 것도 나로서는 몹시 불쾌해. 자네의 그런 행동은 나에 대한 믿음이 없다는 증거가 아니고 뭐겠어? 나는 어느 재판관의 말을 전한 것 뿐이야. 자네도 알다시피 여러 가지 절차가 쌓이고 쌓여서 분간할 수 없을 정도로 혼란스럽네. 쉽게 말하자면 이 재판관은 소송이 시작되는 시기에 대해서 나와는 다른 견해를 가지고 있을 뿐 그다지 문제가 될 만한 일은 아니라는 뜻이야. 즉, 소송이 어느 정도 진행되면 옛날의 관습대로 종소리로 신호를 울리지. 그런데 이 재판관은 그 종소리를 소송의 시작을 알리는 것으로 착각하고 있다는 말이야. 이런 설명을 지금 이 자리에서 일일이 자네에게 할 수는 없지만 분명히 알아 둘 것은 그런 다른 견해가 얼마든지 있다는 것만 알고 있게."

당황한 블로크는 침대 앞에 깔려 있는 카펫만 만지작거리고 있었다. 재판관의 얘기가 걱정되어 지금까지 변호사 앞에서 고개도 제대로 들지 못하던 자신의 비굴한 태도를 잊어버린 듯 재판관의 얘기를 머릿속에서 되뇌고 있었다.

"이 봐요, 블로크 씨!"

레니는 나무라는 말투로 상인을 부르더니 윗옷 깃을 붙잡고 위로 약간 끌어올렸다.

"카펫은 그만 만지고 선생님 말씀이나 잘 듣도록 하세요!"

(제8장은 미완성임)

제9장 대성당에서

　　K는 은행측으로는 중요한 고객인 어느 이탈리아 인을 안내하라는 명령을 받았다. 이 이탈리아 인은 처음으로 이 도시를 방문한 것이었다. 예전 같으면 이런 명령을 큰 영광으로 받아들여 우쭐했을 것이다. 그러나 지금은 평소보다 더 열심히 일해도 예전의 신용을 유지하기 힘든 때였으므로 그다지 반갑지는 않았으나 그렇다고 거절할 입장도 못 되었다. 사무실을 떠나는 순간순간이 그에게는 걱정스러웠다. 그렇다고 사무실에 있는 시간에도 예전처럼 성실하게 업무에 임하는 것은 아니었다. 열심히 일하는 척하면서 머릿속으로는 엉뚱한 생각만 하기 일쑤였기 때문에 사무실을 비우는 것이 더욱 불안했다. 사무실을 비우게 되면 차장이 그의 방으로 들어와서 서류를 뒤지고 그의 고객들을 가로채 상담을 하고, K의 험담을 늘어놓아 멀어지게 할 것이 분명했다. 또한 K가 실수한 일들을 떠벌일 것이다. K의 실수에 대해서는 요즘 많은 사람들이 관심을 보이고 있었는데, 이 사실을 알고 있는 K로서는 그것을 무시하거나 벗어나기가 힘들었다. 그러므로 업무상의 외출이나 출장을 명령받게 되면—— 요즘 들어 부쩍 이런 명령이 잦았다—— 사무실에서 K가 사무실에 있든 없든 회사로선 별로 불편하지 않다고 여겨지는 존재로 전락하고 말았다는 망상에 젖곤 했다. 이러한 명령을 거절하기 어려운 것은 아니었지만 과감하게 거절할 용기가 나지 않았다. 명령을 거절하는 것은 자신의 불안을 고백하는 꼴이 된다는 생

각을 하고 있었다. 이런 뜻에서 그는 명령을 언제나 흔쾌히 받아들였고, 이틀 동안의 괴로운 출장을 명령받았을 때에도 오한이 들며 몸이 아프다는 얘기조차 하지 않았다. 마침 계절은 가을철로 접어드는 환절기였으므로 몸이 아프다고 얘기했으면 출장은 취소되었을 것이다.

심한 두통을 참으며 출장에서 돌아왔을 때 이번에는 이탈리아 인 고객을 안내하는 일정이 잡혀 있었다. 이번만은 거절하고 싶은 마음이 간절했다. 그리고 고객을 안내하는 일은 엄격히 말하면 업무 담당인 자신의 일과는 거리가 먼 일이기도 했다. K가 아무리 이 이탈리아 인을 잘 구워삶았다 할지라도 업무와는 상관없는 일인 것이다. 그러므로 하루라도 자신의 사무실을 비우면 다시는 그 자리로 되돌아갈 수 없게 되는 것이 아닐까 하는 불안이 앞섰다. 하지만 그것은 지나친 자신의 비약이라는 것도 K는 잘 알고 있었다. 아무리 노력해도 이러한 불안에서 벗어날 수가 없었다. 더구나 이번 경우에는 적당한 구실거리도 없었다. K의 이탈리아 어 실력은 대단한 것은 아니지만 나름대로 요긴할 때마다 의사 소통은 가능했던 것이다. 또 이번 일의 적임자로 결정된 것은 K가 미술사에 관심을 가지고 있다는 사실 때문이었다. 그것은 얼마 동안이지만 K가 이 도시의 미술 애호가 모임의 회원으로 있었고, 마침 이 이탈리아 인이 미술 애호가인 관계로 K를 적임자로 선정한 것은 회사로서는 당연한 일이었다.

비가 억수같이 내리퍼붓는 아침이었다. K는 하루 동안 해야 할 일 때문에 몹시 불쾌했지만 7시에 벌써 은행에 도착해 있었다. 이탈리아 인 때문에 업무에 손해를 입게 될 것이 뻔했기 때문에 그 전에 몇 가지 일을 처리하기 위해서였다. K는 간밤에 복잡한 이탈리아 어를 공부하느라 거의 잠을 잘 수가 없었으므로 피곤했다. 최근 들어 부쩍 창가에 멍하니 앉아 있는 경우가 많았다. 이날 아침도 예외없이 창가에 앉고 싶은 유혹을 느꼈지만 눌러 참으며 책상에 앉아 일을 시작했다. 그런데 기다렸다는 듯이 사환이 그의 방으로 들어오더니 지점장님께서 혹시 출근했는지 알아보고 오라고 했다고 말했다. 그리고 만약 출근했으면 이탈리아 인이 와서 기다리고 있으니 응접실로 오라는 얘기를 덧붙였다.

"알았어. 곧 가지."

K는 대답한 뒤 작은 사전을 주머니에 넣고 외국인 안내용으로 만들어진 시내의 명소(名所) 안내 책자를 겨드랑이에 끼고 방을 나섰다. 이렇게 일찍 출근해서 상관의 명령과 동시에 모습을 나타낼 것이리라곤 아무도 예측을 못 할 것이라고 생각하면서 만족스런 미소를 띤 채 걸어갔다. 차장의 방은 당연히 비어 있었다. 사환은 분명 지점장의 명령을 받고 이 방에도 들렀을 것이다.

K가 응접실로 들어가자 두 신사가 일어섰다. 지점장은 얼굴에 회심의 미소를 띠며 K가 때마침 나타난 것에 만족한 듯 이탈리아 인과 인사를 시켰다. 이탈리아 인은 K의 손을 잡으며 아침 일찍 일어난다느니 어쩌니 하는 말을 했지만 잘 쓰지 않는 말이라 얼른 그 뜻을 알아듣지 못했다가 한참 후에야 말뜻을 알게 되었다. K는 자신 있는 서너 마디의 유창한 말로 대답했다. 이탈리아 인은 웃으며 고개를 끄덕이며 몇 번인가 텁수룩한 잿빛 수염을 쓰다듬었는데 무척 신경이 예민한 사람으로 느껴졌다. 수염에는 고급 향수를 뿌렸는지 가까이 다가가서 냄새를 맡고 싶은 유혹을 느끼게 했다.

세 사람이 자리에 앉아 간단한 인사말을 주고받을 때에 K는 이탈리아 인의 말을 잘 알아들을 수 없다는 사실을 깨닫게 되자 당혹스러웠다. 천천히 또박또박 얘기하면 어느 정도 알아들을 수 있을 것 같았지만, 이탈리아 인은 K의 그런 사정은 조금도 염두에 두지 않고 고개까지 과장되게 흔들면서 유창하게 얘기했다. 그리고 이 이탈리아 인의 말투에는 이따금씩 사투리가 섞여 나왔다. K로서는 전혀 이탈리아 어라고는 생각할 수 없을 정도였지만 용케도 지점장은 그것을 알아들을 뿐만 아니라 대꾸까지 하고 있었다. 그것은 이 이탈리아 인이, 지점장도 몇 년 동안 해외 근무를 한 적이 있는 남부 이탈리아 출신이기 때문이라고 K는 추측했다. 아무튼 K는 자기가 통역을 하는 대신 지점장이 직접 대화를 나눌 수 있는 것이 기뻤다.

그런데 이 이탈리아 인은 프랑스 어도 사용했다. K로서는 전혀 알아들을 수가 없었고, 입술이 수염 때문에 잘 보이지 않아 입술의 움직임으로 짐작하는 것도 어렵게 되어 버렸다. 그러니 그와의 의사 소통은 거의 절망적이었다. 앞으로 여러 가지 불편한 일이 일어날 것으로 예상되었다. 지점장 앞에서는 통역이 필요없으므로 이탈리아 인을 관찰하기로 마음먹었다.

팔걸이 의자에 편안하고 깊숙이 앉아 있는 그는 약간 들떠 있는 것처럼 보였다. 값비싼 외투를 몇 번이나 아래로 잡아당겼고, 손과 팔을 허공에 휘저으면서 뭔가를 표현하려는 것 같았다. K는 몸을 약간 앞으로 내밀고 그 손을 들여다보는 척했지만 그가 무엇을 말하려 하는지는 알 수 없었다. 두 사람이 주고받는 이야기를 눈으로 쫓던 K는 마침내 피로가 몰려와 머릿속이 텅 빈 듯하더니 자신도 모르게 벌떡 일어서고 말았다. 그리고 몸을 돌려 나가려고 하는 순간에 정신이 번쩍 들었다. 다행히도 그 순간 이탈리아 인도 시계를 보며 황급히 일어나는 바람에 K는 안도의 숨을 내쉬었다.

이탈리아 인과 작별 인사를 한 지점장이 K의 옆으로 다가왔다. 지점장은 K의 눈을 보고 K가 이탈리아 어에 주눅이 들어 있음을 알고는 두 사람의 대화에 끼여들었다. 끊임없이 K의 말을 가로막고 지껄이는 이탈리아 인의 말을 지점장은 매우 간략하면서도 요점만을 들어서 마치 간단한 조언을 하는 듯 귓속말로 K에게 이해시켜 주었다. 지점장의 말에 의하면 이탈리아 인은 아직 몇 가지 일을 더 처리해야 하며, 또 유감스럽게도 아무리 볼 만한 구경거리가 있다 하더라도 시간이 얼마 없는 관계로 다 돌아볼 수는 없으므로 대성당만 자세히 살펴보고 싶다는 것이었다. 하지만 이것도 K가 정하는 일정에 따르겠으며, 이렇게 박식하고 성실한 분으로부터 —— 이 말은 K를 두고 하는 말이었지만 K는 이탈이아 인의 말은 전혀 알아들을 수 없었고, 다만 지점장의 통역으로 듣고 있었다—— 안내를 받게 된 것을 무한한 영광으로 생각하며, 10시경에 성당에서 기다려 주면 남은 일을 처리하고 틀림없이 그곳으로 가겠다는 것이었다. K는 입에서 나오는 대로 떠듬떠듬 대충 마무리짓는 말을 하여 그 자리의 위기를 모면했다. 이탈리아 인은 먼저 지점장과 악수한 뒤 K와 악수를 나누고 다시 지점장과 한 번 더 악수를 했다. 그리고 두 사람의 전송을 받으며 여전히 뭐라고 지껄이면서 사라져 갔다.

K는 잠시 동안 지점장과 단둘이 있게 되었다. 지점장은 평소 때와는 달리 침울한 표정이었다. 지점장은 K에게 뭔가 미안한 마음을 사과하려는 듯 옆으로 바짝 다가서서 처음엔 자기가 안내를 맡을 작정이었는데 마음이 바뀌어 K를 보내는 것이 좋겠다는 생각이 들었다고 했다. 그 사람의 말투는 알아듣기 힘들 테지만 K라면 곧 익숙해질 테니 너무 염려하지 말라고 격려하는 말도 덧붙였다. 그리고 또한 알아듣지 못한다고 해서 사업에 지장이 있는 것도 아니며, 그 사람도 상대편이 이해를 하든 그렇지 않든 그런 것에는 조금도 신경쓸 사람이 아니라고 했다. 그리고 끝으로 그 사람이 K의 정확한 이탈리아 어 구사에 놀라워했으니 반드시 좋은 결과가 있을 것으로 생각한다고 말했다.

K는 자신의 방으로 돌아왔다. 그는 남은 시간을 대성당과 관련된 용어를 베끼는 일로 보냈다. 매우 짜증나는 일이었다. 사환이 우편물을 전달하러 오거나 부하 직원들이 서류를 들고 그를 찾아왔다가 업무 중인 것으로 생각하고 밖에서 기다리고 있었다. 차장 역시 K를 괴롭힐 기회를 놓치지 않고 이용했다. 이따금 불쑥 K의 방으로 들어와서는 K의 손에서 사전을 빼앗아 뜻도 모르면서 이 페이지 저 페이지를 뒤적거렸다. 그리고 문이 열릴 때마다 어둠침침한 대기실에서 고객들이 고개를 내밀며 인사를 했다. 그들은 K의 주의를 끌려고 그렇게 했지만 별로 효과는 없었다.

이러한 일상의 업무들이 K를 기다리고 있었고, K는 그러한 것들 속에서도 단어를 베끼고 어휘를 모아 한 문장으로 만들어 보기도 하면서 암기하려고 노력했지만 옛날의 그 뛰어난 암기력은 어디론가 도망가 버린 모양이었다. '어쩌다가 이렇게 번거로운 일을 맡게 되었을까?' 하는 생각이 들자 이탈리아 인에 대해 울화가 치밀어 사전을 서류 뭉치 속으로 밀어넣지만, 곧 벙어리처럼 꾹 입을 다문 채 성당의 미술품을 둘러볼 수는 없다는 생각이 들어 도로 서류 뭉치에서 사전을 꺼내 들었다. 그러다보니 점점 부아가 치밀고 화가 났다.

9시 반에 정확하게 그는 의자에서 일어섰다. 바로 그때 전화벨이 울렸다. 레니였다. 그녀는 간단히 아침 인사를 한 뒤 그 동안의 안부를 물었다.

K는 급하게 대답한 뒤 성당에 가야 할 일이 있어서 긴 얘기는 할 수 없다고 잘라 말했다.

"뭐? 성당이라고 하셨어요?"

"그렇다니까!"

"무슨 일로 성당에 가시는 거죠?"

K는 간략하게 대답을 하려고 했으나 이미 레니가 그의 말을 가로채 떠들고 있었다.

"당신은 내쫓기고 있는 거군요?"

레니의 말에 K는 참을 수가 없었다. 더 이상 대화를 하기도 싫었고, 또 시간도 없었으므로 간단하게 대화를 끝내고 수화기를 내려놓았다. K는 돌아서며 혼잣말로 중얼거렸다.

"그래, 난 내쫓기고 있다!"

전화를 받느라고 시간을 지체했기 때문에 약속 시간에는 도착할 수 없을 것 같았다. K는 택시를 불러 세웠다. 그런데 이번에는 막 출발하려고 할 때 안내용 책자를 방에 두고 온 것이 생각나서 다시 사무실로 달려가 그것을 들고 왔다. K는 차 안에서 내내 무릎 위에 책자를 올려놓고 초조한 표정으로 그것을 손가락으로 두드렸다. 빗발은 많이 약해졌지만 날씨는 여전히 어두컴컴하고 싸늘했다. 이런 날씨에는 대성당 안의 것도 잘 보이지 않을 것이며, 더군다나 차가운 돌바닥 위에 오랫동안 서 있어야 하므로 감기는 더욱 기승을 부릴 게 뻔했다.

대성당 앞 광장에는 아무도 보이지 않았다. 이 좁다란 광장을 둘러싸고 있는 집들은 언제나 커튼을 드리우고 있어서 이상하게 여기고 있었는데 오늘처럼 궂은 날씨에 보니 더욱 거슬렸다. 성당 안도 비어 있는 것 같았다. 이런 날씨에 이곳을 찾는 사람은 아마 없을 것이라는 생각이 문득 들었다. 건물의 양쪽 복도를 걸어서 돌아보았지만 노파 한 사람 외에는 별로 눈에 띄는 사람이 없었다. 노파는 천으로 온몸을 둘러싸고 성모상 앞에 무릎을 꿇은 채 그것을 올려다보고 있었다. 그리고 잠시 후에 성당 종지기로 보이는 절름발이 사내가 벽에 달린 문으로 들어가는 것이 얼핏 보였다.

K는 약속 시간을 지키기 위해 서둘러서 왔고, 성당 건물 안으로 들어서자 10시를 알리는 종소리가 들려 왔다. 이탈리아 인은 아직 도착하지 않았다. K는 바깥 입구로 되돌아나와서 잠시 망설이다가 혹시 다른 문쪽에서 기다리는 것이 아닐까 하는 생각이 들어 비를 맞으며 건물을 한 바퀴 돌았지만 이탈이아 인은 그 어디에도 없었다. 혹시 지점장이 약속 시간을 잘못 들은 것은 아닐까? 아무튼 반 시간 정도는 더 기다리는 것이 예의라는 생각이 들었다. K는 피로가 몰려왔기 때문에 앉으려고 건물 안으로 들어갔다. 계단 위에 카펫 조각 같은 것이 있었다. K는 그것을 발끝으로 예배석 앞까지 끌고 와서 외투 깃을 세운 뒤 웅크리고 의자에 앉았다. 시간을 보내기 위해 가지고 온 안내용 책자를 펴 들었으나 건물 안이 너무 어두워서 볼 수가 없었을 뿐만 아니라 건물의 내부에 있는 물건들도 제대로 분간되지 않을 정도였다.

멀리 떨어져 있는 주제단(主祭壇) 위에는 처음에 들어왔을 때는 없었던 것 같은, 세 가닥으로 뻗은 촛대에 촛불이 켜져 있었는데 그 불빛이 주위를 어렴풋하게 비추고 있었다. 아마 누군가가 방금 켜 놓은 것 같았다. 원래 종지기들은 소리도 내지 않고 잘 다닌다고들 했다. 무심코 고개를 돌려 뒤를 돌아보자 등 뒤의 그리 멀지 않은 곳의 높고 우람한 기둥에 장치된 촛대에도 촛불이 타고 있었다. 매우 아름다운 광경이었으나 측면 제단에 걸려 있는 그림까지는 불빛이 미치지 않아 오히려 그 주위를 어둡게 하는 것 같았다. 이탈리아 인이 오지 않은 것은 예의를 벗어난 일이긴 하지만 어쩌면 잘 됐다는 생각이 들었다. 왔다 하더라도 결코 만족하지 못했을 테고, K가 비추는 회중전등으로 몇 장의 그림을 군데군데 훑어보는 일이 고작이었을 것이다.

그러자 문득 그런 방법으로 그림을 어느 정도 구별할 수 있을까 하는 생각이 들었다. K는 제단 쪽으로 다가가서 계단을 두세 개 뛰어올랐다. 그리고 대리석으로 된 맨 끝의 난간에 걸터앉아 회중전등으로 그림을 비추었다. 잠시 동안 불빛이 어른거려 눈을 제대로 뜰 수 없었다. 제일 먼저 눈에 띈 것은 큰 키에 갑옷을 입은 기사였다. 하지만 그것은 그림의 가장자리 쪽에 그려진 것이었다. 풀이 듬성듬성 나 있는 황량한 땅에 칼을 쿡 찌른 채 기대 서서 눈앞에 펼쳐지고 있는 광경을 주의 깊게 바라보고 있는 모습이었다. 기사가 다가가지 않고 다만 지켜보고 있는 것이 이상했다. 아마 감시를 하고 있는 것일 거라고 K는 추측했다. K는 회중전등의 푸른빛 때문에 눈이 아픈데도 계속 눈을 깜박이면서 그 기사의 모습을 한참 동안 바라보았다. 그리고 회중전등을 다른 곳으로 이동하자 그림에서 흔히 볼 수 있는 그리스도의 매장(埋葬) 장면이었다. 그러나 비교적 새로운 그림이라고 할 수 있었다. K는 회중전등을 주머니에 넣으며 앉았던 자리로 돌아왔다.

K는 더 이상 이탈리아 인을 기다릴 필요는 없다고 생각했다. 그러나 밖에는 장대 같은 비가 쏟아지고 있고, 또 건물 안이 그다지 춥지는 않았기 때문에 잠시 더 머물기로 마음먹었다.

K의 바로 옆에는 커다란 설교단이 있었다. 그 위의 천장은 둥글게 되어 있었는데 황금빛 십자가 두 개가 서로 엇갈려 걸려 있었다. 난간 바깥쪽 벽과 그것이 기둥과 연결되는 부분은 녹색 나뭇잎 모양의 조각으로 연결되어 있고, 천사들이 그것에 기대어 쉬고 있거나 나뭇잎을 매만지며 놀고 있었다. K는 설교단 앞으로 나아가 그것을 자세히 관찰했다. 나뭇잎 장식의 조각은 너무나도 섬세해서 조각 사이와 그 뒷면에는 마치 암흑 조각을 끼워놓은 듯했다. K는 그 틈새에 손을 넣고 조심스럽게 돌을 만져 보았다. 이런 설교단이 있다는 것은 그로서는 오늘 처음 안 일이었다. 바로 그때 줄지어 있는 의자 뒤에 있는 종지기가 눈에 띄었다. 그는 주름이 많이 잡힌 검은 외투를 입고 한 손에는 담배곽을 든 채 K를 뚫어지게 바라보고 있었다.

'왜 저러는 거지?' K는 이상하게 생각되었다. '내가 수상하게 보이는 걸까? 아니면 술값이라도 뜯어 내려는 걸까?' K와 시선이 부딪히자 담배를 쥔 손으로 어딘가를 계속해서 가리키면서 자꾸만 고개를 끄덕였다.

"무얼 어떻게 하라는 건지 알 수가 있어야지."

K는 낮은 소리로 중얼거렸다. 성당 안이라 차마 소리를 지를 수는 없었

다. 그러다가 K는 주머니에서 지갑을 꺼내며 예배석을 빠져 나와 그에게
로 몸을 돌렸다. 그는 가까이 오지 말라는 듯이 손을 내젓더니 어깨를 움
츠리고 다리를 절면서 달아났다. 어렸을 때엔 누구나 절름발이 걸음을 흉
내내 본 적이 있을 것이다. K도 그런 기억이 되살아났다.

'미련한 사람이로군. 저런데 어떻게 이런 대성당 종지기 노릇을 할 수
있는 거지? 내가 멈추면 자기도 멈추고, 내가 가려고 하면 눈치를 살피고
있으니…….' 이런 생각으로 K는 미소를 띤 채 종지기를 따라갔다. 한쪽
복도를 지나 제단 위까지 올라갔는데도 종지기는 여전히 어떤 한 곳을 가
리켰다. K는 종지기의 그런 행동이 자기를 따라오지 못하도록 하기 위해
서일 것이라고 생각하고 곧 종지기를 따라가는 일을 그만두었다. 더 이상
종지기를 불안하게 하여 괴롭힐 마음도 없었고, 만일 이탈리아 인이 올 때
를 대비해서 이 도깨비 같은 사람이 필요할지도 모른다는 생각이 들었기
때문이었다.

K는 두고 온 안내용 책자를 가져오려고 중앙의 통로를 걸어 처음의 자
리로 돌아갔다. 성가대의 좌석과 이어진 작은 설교단이 기둥에 붙어 있었
다. 매우 단조롭고 꾸밈없이 만든 아주 작은 설교단으로 윤기없는 돌을 깎
아 만든 것이었다. 너무 작고 초라해서 설교자가 난간과 충분한 거리를 둘
수 있는 여유라고는 없어 보였으며, 더군다나 설교단의 돌로 된 천장은 지
나치게 낮고 경사가 심해서 보통 키의 사람도 허리를 펴고 설 수가 없어
난간 밖으로 몸을 구부리고 있어야 할 것 같았다. 마치 설교자에게 고통을
주기 위해 만들어진 것처럼 느껴졌다. 바로 옆에 훌륭한 장식을 한 커다란
설교단이 있는데도 왜 이런 설교단을 만들었는지 그로서는 알 수가 없었
다. 설교 직전에 불을 밝히게 되어 있는 램프가 위쪽에 달려 있지 않았더
라면 K는 이 초라한 설교단도 알아보지 못했을 것이다. 설교를 한단 말인
가? K는 계단을 내려다보았다. 기둥에 붙어서 설교단 쪽으로 이어져 있는
계단은 너무 좁아서 사람들이 다니기 위해서가 아니라 단지 기둥 장식으
로 쓰이고 있는 것 같았다.

그러나 바로 설교단 아래에 신부가 서 있었으므로 K는 너무 놀라 빙긋

이 웃고 말았다. 신부는 난간에 손을 얹고 설교단으로 오르려는 자세로 K를 바라보더니 K를 향해 가볍게 고개를 숙여 보였다. K도 성호를 긋고 고개를 숙였다. 신부는 빠른 걸음으로 설교단으로 올라갔다. 설교를 시작하려는 것일까? 아마 종지기는 K를 신부에게 보내려고 했던 것은 아닐까? 물론 텅 빈 성당에서는 무척 반가운 일이었을 테니까.

K는 지금이라도 나가는 것이 현명하지 않을까 하고 갈등했다. 그렇지 않으면 설교 도중에 빠져나갈 수는 없는 일이었다. 이탈리아 인을 위해 사무실에서도 많은 시간을 빼앗겼는데 성당에서 설교를 들으면서까지 그를 더 기다릴 필요는 없는 일이다. 시계를 보니 11시가 넘어 있었다. 그런데 정말 설교를 하려는 것일까? 지금은 11시가 넘었고, 주일도 아닌 평일에, 더군다나 이런 궂은 날씨에 설교가 있지는 않을 것이다. 어쩌면 신부는 잘못 켜져 있는 램프를 끄기 위해 설교단으로 올라간 것인지도 모른다.

그러나 K의 생각은 빗나가고 말았다. 신부는 램프를 자세히 살펴더니 심지를 조금 끌어올리고 천천히 난간으로 돌아서서 모가 난 가장자리를 두 손으로 꼭 쥐었다. 그리고 잠시 동안 머리는 움직이지 않고 눈동자를 굴려 예배석을 둘러보았다. K는 얼른 뒤로 한 걸음 물러서며 팔꿈치로 맨 앞줄 예배석 의자에 몸을 기댔다. 어디라고 정확히 말할 수는 없지만 종지기가 등을 구부리고 만족한 모습으로 쪼그리고 앉아 있는 것이 어둠 속으로 보이는 것 같았다. 엄숙한 고요가 성당 안을 감싸고 있었다.

그러나 K는 더 이상 머물 이유가 없었으므로 악의는 아니더라도 그 고요를 깨뜨릴 수밖에 없었다. 어떤 상황에서든 정해진 시각에 와서 설교를 하는 것이 신부의 의무라면 K가 없어도 상관없는 일일 테고, K가 있다고 해서 좀더 훌륭한 설교를 하게 되는 것도 아닐 것이다. K는 발끝으로 더듬으며 의자를 따라 중앙의 넓은 통로로 나왔다. 아무리 발소리에 신경을 써도 돌로 된 바닥이라 규칙적인 발소리는 둥근 천장으로 가볍게 울려 퍼졌다. K는 신부가 지켜보고 있는 가운데 아무도 없는 예배석의 의자 사이를 빠져 나가고 있는 자신이 버림받은 것같이 느껴졌다. 또 그에게는 이 대성당의 크기가 인간이 견딜 수 있는 크기의 한계처럼 생각되었다.

맨 처음에 앉았던 자리까지 오자 안내용 책자를 얼른 집어 들고 걸었다. 그리고 예배석을 거의 벗어나 출입문 가까이에 이르렀을 때 갑자기 K를 부르는 신부의 목소리가 들려 왔다. 힘차고 위엄이 느껴지는 목소리였다. 그 목소리는 대성당 안에 널리 퍼져 나갔다. 그것은 절대로 거역할 수 없는 목소리였다. 신부가 다시 소리쳤다.

"요제프 K!"

K는 얼어붙은 듯 그 자리에 멈춰 서서 바닥만 내려다보았다. 그는 아직 자유스러운 몸이므로 몇 발짝 더 걸어가서 눈앞에 보이는 세 개의 작은 나무문 중 하나를 열고 나가면 그만이었다. 만약 K가 뒤돌아보게 되면 신부의 부름에 응하겠다는 뜻이 되므로 빠져 나갈 수 없을 것이다. 신부가 다시 한번 소리를 쳤더라면 K는 틀림없이 나가 버렸을 것이다. K가 잠시 기다리는 동안 성당 안의 정적은 그대로였다. K는 신부가 무엇을 하고 있는지 궁금하여 고개를 약간 돌리고 말았다. 신부는 여전히 위엄 있는 자세로 설교단 앞에 서 있었으나 K가 움직인 것을 알고 있다는 듯한 태도였다. 이렇게 된 이상 K가 완전히 뒤돌아서지 않으면 어린아이들의 숨바꼭질 같은 장난이 될 것 같았으므로 K는 천천히 뒤돌아섰다.

신부는 K에게 가까이 오라고 손짓했다. 이제는 더 이상 피할 수도 없는 일이었다. K는 호기심이 생긴 것도 사실이고, 또 용무를 빨리 끝내기 위해서 큰 걸음으로 성큼성큼 걸어서 설교단 쪽으로 갔다. 예배석의 맨 앞줄 의자 있는 곳에서 멈추어 서자 신부는 집게손가락을 밑으로 구부려 보이며 설교단 바로 앞까지 오라고 손짓했다. 고개를 뒤로 젖히지 않으면 신부의 얼굴이 제대로 보이지 않을만큼 가까운 거리였다.

"당신이 분명 요제프 K지요?"

신부는 한쪽 손을 이상하게 움직이면서 난간 위로 올렸다.

"그렇습니다."

K는 예전 같으면 어느 곳에서든 자신의 이름을 떳떳이 말할 수 있었지만 최근에 들어서는 자신의 이름조차 짐이 되어 버린 듯한 느낌이 들었다. 처음 만나는 사람이 자신의 이름을 알고 있다니, 어떻게 된 영문일까? 게

다가 먼저 자신을 소개한 뒤 상대방의 이름을 묻는 것이 예의가 아닌가?

"당신은 기소되어 있지요?"

신부는 낮은 목소리로 물었다.

"그렇습니다만."

"난 당신을 찾고 있었소. 난 교도소 신부요."

"네, 그렇습니까?"

"당신과 얘기를 좀 하려고 당신을 여기로 오게 한 거요."

"그건 미처 몰랐습니다. 전 은행의 중요한 고객인 어떤 이탈리아 인에게 이 성당을 안내하기 위해서 왔습니다."

"쓸데없는 말은 삼가시오. 손에 들고 있는 건 뭡니까? 성경입니까?"

"아닙니다. 이 도시의 관광 안내용 책자입니다."

"당장 버리도록 하시오!"

K는 난폭한 동작으로 책을 바닥으로 던져 버렸다.

"당신의 소송 사건은 매우 불리하게 진행되고 있다는 걸 알고 있소?"

"알고 있습니다. 나름대로 최선을 다했지만 별로 효과가 없더군요. 하기야 청원서조차도 아직 완성하지 못하고 있습니다."

"어떻게 될 것으로 전망하고 있소?"

"얼마 전까지만 해도 잘 될 것이라고 여겼는데, 시간이 흐를수록 점점 자신이 없습니다. 어떤 판결이 날지 예상할 수도 없습니다. 혹시 무엇을 좀 알고 계십니까?"

"난 모르오. 하지만 아무래도 잘 될 것 같지는 않소. 당신의 죄는 모든 사람들이 인정하고 있고, 또한 소송 사건도 절대로 하급 재판소의 범위를 벗어날 것 같지는 않더군요. 사람들은 당분간 당신의 죄가 입증되었다고 믿을 거요."

"하지만 저는 죄가 없습니다. 결백합니다. 누명치고는 너무 심하군요. 인간의 유죄라는 것은 어떻게 하여 성립되는 겁니까? 신부님이나 저나 모두 똑같은 인간입니다."

"당신의 말은 그럴 듯하지만 죄인들은 누구나 그렇게들 얘기하더군요."

"신부님께서도 저에 대한 선입관을 가지고 계십니까?"

"그렇지 않소."

"말씀이라도 고맙습니다. 하지만 재판과 관련된 사람들은 누구나 저를 편견을 가지고 바라보더군요. 그 뿐만 아니라 상관도 없는 사람들에게조차 떠벌이고 있으니 제 입장은 점점 난처해지고 있답니다."

"당신은 뭔가를 오해하고 있군요. 판결은 한꺼번에 내려지는 것이 아니라 수속 절차가 점차적으로 판결로 변화되어 가는 것이지요."

"그건 저도 알고 있습니다."

K는 이렇게 대답하며 고개를 떨어뜨렸다.

"당신은 앞으로 어떻게 할 작정이지요?"

"좀더 도움을 청하려고 생각하고 있습니다."

K는 신부의 반응을 살피려고 고개를 들며 말했다.

"아직 시도해 보지 않은 방법들이 많이 있으니까요."

"당신은 남의 도움을 너무 믿는 것 같군요. 그것도 여자들에게만 도움을 청하시더군요. 당신의 방법으로는 진정한 원조자가 될 사람이 없을 거라는 걸 모르시겠소?"

"어느 정도는, 아니 거의 대부분의 경우는 신부님의 말씀대로라고 생각합니다. 그러나 예외일 수도 있습니다. 여자들이란 때때로 특이한 힘을 발휘하니까요. 만약 제가 알고 있는 여자들을 몇 사람 모아서 소송 해결 모임을 만들게 하면 반드시 목적을 이루고야 말 것입니다. 왜냐하면 재판소 관리라는 사람들은 여자들만 보면 군침을 흘리니까요. 예를 들어 한 예심 판사에게 여자를 한 사람 멀리서 보이면 예심 판사는 그 여자를 쫓아가기 위해 책상이고 피고고 모두 넘어뜨릴 것입니다."

신부는 고개를 난간 쪽으로 기울였다. 마치 설교단의 천장이 그를 누르고 있는 것처럼 느껴졌다. 바깥은 여전히 궂은 날씨에 이젠 음울한 낮이 아니라 이슥한 밤이 되어 있을 것이다. 여러 개의 커다란 창문이 있었지만 어두운 벽을 비출 희미한 한 가닥 불빛조차 흘러들어오지 않았다. 그때 종지기가 나타나더니 중앙 제단 위에 켰던 촛불을 하나씩 꺼 나갔다.

"제 얘기에 기분이 상하셨군요? 신부님은 재판소에 대해서 전혀 모르는 것 같군요."

그러나 신부는 아무 대답도 하지 않았다.

"제가 말씀드린 것은 제가 경험한 것들에 지나지 않는 것입니다."

설교단 위의 신부는 여전히 아무런 대답을 하지 않았다.

"저는 신부님을 모욕할 생각으로 그런 것은 절대 아닙니다."

K가 이렇게 말했을 때 느닷없이 신부는 K를 내려다보면서 소리쳤다.

"도대체 당신은 두 걸음 앞의 사람도 보이지 않소?"

그 목소리는 몹시 화가 난 것 같기도 했고, 또 동시에 누군가 쓰러지는 것을 보고 놀라서 자신도 모르는 사이에 비명을 지르는 것 같기도 했다.

두 사람은 잠시 동안 아무 말도 하지 않았다. 설교단 아래쪽은 어두웠으므로 신부는 K의 모습을 자세히 살필 수 없었지만 K가 서 있는 쪽에서는 램프의 불빛이 비추고 있어서 신부가 잘 보였다. 신부는 왜 내려오지 않는 걸까? 신부는 설교는커녕 K에 대해서 그저 지나가는 말로 서너 마디 한 것이지만 그것은 잘 생각해 보면 K에게 도움이 되는 말이 아니라 오히려 해가 되는 말뿐이었다. 그러나 K에게 호감을 가지고 있는 것처럼 느껴졌기 때문에 설교단에서 내려오면 마음을 터놓고 이야기하는 것도 가능할 것 같았다. 예를 들면 어떤 방법으로 소송을 좌우할 수 있는가 하는 문제까지는 가지 않더라도 최소한 어떻게 소송을 피하고, 소송과는 상관없이 정상적인 생활을 할 수 있는가에 대한 결정적인 충고나 조언을 듣는 것은 그리 어려울 것 같지는 않았다. 신부는 재판소와 관계를 맺고 있는 사람이니 K가 재판소를 비판했을 때에는 K를 향해 고함을 치기도 했지만 유순하고 인정 있는 사람처럼 보여 간곡히 부탁하면 반드시 들어 줄 것이다.

"설교를 하실 생각은 아니시지요? 그럼 어서 내려오시지요."

K가 신부를 향해 정중하게 말했다.

"지금 내려가려던 참이었소."

신부는 K에게 소리지른 것을 약간 미안해하는 것 같았다. 램프 걸이에서 램프를 떼어 들면서 신부가 말했다.

"처음엔 어쩔 수 없이 거리를 두고 얘기를 할 수밖에 없었소. 사실 나는 마음이 약해서 직무를 소홀히 할 때가 있거든요."

K는 계단 아래쪽에서 신부를 기다렸다. 신부는 첫계단에 발을 내딛으면서 벌써 K에게 손을 내밀었다.

"저와 잠깐 얘기를 나눌 수 있으시겠습니까?"

"그럼요. 얼마든지!"

신부는 램프를 K에게 건네주었다. 신부는 K의 옆으로 가까이 다가왔지만 그래도 그에게선 엄숙함이 느껴졌다.

"감사합니다. 정말 감사합니다."

K가 말했다. 두 사람은 나란히 서서 어두운 복도를 거닐었다.

"재판소와 관계된 사람들 중에서 신부님만은 다르게 느껴지는군요. 많은 사람들과 접촉해 보았습니다만, 신부님처럼 신뢰가 가는 사람은 아직 없었습니다. 신부님께는 무슨 얘기든 숨기지 않고 털어놓을 수도 있을 것 같습니다."

"착각하지 마시오."

"착각이라뇨? 무슨 뜻인지……."

"재판이라는 것에 대해서 당신은 뭔가 착각을 하고 있는 것 같군요. 《법률 입문서》에는 당신처럼 착각하는 사람들을 위해 이렇게 씌어 있더군요."

계율(이 1절의 끝까지는 카프카의 단편집 〈시골 의사〉에도 '계율'이라는 제목으로 수록되어 있음) 앞에는 문지기가 한 사람 서 있다. 어느 날 시골에서 온 한 중년 남자가 이 문지기에게 다가가 안으로 들어가게 해 달라고 애원했다. 그러나 문지기는 지금은 때가 아니라고 거절했다. 그러자 이 남자는 곰곰이 생각을 한 뒤 그럼 나중에는 들어갈 수 있는 거냐고 물었다.

"때가 되면 들어가게 해 주겠지만 지금은 안 돼!"

문지기가 대답했다.

계율의 문은 언제나 활짝 열려 있고, 문지기는 한쪽으로 비켜 서 있었기 때문에 이 남자는 몸을 굽혀 안을 들여다보려고 했다. 문지기는 이런 남자를 보고 웃으며 말했다.

"그렇게도 들어가고 싶으면 내 명령을 어기고 들어가도 된다. 하지만 내 힘은 무척 강하다는 것을 알고 행동하도록! 그렇지만 나는 가장 계급이 낮은 문지기지. 모든 방마다 문지기들이 있는데 안으로 들어갈수록 그들의 힘은 점점 세다는 걸 명심해. 세 번째의 문지기는 얼굴만 봐도 우리 같은 사람은 기절초풍할 정도니까."

시골서 온 남자는 아무것도 몰랐다. 법률이란 언제나 만인 앞에 개방되어 있으며 평등한 거라고 믿고 있었다. 그러나 털 외투로 온몸을 감싼 문지기의 커다랗고 뾰족한 코와 타타르 인을 연상케 하는 숱이 적은 긴 수염을 보자 문지기가 허락할 때까지 잠자코 기다리자는 생각이 들었다. 문지기는 이 남자에게 작은 의자를 하나 내주며 문 옆에서 기다리게 했다. 의자에 앉아서 기다리는 동안 몇 년이라는 세월이 흘렀다. 남자는 그 안으로 들어가기 위해 온갖 수단으로 문지기를 귀찮게 했다. 문지기는 가끔 생각났다는 듯이 이 남자에게 심문을 했다. 이 남자의 고향 얘기나 그 밖의 자질구레한 것을 물었다. 하지만 그것은 높은 관리들이 심심할 때 시간을 보내려고 묻는 것에 불과했고, 언제나 얘기 끝에는 지금은 들어갈 수 없다고 말했다. 여행 준비를 철저하게 해 온 남자는 아까웠지만 문지기를 매수하는데 남은 돈을 전부 써 버렸다. 문지기는 남자가 주는 것을 받아 챙기면서 이렇게 말했다.

"안 받으면 성의를 무시한다고 할 테니 일단 받기는 하지."

몇 년 동안 남자는 문지기를 철저하게 관찰했다. 다른 방에도 문지기가 있다는 사실을 까맣게 잊고 오로지 이 문지기가 계율 안으로 들어가는 유일한 장애물인 것처럼 생각했다. 처음에는 큰 소리로 이런 곳에조차 문지기가 있어 마음대로 들어갈 수 없는 자기의 불행한 운명을 저주했고 시간이 흐를수록 어린아이처럼 단순해져 버렸다. 어느 날은 문지기를 뚫어지게 관찰한 결과 문지기의 외투 깃에 벼룩 한 마리가 붙어 있는 것을 발견하고 그 벼룩한테 문지기를 설득해 달라고 애원할 지경에 이르렀다. 마침내 시력조차 약해져서 주위가 어두운 것인지 눈이 흐려졌는지조차도 분간할 수 없게 되어 버렸다. 그러나 그때 암흑의 법률 속에서 한 가닥 빛이 비추는 것을 확인했다. 하지만 그는 곧 죽음을 맞이할 사람이었다. 죽음을 앞두자 그의 뇌리에는 전 생애의 온갖 경험들이 하나의 질문이 되어 응고했다. 그것은 아직 한 번도 문지기에게 해 본 적이 없는 질문이었다. 점점 굳어져 가는 몸을 들어올릴 기력도 없었으므로 문지기에게 눈짓을 했다. 문지기는 할 수 없이 몸을 굽히며 그에게로 다가왔다.

"도대체 새삼스럽게 무엇이 알고 싶단 말이오? 당신은 아무튼 끈질기군."

"모든 사람들이 계율을 원하고 있는데 어떻게 그 동안 나 말고는 단 한 사람도 들어가게 해 달라고 한 사람이 없습니까?"

문지기는 이 남자의 임종이 가까워진 것을 알고는 잘 들리지도 않는 그의 귀에다 대고 비웃는 투로 속삭였다.

"이 문은 당신 외에는 아무도 들어갈 수 없는 문이오. 왜냐하면 이 문은 당신만 들어갈 수 있는 문으로 정해져 있었으니까. 자, 나도 그만 문을 닫고 돌아가야겠군."

"그럼 그 남자는 문지기에게 속은 거로군요?"

흥미있게 듣고 있던 K는 신부의 애기가 끝나자마자 이렇게 물었다.

"속단하지 마시오. 남의 말을 그대로 믿는다는 것은 금물이오. 나는 책에 씌어 있는 것을 그대로 애기했을 뿐이오. 거기엔 누구를 속였느니 어쩌니 하는 애기는 씌어 있지도 않았소."

"하지만 문지기가 남자를 속인 것은 분명합니다. 문지기는 그 남자가 절망에 빠졌을 때에야 비로소 들려 주었으니까요."

"문지기도 그때서야 그런 질문을 받았으니 어쩔 수 없었겠죠. 어쨌든 문지기는 자신의 의무를 충실히 이행한 셈이오."

"의무를 충실히 이행했다고요?"

K가 반문했다.

"절대로 그렇지 않습니다. 문지기의 의무는 아무 상관도 없는 사람들을 저지하는 것이었겠지만, 그 사람은 들어갈 수 있도록 정해져 있었는데도 당사자를 들여보내지 않은 것은 명백한 잘못입니다."

"당신은 책의 내용을 존중할 줄 모르고 제멋대로 비약해서 해석하는군요. 이 얘기에는 계율 안으로 들어가려는 데 대해서 처음 부분과 그 마지막에 두 군데 문지기의 중요한 설명이 있었소. 처음 부분은 지금은 들어갈 수 없다는 말이고, 마지막엔 당신만 들어갈 수 있도록 정해진 문이라는 말이오. 이 두 가지 말에 모순이 있다면 당신 말처럼 문지기가 남자를 속인 것이 되겠지요. 하지만 모순점이라고는 없을 뿐더러 처음의 설명이 마지막 설명을 암시하고 있는 거요. 물론 문지기가 지금은 때가 아니라며 언젠가는 들여보내 줄 것처럼 얘기한 것은 엄연한 월권 행위요. 하지만 문지기의 그때 임무는 남자를 들여보내지 않는 일에 한정되어 있었던 모양이오. 그러니 그 책의 많은 주석자들도 엄격하고 자기 임무에 충실해 보이는 문지기가 그런 말을 한 사실에 대해 의아해했지요. 오랜 세월 동안 자기의 임무를 충실히 이행하다가 모든 것이 막을 내릴 때가 되자 비로소 문을 닫은 거지요. 그러니 자신의 임무를 충실히 이행했다고 할 수 있지 않겠소? '내 힘은 무척 강하다'고 한 말이 그 증거요. 또 상관에 대해서는 순종적이었지. '나는 가장 계급이 낮은 문지기지'라는 말이 또한 그 증거요. 그렇다고 문지기가 쓸데없는 말을 늘어놓은 수다쟁이는 아니었소. 오랜 세월 동안 보아 온 높은 관리들이 심심할 때 하는 얘기를 흉내냈을 뿐이오. 뇌물에 눈이 어두운 사람도 결코 아니었고, 뇌물을 받을 때도 '안 받으면 성의를 무시한다고 할 테니 일단 받기는 하지' 하고 말하지 않았소? '온갖 수단으로 문지기를 귀찮게 했다'는 말에서는 임무를 충실히 이행하고 감언이설에 넘어가지 않을 사람이라는 것이 증명된다고 나는 생각하오. 또한 그 사람의 용모로도 강직한 성격을 알 수 있잖소? '커다랗고 뾰족한 코와 타타르 인을 연상케 하는 숱이 적은 긴 수염' 이 말에서 벌써 임무에 충실한 문지기를 상상할 수 있지 않소? 하지만 문지기는 또한 들어가려고 마음먹는 상대에겐 매우 편한 성격의 사람이라고 할 수 있지요. 언젠가는 들여보내 줄 것처럼 월권을 행사한 것도 그렇고, 과연 그렇게 되겠다고 믿게 하는 그의 행동도 그렇다고 할 수 있지요. 말하자면 매우 단순한 사람인 듯하면서도 또한 매우 낙천적인 사람이라는 뜻이오. 자신의 권력, 다른 문지기들의 더 큰 권력, 세 번째 문지기의 얼굴만 봐도 기절초풍할 것 같다는 말 등은 어떻게 보면 매우 언짢은 말이지만 문지기는 아주 적절하게 표현했다고 생각되오. 하지만 그런 얘기를 하는 방식에는 약간의 문제점도 없지는 않지만, 그것은 단순함과 자부심으로 성격이 흐려졌다는 것을 나타냈다고 볼 수 있소. 많은 주석자들은 바로 이 점에 대해서 어떤 사물의 옳은 파악과 잘못된 파악은 반드시 일치하는 것은 아니라고 말하고 있지요. 아무튼 단순함과 자부심은 약하게 드러나 있어서 문을 지키는 일에 약간 소홀했다는 것은 인정하오. 그건 문지기 성격의 약점이라고 할 수 있지요. 문지기의 성격 얘기가 나왔으니 짚고 넘어가야 할 것이 또 있어요. 그건 문지기가 친절하다는 약점이오. 그러니 관리로서의 임무를 완전하게 이행했다고만은 말할 수 없겠지요. 처음에는 엄중하게 안 된다고 하고서는 나중에는 ‘들어가고 싶으면 내 명령을 어기고 들어가라’고 하기도 했으니까요. 그리고 쫓아 버리기는커녕 작은 의자를 내주며 문 옆에 앉아 기다리게 했다고 책에 씌어 있잖소? 그것 외에도 몇 년 동안 남자의 하소연을 들어 준 인내심과 자질구레한 심문, 또 남자의 선물을 거절하지 않고 받아 준 일 같은 것은 모두 문지기가 마음이 여리고 동정심이 있어서라고 결론내릴 수 있는 것이지요. 그러면서 나중에는 남자의 눈짓에 따라 몸을 굽히며 마지막 질문을 들어 주었잖소? 이때도 문지기는 임종이 다가왔음을 짐작하면서도 자신의 초조한 심정을 끈질기다는 말로 대신했지요. 많은 사람들은 문지기의 ‘당신은 아무튼 끈질기군’ 하는 이 말을 일종의 친근감을 포함한 감탄의 말로 해석하면서도 상대방을 깔보는 투라고 말하기도 하지요. 어쨌든 문지기의 성격은 당신이 생각하는 것과는 전혀 다르다고 할 수 있소.”

“그것은 신부님이 그 책을 읽었기 때문에 나보다 자세히 알고 있고, 또 오래 전부터 생각해 왔으니까 그런 거겠지요.”

두 사람은 잠시 동안 아무 말도 하지 않았다.

"그렇다면 결론은 그 남자가 속은 것이 아니라는 말씀인가요?"

K가 침묵을 깨고 물었다.

"당신은 또 속단을 하는군요. 나는 당신에게 여러 가지 해석을 말했을 뿐이오. 그런 해석들을 심각하게 받아들이지는 마시오. 책의 내용은 변하지 않겠지만 그런 해석들은 그 내용에 대한 절망의 표현에 불과한 것이니까요. 그러니까 속은 사람은 바로 문지기라는 주장을 하는 사람도 있지요."

"극단적인 해석이군요? 도대체 무슨 근거로 그런 해석을 할 수 있습니까?"

"그 근거로는 문지기의 단순함이라고 말하지요. 문지기는 법률의 속사정은 전혀 모르고 그저 그 계율로 들어가는 길은 알고 있으나 그것도 문 입구가 고작이지요. 상대편에게 두려운 마음을 품게 해 주려고 꺼낸 말에 자기 자신이 먼저 두려워진 거지요. 어쩌면 남자가 느낀 두려움보다 문지기가 느끼고 있는 두려움이 훨씬 크다고 볼 수도 있지요. 왜냐하면 다른 방 앞에는 자신보다 더 힘이 센 문지기가 있다는 말을 듣고도 남자는 들어가기를 원했지만, 문지기는 전혀 그럴 의사가 없었소. 도리어 자기는 기절초풍할 정도라고 말했으니까요. 이 점에 대해 이의를 제기하며 계율로의 안내를 명령받은 이상 문지기는 안에서 근무한 적이 있다고 볼 수 있고, 그런 명령은 반드시 안에서 내려졌다고 해석하는 사람도 있소. 그러나 안에서 명령을 내려서 문지기가 되었다고 해도 세 번째 문지기의 얼굴만 봐도 기절초풍할 사람이라면 법률의 경험이 있다고는 생각되지 않지요. 또 그 긴 세월 동안 문지기의 얘기 외에는 법률의 속사정에 대해서는 단 한 마디의 언급도 없었다는 점과 아무리 함구령이 내려졌다 하더라도 그것에 대해 완벽하게 입을 다물 수 있다고는 볼 수 없지요. 그러한 것으로 미루어 보면 문지기는 속사정에 대해서는 털끝만큼도 알지 못하며 착각을 하고 있다고 해석할 수 있소. 그뿐만 아니라 시골에서 올라온 사람에 대해서도 착각하고 있다고 볼 수 있소. 왜냐하면 자신은 상대편보다 낮은 관리이면서도 그것을 미처 깨닫지 못하고 상대편을 무시하는 듯한 태도를 취했으니까요. 문지기가 더 낮은 관리라는 것은, 이것을 주장하는 사람들의 의견을 종합하면 분명하게 추론되고 있소. 그것은 무엇보다도 먼저 자유로운 사람은 어딘가에 소속되어 있는 사람보다 상위에 있다는 뜻이오. 그러니까 시골서 온 그 남자는 자유로운 몸이었고 어디든 가고 싶은 곳은 마음대로 갈 수 있는 입장이었소. 다만 계율 안으로 들어가는 일만 저지를 당했을 뿐이지요. 그것도 문지기 개인에게 저지당했고, 의자에 앉아서 죽을 때까지 기다린 것도 누구의 강요가 아니라 본인 스스로 결정한 일이잖소? 이에 반하여 문지기는 직무상 자신의 근무처를 한 발짝도 떠날 수 없는 입장이었고, 외출조차도 마음대로 할 수 없었으며, 그렇다고 마음대로 안으로 드나들 수도 없는 입장이었소. 이렇게 보면 계율로 안내를 하는 일을 하고 있었다 하더라도 단지 문 하나를 지키고 있는 일에 불과했던 거요. 바꾸어 말하면 그 문이 아니라 다른 문을 통하여 안으로 들어가는 방법은 짐작도 못 하는 사람이라는 뜻이오. 그러니 문지기는 시골서 온 남자보다 명백하게 낮은 지위에 있는 사람이라고 할 수 있지 않겠소? 또 책에는 중년의 남자가 찾아왔다고 씌어 있는 걸 보면 그 남자가 올 때까지 헛수고를 한 셈이지요. 그러니까 그 남자가 중년이 되어 찾아올 때까지 기다렸다는 뜻이오. 더군다나 그 남자는 어떤 강제력에 의해서 찾아온 것이 아니라 어디까지나 자유 의사로 찾아온 것이므로 문지기의 기다림이 어떠한 것이었는지는 이해할 수 있겠죠? 그리고 문지기의 임무의 마지막도 그 남자의 죽음과 맞물려 있는 것이어서 문지기는 끝까지 그 남자보다 아래에 머물러 있는 것이지요. 그리고 문지기는 그런 사실조차 모르고 있는 것처럼 기술되어 있잖소? 그러니 어떤 사람들의 견해에 따르면 이 문지기는 모든 점에서 인식이 부족한 사람이라고 강조되기도 한다오. 하지만 억지 주장이라고 할 근거는 없는 말이오. 왜냐하면 문지기는 끝까지 자신의 임무에 대해 착각하고 있기 때문이오. 예를 들면 '자, 나도 그만 문을 닫고 돌아가야겠군' 하고 말했지만 책의 서두에 보면 계율의 문은 '언제나 활짝 열려' 있기 때문에 그 남자의 죽음과는 상관없이 아무리 문지기라 해도 문을 닫아서는 안 된다는 뜻이오. 물론 문지기의 이런 말은 그 남자에 대한 반발심이었겠지만 또한 자기의 임무를 강조한 말이기도 하지요. 죽음을 눈앞에 둔 사람에게조차 비탄과 절망에 빠뜨리려는 의도에서 한 말이겠지요. 이렇듯 많은 의견이 분분하지만 단 한 가지 일치하는 것은 문지기 마음대로 계율의 문을 닫아서는 안 된다는 것이오. 그리고 그 남자가 '암흑의 법률 속에서 한 가닥 빛이 비추는 것을 확인'했다는 것은 문지기가 등을 돌리고 있다는 것으로 보이는 대목인데, 그렇다 하더라도 그런 변화를 눈치도 못 챘다는 점으로 보아도 문지기가 남자보다 낮은 위치에 있다고 믿는 증거라오.”

“훌륭한 증명이군요.”

신부의 설명을 부분부분 입으로 따라서 외우던 K가 말했다.

“매우 훌륭한 증명입니다. 착각에 빠졌고, 속은 것은 바로 문지기라는 것을 저도 이제는 알겠습니다. 하지만 제 생각을 번복할 마음은 조금도 없습니다. 왜냐하면 두 가지 의견은 부분적으로 중복되는 것이 많습니다. 문지기가 충실히 임무를 수행했는지 아니면 속은 것인지는 명백하게 구분할 수 없다고 봅니다. 속은 것은 그 남자라고 나는 생각했습니다. 문지기가 올바른 인식으로 행동했다면 그것을 의심할 수도 있겠지만, 문지기가 착각에 빠져 있다고 한다면 필연적으로 착각은 그 남자에게로 옮아가는 것이 아닐까요? 이 경우에는 문지기를 파렴치한 사람이라고는 할 수 없어도 단순한 두뇌를 가진 사람이니 면직해야 하는 것이 당연합니다. 문지기는 자신이 착각을 하고 있는 것으로 인해 스스로는 아무런 피해를 입지 않았지만 그 남자에게는 평생을 망치게 한 결과라고 생각되지는 않으십니까?”

“그런 견해에 대해서 문지기를 비판할 권리는 아무에게도 없지요. 우리들이 남자가 받은 문지기의 첫인상과는 상관없이, 그는 계율로 안내하는 봉사를 하고 있는 사람이며 법률의 세계에 속해 있으니 그 어느 누구의 비판도 초월하는 사람이오. 그러니 문지기가 남자보다 낮은 위치에 있다는 말은 어불성설이며, 입구의 문을 지키고 있다고는 하지만 그래도 그러한 봉사를 하고 있는 사람이 자유로운 사람보다는 훨씬 훌륭하다는 것이오. 남자는 계율을 알고 싶어 찾아오지만 문지기는 이미 그전부터 문을 지키고 있었다는 거요. 아무튼 그는 계율로 안내하는 봉사를 담당하고 있으므로 그의 권리를 의심하는 것은 계율을 의심한다는 것과 같은 말이라는 의견이지요.”

“그런 의견에는 전 동의할 수 없습니다. 그 이유는 만일 그 의견에 동의한다면 문지기가 한 말은 모두 진실이라고 생각해야 하기 때문입니다. 그러나 그런 일은 절대로 있을 수 없다는 것을 이미 신부님께서 구체적인 예를 들어 설명을 하셨으니까요.”

“아니, 절대 그렇지 않소. 진실 같은 것을 중요시해서는 안 되오. 오직 필연만이 중요한 것이니까!”

“정말 말도 안 되는 얘기입니다. 허위가 세계의 질서를 지배하다니!”

이쯤에서 얘기를 끝내려고 K는 이렇게 말했지만 최종적인 결론을 내린 것은 아니었다. 이미 지칠대로 지쳐서 정확한 결론을 내릴 수도 없을 것 같았다. 머릿속은 뒤죽박죽이었다. 얘기 자체는 너무나 비현실적이어서 도리어 사법관 회의의 의제로나 삼는 것이 적합할 것처럼 느껴졌다. 단순한 이야기가 꼬일대로 꼬이고 얽혀서 빨리 벗어나고 싶은 짜증을 일으켰다. 신부는 이상하게도 그런 K를 이해한다는 듯이 K를 묵인하고, 자신의 의견과는 일치하지 않았지만 K의 말을 그저 묵묵히 받아들였다.

두 사람은 조용히 걷고 있었다. 어둠에 익숙하지 못한 K는 신부 뒤에 바짝 몸을 붙이고 걸었다. 신부가 들고 있던 램프는 꺼진 지 오래였다. 갑자기 K의 눈앞에는 은으로 만든 성자의 입상이 떠올랐다가 어둠 속으로 사라졌다. 더 이상 신부를 의지하고 걸을 수도 없는 일이어서 K는 이렇게 물었다.

“조금만 가면 곧 출입구가 나오겠지요?”

“아니오. 한참을 더 걸어야 하오. 이젠 돌아가고 싶은 모양이군요?”

K는 꼭 돌아가고 싶은 것은 아니었지만 어쩔 수 없이 대답했다.

“네, 저는 그만 돌아가야 합니다. 저는 은행의 간부입니다. 직원들이 저를 기다리고 있을 겁니다. 오늘 제가 여기에 온 것도 외국인 고객을 안내하기 위해서였습니다. 다른 용건이 있어서 온 것은 아닙니다.”

"그렇군요."

신부가 먼저 손을 내밀며 말했다.

"그럼 이만 실례하겠소."

"너무 어두워서 문을 찾기는 힘들겠습니다."

"벽을 따라서 쭉 걷다가 왼편으로 돌아 나가면 바깥으로 나갈 수 있소."

신부는 이렇게 말한 뒤 두세 발짝 걸어갔다. K가 다급하게 말했다.

"아, 잠깐만요. 더 이상 제게 하실 말씀은 없습니까?"

"이젠 없소."

"조금 전까지만 해도 친절하게 모든 걸 설명해 주시더니 이젠 나 같은 사람은 어떻게 되든 상관없다는 식으로 매정하게 돌아서시는군요."

"당신은 그만 돌아가야고 한다고 말하지 않았소?"

"그건 그렇습니다만, 방금 말씀드린 것도 좀 생각해 주십시오."

"당신은 내가 어떤 사람인지를 잊었습니까?"

"당신은 물론 신부님입니다."

K는 이렇게 말하며 신부 쪽으로 다가갔다. 당장 은행으로 돌아가야 하는 것도 아니고 성당에 좀더 머물러 있는다고 해서 지장받을 일도 없었다.

"그러니까 나는 재판소에 속해 있는 신부요. 내가 당신에게 무엇을 요구하겠소? 재판소는 당신에게 아무것도 바라지 않소. 당신이 오면 맞이하고, 가면 그냥 가게 내버려 둘 뿐이오."

제10장 종말(終末)

　내일이면 K는 서른한 번째의 생일을 맞게 되는 전날 밤이었다. 거리가 조용한 것을 보니 9시쯤 된 것 같았다. 그때, 두 명의 신사가 K를 찾아왔다. 프록 코트 차림에 얼굴빛은 창백했지만 몸은 뚱뚱했으며, 실크 모자를 푹 눌러쓰고 있었다. 그들은 처음으로 찾아온 손님답게 예의를 지키느라 현관에서 옷매무새를 단정하게 고친 뒤 고개를 숙여 인사했다. 예고도 없이 찾아온 손님이었지만 K는 두 사람과 같은 복장을 하고 문 옆에 있는 의자에 앉아 손가락에 꼭맞는 장갑을 천천히 끼고 있었다. K는 일어서면서 두 사람을 살폈다.

　"나를 방문한다던 사람들이 바로 당신들인가요?"

　K가 두 사람에게 물었다.

　두 사람은 약속이라도 한 듯 동시에 머리를 끄덕였다. 그리고 한 사람이 손에 들고 있던 실크 모자로 다른 한 사람을 가리켰다. K는 속으로 자기가 기다리던 사람은 아니라고 생각했다. K는 창가로 천천히 다가가서 짙은 어둠이 깔린 거리를 내다보았다. 건너편 건물의 창문은 대부분 불이 꺼져 있었고, 커튼을 드리운 창문도 많았다. 창살이 달린 한 창문에는 불이 켜져 있었는데 마침 아이들이 놀고 있는 것이 보였다. 아이들은 뛰어다닐 나이는 아니었는지 고사리 같은 손으로 서로를 매만지며 놀고 있었다.

　'늙은 말단 배우들을 내게 보냈군.' K는 속으로 중얼거리며 다시 한번 확인하려는 듯이 그들을 뒤돌아보았다. '누굴 놀리려는 속셈인가!' 그러다가 K는 갑자기 뒤돌아 서서 그들에게 물었다.

"어느 극장 소속입니까?"

"극장이라고요?"

한 사람이 입술을 실룩거리면서 다른 사람을 돌아보며 대답을 구하는 것 같았다. 그러자 그 남자는 말이 통하지 않는 생물체를 다루고 있는 듯한 동작의 벙어리 같은 몸짓을 했다.

"질문에 적당한 대답을 할 준비가 아직 안 된 모양이군!"

K는 이렇게 중얼거리며 모자를 가지러 갔다.

그들은 계단 위에서 바로 K의 팔을 잡으려고 했다. K는 두 사람을 향해 말했다.

"거리로 나간 다음에 잡으시오. 나는 환자가 아니니까!"

건물 출입구로 나오자마자 두 사람은 양쪽에서 K의 팔을 잡았다. 그들이 팔을 잡는 방법은 섬뜩했다. 그들은 어깨를 K의 어깨와 딱 붙이고 자신의 팔을 쭉 펴서 K의 팔을 감은 다음 아래쪽에서 K의 손을 꼭 거머쥐었다. 익숙한 동작이었으므로 K는 조금도 반항할 수 없었다. K는 몸을 꼿꼿하게 세우고 두 사람 사이에 꼭 끼여서 걸었다. 세 사람은 마치 한몸 같았고, 어느 한 사람이 넘어지면 전부 넘어질 지경이었다. 그것은 마치 무생물만이 취할 수 있을 것 같은 특이한 몸 동작이었다.

이렇듯 딱 붙어 있으니 옆 사람의 얼굴을 살피기에는 어려웠지만, 그래도 자기 방의 어두컴컴한 곳에서보다는 더 잘 보일 것 같아 가로등을 지날 때마다 두 사람을 살펴보았다. '뚱뚱한 걸 보니 테너 가수인가?' K는 묵직해 보이는 그들의 이중턱을 바라보며 이렇게 생각했다. 그들의 깔끔한 용모를 보자 K는 속이 메슥거리는 것 같았다. 눈꼬리를 매만지고 윗입술을 닦고 주름살이 있는 이마를 쓸어올리는 손도 희멀겋게 보였다.

이것을 본 K가 문득 걸음을 멈추자 두 사람도 자연히 멈추게 되었다. 그곳은 인적이 없는 공원처럼 꾸며진 넓은 광장이었다.

"왜 하필이면 당신들 같은 사람들을 보낸 거지?"

K는 그들에게 묻는다기보다는 화가 치밀어 소리쳤다.

"난 더 이상 걷지 않겠어."

K는 그들의 마음을 떠 보려고 시험삼아 말했다. 그들은 K의 말에 대꾸하는 대신 거칠게 K를 끌고 가려고 했다. 그러나 K는 저항했다.

'이렇게 끝까지 버텨 보는 거야. 있는 힘을 다 써서라도.' K는 다리에 힘을 주어 버티면서 끈끈이에 붙은 파리가 달아나려고 안간힘을 쓰는 광경을 떠올렸다. '이 사람들에게 골탕을 먹이고 말겠어.'

바로 이때 낮은 골목길로부터 조그마한 계단을 통해 뷔르스트너가 광장 쪽으로 올라오는 것이 보였다. 그녀가 뷔르스트너인지는 확신할 수 없었지만 아무튼 뷔르스트너 같다는 느낌이 들었다. 하지만 K는 뷔르스트너건 아니건 살펴볼 마음의 여유가 없었다. 현재의 이런 저항이 무의미하다는 생각이 문득 들었기 때문이었다. K는 순순히 다시 걷기 시작했다. 그들은 K가 다시 걷는 것이 기뻤던지 K가 아무렇게나 다리를 휘적거려도 묵인했다. 그래서 K는 뷔르스트너처럼 느껴지는 여자의 뒤를 따라 걸으려고 애썼다. 그녀의 모습을 좀더 보고 싶다는 심정에서가 아니라 그녀가 그에게 해 준 충고가 떠올랐기 때문이었다.

'마지막까지 침착하게 행동하는 일, 나로서는 이것 말고는 달리 취할 행동이 없다. 두 손과 두 발로 미친 듯이 날뛰는 방법은 옳지 못한 행동이었다. 그런데도 나는 지난 1년 동안 끌어온 소송 사건에 시달렸으면서도 조금도 변하지 않았다는 것을 보여 주어야 하는 걸까? 이해력이 부족한 인간이라는 인상을 주어야 하는 걸까? 처음엔 소송이 빨리 끝나기를 바라던 주제에, 지금 그 종말이 가까워짐을 알고는 다시 처음부터 되풀이되기를 바란다는 말을 들어도 좋단 말인가? 아니다, 절대 그런 말을 들을 수는 없다. 벙어리처럼 말도 못 하는 친구들을 내게 보내 준 것은 고마운 일이다. 나는 그저 내게 필요한 일만 생각하면 그만인 것이다.' 그러는 사이에 그녀는 어느 새 골목으로 꺾어 들었다. K는 더 이상 그녀 생각도 할 수 없게 되었다.

K는 동행자들이 이끄는 대로 몸을 맡겼다. 세 사람은 오래 전부터 한몸

으로 생활해 온 사람들처럼 호흡이 잘 맞았다. 달빛이 비치는 다리 위를 세 사람은 말없이 걷고 있었다. K가 다리 난간 위에서 강물을 내려다보려고 하자 두 사람은 동시에 K가 편하게 볼 수 있도록 몸을 틀어 주었다. 달빛을 받아 반짝이며 흐르는 물은 조그마한 섬에 의해서 두 갈래로 갈라져 흐르고 있었다. 그 섬에는 나무 숲이 우거져 있었다. 숲 속은 보이지 않았으나 산책로와 벤치가 드문드문 놓여 있는 것이 어렴풋이 보였다. K는 여름철이면 그 벤치 위에서 가끔 낮잠을 즐기곤 했었다.

“멈추어 설 생각은 아니었소”

K는 두 동행인들이 너무 관대한 친절을 베푸는 것 같아 미안한 마음에서 이렇게 변명했다. K는 다시 바삐 발걸음을 옮겼다.

세 사람은 몇 군데의 비탈길을 오르내렸다. 곳곳마다 경찰관들이 서 있거나 걸어다니고 있었다. 텁수룩한 수염을 기른 한 경찰관이 군도(軍刀)의 손잡이를 잡으며 수상해 보이는 세 사람에게로 다가왔다. 경찰이 뭔가 말을 걸려는 눈치를 보이자 K는 두 사람을 끌고 가는 것처럼 빨리 걸음을 옮기다가 뛰기 시작했고, 두 사람도 덩달아 뛰어야만 했다.

이렇게 하여 세 사람은 시내를 벗어나자 시내에서 옮겨다 놓은 듯한 건물 옆에 황폐하게 방치된 자그마한 채석장이 있었다. 그 장소가 처음부터 두 사람의 목적지였는지, 아니면 더 뛸 수 없었는지 두 사람이 멈춰 섰다. 두 사람은 K에게서 팔을 빼고 실크 모자를 벗더니 손수건으로 이마의 땀을 닦았다. 그러면서 채석장 주변을 두리번거리며 살폈다. 달빛은 다른 곳에서는 느낄 수 없는 차분한 빛으로 그곳을 비추고 있었다.

두 사람은 침착한 태도로 다음 일을 상의했다. 그리고 한 사람이 천천히 K에게로 다가오더니 겉옷과 조끼를 벗기고 속옷까지 모두 벗겼다. K는 놀라기도 하고 춥기도 해서 몸을 부들부들 떨었다. 옷을 벗긴 남자는 격려라도 하는 듯 K의 등을 가볍게 한 번 툭 쳤다. 그러고 나서 소중한 물건처럼 K의 옷을 반듯하게 개어 놓았다. 가만히 앉아 있으면 더 추울 거라고 생각했는지 한 남자는 K의 팔을 잡고 이리저리 거닐었고, 또 한 남자는 적당한 장소를 찾는 듯이 채석장을 두리번거리고 있었다.

적당한 곳을 발견했는지 한 남자가 눈짓을 했다. K의 팔을 잡고 거닐던 남자가 그쪽으로 K를 끌고 갔다. 채석장의 절벽 바로 아래였다. 캐다 만 커다란 돌덩이가 반쯤 몸을 드러내고 있었다. 그들은 K를 땅바닥에 앉힌 뒤 그 돌에 등을 기대게 하더니 머리를 돌 위로 젖혔다. K는 그들이 시키는 대로 모두 해 보였지만 그들이 지시하는 자세는 거북스러웠고, 안정된 자세가 아니었다. 한 남자가 자기에게 맡기라고 큰소리를 치더니 K를 이런저런 방법으로 앉게 했다. 그러나 역시 거북하기는 마찬가지였다.

이윽고 한 남자가 프록 코트 자락을 젖히고 조끼 위로 맨 띠가 달린 칼집에서 길고 날이 선 번득이는 칼을 꺼내 들었다. 그리고 그 칼을 이마 위로 쳐들고 달빛에 비춰 본 뒤 두 사람은 뭐라고 주고받으며 상대에게 칼을 건네주었다. 그러나 곧 그 칼은 K의 머리 위로 처음의 주인에게로 돌려주었다. 칼이 자기 위로 왔다갔다 하는 동안 K는 차라리 그것을 빼앗아 스스로 심장을 찌르는 것이 의무를 다하는 일은 아닐까 하고 생각했다. 그러나 차마 그렇게는 할 수 없었다. K는 좌우로 고개를 돌리며 두 사람의 행동을 지켜보았다. K는 결국 자신의 결백을 주장할 기회조차도 얻지 못했다. 또한 두 사람을 물리칠 힘도 없었다. 이 최후의 실책에 대한 책임은 필요한 기력을 송두리째 그에게서 빼앗아 버린 자들의 몫이어야 한다.

K의 시선은 채석장과 잇닿은 건물의 맨 위층으로 쏠렸다. 갑자기 그곳에 불이 켜졌던 것이다. 불이 켜짐과 동시에 덧문이 양쪽으로 열리면서 한 사람이 튀어 나왔다. 그곳과는 워낙 멀기도 하고 높은 곳이어서 그런지 그 사람은 매우 여위어 보였다. 그리고 그 사람은 어느 순간 몸을 앞으로 내미는 듯하더니 두 팔을 번쩍 들어올렸다. 도대체 누구일까? 친구일까? 나를 도우려고 하는 걸까? 나와 안면이 있는 사람일까? 나를 구출해 줄 사람일까? 그렇다면 개인적인 신분으로? 하지만 아직도 살아날 가망은 있는 걸까? 한 사람 뿐일까? 아니면 더 많은 사람들이 있는 것일까? 내가 잊고 있는 다른 이의(異議)가 있는 것일까? 틀림없이 그런 것이 있을 것이다. 논리는 확고한 것이지만, 살기를 희망하는 인간에게 어찌 논리가 대항할 수 있겠는가? 한 번도 모습을 보이지 않은 재판관은 어디에 있는 거지? 구경

조차 할 수 없었던 상급 재판소라는 것은 도대체 어디에 있단 말인가? K
는 두 손을 쳐들고 손가락을 전부 쫙 펼쳤다.

　바로 그때 한 사람은 K의 목을 죄고 다른 한 사람은 칼로 K의 심장을
찌른 뒤 두 번이나 도려 냈다. K는 흐려져 가는 눈으로 얼굴을 맞대고 서
서 자신의 최후를 노려보고 있는 두 사람을 보고 있었다.

　"개자식들!"

　K가 마지막으로 뱉은 말이었다. 비록 육체는 죽었지만 치욕은 그대로
살아 남는 것 같았다.

미완성 장(章)

엘자에게로

어느 날 퇴근 준비를 하고 있던 K에게 전화가 걸려 왔다. 곧 재판소 사무국으로 오라는 내용이었다.

'이 명령을 거역해서는 안 된다, 심리 같은 것은 몇 번을 해도 소용이 없으며 별 효과도 없다, 앞으로 별일이야 없을 것이라고 호언장담한 것, 더 이상 출두하지 않겠다고 한 것, 전화나 문서나 소환은 겁나지 않으니 심부름꾼이 오면 문 밖에서 내쫓아 버리겠노라고 한 말 등 참으로 어처구니없는 말만 지껄인 모양인데, 이미 당신이 한 말들은 다 기록되어 있으므로 당신에게 나쁜 영향을 미칠 것이다. 왜 시키는 대로 행동하지 않느냐? 당신의 복잡한 사건을 해결하려고 돈과 시간을 아끼지 않고 있는데 왜 그것을 모르느냐? 당신은 그것에 멋대로 초를 치고 있으며, 재판소가 지금까지 당신에게 베푼 관용을 거두어들이고 강제 조치를 취하기를 바라는가? 오늘 소환은 최후의 통첩이다. 당신은 마음내키는 대로 하겠지만, 상급 재판소는 더 이상 조롱만 당하고 있지는 않을 것이다.'

마침 이날 밤은 엘자와 함께 지내려고 미리 연락을 해 두었으므로 재판소로 갈 수는 없었다. 이것은 출두하지 못한 적절한 변명이 될 수도 있을 것이라고 여긴 K는 은근히 기뻐했다. 물론 선약이 없었더라도 그는 결코 재판소에는 가지 않았을 것이다. 아무튼 가고 안 가고는 자신이 결정할 일이라는 듯이 K는 가지 않으면 어떻게 되는 거냐고 전화로 물어 보았다.

"당신이 어디를 가든 우리 손바닥 안에 있다."

"제가 가지 않으면 처벌을 받게 되는 겁니까?"

K는 이렇게 다시 물으며 다음엔 어떤 대답이 기다리고 있을까 하는 호기심에서 미소를 지었다.

"처벌은 받지 않는다."

"도대체 오늘의 소환을 거역해서는 안 된다는 말은 무슨 뜻입니까?"

"재판소의 권력은 아예 건드리지 않는 것이 현명한 것이다."

상대편의 목소리는 점점 작아지더니 결국은 끊어졌다.

'매우 경솔한 짓일 수도 있지만 강제 조치라는 것이 어떤 것인지 한번 겪어 보는 것도 괜찮겠지?'

K는 망설이지 않고 엘자에게로 향했다. 자동차 쿠션에 몸을 파묻고 양손을 외투 주머니에 찌른 채 거리를 오가는 사람들을 멍하니 바라보고 있었다. 만약 재판소가 말처럼 K의 행동을 주시하고 있다면 K는 그들에겐 여간 귀찮은 존재가 아닐 것이라고 생각되었다. K는 출두 여부에 대해 딱 부러지게 대답을 하지 않았으므로 재판관은 분명 K가 올 것으로 믿고 기다리고 있을 것이다. 또한 집회에 참석하는 다른 관리들이나 회원들까지도 기다리고 있을 것이다. 아무리 기다려도 K는 나타나지 않을 테니 방청객들은 더욱 실망할 것이다. 재판소 안의 많은 사람들이 초조하게 기다리고 있을 때 K는 차를 타고 자기가 가고 싶은 곳으로 달려가고 있었다.

그러다가 K는 문득 무의식중에 운전수에게 재판소로 가자고 한 것은 아닐까 하는 의심이 들기 시작했다. K는 다시 큰 소리로 운전수에게 엘자가 있는 주소를 말했다. 운전수는 알고 있다는 듯이 가볍게 고개를 끄덕였다. K는 차츰 재판소의 일은 잊게 되었고, 여느 때처럼 다시 은행의 일이 머릿속으로 떠오르기 시작했다.

어머니와의 만남

어느 날 점심때 K는 문득 어머니가 보고 싶었다. 계절은 벌써 늦봄으로 접어들고 있었다. 어머니를 만난 지도 벌써 3년이 되었다. 그때 어머니는 K의 생일 때는 꼭 오라고 당부를 하셨었다. K는 그렇게 하겠다고 약속했을 뿐만 아니라, 생일마다 꼭 어머니와 함께 지내겠다고 말했다. 하지만 벌써 두 번이나 그 약속을 어긴 셈이었다. 그 대신 생일은 2주일 뒤였지만 기다릴 필요없이 어머니를 만나러 가야겠다고 마음먹었다. 그렇다고 당장 어머니를 만나야 할 특별한 이유는 없었다. 또한 어머니가 살고 있는 마을에서 조그마한 가게를 하며 K가 보내 드리는 어머니의 생활비를 관리하고 있는 사촌동생은 두 달마다 편지를 보내 오고 있었는데 그 편지에 의하면 어머니의 병세는 많이 좋아졌다고 했다. 어머니의 시력은 실명 직전의 위기로 치닫고 있었지만 그것은 이미 몇 년 전부터 의사들이 예상하고 있던 일이었다. 그것을 제외하고는 다른 곳은 예전보다 더 좋아졌다. 사촌동생의 편지에 의하면 어머니의 그런 병세 호전은 최근 몇 년 동안——K도 지난 번 만남에서 어렴풋이 눈치채고 불쾌함을 느꼈었다—— 종교에 심취한 결과라고 했다. 또한 예전에는 반드시 누군가의 부축을 받아야만 교회까지 갈 수 있었는데 요즘엔 혼자서 교회까지 걸어갈 수 있게 되었다고 했다. 사촌동생의 편지는 눈으로 그 상황을 보는 것처럼 자세하게 씌어 있었다. 사촌동생의 말은 충분히 믿을 수 있었다. 왜냐하면 다소 신경질적이고 수심이 많은 그의 성격 때문인지 편지는 언제나 좋은 일보다는 그렇지 않은 일을 강조해서 보내 왔기 때문이다.

아무튼 K는 어머니를 보고 싶은 마음이 간절했다. 최근의 K는 자신이 하려는 일은 모두 실패한다는, 그래서 쓸데없는 노력만 하고 있다는 생각이 그를 지배하고 있었다. 그러나 이번의 경우는 그러한 악덕이 좋은 목적을 위해 도움이 된다고 생각되었다.

K는 곧 그루바하 부인에게로 사환을 보내 여행을 떠난다는 것을 알리고 필요한 물건들을 챙겨서 가져오라고 시켰다. 그런 다음 부재 중에 처리해야 할 두세 가지 업무를 큐 씨에게 부탁했다. 그는 이미 몸에 배어 버린 무례한 태도로 얼굴을 옆으로 삐딱하게 돌린 채, 이미 부탁하기 전에 처리해야 할 일이라는 것을 잘 알고 있으며, 예의상 할 수 없이 맡아서 해 주

는 것이라는 표정으로 승낙을 했다. 그러나 이번만은 K도 그의 그러한 태도가 별로 불쾌하게 느껴지지는 않았다. 그리고 지점장에게로 갔다. 어머니를 만나러 가야 하니 2, 3일 정도 휴가를 내고 싶다고 말했다. 지점장은 어머니의 병세가 악화되었느냐고 물었다.

"그렇지 않습니다."

K는 이렇게만 대답했을 뿐 더 이상의 변명은 하지 않았다. K는 두 손을 등 뒤로 돌리고 방 한가운데에 서서 이마를 찌푸리며 생각에 잠겼다. 출발을 너무 서두른 것은 아닐까? 그냥 이대로 이곳에 있는 것이 낫지 않을까? 무엇 때문에 고향으로 가려는 거지? 감상적인 기분에서 즉흥적으로 생각한 것은 아닐까? 감상적인 기분에서 이곳을 비우게 되면 소송에서 비난을 받게 될 계기를 마련해 주는 것은 아닐까? 소송은 몇 주일 동안 정지해 있는 것처럼 보이고, 아무런 통보도 없는데 만약 자리를 비우게 되었을 때에 연락이 오는 것은 아닐까? 언제 어느 때 연락이 올지는 알 수 없는 일이다. 어머니는 만나면 반가워하시겠지만 너무 놀라시지는 않을까? 물론 그럴 의사는 조금도 없지만, 요즘 주변에서 일어나고 있는 일이 예상 외의 일이므로 어머니를 놀라게 할 수도 있을 것이다. 예전 같으면 사촌동생의 편지에는 어머니가 보고 싶어 한다는 말이 매번 정해 놓은 것처럼 반복되고 있었지만 이번에는 전혀 그런 말이 없었다. 그러니 어머니 때문에 가는 것도 아니다. 그렇다고 어떤 희망을 가지고 가는 것이라면 그것은 말도 안 되는 어리석은 짓이며, 분명 절망으로 지쳐서 오는 것이 고작일 것이다. 그러나 이러한 의혹들이 자신의 생각이 아니라 남들이 자기에게 품고 있는 의혹이라도 되는 것처럼 K는 가겠다는 결심을 번복하지는 않겠노라고 마음 속으로 다짐했다.

이런 생각에 젖어 있는 동안 지점장은 우연인지 아니면 K에게 특별한 배려를 하는 것인지는 몰라도 신문에서 얼굴을 들더니 K를 바라보며 일어섰다. 그리고 더 이상 아무것도 묻지 않고 손을 내밀며 잘 다녀오라고 말했다.

K는 자기 방에서 초조하게 사환을 기다리고 있었다. 그 동안 차장은 몇

번이나 K의 여행 목적을 알아내려고 들어왔으나 그때마다 K는 차가운 표정으로 입도 열지 않았다. 마침내 사환이 여행용 가방을 가지고 오자 K는 서둘러 방을 나섰다. 계단의 중간쯤에 왔을 때 사원 쿨리히가 결재 서류를 손에 들고 나타났다. K는 손을 내저으며 거절하는 신호를 보냈다. 하지만 다갈색의 텁수룩한 머리를 한 쿨리히는 눈치도 없이 그 신호를 오해하고 서류를 흔들면서 K에게로 달려왔다. 화가 난 K는 쿨리히에게서 서류를 빼앗아 그 자리에서 찢어 버렸다. 자동차 안에서 밖을 내다보니 자신의 실수를 아직도 깨닫지 못한 쿨리히는 멍하니 사라져 가는 차를 바라보고 서 있었다. 그의 옆에는 모자를 푹 눌러쓴 수위가 함께 서 있었다. 그렇다면 자신은 아직 은행의 간부인 것이다. 스스로 그것을 부정한다 해도 수위는 반박할 것이다. 더구나 어머니는 K가 아무리 아니라고 우겨도 몇 년 전부터 그를 은행 차장으로 생각하고 있었다. 자신의 명성이 아무리 나빠진다 해도 어머니는 절대로 그것을 믿지 않을 것이다. 재판소와 은밀하게 내통하고 있는 자신의 부하 직원의 서류를 빼앗아 찢어 버린 것은 아직도 예전과 다름없는 용기를 가지고 있다는 것을 반증하는 뜻이므로 K는 통쾌했다. 아마 이번 여행은 즐거울 것이라는 예감이 들기 시작했다.

（이하 1절은 작가에 의해 지워졌음.）

　K는 가장 하고 싶었던 통쾌한 일을 하지 못한 것이 마음에 걸렸다. 그것은 다름아닌 쿨리히의 창백하고 둥근 얼굴을 두 번쯤 소리나게 후려갈기는 일이었다. 하지만 곰곰이 생각해 보니 그렇게 하지 않은 것이 오히려 잘한 일인 것 같았다. 왜냐하면 쿨리히와 라벤슈타인, 카미너까지 혐오하고 있었다. 뷔르스트너의 방에 들어오기 전부터 이미 그들을 싫어하고 있었다. 더구나 요즘은 그들에 대한 혐오를 떨쳐 버리려고 하면 할수록 도리어 강해지고 있어서 K는 고통스러웠던 것이다. 그들은 모두 은행의 말단 직원이기 때문에 K와 접촉하는 일은 거의 없었다. 세 사람 모두 특별한 능력도 없고, 또 근속 연한 이외에는 승진할 가능성도 없다. 그러니 본인들도 K가 승진을 방해하고 있다고는 생각하지도 않을 것이다. K가 방해를

한다 해도 쿨리히의 우둔함과 라벤슈타인의 게으름, 카미너의 땅을 기는 듯한 비굴함에는 비교도 안 될 것이다. 그러니 그들에게 행사할 수 있는 일이란 면직을 시키는 일밖에 없다. 그것은 쉽게 할 수 있는 일이다. K가 지점장에게 서너 마디만 그들의 험담을 늘어놓으면 가능한 일이다. 그러나 K는 그것을 망설이고 있었다. K가 싫어하는 일이라면 드러내놓고 하는 차장이 아마 그들의 편이 된다면 K는 그렇게 했겠지만, 의외로 차장 역시 그들에게 반감을 가지고 있는 것처럼 행동하고 있었으므로 K는 선뜻 그렇게 할 수가 없었다.

검　사

(이 내용은 제7장의 끝 부분과 이어져야 하는 것으로 보인다. 제7장의 마지막 절을 베껴 쓴 종이쪽지에 이 내용의 표제가 씌어 있다.)

K는 은행에서 근무하는 동안 사람을 보는 눈이나 세상 물정을 대한 안목을 차츰 넓히게 되었고, 특히 술집에서 만나는 단골들은 특별히 존경할 만한 사람들이라고 항상 생각하게 되었다. 그리고 K가 그 모임에 낄 수 있는 것을 매우 영예스러운 일로 여기고 있었다. 그들은 거의 재판관이나 검사, 변호사들이었다. 젊은 관리나 수습 변호사들이 몇 명 있기는 했지만, 그들은 언제나 좌석의 맨 끝쪽에 앉아서 특별한 질문이라도 받게 되면 논쟁에 낄 수 있었다. 그러나 특별한 질문이란 것은 대개가 주흥을 돋우기 위한 것이 고작이었다. 특히 하스테러 검사는 늘 K의 옆에 앉아서 이러한 방법으로 젊은이들을 괴롭히는 일을 즐겼다. 하스테러 검사가 털이 많은 커다란 손을 탁자 위로 올려놓고 좌석의 맨 끝쪽으로 고개를 돌리면 일행은 숨을 죽이고 귀를 귀울였다. 좌석 끝쪽의 누군가가 질문을 받게 되면 선뜻 대답하지 못하고 잔을 바라본다든지—— 이 경우가 가장 보기가 민망하다 —— 또는 대답이 궁색해져 대신 먹을 것을 잔뜩 입으로 가져간다든지, 엉뚱한 의견을 주절주절 늘어놓는다든지 하면 일행은 서로의 얼굴을 바라보며 재미있다는 듯 미소를 지었고 만족해했다. 진지한 논쟁은 하

스테러를 비롯한 동료들 사이에서만 오갔다.

K는 밤 늦게까지 상담을 하고 은행의 고문 변호사를 따라 이 술집을 드나들다가 이 모임에 끼게 되었다. 박식하고, 사회적 명성도 있으며, 어떤 의미에서는 막강한 권력을 가지고 있는 사람들로서 일상 생활과는 거리가 먼 얘기를 심각한 화제로 삼아 지칠 때까지 논쟁을 벌이는 것이 그들의 일이고, 동시에 즐거움인 듯했다. 물론 K가 참견할 수 있는 일은 거의 없었지만, 은행 업무에 도움이 될 만한 의견을 들을 수도 있었고, 재판소 관리들과 개인적인 친분을 쌓을 수 있어서 좋았다.

이 모임의 사람들도 차츰 K를 인정하는 태도를 보였다. K는 곧 전문 직업인으로 인정받게 되었고, 그 방면과 관련된 화제에 대한 K의 의견을 권위 있는 것으로 받아들였다. 상법과 관련된 법률 문제를 가지고 의견을 달리 하는 두 사람이 K의 의견을 묻고는 그것으로 K의 이름을 들먹거리며 논쟁을 벌일 때는 무척 난감하기도 했다. 그리고 끝내는 K로서는 도저히 감당할 수 없는 매우 추상적인 논쟁으로 휩쓸리게 되는 경우도 있었다. 그럴 때마다 하스테러 검사가 곁에서 조언을 해 주었기 때문에 K는 조금씩 그러한 것에 대처하는 요령을 익히게 되었다. 그래서 차츰 하스테러 검사와 가까워지게 되었고, 가끔 집까지 함께 걷는 친숙한 사이로 발전했다.

두 사람은 시간이 흐름에 따라 의기가 투합하는 것 같았다. 교양이나 직업, 나이의 차이가 거의 느껴지지 않았으며 마치 오래된 친구처럼 허물 없이 지내게 되었다. 어느 한쪽이 조금이라도 뛰어나 보일 때가 있다면 그것은 하스테러가 아니고 오히려 K쪽이었다. 그 이유는 K의 실제적인 경험은 하스테러가 책상에서 얻은 지식보다 더 빛을 발했기 때문이었다.

두 사람의 우정은 곧 술집 단골들에게 널리 퍼졌다. 누가 K를 이 모임에 끌어들였는지는 모두 잊게 되었고, 하스테러와 제일 잘 맞는 사람은 K라고 말하게 되었다. 그 모임에 참가할 수 있는 자격이 없다고 하더라도 K는 이제 당당하게 하스테러를 내세울 수 있게 되었다. 그것만으로도 K는 일종의 특별한 대우를 받게 된 셈이었다. 왜냐하면 하스테러는 명성도 높았지만 그들이 두려워하는 존재였기 때문이다. 하스테러는 법률가로서의 과감하고 임기응변적인 성격은 훌륭했지만 자기 자신의 주장을 펼 때의 격렬한 태도는 아무도 흉내낼 수 없는 것이었다. 상대를 도저히 설복할 수 없을 경우 하스테러는 상대를 공포 속으로 몰아넣을 수가 있었다. 그가 집게손가락을 내밀기만 해도 많은 사람들은 움찔하며 몸을 사릴 정도였다. 아마 그럴 때 하스테러는 상대편이 같은 모임의 일원이라는 것도, 이론적인 문제일 뿐이라는 것도, 실제로는 아무 일도 일어나지 않는다는 것도 모두 잊고 있는 사람처럼 보였다. 하지만 궁지에 몰린 상대편은 벙어리처럼 입을 꾹 다물고 겨우 고개만 가로저었다. 만약 논쟁을 하는 상대편이 멀리 떨어진 좌석에 있으면, 하스테러는 음식이 담긴 접시를 밀치며 일어나서 상대편 옆으로 갔다. 그것은 보기 민망한 모습이었다. 물론 자주 일어나는 일은 아니었다. 법률 문제와 관계가 있는 일에 대해서만 그랬으며, 특히 하스테러가 담당했던 심리라든가, 현재 그가 진행하고 있는 소송에 관한 문제로 흥분했을 때만 그렇게 행동했다.

이러한 문제가 아니라면 그는 침착하고 온순했으며, 웃음소리는 수줍음까지 느껴질 뿐 아니라 오로지 먹고 마시는 일에만 관심 있는 사람처럼 보였다. 그뿐만 아니라 일행의 화제에는 전혀 귀를 기울이지도 않고 K의 의자에 기대어 K를 바라보며 낮은 목소리로 은행의 일을 묻거나 자신의 일을 이야기했다. 또 때로는 여자 문제를 털어놓기도 했다. 하스테러가 다른 사람과 그렇게 정답게 얘기를 주고받는 일은 거의 없었다.

만일 누군가가 하스테러에게 부탁할 것이 있으면 K에게로 달려와 하스테러와 대화할 수 있도록 주선해 달라고 부탁할 정도였다. 이런 일은 종종 있었다. K도 그런 부탁을 기꺼이 받아들여 흔쾌히 해결해 주곤 했다. 그러나 K는 하스테러와의 이러한 막역한 사이를 이용할 생각은 전혀 없었다. 오히려 더욱 조심성있게 사람들을 대했으며 서열에 맞게 대우했다. 물론 그것은 하스테러가 여러 차례에 걸쳐 K에게 가르쳐 준 것이었다. 하스테러 또한 아무리 분격해도 이 규율을 절대 어기지는 않았다. 11시쯤 하스테러가 자리에서 일어나면 누군가가 재빨리 하스테러의 외투를 들고 달려와 입혀 주었다. 그리고 또다른 누군가는 머리를 깊게 숙여 인사를 한 뒤 문을 열어 주고 그가 완전히 밖으로 나갈 때까지 문을 붙잡고 서 있었다.

처음 얼마 동안은 K가 하스테러를, 또는 하스테러가 K를 바래다주었지만 차츰 시간이 흐르자 하스테러가 K에게 자신의 방에서 잠시 앉았다가 가지 않겠느냐고 권하는 것으로 변했다. 그러면 두 사람은 한 시간 정도 더 브랜디를 마시거나 담배를 피우면서 잡담을 나누었다. 이러한 밤은 하스테러에게는 매우 즐거운 것이었다. 그는 헬레네라는 부인과 2, 3주일 동안 함께 지내는 동안에도 이렇게 K와 함께 지내는 밤을 포기하려 하지 않았다.

그녀는 뚱뚱한 중년 여인으로 노란 빛을 띠는 눈동자에 검은 고수머리를 이마에 드리우고 있었다. 처음 만났을 때에는 침대에 누운 채 일어나지도 않고 소설책을 읽고 있었다. K와 하스테러의 대화에는 관심도 없는 듯이 보였다. 시간이 지나자 기지개를 켜고 소리내어 하품을 했다. 그 방법으로도 자신에게 주의를 돌리지 않으면 읽고 있던 소설책을 하스테러에게로 내던졌다. 그때서야 그는 웃으면서 일어나 K에게 작별 인사를 했다.

나중에 하스테러가 헬레네에게 싫증을 내는 것처럼 보이자 그녀는 두 사람이 함께 있는 것을 방해하기 시작했다. 그녀는 성장(盛裝)을 하고 두 사람을 맞이했다. 그 옷차림을 그녀 자신은 비싸고 세련된 것으로 여기는 모양이었지만 낡고 유행에 뒤떨어진 이브닝 드레스였다. 더군다나 긴 리본 장식은 역겨움을 자아냈다. K는 정면으로 바라보는 것조차 거북했다. K는 줄곧 눈을 아래로 내리깔고 있었다. 그러면 그녀는 뚱뚱한 몸을 흔들며 방 안을 이리저리 거닐기도 하고 K 옆에 앉기도 하며 관심을 끌려고 했다. 그러다가 마침내는 하스테러로 하여금 질투심을 일으키게 하려고 둥그스름하고 살이 찐 등과 가슴의 맨 살을 드러낸 채 탁자 위로 가슴을 대면서 K에게 얼굴을 내밀어 K가 어쩔 수 없이 얼굴을 들게 만들었다. 그녀는 최후의 수단을 쓰는 것 같았다. 그러나 그녀의 그런 행동으로 얻은 것이라곤 오직 K가 그 후로는 하스테러의 집으로 가지 않겠다고 한 말뿐이었다.

얼마 후 그곳에 다시 갔을 때 헬레네는 보이지 않았다. K는 당연한 결과라고 생각했다. 그날 밤 두 사람은 다른 날보다 오래도록 함께 있었고, 하스테러가 새삼스럽게 우정을 찬양하기도 했다. K는 지나친 술과 담배 때문에 정신이 몽롱한 상태로 집으로 돌아왔다.

그 다음 날 아침, 지점장은 K에게 어젯밤에 K와 하스테러 검사가 팔짱을 끼고 거리를 걷고 있는 것을 본 것 같다고 했다. 지점장은 그 일을 매우 이상하게 여기는 것처럼 한 교회의 이름을 대며 그 교회의 분수 근처에서 보았다고 덧붙였다. 그래서 K는 하스테러 검사와는 막역한 친구 사이라는 것과 어젯밤에 분수 근처를 함께 지나갔다고 말했다. 지점장은 매우 놀라는 기색을 보이더니 곧 웃음을 띠고 앉으라고 권했다. 이 일이 지점장이 K에게 호의를 갖게 된 이유 중의 하나였다. 나약하고 병이 들어 기침에 시달리면서도 막중한 책임을 요구하는 일을 맡고 있는 지점장으로서는 K의 미래와 행복이 눈앞에 보인 것이리라. 어쩌면 그것은 K와 비슷한 경험을 한 동료들의 말대로 표면적인 배려일 수도 있고, 또한 유능하고 권력의 힘까지 빌릴 수 있는 부하 직원을 단 몇 분간의 희생으로 평생 자기 편으로 붙잡아 둘 수 있는 수단으로 이용하려는 것인지도 모른다. 그렇다 하더라도 이러한 상황에서는 누구든 순종하지 않을 수 없을 것이다. 지점장도 다른 사람들을 대할 때와는 조금 다른 태도로 얘기를 시작했다. 이를테면 자기가 상사라는 지위를 잊고 K와 대등한 위치에서 얘기하는 것이 아니라—— 이런 일은 차라리 일반적인 업무상의 교섭에서 하는 지점장의 상투적인 수단이었지만—— 반대로 K가 자신의 부하 직원이라는 것을 잊고 있는 것처럼 보였다. 그리고 어린아이나 아무것도 모르는 철부지이지만 자신의 호감을 산 순진한 청년을 상대하는 것처럼 온화하고 자상한 태도였다.

만약 지점장의 이 같은 태도가 진실성이 전혀 없어 보이거나, 아니면 이러한 배려가 이 순간에 나타날지도 모른다는 확신이 조금도 없었다면 K는 상대가 지점장이건 누구든 상관하지 않고 자리를 박차고 일어났을 것이다. K는 자신의 약점을 너무나 잘 알고 있었다. 그것은 바로 어린아이 같은 데가 있다는 것이었다. 어렸을 때 아버지가 돌아가셨기 때문에 아버지의 자상한 배려 따위는 알지도 못하고 집을 뛰쳐나왔으며, 또 장님이나 다름없는 어머니를 본 지도 2년이나 되었는데, 그에게는 누군가의 애정을 불러일으키는 앳된 데가 남아 있었다.

"두 사람이 그렇게 친한 줄은 미처 몰랐네."

지점장의 얼굴에 떠오른 미소가 이 냉엄한 말을 조금 부드럽게 해 주는 것 같았다.

건　물

K는 특별한 의도를 품고 시작한 일은 아니었지만 기회가 있을 때마다 자신을 처음으로 고발한 관청이 어딘지를 알아 내려고 했다. 그 일은 그리 어렵지 않았다. 티토렐리뿐만 아니라 볼파르트도 그 건물의 주소를 알고 있었다. 그 후 티토렐리는 자기 힘으로는 도저히 밝혀 낼 수 없는 일에 부딪히게 되면 비굴한 웃음을 띠면서 '그런 관청은 별로 의미가 있는 것도 아니고 오직 의뢰받은 일을 대변하는 곳일 뿐이다. 소송 당사자는 절대로 가까이 갈 수 없는 상급 재판소의 하부 기관에 불과하다. 그러므로 우리가 어떤 일을 재판소에 요청할 경우── 물론 바라는 것은 많겠지만, 바라는 것을 모두 입으로 말하는 것은 결코 현명한 일이 아니다── 이런 하부 기관을 상대로 하는 것이지만 아무리 그런 짓을 되풀이한다 해도 실질적으로 재판소로 나아가는 것도 아니며, 이쪽의 요구가 전달되는 것도 아니다'라고 덧붙였다.

K는 티토렐리의 성격을 잘 알고 있었으므로 아무런 반박도 하지 않고 더 이상 묻지도 않았다. 다만 고개를 끄덕여 알아들었다는 표시를 하고 들은 것을 머릿속에 되새겼다. 최근에 종종 있는 일이지만 사람을 번거롭고 짜증나게 하는 일에서는 티토렐리 역시 변호사 못지 않았다. 단지 차이가 있다면 K는 변호사에게 했던 것처럼 티토렐리에게는 고분고분하지 않았으므로 마음만 먹으면 티토렐리와의 관계를 쉽게 정리할 수 있다는 것, 또한 티토렐리는 매우 솔직하다는 것과 예전보다는 많이 나아졌지만 여전히 말이 많다는 것, 그리고 때에 따라서는 K가 티토렐리를 역으로 괴롭힐 수

있다는 것 등이었다.

이번에도 K는 티토렐리를 괴롭힌 셈이다. 티토렐리에게는 함부로 발설하면 안 된다는 것을 미리 말해 두고 종종 그 건물 얘기를 했다. '그 건물 얘기를 할 때면 넌 무언가 숨기는 것처럼 보인다. 그 관청하고는 서로 연락이 닿아 있기는 하지만 아직 긴밀한 단계는 아니므로 다른 사람에게 알려지면 곤란하다'는 등의 얘기를 넌지시 했다. 그러면 티토렐리는 좀더 알아내려고 그에게 말을 시켰지만 그럴 때마다 K는 화제를 다른 것으로 돌리고 더 이상 얘기를 하지 않았다.

이러한 방법으로 K는 재판소 근처에서 얼쩡거리는 무리들의 심리를 누구보다도 잘 알게 되었던 것이다. 필요하다면 그들과 농담을 주고받을 수도 있고, 그들 무리 속에 자신도 포함되어 있다고 믿을 정도였다. 그들이 재판소 주변을 배회하는 것은 앞을 내다볼 줄 아는 능력과 추측을 할 수 있기 때문이겠지만 그 정도는 K로서도 가능하다고 믿었다. 자신의 지위가 이런 조무래기들 속에서 끝나게 되어 있다면 어떻게 할 것인가? 설사 그렇다 하더라도 반드시 빠져 나갈 구멍은 있을 것이다. 우선 이 무리들과 하나가 되어야 한다. 그렇게 되면 이 무리들이 신분이 낮고, 혹은 다른 여러 가지로 심리에 도움은 되지 않는다 할지라도 자신을 받아들여 보호하고 숨겨 줄 수는 있을 것이다. 특히 티토렐리는 친구이며 후원자라고 자칭하고 있으니 거절하지는 않을 것이다.

그렇다고 K가 이런 희망을 항상 간직하고 있었던 것은 아니었다. 표면적으로는 단호하게 사리를 분별했고, 곤란한 일을 보고도 모른 체하거나 그냥 넘어가는 일이 없도록 세심한 주의를 기울이고 있었다. 하지만 때때로 그는 사소한 그날의 일 중에서 마음을 위로할 수 있는 것을 찾아냈다. 그럴 때는 언제나 사무실의 긴 의자에 드러누워 머릿속으로 이일 저일을 연결시켜 보았다. 그렇게 생각에 잠겨 누워 있으면 재판소의 역할 따위는 잊어버릴 수 있고, 자신만이 유일한 피고이며, 다른 사람들은 모두 법률가나 관리가 되어 재판소 복도를 오가고 있는 것처럼 생각되었다. 우둔한 사람들조차도 심각한 생각에 잠긴 듯한 표정으로 턱을 가슴에 붙이고 입술을 꽉 다문 채 한곳을 조용히 바라보는 것이 상상되었다.

그 다음에는 그루바하 부인의 하숙집 사람들이 떠올랐다. 그 사람들은 입을 벌리고 머리를 한곳에 모으고 있었으므로 마치 노래를 하고 있는 합창단이 연상되었다. 하지만 그들 속에는 낯선 사람들도 있었다. 그것은 K가 요즘 들어 하숙집 사람들에 대해서는 관심을 갖지 않았기 때문인 것 같았다. 낯선 사람들이 끼여 있기 때문에 이 무리들에게로 가까이 가는 것은 그리 기분 좋은 일이 아니었지만 뷔르스트너를 찾기 위해서는 할 수 없는 일이었다. 그때 갑자기 낯선 두 개의 눈이 K의 눈과 맞부딪쳤다. 뷔르스트너는 아니었다. 다른 사람들의 시선과는 부딪치지 않기로 마음먹고 다시 그녀를 찾아보았다. 그녀는 그들의 한가운데에 있었다. 하지만 양쪽에 있는 두 신사가 그녀의 어깨에 팔을 올리고 있었다. 그 모습은 언젠가 그녀의 방에서 본, 그녀가 해수욕장에서 찍은 사진과 비슷했다. 하여튼 이런 광경은 K가 그들과 함께 있고 싶은 마음을 사라지게 하는 것이었다.

K는 몇 번 그들을 돌아보기는 했지만 큰 걸음으로 재판소 건물을 이리저리 거닐었다. 모든 방이 눈에 익었다. 여태껏 한 번도 가 보지 않았던 복도는 오래 전부터 자기가 살아온 집처럼 친근감이 느껴졌고, 보고 듣는 것들이 세밀하고 정확하게 자신의 뇌리에 새겨졌다. 예를 들면 한 외국인이 대기실 안을 서성거리고 있었는데 마치 투우사 같은 복장을 하고 있었다. 허리 부분에서 칼로 자른 듯한 짧은 윗옷은 노란빛을 띤 굵은 레이스 실로 뜬 것이었다. 그 사람은 느린 걸음을 멈추지 않고 이리저리 거닐고 있었는데, K는 꼼짝도 하지 않고 그 사람만 바라보고 있었다. 레이스 뜨기의 무늬도 낱낱이 기억하고 있을 뿐더러 잘못 짠 부분까지도 눈에 들어왔다. 그리고 짧은 윗옷의 곡선 부분과 흔들리는 모양까지도 그대로 보였다. 그런데도 이상하게 싫증이 나지 않았다. 아니, 좀더 정확하게 말하면 보고 싶지 않은데도 눈을 돌릴 수가 없었다. '이국에서 가장 행렬을 하려는 모양이군' 그렇게 생각하면서 눈을 더 크게 떴다. K는 자신의 의지와는 상관없이 계속 그 사람을 쫓아갔다.

(이하 1절은 작가에 의해 지워졌음.)

그렇게 꽤 오랫동안 잠을 자고 나니 피로가 좀 풀린 듯했다. K는 그대로 생각을 계속했다. 이미 어둠이 내려깔려 있어서 생각에 방해되는 것은 없었다. 티토렐리를 생각하는 것이 K로서는 가장 즐거웠다. 티토렐리가 의자에 앉아 있다. K는 그의 앞에 무릎을 꿇고 앉아서 그의 팔을 주무르며 온갖 비위를 맞추고 있었다. 티토렐리는 K가 무엇을 바라고 있는지 알고 있으면서도 시치미를 떼고 거만한 행동으로 K를 괴롭히고 있었다. 그러나 K는 결국 자신의 의사대로 될 것이라는 것을 믿고 있었다. 티토렐리는 가볍고 경솔하여 쉽게 손에 넣을 수 있는 사람이기 때문이었다. 재판소가 이런 사람과 관계를 유지하고 있는 것은 이해가 안 되는 일이었다. 만일 어딘가에 돌파구가 있다면 이것이야말로 유일한 돌파구라는 것을 깨달았다.

티토렐리가 오만하게 머리를 쳐들고 엷은 웃음을 짓는 것을 보고도 K는 끝까지 매달렸다. 그러다가 마침내는 천천히 일어서서 두 손으로 티토렐리의 양 볼을 어루만지기 시작했다. 하지만 건성으로 하고 있었다. 이처럼 장난을 하고 있으니 오히려 승리의 확신이 섰다. 재판소의 책략이란 이처럼 어리석은 것이구나! 티토렐리는 마치 자연의 법칙에 복종하는 사람처럼 K쪽으로 몸을 구부렸다. 그리고 친근한 눈길로 그의 소원을 들어 줄 의사가 있다는 듯이 K에게로 손을 내밀어 꼭 쥐었다. K는 자리에서 일어섰다. K는 약간 엄숙한 분위기를 느꼈다. 그러나 티토렐리는 엄숙한 것은 참을 수가 없었는지 느닷없이 K를 끌어안고 달리기 시작했다. 곧 재판소 건물에 당도했다. 계단을 올랐다. 그러나 조금도 힘이 들지 않았다. 물 위의 배처럼 둥둥 떠다니는 느낌이었다. K는 자신의 발을 내려다보며 이처럼 아름다운 동작은 지금까지의 생활과는 어울리지 않는다고 생각하는 순간 숙이고 있던 그의 머리 위에서 변화가 일어났다. 이제까지 등 뒤에서 비추고 있던 빛이 갑자기 방향을 바꾸어 앞쪽에서 눈부시게 비쳤다. K가 고개를 들자 티토렐리는 고개를 끄덕여 보이더니 이내 K의 몸을 돌려 세웠다. K는 다시 재판소 건물 복도에 서 있었다. 주변의 모든 것이 처음보다 조용하고 차분하게 느껴졌으나 별로 달라진 것은 없었다. K는 얼른 모든 것을 한번 훑어보았다. 티토렐리는 보이지 않았다.

K는 오늘 새로 맞춘 검정색 양복을 입고 있었다. 새 양복은 따뜻하고 적당히 묵직해서 기분이 좋았다. K는 자기에게 무슨 일이 생겼는지 잘 알고 있었다. 그리고 그 사실을 알고 있다는 것이 행복했기 때문에 그는 그것을 입 밖으로 말하고 싶지는 않았다. 복도의 한쪽 벽에는 커다란 창문이 여러 개 열려 있었고, 그 구석에 자기가 입던 옷들이 무더기로 쌓여 있었다. 검정색 외투, 줄무늬가 뚜렷하게 돋보이는 바지, 그 위로는 소매가 닳은 셔츠가 펼쳐져 있었다.

차장과의 싸움

어느 날 아침, 눈을 뜬 K는 평소보다 기분이 상쾌하고 힘이 넘쳐 흐르는 듯한 느낌이 들었다. 소송 따위는 머리에 떠오르지도 않았다. 재판소가 문득 떠올라도 이 비밀스러운 거대한 조직이 어둠 속에 있지 않다면 손에 닿을 수 있는 도구로 쉽게 붙잡아 으깨고 뭉개 버릴 수도 있을 것 같았다. 평소와는 다른 기분에 젖어 있던 K는 마침내 차장을 자신의 방으로 불러 오래 전부터 눈앞에 쌓여 있는 업무상의 일을 상의하려고 했다.

이런 일이 있을 때마다 차장은 K에 대한 자신의 태도가 조금도 변하지 않았다는 것을 여실히 드러냈다. 언제까지나 K와 경쟁하려는 차장답게 침착한 모습으로 들어왔다. 그리고 K의 자세한 설명을 듣고 나서 친근한 동료들끼리나 할 수 있는 말로 관심을 표현했다. 그리고 업무의 관점에서 조금도 벗어나지 않고 업무 수행 의식이 마음 밑바닥까지 가득 차 있는 듯한 태도, 이것은 특별한 의도로 그러는 것은 아니었지만 K를 언제나 당황하게 했다.

그런 반면 K는 업무 수행을 생명처럼 여기는 사람 앞에서 언제나 생각은 여러 가닥으로 나뉘어져 사방으로 흩어지곤 했다. 그리고 아무런 저항도 없이 업무는 차장 손으로 넘어가게 되고, K는 너무 황당하고 흥분한 나머지 차장이 일어나 아무 말 없이 자신의 방을 나서는 것을 멍하니 바라보기만 했다. K는 무슨 일이 일어났는지 알 수 없었다. 자신도 모르는 사이에 차장의 비위를 거슬리는 말을 한 것은 아닌지, 또는 쓸데없는 말을 늘어놓은 것은 아닌지, 혹은 상대편의 말에 귀기울이지 않고 멍청히 딴생각을 하고 있는 것을 차장이 본 것은 아닌지, 아니면 자신도 알 수 없는 이유로 차장이 얘기를 중단한 것인지 도무지 알 수 없었다. 그러나 한편으로는 차장은 K가 엉뚱한 결론을 내리도록 부추긴 다음 그것을 실행하여 K로 하여금 큰 해를 입도록 유도했다고도 생각되었다. 어쨌든 그 이후로는 그 사건을 말할 기회가 없었다. K는 지나간 일을 다시 생각해 내는 것조차 싫었고, 차장 역시 아무 말도 하지 않았다.

한동안 그 사건은 별 문제가 되지 않았으므로 K가 놀랄 만한 일은 일어나지 않았다. 적당한 기회가 생기거나 조금만 시간의 여유가 있으면 자신이 차장에게로 가든가, 아니면 차장을 자신의 방으로 부르면 될 일이었다. 차장을 두려워할 이유는 없었다. 단번에 모든 불신과 우려를 씻어 버리고, 자연스럽게 두 사람의 관계를 회복시켜 줄 것을 이미 기대하지도 않았다. 하지만 이쯤에서 그만둘 성질의 일도 아니었다. 아마 사실이 뒷받침하는 대로 K가 순순히 물러선다면 절대로 승진할 수 없다는 위험을 감수해야 하는 것이었다. 차장으로 하여금 K가 스스로 패배를 인정했다고 여기게 내버려 둘 수는 없었다. '차장이 그런 식으로 믿고 태연하게 자신의 방에 앉아 있는 것을 어떻게 볼 수가 있겠는가. 차장이 불안해하도록 만들어야 한다. 그리고 될 수 있는 한 자주 K가 살아 있다는 것과, 언젠가는 새로운 능력으로 놀라게 할 수도 있다는 것을 깨닫게 해야 한다.' K는 이따금 이러한 생각으로 자신을 타일렀지만 그것은 자신의 명예를 지키기 위한 것일 뿐이었다. 왜냐하면 이런 약점을 가진 채 차장과 맞붙어 봤자 아무 소용도 없는 일일 뿐더러 오히려 상대방의 힘만 부추기는 꼴이 될 것이다. 또한 관찰을 계속할 기회를 주는 것이나 필요할 때에 적절한 조치를 할 수 있는 기회를 제공하는 것밖에 되지 않을 것이다.

하지만 K로서는 자신의 태도를 바꿀 수도 없었다. 그것은 K가 자기 기만에 빠져 있기 때문이었다. 지금이야말로 아무 걱정할 것 없이 차장과 맞붙어 싸워도 좋을 때라고 믿고 있었으며, 그 믿음을 더욱 확고하게 굳히고 있었다. 아무리 불행한 경험을 해도 K는 아무것도 배우거나 깨닫지 못했

다. 열 번을 시도해서 모조리 실패로 끝난 일도 열한 번째에는 반드시 성
공할 수 있다고 믿을 정도였다. 모든 것이 기계로 찍은 듯이 불리한 결과
를 가져오고 있음에도 불구하고 여전히 그런 확신 속에 갇혀 있었던 것이
다.

　이러한 상담 후에 지치고 텅 빈 머리로 혼자 남게 되면 자신이 차장과
맞붙은 것이 희망에서인지 절망에서인지 K로서도 알 수 없었다. 그러나
그 다음 또다시 차장의 방을 향해 걷고 있는 그의 발걸음은 두말 할 필요
도 없이 희망에 찬 발걸음이었다.

　(이하 1절은 작가에 의해 지워졌음.)

　이날 아침은 이러한 희망이 평소와는 다르게 유난히 옳은 것으로 생각
되었다. 차장이 느린 걸음으로 K의 방으로 들어서며 두통이 심해서 괴롭
다고 하소연했다. K는 차장의 말에 대해 뭐라고 한 마디쯤 해야 한다고
생각하다가 이내 마음을 고쳐먹었다. 차장의 두통 따위는 아무런 문제가
안 된다는 듯이 업무 얘기를 꺼냈다. 그러나 차장은 두통이 그리 심한 것
은 아니었는지, 아니면 업무 얘기가 자신의 두통을 잊게 해 주었는지 이마
에서 손을 내리고 상담에 응했다. 그리고 평소처럼 해답을 미리 알고 있는
우등생처럼 즉석에서 생각도 하지 않고 대뜸 답변을 했다. K는 이번에야
말로 정신을 바짝 차리고 몇 번인가 차장에게 반격을 가했다. 하지만 차장
의 두통에 대한 생각을 하면, 그것은 차장에게 불리한 것이 아니라 오히려
유리한 것으로 여겨져 K의 머리는 점점 혼미해졌다. 상대가 이런 고통을
참아 내며 대항하고 있다는 것은 경탄을 자아내게 했다. 차장은 말로 표현
하지는 않았지만 미소로 자신은 두통으로 괴로운 상태지만 그렇다고 사고
까지 방해를 받는 것은 아니라는 것을 자랑하는 것 같기도 했다. 두 사람
은 전혀 다른 얘기를 하고 있었지만 동시에 무언의 대화가 진행되고 있었
다. 차장은 자신이 두통으로 매우 괴롭지만 그것을 드러내지 않고 있으며,
더군다나 이 두통은 K로서는 상상도 할 수 없는 것일 뿐더러 K가 자주
아프다고 호소하는 두통과는 비교도 안 되는 것이라는 것을 은근히 강조

했다. K는 뭐라고 한마디 하고 싶었지만 차장이 고통을 참고 견디는 것을 보자 그만 할 말이 없었다. 그리고 실제로 K에게는 참고할 만한 본보기이기도 했다. K로서는 업무와 관계없는 걱정거리는 도저히 떨쳐 버릴 수가 없었던 것이다. K는 은행 업무에 더 전념하고, 앞으로 자신의 능력에 큰 영향을 미칠 새 제도를 실행에 옮겨 느슨해진 근무 태도를 바로잡고, 업무상의 외출이나 출장을 좀더 빈번하게 하여 지점장에게 보고할 수 있는 기회를 자주 마련하고, 또한 지점장으로부터 특별한 임무를 명령받을 수 있도록 해야 할 판국이었다.

오늘도 예외는 아니었다. 최근 들어 차장은 문을 들어서자마자 멈춰 서서 안경을 닦는 버릇이 생겼다. 그리고 방 전체를 둘러보는 척하면서 재빨리 K를 훑어보는 것이었다. 그러한 행동은 마치 자신의 시력을 측정하는 것처럼 자연스럽게 보였다. K는 차장의 시선과 부딪치자 웃어 보이면서 차장에게 자리에 앉도록 권했다. 그리고 자신은 팔걸이 의자에 앉아 될 수 있는 대로 차장 가까이 다가가 필요한 서류를 꺼내 들고 곧 보고를 시작했다.

차장은 처음에는 귀담아듣는 것 같지 않았다. K의 책상 가장자리는 이중으로 되어 있는 멋진 세공품이었다. 목제 자체도 튼튼했으며, 가장자리의 조각도 정교했다. 그런데 차장은 K가 보고하고 있는 동안 마치 가장자리에서 틀어진 부분이라도 발견한 듯이 집게손가락으로 두드리고 있었다. K는 보고를 그만두려고 했지만, 차장은 오히려 잘 이해하고 있으니 계속하라고 강요했다. 그러면서도 차장은 실질적인 얘기는 단 한 마디도 하지 않았다. 그리고 특별한 처치라도 하려는 듯 주머니에서 칼을 꺼내 들더니 K의 책상 위에 있는 자를 이용해 가장자리를 들어올리려고 했다. 그렇게 하면 가장자리를 훨씬 깊게 박아 넣을 수 있기 때문이었다.

K는 보고 내용에 새로운 제안을 덧붙이고 있었다. 이 제안은 차장에 의해 특별한 효과를 발휘할 것으로 믿었다. 그래서 이 제안을 떠올렸을 땐 자신은 아직 이 은행에서는 그 어떤 의미를 가지고 있을 뿐만 아니라 자신의 생각을 정당화시키는 능력을 가진 사람이라는 의식에서 큰 만족을

느꼈다. 게다가 자신을 지키는 이러한 방법은 은행에서 뿐만 아니라 소송에 있어서도 최선의 방법이며, 자신이 이미 시도했거나 앞으로 계획하고 있는 그 어떤 방어보다도 유효적절한 수단임이 틀림없다고 믿고 있었다.

K는 보고를 급하게 하고 있었기 때문에 차장이 책상 가장자리를 만지는 일에서 끌어낼 여유가 없었다. K로서는 차장의 행동을 이해할 수 없었다. K는 서류를 읽으면서 한 손으로 책상 모서리를 만짐으로써 이 책상은 수리할 데가 없고 또 상대방에 대한 예의를 지켜야 한다는 것을 깨닫게 되기를 바랐다. 하지만 차장은 그 일에 온통 열중해 있었다. 가장자리 일부는 이미 들려져 있었고, 조각의 정교한 한 부분을 제자리의 홈에 밀어넣는 일을 하고 있었다. 그것은 떼어 낼 때보다 훨씬 어려운 작업이었다. 차장은 아예 의자에서 일어나 안간힘을 쓰며 밀어넣고 있었다. 그러나 아무리 차장이 애를 써도 제대로 될 것 같지는 않았다.

K는 서류를 읽으면서 차장이 일어서는 것을 얼핏 보았다. 그러면서 차장이 일어선 것은 자신의 보고와 관련이 있는 것이라고 스스로 단정지었다. K도 차장을 따라 일어섰다. 그리고 서류를 그에게로 내밀면서 어떤 숫자 하나를 손가락으로 짚어 보였다. 그러나 차장은 손으로 누르는 것도 부족했다고 여겼는지 얼굴이 벌겋게 상기되도록 몸의 체중을 가장자리 쪽으로 기울이고 있었다. 차장의 그러한 노력은 성공한 것 같았다. 나무조각이 삐그덕거리면서 홈 속으로 끼여들어갔다. 그러나 다음 순간 홈에 금이 가더니 순식간에 책상은 두 조각으로 금이 가며 짝 갈라져 버렸다.

"나무를 나쁜 걸 썼군!"

차장은 화가 난 목소리로 중얼거렸다.

단편(斷片)

극장에서 나왔을 땐 비가 내리고 있었다. K는 그 유치한 극본과 성의없는 상연에 이미 싫증이 나 있었으며, 숙부를 자신의 방에 묵게 해야 한다는 생각에 지치고 짜증이 났다. 오늘은 무슨 일이 있어도 뷔르스트너와 애기를 하려고 마음먹고 있었으며, 또 쉽게 그녀를 만날 수 있는 기회가 생길 것 같은 예감이 들었다. 그런데 숙부와 함께 있어야만 하게 된 것이다. 물론 아직 막차는 탈 수 있는 시간이지만, 숙부는 K의 소송으로 너무 상심하고 있었으므로 막차를 타도록 유도하는 것은 너무 야박한 것 같았다. 그렇지만 K는 별로 기대를 하지 않고 시험삼아 이렇게 말했다.

“숙부님, 아무래도 조만간 숙부님의 도움이 꼭 필요할 것으로 생각됩니다. 어떤 방법으로 도움을 요청할지는 모르겠지만 말입니다.”

“나를 믿어. 나도 줄곧 어떻게 하면 너를 도울 수 있을까 하는 것만 생각할 테니 말이다.”

“숙부님, 감사합니다. 하지만 저는 숙부님께 다시 이곳으로 와 주십사 하는 부탁을 드려야 할 때 숙모님이 언짢아 하시지는 않을까 그것이 걱정됩니다.”

“그런 사소한 걱정은 안 해도 된다. 네 소송이 그런 것보다 훨씬 중요한 것이니까.”

“그렇지 않습니다. 지금 당장은 숙부님이 안 계셔도 되는데 숙부님을 숙모님과 떨어져 계시도록 할 수는 없습니다. 머지않아 숙부님이 꼭 오셔야 할 일이 있다는 것은 명백한 사실이니까 지금은 숙모님 곁으로 돌아가시는 것이 좋겠습니다.”

“내일 내려가라고?”

“네, 내일이라도……. 아니면 아직 막차가 있으니 숙모님 곁으로 가시는 것이 좋겠습니다.”

K는 다급하게 말했다. World Best

《심판 *Der Prozeβ*》 바로 읽기

20세기의 고독한 현대 정신

근대가 서서히 붕괴되어 가고 있고 현대는 아직 그 형태를 갖추지 못한 불안정한 19세기 말에, 그러한 시대적 위기를 반영한 대표적 작가로서 프란츠 카프카는 매우 독특한 명성을 지니고 있다. 인간의 실존적 위기 상황을 심도 있게 파헤친 카프카의 작품들은 현대 세계의 불가해성과 인간의 실존적 제 문제를 제시하는 새로운 문학적 표현을 창조하였다. 세계 문학사에서 카프카는 제임스 조이스, 윌리엄 포크너, 마르셀 프루스트 등과 함께 20세기를 여는 가장 중요한 작가 중의 한 사람으로 꼽히지만, 다른 이들과는 달리 동시대에 정당한 평가를 받지 못한 불운한 작가이기도 하다.

프란츠 카프카(Franz Kafka, 1883~1924)라는 거대한 문학 현상(文學現象)을 다룬 비평사(批評史)의 끝없는 논의와 열기는 1950년대에 가서야 이른바 '카프카 열풍'을 불러일으키며 시작되기에 이르렀다. 오늘날에는 1950년대의 카프카 열풍은 사라졌지만, 그의 작품이 주는 매력은 당시에 비해 조금도 뒤지지 않는다. 또한 카프카 연구의 침체를 예견하는 사람은 아직 아무도 없다. 지금까지 그의 신비한 언어 세계에 대한 연구 문헌이 5천여 권의 방대한 양에 달하고 있지만 그 논지(論旨)들이 완전한 합의를 보지 못한 상태이다. '카프카, 그는 끝이 없는가'라는 의문이 계속 제기되는 한 카프카 문학에 대한 미련과 사랑은 좀처럼 끝나지 않을 것이다.

카프카의 문학 세계가 난해한 이유는 그 세계가 갖고 있는 비일상성 때문이다. 마치 '꿈 속의 세계를 헤매는 것 같은 착각'을 갖게 하는 그의 작품은 경험적·일상적 사고에 의해서는 이해할 수 없는 형상 세계이다. 그러나 그 상황을 기술하는 표현의 냉정성, 그리고 세밀한 구체성이 드러내 보여 주는 형이상학적 구조는 전체로서의 선명한 상을 부각시킨다. 그러므로 그의 작품을 분석적으로 해석하려 하면 혼란된 미궁의 세계로 빠지게 된다. 카프카 문학이 지니고 있는 이른바 '전체로서의 비유성 내지 상징성'에 대한 이해없이는 그의 세계관에 접근할 수 없는 것이다. 이런 의미에서 카프카 문학의 본령을 찾는 것은 피라미드의 전설을 찾는 것만큼이나 풀리지 않는 수수께끼이다.

유태인이라는 혈통적인 숙명

프란츠 카프카(카프카는 체코 말로 'Kavka'이고 '까마귀'를 뜻함)는 1883년 7월 3일, 체코의 프라하에서 태어났다. 그의 집안은 체코에 정착한 유태인이었는데, 그가 유태인이라는 사실은 프라하 태생이라는 것과 더불어 그의 예술과 사상에 깊은 함수 관계가 있다. 즉, 프라하에서는 수세기 전부터 독일의 신비주의, 슬라브적 경건성, 그리고 유태의 비교사상(秘敎思想)이 자유롭게 융합되어 있었는데, 이와 같은 환경과 분위기는 카프카의 사상 형성에 결정적인 영향을 미쳤던 것이다. 또 유태인이라는 혈통적인 숙명은 그의 고독감을 심화시켜서 그의 작품에 반영되어 있으므로, 유태교와의 관계는 그의 문학과 사상을 이해하는 데 하나의 중요한 단서가 된다.

그는 선천적으로 허약했기 때문에 질병이 잦았고, 폐병으로 각혈을 하기도 했으며, 밤마다 악몽과 불면증으로 고생했다. 만년에는 후두 결핵에 걸려 언어 장애를 일으켜 의사 소통조차 되지 않았다. 제1차 세계대전 당시만 하더라도 폐병은 마치 오늘날의 암처럼 불치의 천형병(天刑病)이었기 때문에, 그가 안고 있던 질병이 그의 작품 활동에 많은 영향을 끼쳤으리라는 것은 쉽게 짐작할 수 있다.

그의 부친인 헤르만 카프카는 독일계 유태인으로서 인구가 백 명 정도

밖에 안 되는 작은 시골 보섹이라는 곳에서 정육점 상인의 아들로 태어나, 유태인이 자유를 얻게 되자 그곳을 떠나 프라하로 이주했다. 부친 헤르만은 집안 형편이 넉넉하지 못하여 젊었을 때 잡화 행상부터 시작하여 궁핍을 극복하고 자수 성가하여 직물 도매상을 경영하는 중상 계급으로 상승하였다. 부친 쪽의 형제 자매들은 모두 거대한 체구를 갖고 있었는데, 그의 부친 또한 예외가 아니어서 두 어깨가 떡 벌어진 당당한 체구를 지녔다. 그래서 아들 카프카는 평생 동안 이 부친의 위압적인 풍채에 눌려서 숨도 크게 한번 쉬지 못하고 지냈다고 한다. 카프카는 부친에 대해 늘 콤플렉스를 가지고 있었는데, 〈아버지에게 드리는 편지 *Brief an den Vater*〉라는 글에 그러한 감정이 잘 나타나 있다. 이 글은 어릴 적부터의 아버지에 대한 공포와 신뢰, 애정이 자상하게 서술되어 있어, 카프카의 자전(自傳)으로서 매우 흥미로울 뿐만 아니라, 그의 전 작품을 이해하는 열쇠의 구실을 하는 것으로 평가되고 있다. 실제로 프로이트(Freud)파의 정신 분석학적 입장에서 카프카의 문학을 평하는 비평가들은 부친에 대한 콤플렉스가 그의 작품을 이해하는 열쇠라고 주장하고 있으며, 장편 《성》을 분석하여 오이디푸스 콤플렉스의 증거로 내세우기도 한다.

카프카의 외가 쪽은 친가 쪽과는 대조적으로 학자, 종교가, 모험가, 그 밖에도 기인(奇人)들이 많았다. 그의 모친은 얌전하고 온화한 성격에다가 감정이 섬세하고 두뇌가 명석하여 뛰어난 예지로 가득 차 있었으며, 지혜와 재치가 넘치는 여성이었다고 전해진다. 그러면서도 완고하고 봉건 보수적인 남편에 대한 내조를 게을리하지 않았다. 카프카의 천부적인 총명한 재질은 주로 외가 쪽을 닮았다고 볼 수 있을 것이다.

카프카는 6남매 중 장남이었는데, 남동생들이 일찍 죽었기 때문에 나이 차이가 많이 나는 여동생 셋(엘리, 발리, 오트라)과 함께 자랐다. 어린 시절의 그는 성격이 내향적이고 신경질적이며, 어딘지 모르게 어두운 그림자를 가진 소년이었다. 그의 모친은 온종일 남편의 시중과 어린 여동생들의 뒷바라지로 바빴기 때문에 상대적으로 큰아들의 교육을 전적으로 가정 교사와 학교 담임 선생에게 맡길 수밖에 없었다. 따라서 카프카는 소년 시절부터 심한 외로움과 참을 수 없는 고독 속에서 지냈다.

아버지와의 갈등과 문학에의 열정

카프카는 유태계였지만 독일계 국민학교를 거쳐 역시 독일계 시립 중고등학교에 진학하여 주로 독일어로 교육을 받았다. 그러나 동시에 그는 체코 어에 관해서도 관심과 흥미를 느껴 체코 문학에 대해서도 많은 이해를 갖게 되고 조예도 깊었다.

1901년 7월, 국가에서 실시하는 고등학교 졸업 시험에 합격한 다음 카프카는 프라하에 있는 칼 페르디난트(Karl Ferdinand) 대학에 입학하여 법학을 전공하게 되었다. 그가 법학을 택한 것은 부친의 간곡한 소망에 의한 것이었을 뿐, 그 자신은 법관이나 변호사가 될 생각이 전혀 없었다. 그의 원래 희망은 뮌헨 대학에 들어가서 독문학을 전공하는 것이었다.

젊은 시절의 카프카는 점잖고 몸가짐도 신중했으며 취미와 오락도 건전한 것을 좋아했다. 문학 작품에 나타난 것처럼 그의 정신 상태와 성향이 어둡고 엽기적인 것, 병적이고 비정상적인 것으로는 결코 나타나지 않았다. 즉 젊은 시절의 카프카는 그의 작품이나 일기 또는 편지 등에서 나타나는 것과 같은 병적이고 극도로 신경 쇠약적이며, 내면적인 실망이나 낙담, 절망, 그리고 열등감, 패배 의식, 피해 망상증에 사로잡힌 인간과는 대조를 이루고 있다. 대학 시절의 카프카는 졸라, 헤세, 플로베르, 디킨스의 작품을 읽고 감격하고 토마스 만의 작품 《토니오 크뢰거》에 매혹되었다. 이어서 그는 니체, 에밀 슈트라우스, 빌헬름 셰퍼, 한스 카로사, 헵벨, 폰타네, 슈티프터 등의 작품을 탐독했다. 벤자민 프랭클린과 발자크의 작품을 읽고 감탄하는가 하면, 극작가 클라이스트를 좋아하여 그의 문체에서 깊은 영향을 받았다. 또한 언어 철학자 마르티의 강의나 루브르 클럽의 토론회를 통해 브렌타노의 철학에 심취하기도 했다. 카프카의 후기 작품에서 형벌, 재판, 소송 등이 주요 모티브가 되는 것은 바로 브렌타노 철학의 영향을 받았기 때문이다.

이 대학 시절에 카프카는 막스 브로트와 친교를 맺게 되는데, 이 만남은 카프카에게는 실로 운명적인 것이었다. 왜냐하면 브로트는 내향적이고 고립적인 카프카를 당시의 문단에 끌어 넣었을 뿐 아니라, 그가 죽은 뒤에는 유고(遺稿)를 발굴함과 동시에 이를 나치의 방해와 세계 대전의 재화로부터 지켜낸 끝에 전집 형태로 출판함으로써 오늘날과 같은 명성을 얻게 해준 장본인이기 때문이다.

카프카는 1906년 6월 칼 페르디난트 대학에서 법학 박사 학위를 취득하고 변호사를 지망하는 학생들을 위한 사법 실습을 마쳤다. 그는 형사 재판소와 민사 재판소에서 일했는데, 우울하고 내성적인 그로서는 죄인에게 형벌을 가하는 것이 임무인 재판소의 비정한 업무가 마음에 들지 않았다. 그래서 25세가 되던 해인 1908년 6월, 카프카는 일생 동안의 직장이 되는 프라하에 있는 노동자 재해 보험국에 취직하였다. 당시 이것은 유태인으로서는 파격적인 것이었다. 이곳에서 그는 관료기구의 무자비성, 노동자에 대한 가혹한 처우, 비참한 생활을 직접 체험했다. 그 후에 나온 그의 작품 가운데서 그는 풍자와 해학을 섞어서 관료기구의 실상을 적나라하게 묘사하고 있는데, 이 당시의 경험이 바탕이 되었다.

그러나 이 동안의 카프카는 자신의 생활을 온통 직장 근무와 창작에만 바친 것은 아니었다. 휴일이면 브로트와 함께 교외로 산책하기도 하고 또 파리, 루가노, 바이마르 등지로 여행을 하기도 했다. 때로는 극장이나 음악회에 가서 연극, 오페라, 음악 등을 감상하는 일도 있었다.

1912년 8월, 카프카는 친구 브로트의 집에서 우연히 베를린에서 온 펠리체 바우어(Felice Bauer)를 만나 사랑에 빠지게 되었다. 그녀는 르로시아계와 유태계의 혼혈아로서 체격이 큰 아가씨였다. 현모양처형의 이 아가씨는 첫눈에 카프카의 주목을 끌었고, 그 후 그는 그녀를 깊이 사랑하게 되었다. 펠리체와의 사랑은 그의 창작에 큰 영향을 미쳐, 그는 계속 새로운 테마를 발견하여 주요한 작품을 창작했다. 1912년은 카프카의 문학적 생애에서 매우 중요한 해로써, 이때부터 본격적인 문학 작품이 씌어지기 시작했다. 〈선고 *Das Urteil*〉(〈판결〉의 원작)를 비롯하여 《실종자》(《아메리카》의 원작) 제1장과 2장, 그리고 불멸의 작품이 된 〈변신 *Die Verwandlung*〉이 완성되었다. 《실종자》의 제1장인 〈화부(火夫)〉를 쿠르트 볼프 사에서 출판했는데, 이 작품으로 카프카는 폰타네 상을 수상해 문단의 주목을 받게 된다.

펠리체 바우어와의 운명적인 사랑과 파탄

펠리체와의 사랑은 카프카에게 삶의 기쁨과 행복을 가져다 주었지만, 그것이 언제나 순탄한 것만은 아니었다. 그녀와의 관계가 급속도로 진전하여 1914년에는 약혼할 단계에까지 이르렀는데, 갑자기 그것을 파혼하는 사건이 발생했다. 카프카는 결혼이 자신에게 있어 딜레마이고, 마지막 구제인 동시에 소름이 끼치도록 무섭고 불가능한 일이라고 생각했던 것이다. 그녀도 절망한 나머지 그와의 관계를 끊으려고 했다. 그러나 동시에 카프카는 그녀가 없으면 스스로 파멸해 버린다고 주장하고 그녀와의 관계를 끈질기게 계속하려고 했다. 이와 같이 그녀와의 관계를 단절, 부활을 거듭하면서 3번이나 약혼했다가 결국은 모두 파혼해 버리고 만다. 카프카는 펠리체와 교제하는 동안 모두 5백여 통의 편지를 보냈는데, 이 편지들은 후에 《펠리체에게 보내는 편지 *Briefe an Felice*》에 수록, 출판되었다.

펠리체와 관계를 맺는 동안 카프카는 양친의 집을 나와 독립해서 생활하려는 계획을 세우고, 1915년 2월에 셋방을 얻어 양친의 집을 나왔다. 펠리체와 첫 파혼을 하던 해인 1914년부터 집필해 온 《심판 *Der Prozeβ*》의 원고는 점차 진전되었지만 그는 심한 두통과 불면증으로 고생했다. 당시 그가 탐독했던 서적들은 성경과 스트린베리, 도스토예프스키, 파스칼, 크로포트킨과 키에르케고르 등의 작품들이었다.

1917년 8월, 카프카는 처음으로 각혈을 했는데, 그 자신은 각혈의 원인이 정신적인 것에서 온 것이라고 주장하여 의사에게 진찰받는 것조차 거부했다. 브로트의 권유로 진찰을 받은 결과 3개월간의 요양이 필요하다는 진단을 받았다. 그러나 그는 요양소에 가는 것을 거부하고 자기가 제일 좋아하는 막내 누이동생 오트라가 살고 있는 취라우로 가서 시골의 대자연 속에서 요양했다. 장편 《성》에 나오는 마을의 상황, 그 중에서도 농민들의 모습은 바로 이 취라우의 풍토가 소재가 되었다고 보는 견해도 있다. 그러나 이때 펠리체와의 관계는 완전히 단절되고 말았다.

취라우 시절, 카프카는 키에르케고르의 저술과 아우구스티누스의 고백 등에 심취했고, 일 주일간 그를 방문한 오스카 바움과 톨스토이의 인생관에 대해 논했다. 또한 이때 히브리 어 공부를 다시 시작하기도 했다. 그리고 이 시기에 〈의무〉와 〈권리〉 두 장으로 이루어진 무산노동계층에 대한 계획서를 작성했고, 체코 무정부주의자들과 개인적으로 접촉하고 사회주의 이론에도 관심을 보인 판타 서클의 강연에도 규칙적으로 참여했다. 이 당시 종교상의 문제에 대해서도 비로소 새롭게 인식하는 계기를 마련했다.

카프카의 취라우 체류는 폐병의 치료에 퍽 좋은 결과가 있었음에도 불구하고, 그 후 병세는 다시 악화되었다. 병세의 악화에도 불구하고 단편집 《시골 의사 _Landarzt Erzählungen_》(1919)를 비롯하여 〈유형지에서 _In der Strafkolonie_〉(1919)를 출판했다. 1919년 가을에는 〈아버지에게 드리는 편지〉를 써서 부자간의 딱한 사정을 부각시켜 부친에 대한 자기 자신의 의식을 똑똑히 밝히는 동시에, 스스로 최후의 독립적인 입장을 주장하려고 기도했다.

고독의 세계를 넘어 피안(彼岸)의 세계로

1920년에는 다시 프라하에서 직장에 근무할 수 있었는데, 그때 그는 동료의 아들 구스타프 야누우와 알게 되었다. 야누우가 기록한 《카프카와의 대화》(1951)는 애카만의 《괴테와의 대화》와 쌍벽을 이루는 대화집으로 카프카 연구의 중요한 자료로 평가되고 있다. 같은 해 4월에는 직장에서 휴가를 얻어 이탈리아와 오스트리아의 국경에서 가까운 티롤 지방의 메란이라는 곳에서 요양하는 도중 여류 평론가로 활약하고 있던 밀레나 예젠스카(Milena Jesenska)를 알게 되었다. 그녀가 그의 작품을 체코 말로 번역해 준 것이 인연이 되었다. 그녀는 이성과 정열을 함께 지닌 슬라브계의 체코 명문 출신으로 카프카보다 12세나 연하였지만, 카프카가 폐결핵 환자였던

만큼 그 사랑의 정열은 꺼져가는 불이 마지막으로 되살아난 불꽃과 같았다. 하지만 그녀에게 애른스트 폴라크라는 유태계 은행원인 남편이 있었기 때문에 2년간이나 열렬했던 두 사람의 사랑은 비련으로 끝나고 말았다. 카프카가 그녀에게 보낸 편지를 모은 《밀레나에게 보내는 편지 *Briefe an Milena*》가 나중에 출판되어 《카프카와의 대화》와 함께 카프카 연구의 중요한 자료가 되었다. 밀레나를 사랑하게 된 시기를 전후해서 그의 병세는 더욱 악화되었다. 이런 상황에서 카프카는 1922년 3월 15일, 《성 *Das Schloβ*》의 첫부분을 브로트에게 읽어 주었다. 브로트는 밀레나가 《성》에 나오는 프리다의 모델이라고 주장하기도 한다.

1923년 여름, 카프카는 누이동생 엘리와 발트해 연안의 뮐츠라는 곳에 머무른다. 그곳에서 그는 같은 유태계의 19세 아가씨 도라 뒤만트(Dora Dymant)를 알게 되는데, 그 후 죽을 때까지 그녀와 동거 생활을 했다. 1923년 7월 그는 부친과 전적으로 인연을 끊고 도라와 함께 베를린에서 동거하기로 결심하고 프라하를 떠났다. 부친이 지배하는 전제적인 가정으로부터 독립하여 그의 세력권을 벗어나려고 열망하고 있었던 카프카의 숙원이 비로소 달성되어 두 사람은 베를린 교외 쉬데그리츠라는 곳에 거주했다. 비록 신체는 극도로 쇠약하고 건강은 말이 아니었지만, 카프카는 일찍이 느껴 보지 못했던 행복을 맛보고 즉흥적인 낙천주의자가 되기도 했다. 창작 활동도 계속하여 〈집〉(혹은 〈소굴〉로 알려지기도 함), 〈여가수 요제피네〉등 몇 편의 단편을 쓰기도 했다.

그러나 제1차 세계대전에 패망한 독일에는 심각한 인플레이션이 밀어닥쳤다. 때는 마침 겨울이어서 카프카와 도라는 식료품과 땔감 등 생활 필수품의 부족으로 빈곤과 극심한 고난을 겪었다. 그러나 어렵게 마련한 독립 생활의 보금자리가 간섭과 위협을 받을까 두려워서 그는 부친에게 경제적 도움을 요청하지 않았다. 카프카는 당시 도라에게 자신의 원고를 불태우게 했다. 이때 소각된 원고들은 바이란트에 대한 오뎃서의 종교재판을 다룬 단편들과 희곡 한 편이었다. 그 외에 도라가 보관한 원고들은 1933년 나치 비밀경찰에 압류되어 공개적으로 폐기 처분당했다.

　그러다가 1924년 3월, 병세가 갑자기 악화되어 프라하로 돌아가지 않을 수 없었다. 그는 할 수 없이 귀향했다가, 빈의 요양소를 거쳐 클로스터노이부르크 부근에 있는 키를링 요양소에 입원했다. 이때 목구멍에까지 결핵균이 침범하여 후두 결핵까지 발병하여 그는 대화조차 제대로 하지 못하는 상태였다.

　이 마지막 요양 시기에 그는 경건한 태도로 의사의 지시에 따랐다. 그는 다시 건강을 회복하여 새롭게 살아가기를 염원했다. 아마도 도라에 대한 만년의 사랑이 카프카로 하여금 그토록 끈질기게 삶에 대해서 집착시켰던 것 같다. 그러나 때는 이미 늦어 도라가 지켜보는 가운데 카프카는 1924년 6월 3일 마침내 숨을 거두었다. 그토록 벗어나고자 애썼던 고독의 세계에서 해방되어 죽음의 피안에서 비로소 안식을 찾았던 것이다. 그는 유언으로 그의 평생의 친구였던 막스 브로트에게 자신의 모든 유고들을 불태워 줄 것을 부탁했다. 아마도 자신의 고독한 삶이 각인된 작품들을 자신이 떠나 버린 세상에 남겨 두고 싶어하지 않았으리라. 일 주일 후, 유해는 프라하에 있는 슈트라슈니츠 유태인 묘지에 매장되었다. 그는 지금도 그곳 가족묘지에 양친과 함께 고이 잠들어 있다. 카프카의 가족 가운데 누이동생들은 제2차 세계대전 중에 나치 독일에 체포되어 강제 수용소에서 희생당했다. 그의 만년의 연인 도라만은 구사일생으로 위기를 모면하여 1949년 팔레스타인으로 이주했다가, 다시 영국의 런던으로 건너가 살다가 그곳에서 사망했다고 전해지고 있다.

카프카의 문학 세계

　카프카는 고교 시절부터 많은 글을 썼다고 하나, 현재까지 전해지는 작품 속에는 남아 있지 않다. 대학 시절의 〈어느 전쟁의 기록 *Beschreibung eines Kampfes*〉이라는 상당히 긴 소설은 스스로 발표를 거부했던 작품이었다. 대학 졸업 후에 쓴 작품인 〈시골의 혼례 준비 *Hochzeitsvorbereitungen auf dem Lande*〉(1917~1918)도 마찬가지였다. 따라서 카프카가 작가로서 데뷔를 한 것은 25세 때인 1908년 《관찰 *Betrachtung*》이라는 제목으로 8편의 소품을 묶어 잡지 「휘페리온 Hyperion」에 발표한 것이 그 시초이다. 그 후 1912년 여름까지 소품과 후일의 장편 소설 《실종자 *Der Verschollene*》(후에 막스 브로트에 의해 《아메리카 *Amerika*》로 새로 명명된 미완의 장편)를 쓰고는 있었으나 만족할 만한 것은 아니었다. 그래도 친구 브로트의 격려를 받아 소품집 《관찰》을 출판하기로 결심했다. 그러나 그 해 8월, 브로트의 집에서 펠리체 바우어를 만난 것이 작가 생활의 결정적 계기가 되어, 9월 말부터 12월에 걸려 〈선고〉, 〈화부(火夫) *Der Heizerein Fragment*〉(〈실종자〉의 제1장), 〈변신〉이 씌어지면서 카프카는 그 자신의 문학에 눈을 뜬다.

이때까지의 카프카를 초기의 릴케와 비교하면, 두 사람 모두 진정한 문학적 출발까지 상당한 기간이 경과하지만, 릴케의 활발한 창작 활동과 발표 의욕과는 달리 카프카의 경우는 억제적인 성격이 두드러진다. 그러나 《관찰》이 소품집이고 주제가 지나치게 섬세하다는 평에도 불구하고 예술적으로 성숙해 있어서, 릴케의 초기 작품 같은 평범함과는 거리가 멀다. 초기의 릴케가 자연주의와 신낭만주의 사이를 왔다갔다하면서 풍요로움을 느끼게 하는 데 비해, 초기의 카프카는 일상적인 생에 대한 의혹을 매우 섬세하지만 가식없이 역설적으로 표현함으로써 신낭만주의를 지나 표현주의에 이르고 있다. 이것은 두 사람의 개성과 세대의 차이를 넘어, 독일인과 유태인이라는 민족적 차이, 그리고 프라하라는 특수한 사회적 상황의 차이 때문일 것이다.

카프카는 그의 초기 작품에서부터 이미 언어와 인간과 사회가 모두 혼란스러워 제 갈 길을 잃고 헤매고 있다는 삶의 미로와 상실을 주제로 하고 있다. 획일화된 이데올로기와 물욕 위주의 산업사회가 빚어낸 삶의 기계화로 인해 비인간화, 비개성화된 사회 속에서 정상적으로 산다는 것은 불가능하며, 따라서 그의 소설 속에 나오는 주인공들은 세계의 의미 상실을 죽음보다 더한 고독의 고통으로 겪어 내고 있는 것이다. 카프카의 문학은 바로 이러한 절박한 실존의 위기 상황을 극복하기 위해서 어떠한 인생을 살아야 하는가에 대한 질문이라 할 수 있다. 그리고 카프카 스스로는 창조하는 삶, 예술가의 삶이야말로 그러한 위기 상황을 견뎌 낼 수 있는 유일한 길이라고 토로했다.

불가해한 운명과의 싸움 — 《심판 *Der Proze β*》

이 작품은 '보이지 않는 힘'에 의해 끊임없이 구속과 억압을 당하는 인간 상황에 대한 카프카 자신의 절규이며, 전체적이며 시적인 형상화라 할 수 있다.

소설은 하숙집, 은행, 법정의 세 공간에서 이야기가 이루어진다. 제1부는 법정 측에서 체포와 재판의 형태로 K에게 행동을 취하는 부분이고, 제2부는 K쪽에서 재판으로부터 해방되고자 노력하나 탈출 불가능이 증명되는 부분이다.

이야기는 은행의 업무주임인 요제프 K가 30세 생일날 아침, 감시인들에 의해 체포되는 장면으로 시작된다. 그러나 그에게 무슨 일이 닥쳐오는지 알려 주는 사람은 아무도 없다. 그는 본의 아니게 빗나간 재판소의 법정 속으로 빠져들어간다. 그러나 결코 핵심적인 진정한 법정의 마지막 심판에는 미처 도달하지 못한다. 이 작품의 주인공인 K는 법률에 접촉되고 있다는 사실을 본능적으로 느낀다. 그러나 이 법률이 현실적인 것인지, 초월적인 것인지 그 여부에 대해서는 명백하지 않다. 그는 체포에 대한 부당성을 호소하며 투쟁한다. 그는 자신이 아니라, 주위 환경에다 혐의를 전가시킴으로써 인간의 약점과 죄의식을 면하려고 시도한다. 카프카는 현대에 사는 인간을 유형지에 추방된 이방인이자 사형인이라고 생각하고, 이 부정적인 감옥과 같은 유형지로부터의 탈출은 불가능하다고 본다.

카프카는 초현실주의의 영향을 받은 작가이고, 그에게 있어서 꿈은 중대한 의미를 지니고 있다. 카프카가 원래 법학도였던 관계도 있지만, 그의 많은 작품에는 법과 관련된 이야기가 나온다. 카프카에게 있어서 인간 사회의 법이란 삶을 지배하고 있는 정체 불명의 필연성의 집합체인 것이다.

여기서 개별과 보편 사이에 존재하는 딜레마의 심각한 심연이 전개된다. 그의 자학적인 유머의 근원도 여기에 기인한다. 카프카는 죄의 개념을 종교적인 원죄와 가까운 것으로 생각한다. 그는 딜레마를 죄와 책임이라는 두 가지 개념으로 구별해서 표현하고 있다. 전자는 구약성서에 나오는 바와 같이 인간이 선천적으로 지니고 있는 원죄의식을 뜻하며, 후자는 사람마다 스스로 과실에 대해서 개별적으로 져야 하는 책임개념을 뜻한다.

법과 죄의식에 대한 문제와 관련해 소설의 말미에서 K가 자칭 형무소 신부라고 하는 사람에게 듣게 되는 〈법률 입문서〉라는 우화는 중요한 의미를 지닌다. 오로지 그 사람을 위해서 만들어졌음에도 불구하고, 율법의 문 앞에 앉아 죽을 때까지 입문허가가 내리는 것을 기다리는 시골에서 온 남자의 우화에는 이 작품 전체의 상징적인 뜻이 집약되어 있다. 시골에서 온 남자가 율법의 문 앞에서 문 안으로 들어가기 위해서 무작정 몇십 년 동안, 아니 죽을 때까지 무한히 기다렸던 것처럼, K도 자신을 심판하는 최고 재판관에게 스스로의 무죄를 설명할 기회를 무턱대고 한없이 고대한다. 이것은 율법, 즉 외계질서의 불가해하고 의심스러운 점을 잘 알고 있으면서도 동시에 충실하게 율법에 따를 것을 원하는 시골에서 온 남자의 비극과 동일시된다. 율법이라는 문을 통하는 것 이외에 세계 안으로 들어가는 길은 없다. 그러나 이방인은 율법을 모른다. 율법은 그 세계 속에 사는 사람들에게는 명백한 약속이지만, 이방인의 눈에는 전혀 알 수 없는 신비스러운 규칙의 체계로서 비칠 뿐이다.

이처럼 허무맹랑하고 터무니없는 이방인으로서의 삶의 우화는 그리스 비극 또는 시지프스의 신화를 연상케 한다. 카프카는 절대자인 신과 인간과의 현저한 간극과 질적 단절을 표현하기 위해서 수많은 장애를 K와 절대자 사이에 설정한 것이다. 이 장애는 절대자인 신과 인간과의 단절이고, 카프카의 비관적 세계관의 표상이라고 하겠다. 결국 주인공인 K는 그 단절과 간극을 넘어서지 못하고, 스스로 목숨을 끊는 것조차 허락되지 않은 채, 그리고 인식과 행위가 일치되지 않은 채 죽고 만다. 이 소설에는 아무런 죄가 없는데도 불구하고 누구에 의해서 고소되고 어떤 흑막에 의해서 심판을 받는지 알 수 없는 약한 인간의 불안과 비극이 나타나 있다. 요제프 K가 개처럼 무참하게 죽어 갔듯이, 그와 똑같은 숙명을 짊어진 현대인들 역시 그 무자비한 사형선고와 잔인한 처형의 운명에서 벗어나지 못하고 구제받지 못하는 것이다.

작품 《심판》에 나오는 주인공 요제프 K의 태도는 죄의식의 본질에 대해 흥미로운 논란을 야기시킨다. K의 죄의식은 그가 환상적인 세계 속에 살고 있다는 점에 있는 것이 아니라, 전개되는 세계 '재판'에 대해서 무관심하다는 점에 있다. 이 소설은 카프카의 내적인 심상이 진하게 투영되어 있는데, 주인공 요제프 K는 곧 카프카 자신을 의미하고 있으며, 뷔르스트너는 카프카의 연인이었던 펠리체 바우어를 의미한다고 할 수 있다. 이 소설은 카프카가 펠리체 바우어와의 약혼과 뒤이은 파혼 후에 씌어졌다. 카프카에 있어서 결혼이란 '한 인간에게 체포된 상태'를 뜻하는데, 이와 같은 강박관념이 자기 고발의 성격을 지닌 요제프 K의 체포로 나타난 것이다. 또한 마지막 장면의 처형은 타인과의 결합이 불가능한 카프카 자신의 무능력에 따른, 펠리체 바우어와의 파혼의 어두운 죄책감을 반영한 자기 처형적인 성격을 지닌다고도 볼 수 있다.

이 작품의 서두에서 K를 체포하러 오는 감시인들은 그 나타나는 방식과 복장 등에서 나치의 비밀 경찰을 연상케 하는데, 이것은 나치의 폭압적인 세계를 예감했다는 점에서 흥미를 끈다. 카프카는 현대의 문명 제도와 습관이 언제 무너질지 모른다는 공포 때문에 언제나 불안해했는데, 《심판》에서의 서두 부분은 바로 이러한 카프카의 불안 의식이 반영된 것이라 할 수 있다.

카프카 연보

1883년　7월 3일, 지금의 체코 수도, 당시는 오스트리아 헝가리 제국령이
었던 프라하에서 잡화상이었던 헤르만 카프카와 율리에 사이에
서 장남으로 태어남.

1889년(6세) 플라이쉬 마르크트에 있는, 전학생이 거의 유태인인 독일계
국민학교에 입학함. 가정 교사에게 프랑스 말을 배움.

1892년(9세) 그 사이 남동생 둘이 태어났으나 잇따라 죽고, 이어서 세 명
의 누이동생이 태어남.

1893년(10세) 프라하 시대의 국립 도이치 알트슈타트 김나지움을 통학함.
학교에서는 착실한 학생이었으나 수학 점수가 나쁘고 체조를 싫
어함. 이 시절에 루돌프 일로비, 오스카 폴락과 친교를 맺게 됨.
또한 학우인 후고 베르크만과 친하게 지냄. 이 고등학교 시절의
후기에 카프카는 다윈 사상에 심취하고, 헤겔의 《우주의 수수께
끼》를 애독하였으며, 스피노자를 연구했음. 문학 작품으로 괴테,
클라이스트 등을 탐독함. 그의 생애를 통해서 중대한 의의를 가
지는 사회주의에 대한 강렬한 관심이 이 학창시절에 싹틈.

1896년(13세) 아버지가 더욱 성공하여 체르투너 가(街)의 큰 집으로 이사
함.

1899년(16세) 오스카 폴락을 통해 문예 잡지 「예술의 수호(守護)」를 안 다

음부터 니체에게 흥미를 느끼고 열중함.

1901년(18세) 7월에 졸업 시험을 마치고, 8월에 보헤미아를 처음으로 떠나 몇 주 동안 혼자서 북해의 여러 지방을 여행함. 가을, 아버지의 뜻을 받들어 프라하에 있는 갈 페르디난트 대학에 입학하여 법률을 공부함.

1902년(19세) 여름 학기 동안 독일문학을 공부하고 뮌헨 대학으로 옮길 계획을 세웠으나 다시 법률 공부를 계속함. 외숙부이자 시골 의사인 지크프리트 뢰비가 사는 토리쉬에서 여름방학을 보냄. 이때의 경험이 〈시골 의사〉 집필에 영향을 미침. 독일문학에 관심이 깊은 대학생들이 주최하는 강연회와 작품 낭독회에서 막스 브로트를 알게 되는데, 한 살 아래인 이 법률 학도와 죽은 뒤까지도 계속되는 숙명적인 교우 관계가 시작됨. 프란츠 브렌타노의 철학에 대한 토론을 주로 하는 집단인 '루브르 서클'에 들어감.

1903년(20세) 전기(前期) 법학 국가고시에 합격함. 시와 산문을 쓰기 시작하여 장편 《아이들과 도시》를 집필했으나, 현재 전해지지 않고 있음. 오스카 바움, 막스 브로트, 펠릭스 벨취 등 문인들과 정기적으로 만남.

1904년(21세) 가을부터 다음 해에 걸쳐 소품 〈어느 전쟁의 기록〉을 쓰는 등 본격적인 창작에 몰두함. 이 해 「신평론」 2월호에 발표된 호프만스탈의 《시에 관한 대화》를 읽고 대단한 감명을 받음.

1905년(22세) 8월에 츠크만델에 체류하여 여름방학을 보내면서 대학시험 준비를 함.

1906년(23세) 4월부터 외삼촌인 변호사 리하르트 뢰비의 사무소에서 서기로 근무함. 졸업시험을 마치고 6월에 법학사가 되고, 8월에는 츠크만텔을 재차 방문함. 10월 1일부터 다음 해 10월 1일까지 프라하의 형사 재판소에서 실무 견습 생활을 함. 그 후 시민 재판소에서 견습 생활을 거침. 그에게는 아버지의 소망인 돈을 벌기 위한 직업과 작가로서의 생활을 어떻게 양립시키는가가 크게 문제시됨. 소품 〈시골의 혼례 준비〉를 집필함.

1907년(24세) 〈시골의 혼례 준비〉를 완성함. 막스 브로트의 권유로 「현대」 지에 미발표 작품들을 게재했다고 전해지고 있으나, 현재 남아 있지 않음. 토리쉬에서 여름을 지내면서 빈의 수출대학에서 수학 하려는 계획을 세우기도 함. 8월, 헤드비히라는 여인과 친해짐. 몇 차례의 서신 교환을 하고 프라하에 그녀의 직장을 알선하고 자신의 직장 생활의 고통을 호소할만큼 관심을 가짐. 가을에 이 탈리아 계통의 일반 보험회사의 견습사원으로 들어감. 당시 그가 직장에서 하는 일은 사고 예방과 공장들을 위험 등급으로 분류 해 거기에 관련된 보상청구를 하는 것이었는데, 직장 생활에 만 족하지 못했으며 항상 저주받은 도시 프라하를 떠나 가족으로부 터 독립하고 싶어했음.

1908년(25세) 7월, 관(官)과 민간의 합작인 프라하 왕립 보헤미아 노동자 재해보험국에 취직했는데, 그곳은 비교적 시간 여유가 있는 직장 이었음. 그 이후 카프카는 평생을(1922년까지) 이 직장에 근무하 여 지위도 꽤 높아짐. 구스타프 야누스의 《카프카와의 대화》에 이 직장에서의 카프카의 모습이 잘 나타나 있음. 유능하다고 인 정을 받아 북부 보헤미아 지방으로 공무 여행을 함. 위스망스, 플로베르, 함순 등을 탐독하고 「휘페리온」 지에 8편의 산문을 처 음으로 발표함.

1909년(26세) 1월에 헤드비히와 절교. 이후 어떤 접촉도 없었음. 〈어느 전 쟁의 기록〉에서의 두 대화를 잡지에 발표함. 9월에 친구 막스 브 로트와 그의 형인 오토와 함께 휴가를 이용하여 리바와 브레스 치아로 여행함. 프레셔에서 비행기의 비행 실연(飛行實演)을 보고 〈프레셔의 비행기〉를 썼는데, 막스 브로트에 의하면 카프카는 새 로운 기계 기술의 발전에 대해 회의적 언사로 우롱한 일이 없다 고 함. 사회주의 청년 서클인 믈라디히 클럽에 가입함.

1910년(27세) 일기를 쓰기 시작함. 이것은 단순한 일기가 아니라 창작상의

훈련임. 생활과 문학이 일치되는 카프카와 같은 경우, 일기와 편지가 지니는 중요성은 매우 큼. 판타 가(家)에서 개최하는 '판타 서클'에서 종교 토론을 벌임. 동(東) 유태인 연극단의 순회공연을 열심히 관람하여 유태인 여배우인 이차크 뢰비와 교제함. 10월, 브로트 형제와 파리를 여행함. 그러나 갑자기 병에 걸려 열흘도 못 있고 혼자 프라하로 되돌아옴. 12월에 혼자서 베를린을 방문함.

1911년(28세) 1월부터 2월까지 프리트란트와 라이헨베르크로 공무 여행을 떠남. 8월, 막스 브로트와 취라우, 루가노, 마이란트, 파리에서 여름을 지냄. 그 후 취리히 근교 에틀렌바흐 자연요양소에서 요양을 함. 10월, 유태인 극단의 공연을 보며 유태의 민중극, 유태교, 유태문학에 대한 흥미를 더욱 깊게 가짐. 특히 이차크 뢰비와의 격의없는 교제를 통해 유태 민족의 문제를 가까운 현실 문제로서 깊이 생각하게 됨.

1912년(29세) 1월 18일, 유태의회의 식장에서 배우 이차크 뢰비의 시낭독회를 기획함. 장편 《실종자(失踪者)》(《아메리카》의 원작)의 집필을 시작함. 여름에 막스 브로트와 바이마르로 여행함. 3주간 혼자서 하르츠 산중의 '자연 요법 요양소'에서 머물다가 프라하로 돌아옴. 8월 13일, 브로트의 집에서 F.B 즉 펠리체 바우어라는 여인을 알게 됨. 카프카는 이 F.B라는 여인과 그 후 5년간 교제를 계속하여 세 번이나 약혼했으나 정신적 고민으로 세 번 다 파혼하고 말았음. 결혼 생활에 대한 동경과 공포, 희망과 자신의 무력감을 느끼고 고민 끝에 자살까지 기도했음. 카프카는 단편 〈선고〉를 9월 2일 밤부터 쓰기 시작, 다음 날 아침에 탈고한 것을 계기로 디킨스 수법에서 탈피하여 독자적인 예술의 경지를 전개시킴. 브로트의 소개로 라이프치히의 쿠르트 볼프를 방문함. 《실종자》를 계속해서 쓰는 한편 〈변신(變身)〉도 이 해에 완성함. 소품집 《관찰(觀察)》을 로볼트 출판사에서 출판함. 이 소품집에는 〈시골길의 아이들〉, 〈산으로의 소풍〉, 〈집으로 가는 길〉, 〈승객〉, 〈거절〉, 〈골목길로 난 창(窓)〉, 〈인디언이 되려는 소망〉, 〈나무들〉, 〈불행함〉 등의 소품 17편이 실림. 매부의 공장일로 근심함.

1913년(30세) 〈선고〉를 「아르카디아 연감(年鑑)」에 발표하고, 5월에 쿠르트 볼프 출판사에서 장편 《아메리카》의 제1장을 〈화부(火夫)〉라는 제목으로 출판함. 베를린으로 F.B를 두 번이나 찾아감. 프라하 근교 트로야에서 원예일을 배움. 9월에서 10월까지 빈, 베니스, 베로나, 리바로 등으로 공무상 여행함. 여행 중에 18세의 스위스 소녀 G.W를 만나 10일간 동행함. 육체적인 일(긴 산책, 원예, 승마, 수영, 목공소 일 등)에 몰두함.

1914년(31세) 3월, 펠리체 바우어가 프라하로 카프카를 방문함. 5월 말, 베를린에서 F.B와 세 번째 약혼을 했으나 7월에 다시 파혼함. 여름에 헬레라우, 뤼벡, 마리엔리스트로 여행함. 제1차 세계대전이 발발함. 2년 동안 회사 생활을 그만두고 베를린이나 뮌헨에서 문필 생활에 전념할 계획을 세우나, 전쟁이 일어나는 바람에 단념함. 장편 《심판(審判)》을 착수함. 9월, 《심판》 제1장을 완성함. 10월, 《아메리카》의 마지막 장인 〈오클라호마의 자연극장〉과 단편 〈유형지(流刑地)에서〉를 완성함. 11월, 〈거대한 두더지〉를 쓰고, 크리스마스 휴가 때는 브로트 부부와 함께 쿠텐베르크로 여행함. 12월, 《심판》 제9장인 〈전설의 해석〉을 완성함. 펠리체 바우어의 친구이자 카프카의 아이를 낳았던 그레테 블로흐와 만남. 잠시 가까이 지내면서 얼마간의 서신 교환을 함.

1915년(32세) 1월, 보덴바흐에서 바우어 양과 재회함. 2월에 니클라스 가(街) 36번지에 있는 양친의 집을 떠나 빌레그 도(路) 10번지에 방을 얻어 독립된 생활을 함. 〈어느 중년의 독신자 브룸펠트〉를 씀. 《심판》을 계속 집필함. 두통과 불면증으로 고생함. 성서, 스트린드베리, 도스토예프스키, 파스칼, 크로포트킨, 그리고 키에르케고르 등의 작품을 탐독함. 누이동생 엘리와 헝가리를 여행함. 10

월에 〈화부〉로 폰다네 상(賞)을 수상함. 11월, 쿠르트 볼프 출판
사에서 〈변신(變身)〉이 출간됨.

1916년(33세) 7월, 마리엔바트에서 펠리체 바우어와 해후함. 〈사냥꾼 그락
쿠스〉를 집필함. 9월에 쿠르트 볼프 출판사에서 《심판》을 출판함.
11월에는 뮌헨에서 열린 두 번째 공개 독회에서 〈유형지에서〉를
낭독함. 겨울부터 이듬 해 봄에 걸쳐 〈시골 의사〉와 일련의 단편
을 탈고함,

1917년(34세) F.B와 그 후로도 오랫동안 교제가 계속되었으나 7월에 다
시 헤어짐. 카프카가 우는 것을 본 것은 이때가 처음이라고 친구
브로트는 술회함. 프라하의 알히미스텐가세로 주거지를 옮겼다
가 곧 팔라이스쉰보른으로 옮김. 오랫동안 두통과 불면에 시달리
던 카프카는 8월에 처음으로 각혈, 이 해 9월에 의사로부터 폐결
핵의 진단을 받음. 12월 하순, 병을 이유로 바우어 양과 파혼하고
시골에 있는 막내 누이동생 오트라에게로 감. 〈중국의 만리장성〉,
〈어느 학술원에 드리는 보고〉를 쓰고 소설집 《시골 의사》의 작
품들을 계속 집필함. 8절지 노트에 109편의 잠언을 씀.

1918년(35세) 막내 누이동생의 집이 있는 취라우에서 키에르케고르의 철
학에 심취함. 6월 말, 일단 프라하로 돌아왔으나 다시 여기저기
로 결핵 요양을 계속함. 11월, 프라하 북쪽 쉴레지엔 지방을 여행
중 율리에 보리체크 양과 알게 됨.

1919년(36세) 3월까지 쉴레지엔에 머물다가 봄에 다시 프라하로 돌아옴.
5월, 〈유형지에서〉를 출판함. 율리에 보리체크와 약혼함. 지체가
낮다는 이유로 아버지의 격노를 삼. 10월 말에 기혼이며 체코 여
성인 밀레나 예젠스카로부터 카프카의 작품을 체코 어로 번역하
고 싶다는 내용의 편지를 받음. 겨울에 막스 브로트와 쉴레지엔
에 체류하면서 자전적 요소가 짙은 〈아버지에게 드리는 편지〉를
집필함.

1920년(37세) 3월, 구스타프 야노우흐와 알게 됨. 4월부터 석 달간 메란에

서 체류함. 4월, 번역을 허락한다는 내용의 회답을 밀레나 예젠
스카에게 보냄. 6월, 빈에서 밀레나와 만남. 카프카의 이른바 밀
레나 시대가 시작됨. 밀레나는 《아메리카》의 제1부인 〈화부〉를
체코 어로 번역한 밀레나 예젠스카 부인을 뜻함. 그녀와 편지를
왕래하면서 사랑의 고뇌, 환희, 절망을 거듭하며 〈밀레나와의 편
지〉를 남기게 됨. 7월에 프라하로 돌아옴. 프라하에서 율리에 보
리체크와 파혼했는데, 이것은 매우 강력한 밀레나의 영향이 있었
던 듯함. 단편집 《시골 의사》를 출간함. 이 단편집에는 〈새 변호
사〉, 〈회랑 관람석에서〉, 〈묵은 책장〉, 〈법 앞에서〉, 〈재칼과 아랍
인〉, 〈광산 방문〉, 〈옆 마을〉, 〈황명〉, 〈가장의 근심〉, 〈열한 명의
아이들〉, 〈형제 살인〉, 〈꿈〉, 〈학술원에의 보고〉 등의 단편이 실려
있음. 여름과 가을은 프라하에서 보내며 〈시의 문장(紋章)〉, 〈포
세이돈〉, 〈공동체〉, 〈밤에〉, 〈법의 물음에〉, 〈독수리〉, 〈팽이〉 등 수
많은 단편들을 창작함. 12월부터 타트라 고원에 있는 마틀리아리
의 결핵 요양소에서 지냄. 나중에 그의 임종을 지키는 젊은 의사
인 로버트 클로브쉬토크를 알게 됨.

1921년(38세) 가을에 타트라 결핵 요양소에서 프라하로 돌아옴. 밀레나와
의 관계가 계속됨. 밀레나에게 자신의 일기 전부를 위탁함. 〈최
초의 고통〉을 집필함.

1922년(39세) 《성》의 집필에 몰두하는 한편, 초봄에는 〈단식 광대〉를 완
성하고, 여름에는 〈어느 개의 회상〉을 착수함. 각지로 요양 생활
을 전전하면서 7월 1일자로 보험회사를 퇴직함. 밀레나와의 관계
도 끊어짐. 〈밀레나와의 편지〉는 밀레나 자신이 편집자인 빌리
허스에게 넘겨준 것임. 밀레나는 제2차 세계대전 중에 강제 수용
소에서 죽음.

1923년(40세) 봄을 프라하에서 보냄. 〈부부〉, 〈단념하라〉, 〈비유에 관하여〉
등을 집필함. 〈여가수 요제피네〉를 씀. 7월, 발트 해 연안 뮐츠에
서 동(東) 유태계의 처녀 도라 뒤만트를 알게 되어 9월 말, 그녀

와 함께 베를린 교외 쉬데글리츠에서 지냄. 10월, 〈작은 여인〉을 탈고하고, 단편집 《단식 광대》를 출판사에 넘김. 도라와 함께 여섯 주일을 보낸 후에 그뤼네발트 거리의 작은 별장으로 옮겨 처음으로 가정을 가지는 기쁨을 맛봄. 겨울에 〈집〉을 집필. 카프카는 도라에게서 헤브라이 어를 배웠음.

1924년(41세) 2월, 베를린 교외 티에렌돌프로 옮김. 병세 악화. 3월 17일, 프라하로 돌아옴. 4월, 후두 결핵이라는 진단을 받음. 4월 10일, 빈의 요양원으로 가서 하예크 교수의 치료를 받은 후 마지막으로 빈 근교의 키를링 요양원에서 도라와 클로브쉬토크의 간호를 받던 중 6월 3일, 숨을 거둠. 〈여가수 요제피네〉가 마지막으로 집필됨. 마지막 순간까지도 기지(機智)가 있었던 카프카는 의사 친구가 자리를 뜨려고 하자 "가면 안 돼"라고 말했다고 함. "안 갈 테니 염려마라"고 친구가 대답하자 카프카는 조그만 목소리로 "그러면 내가 가 버릴 테야"라고 말했다고 함. 마지막 고통 속에서 카프카는 약속했던 아편을 애원하며 "나를 죽여 줘, 그렇지 않으면 당신은 살인자야"하고 친구에게 소리쳤다고 함. 일 주일 후인 6월 11일, 프라하의 슈트라슈니츠 유태인 묘지에 안장됨. 여름에 네 개의 단편(〈최초의 고통〉, 〈작은 여인〉, 〈단식 광대〉, 〈여가수 요제피네〉)을 실은 단편집 《단식 광대》가 출판됨.

▲ 세계 현대 문학의 거장 프란츠 카프카

▲ 카프카의 내연의 처 도라 위란트

▲ 카프카가 태어난 집

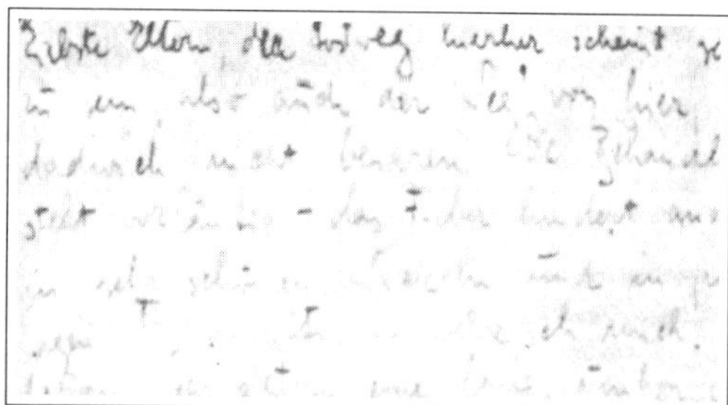

▲ 카프카의 친필 원고

Hye Won World Be

Hye Won World Best
Hye Won World Best